Kristina Licht

PHOENICIA CHRONIKEN

Magie des Eises

(Band 2)

Besuchen Sie uns im Internet:

www.talawah-verlag.de
www.facebook.com/talawahverlag

TALAWAH
VERLAG
erschienen im Talawah Verlag

1. Auflage 2018

Umschlaggestaltung: Rica Aitzetmüller,
Cover & Books – Buchcoverdesign
Bildmaterial: © Shutterstock
Satz: Marlena Anders
Printed in Poland 2018
ISBN: 978-3-9475500-0-5

»Wer nicht mehr liebt
und nicht mehr irrt,
der lasse sich begraben.«

Goethe

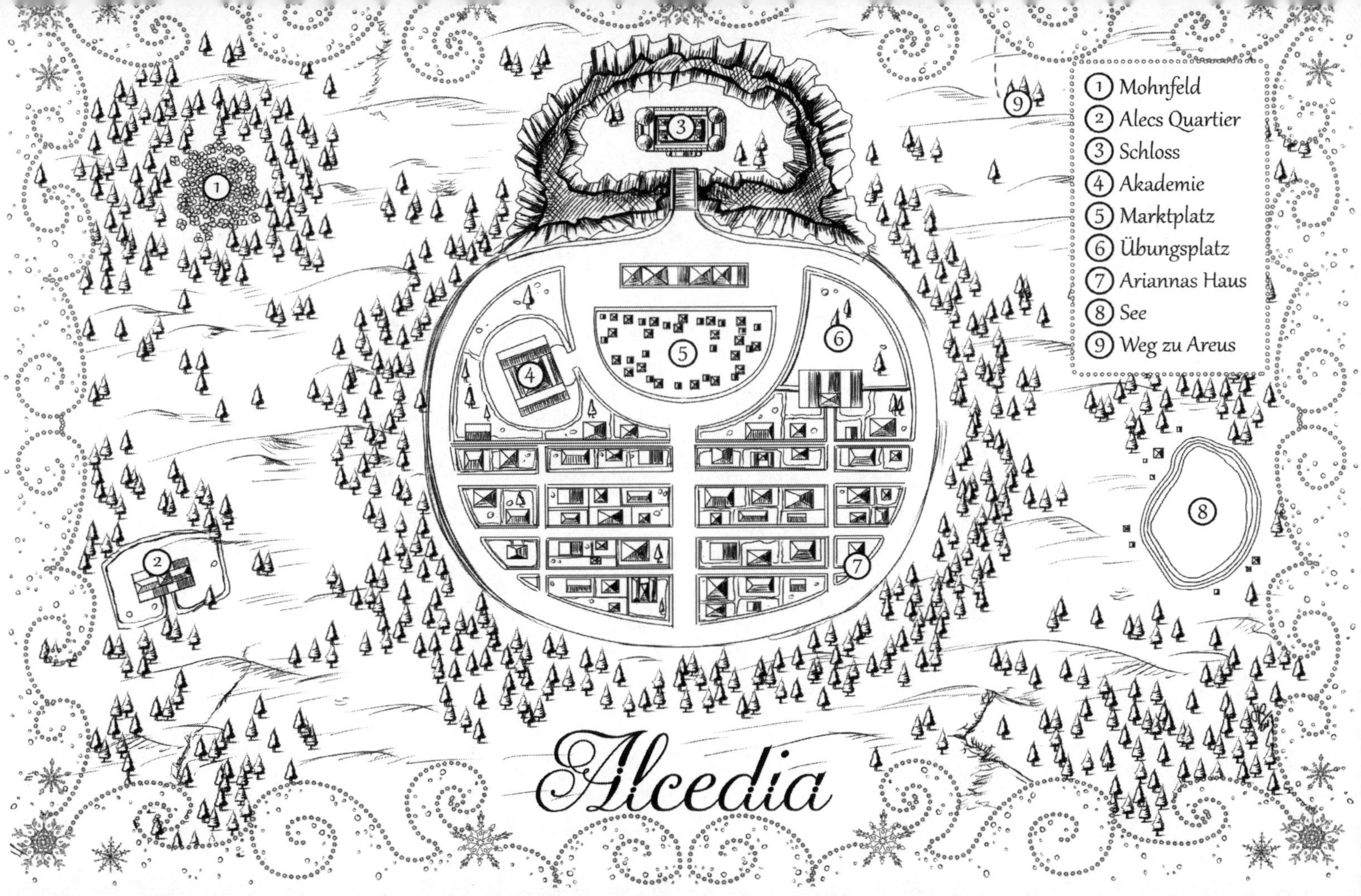
Alcedia
1 Mohnfeld
2 Alecs Quartier
3 Schloss
4 Akademie
5 Marktplatz
6 Übungsplatz
7 Ariannas Haus
8 See
9 Weg zu Areus

Sternenhimmel

Prolog

Du ließest mich allein in der Nacht
ohne Licht und Sterne.
Ließest mich zurück in ein Leben
ohne Hoffnung und Träume.
Ich kann nichts mehr tun außer rennen.
Davonrennen vor dir und allen Gedanken an dich.
Wie ist es möglich, dass aus Hass Liebe wächst?
Ich wollte dich nicht verraten, meine süße, gehasste Sünde.
Denn meine Verwirrung ist ebenso groß wie die deine.
Wie kann es sein, dass ich in dir nicht nur meine Gegenwart und Zukunft gefunden habe,
sondern auch meine längst vergessene Vergangenheit?
Bitte verstoß mich nicht, lass mich nicht allein.
So war es nie geplant.
Es tut mir leid … mein Geliebter, mein Bruder, mein ewiger Feind.

Phoenicisches Königreich, Mai 1993

Evulet de Warenne hatte sich im Badezimmer eingeschlossen, als das Chaos im Schloss ausbrach. Unter normalen Umständen hätte sie mitgekämpft, sie hätte ihr Volk und ihre Freunde mit jeder Faser ihres feurigen Seins verteidigt. Ihre und Dimitris Fähigkeiten waren so gewaltig, dass sie ein ganzes Schlachtfeld mit nur einem Wimpernschlag in Schutt und Asche legen konnten. Heute jedoch würde ihr Mann allein kämpfen müssen. Sie sorgte sich um ihn und um ihr Land, doch noch mehr sorgte sie sich im Moment um etwas anderes.

Sie legte beide Hände auf ihren gewölbten Bauch, als erneut die Wehen einsetzten. *Ausgerechnet heute.*

Evulet stützte sich keuchend und schweißüberströmt am Waschbecken ab. Ihre heiße Stirn berührte die kalten Kacheln des Badezimmers. Sie ahnte, dass die Babys nicht mehr lange auf sich warten lassen würden, doch alle Phönixe waren damit beschäftigt, Krieg zu führen. Verdammt, sie sollte jetzt auch dort draußen sein! Man würde sie vermissen, würde sie suchen, wenn ihr Fehlen bemerkt wurde.

Evulet fluchte und ließ sich auf den Boden sinken. Kaum einer wusste von der Schwangerschaft, darauf war sie die letzten Monate mehr als bedacht gewesen. Nun jedoch brauchte sie dringend Hilfe. Sie konnte sich nicht einmal mehr auf den Beinen halten. Ohne ihre Zofe würde sie das hier nicht überleben.

Sie schloss die Augen und sandte unter großer Anstrengung ihren Geist nach dem jungen Mädchen aus. Vor ihrem inneren Auge verließ sie ihr königliches Gemach und weitete die Suche auf das gesamte Schloss aus.

Evulet konnte die phoenicischen Wachen mit den Alcedos kämpfen sehen. Es sah gar nicht gut für sie aus. Sie spürte den Schnee in der Luft und das Eis, das sich über die Korridore zog. Das Feuer der Phönixe reichte nicht aus, um es zum Schmelzen zu bringen. Endlich fand sie Mai, die sich mit einigen anderen kampfunfähigen Frauen im Weinkeller unter der Küche versteckte.

Mai, rief sie im Geiste. Sie musste von dem Mädchen gehört und hereingelassen werden. *Mai, ich brauche dich.*

Ihre Zofe hörte sie sofort. Ein starkes Band von Vertrauen verknüpfte die beiden.

Königin, wo seid Ihr? Ich habe Euch nirgends gefunden, als die Truppen den Palast stürmten! Tiefe Sorge klang in ihrer Stimme mit. Sie gehörte zu den wenigen, die überhaupt von dem Zustand der Königin wussten. Denn falls man den Kindern ansehen würde, dass sie unehelich waren, dann würden sie niemals hier aufwachsen können.

Wenn wir den Krieg verlieren, werden sie erst recht nirgendwo aufwachsen, schalt sich Evulet. *Ich bin in Sicherheit,* antwortete sie an Mai gerichtet.

Wo war bloß Arthur? Er war die einzige Hoffnung in diesem ganzen Chaos. Sie hatten nicht kommen sehen, dass Viola es tatsächlich wagen würde, Phoenicia anzugreifen. Evulet war klar, dass die alcedische Königin hinter diesem Befehl stehen musste.

Zeigt mir, wo Ihr seid.

Evulet zeigte ihrer Zofe das Badezimmer im zweiten Stock, in dem sie sich versteckt hielt. Sie hoffte, dass das Mädchen unbeschadet den ganzen Weg zu ihr überbrücken konnte.

Eine neue Welle von Schmerz durchfuhr ihren Körper und trennte die Verbindung der beiden Frauen. Evulet unterdrückte nur mit Mühe einen Schrei, um ihren Aufenthaltsort nicht zu verraten. Plötzlich hörte sie ein Klopfen. Nicht laut genug, um ein Klopfen an der Badezimmertür zu sein, aber nahe genug, um jemanden vor ihrem Gemach anzukündigen.

Sie erstarrte augenblicklich.

Unmöglich konnte Mai in so kurzer Zeit den Weg hier hoch zurückgelegt haben!

Schwere Schritte durchquerten ihr Schlafzimmer und näherten sich dem Bad. Evulets Herz raste. Das waren nicht Mais Schritte! Und das wiederum konnte nur eines bedeuten. Man hatte sie gefunden. Und würde sie töten.

Die Geräusche vor der Tür verebbten. Augenblicke später wurde sie gewaltsam aus den Angeln gerissen. Erschrocken schrie Evulet auf und blickte vom Boden hoch zu dem Alcedo, der sie gefunden hatte.

0.5

Prophezeiung

Alcedia, 17 Jahre später

Herein!«, befahl er, als ein Klopfen an der Tür ertönte. Er beobachtete, wie die Türklinke heruntergedrückt und die dunkle Eichentür einen Spaltbreit geöffnet wurde. Hindurch quetschte sich ein kleines, dünnes Mädchen mit schwarzem Haar. Schwarzes Haar hatte hier jeder Zweite, außergewöhnlich an ihr waren ihre violetten Augen.

»Catya«, sprach der blonde Mann hinter dem Schreibtisch und richtete sich in seinem Stuhl auf. »Hast du das, worum ich dich gebeten habe?«

»Ihre Prophezeiung aus Ihrem Elternhaus gestohlen? Ja, Meister«, erwiderte das Mädchen in kühlem Ton und schloss die Tür hinter sich. Mit sicheren Schritten näherte sie sich dem Schreibtisch und legte ein zusammengerolltes Pergament darauf.

Alec schnalzte mit der Zunge und musterte das Papier kritisch. Da war es also. Ein Stück altes, faltiges Pergament, das über sein Leben bestimmte. »Was meinst du, Kleine? Soll ich es öffnen?«

Catya schaute ihrem Meister tief in die Augen. Er war wieder einmal vollkommen hingerissen von der Art, wie sie ihn musterte. Ihre ganze Art war besonders, sie war eine starke, ausgebildete Kriegerin. Ausgebildet, um gnadenlos zu kämpfen, und doch bewegte sie sich wie eine graziöse Tänzerin, und ihr Blick war gütig, der eines Kindes. Biologisch gesehen war sie sogar immer noch ein Kind, doch ihr genaues Alter war schwer zu schätzen oder festzuhalten.

»Es ist besser, zu wissen, was einem bevorsteht, als vollkommen im Dunkeln zu tappen«, antwortete sie und legte ihren hübschen Kopf schief. Eine schwarze Haarsträhne hatte sich aus der Form ihres Bobs gelöst und spielte um ihre zarten Lippen.

»Würdest *du* gern eine Prophezeiung haben wollen? Vielleicht kündigt sie deinen Untergang an.«

Catya verzog ihren kleinen Puppenmund zu einem Lächeln und setzte sich auf den Schreibtisch. »Sie wissen, dass ich gern eine Prophezeiung hätte. Ich wäre gern ein richtiger Alcedo. Und nun öffnen Sie sie doch. Sie sind so schon spät dran! Vielleicht hat sich Ihre Prophezeiung schon längst bewahrheitet, und sie kann Ihnen nichts mehr verraten, was Sie nicht eh schon wissen.«

Alec schloss für einen Moment die Augen und sog die Luft ein. Er musste nachdenken. Und auch wenn er es nicht zugeben wollte, hatte er Angst. *Scheiß drauf,* dachte er sich und griff entschlossen nach dem Stück Pergament.

Catya baumelte vom Schreibtisch aus zufrieden mit den Beinen und beobachtete ihren Meister neugierig, wie er seine Zukunft entschlüsselte. Es musste eine große Macht sein, die Zeichen verstehen zu können, die sich Buchstaben nannten. Alec hatte ihr versprochen, dass er sie lesen lehren würde, doch er hatte noch keine Zeit dazu gefunden.

Sie hielt gespannt die Luft an, als Alec die Stirn in Falten legte und das ausgerollte Blatt auf den Tisch knallte.

Ein paar Sekunden lang beobachtete sie seine angespannte Miene und seine blauen Augen, die den Blick nicht von seiner Prophezeiung wenden konnten.

»Und?«, fragte sie leise, beinahe ehrfurchtsvoll.

»Es ist einfach nur lächerlich!« Mit einer ruckartigen Bewegung schmetterte Alec die Schreibtischlampe gegen die Tür.

Catya zuckte erschrocken zusammen. »So schlimm?«, hauchte sie und starrte voller Bedauern die zersplitterten Restteile der antiken Lampe an.

»Ein Phönix mit endlosen Tränen, so etwas gibt es noch nicht einmal!« Er lehnte sich in seinem Bürostuhl zurück, starrte mit mahlendem Kiefer stur auf die Wand vor sich.

»Phönixe können wie Alcedos nur einmal weinen, richtig?«, fragte Catya, die nicht in diese Welt gehörte. Diese Regeln waren ihr fremd, auch wenn sie jetzt schon ein Jahr hier lebte. Sie galten nicht für sie, denn sie konnte weinen, so oft sie wollte. Und weder Sonnenlicht noch Feuer konnten ihr etwas anhaben. Doch ihr Meister war offenbar gerade nicht in der Stimmung, ihr zu antworten. Die Worte seiner Prophezeiung schienen ihm nicht mehr aus dem Kopf zu gehen. Hastig stand er auf und schlüpfte in seine schwarze Lederjacke.

»Ich werde noch ausreiten. Folge mir nicht«, sprach er und eilte zur Tür hinaus.

1

Gefangene

Einatmen.

Ausatmen.

Einatmen.

Ausatmen.

Wie schwer das Selbstverständlichste doch schien, wenn man vor einem bodenlosen Abgrund stand und kurz davor war, hinunterzufallen. Oder zu springen. Nur ein einziger Schritt fehlte noch, doch ich zögerte. Es schien zu einfach, sich so dem Schmerz zu entziehen, vor dem Leben zu fliehen. Mit jeder Sekunde des Zögerns wuchs die Qual in meiner Brust. Die Bilder nahmen in meinem Kopf erneut Gestalt an, und ich war in einem schrecklichen Albtraum gefangen, aus dem ich nie wieder aufwachen würde. Niemals.

Wozu die Augen öffnen, wenn die Welt nur noch grausamer wurde? Wozu die Augen öffnen, wenn ich sein Gesicht damit nicht erblicken konnte? Wozu die Augen öffnen? Wozu leben?

Also beschloss ich, meine Augen nicht zu öffnen. Irgendwo war ich mir bewusst, dass ich nicht ewig hier liegen konnte. Dass ich wissen musste, *wo* ich überhaupt lag. Doch in dem Moment war es mir egal. Ob ich im Schnee lag, in einem Bett oder unter der Erde. Es würde keinen Unterschied machen.

Deshalb stand ich weiter am Abgrund, in der Dunkelheit der Unentschlossenheit, zwischen der Entscheidung, aufzugeben oder zu leben. Denn wenn ich einmal gesprungen wäre, gäbe es kein Zurück mehr. Ich fragte mich, was mich daran hinderte, mich einfach fallen zu lassen. Hoffnung konnte es nicht sein. Ich hatte keine mehr. Angst konnte es ebenfalls nicht sein.

Es war eine Erinnerung, die immer stärker versuchte, von mir Besitz zu ergreifen, doch ich wollte nicht. Schweiß stand mir auf der Stirn, und mein Puls beschleunigte sich. Nein, ich wollte nicht noch einmal diese schrecklichen Sekunden meines Lebens mitansehen. Ich wollte nicht noch einmal die Schuldige sein. Doch ich konnte nichts dagegen tun. Rückwärts spulte sich der Film in meinem Kopf ab. Ich erinnerte mich daran, wie ich Jeans Dolch in seiner Hand gefunden hatte. Weinend hatte ich ihn aufgehoben und meine Finger über das frische Blut gleiten lassen. Es war das Blut seines Mörders gewesen, und ganz plötzlich hatte ich den Wunsch verspürt, mehr von diesem Blut zu vergießen. Ich wollte nichts weiter, als Jeans Werk zu Ende zu führen.

Ehe ich mich versah, spulte der Film noch weiter zurück, und die Gedanken von blutiger Rache wurden von einem Namen übertönt. *Alec.* Das war der Name des Mörders. So hatte Jean ihn angesprochen.

Schlagartig verschwanden alle Bilder und Stimmen aus meinem Kopf. Leere und Dunkelheit waren alles in mir und gleichzeitig um mich herum. Und da wusste ich, was mich hatte zögern lassen. Da wusste ich, weshalb ich noch nicht fallen wollte. Weshalb ich weiterleben *musste.* Für *ihn.*

Erleichtert atmete ich wieder aus und fühlte mich mit meiner Entscheidung sicher. Ein paar Sekunden lang lag ich nur reglos da, sog den befreienden Vorgeschmack von Rache in mich auf und dachte darüber nach. Denn über einen Plan nachzudenken war viel einfacher als über die Vergangenheit oder die Zukunft. Die Vergangenheit konnte ich nicht mehr ändern, und eine Zukunft wollte ich nicht. *»Du bist mein–«*, waren Jeans letzte

Worte an mich gewesen. Er hatte den Satz nicht beendet, doch ich wusste ganz genau, was ich war: Ich war sein Untergang gewesen.

Endlich entschloss ich mich dazu, meine Augen zu öffnen, um keine weitere Sekunde zu verlieren.

Ich wusste nicht, womit ich gerechnet hatte, als ich sie aufschlug. Vielleicht dachte mein Unterbewusstsein noch immer, ich würde im Wald liegen, weil ich mich danach an nichts mehr erinnern konnte. Umso erschreckender war es, als ich einen Mann wenige Meter von mir entfernt sitzen sah.

Er schaute mich nicht an, doch ich war sicher, dass er meinen Blick spürte. Seine blonden Haare fielen ihm ins Gesicht, sein Kopf war zur Seite geneigt, und er blickte auf seine Hand hinunter, in der er es schneien ließ. Wie gebannt beobachtete ich, wie er seine Hand öffnete und wieder schloss, und jedes Mal kleine Schneeflocken über ihr schwebten.

»Du bist nicht Serena«, war das Erste, was der junge Mann sagte, und ich zuckte überrascht zusammen. Ich wandte meinen Blick wieder seinem Gesicht zu, doch er sah mich immer noch nicht an.

Merkwürdigerweise verspürte ich weder Angst noch Verwirrung. Ich wollte noch nicht einmal wissen, wie ich hergekommen war. Ich wollte nur wissen, wie ich hier wieder rauskam. Ich lag in einem Bett, das Zimmer wirkte wie ein Schlafzimmer. Hatte mich der Mann zu sich nach Hause genommen? Und die noch viel wichtigere Frage: Kannte er Serena?

Der Alcedo ließ seine Hand sinken und sah mich endlich an. Nur für eine winzige Sekunde, dann richtete er seinen Blick wieder auf etwas anderes. Doch diese Sekunde hatte mir genügt. Seine eisblauen Augen hatten durch mich hindurchgestochen wie tausend Messerstiche. Direkt in die Seele. Vor Überraschung schlug mein Herz schneller. Dieses Gefühl war mir unerklärlich, doch ich wollte mich damit nicht länger beschäftigen. Er hatte einen Namen genannt, der mich mehr als alles andere interessierte. Nun gut, mehr als *fast* alles andere.

»Wer bist du?«, fragte er.

Ich überlegte, ob ich überhaupt meinen Mund für diesen Mann öffnen sollte. Alle Kleinigkeiten schienen plötzlich überflüssig zu sein, und ich machte mir über jede einzelne Gedanken, ob sie es überhaupt wert war, sie auszuführen.

»Ist das von Belang?«, antwortete ich schließlich mit einer Gegenfrage, nachdem ich meine Worte gründlich abgewogen hatte. Etwas, was mir früher nie in den Sinn gekommen wäre. Wozu ich nie die Geduld oder Lust verspürt hatte. Wieso über alles tausendmal nachdenken, wenn man doch einfach leben konnte?

Nun war meine Sicht der Dinge anders. Was brachte das Leben, wenn man keine Gedanken hatte, mit denen man es füllen konnte?

»Du bist ein Feuermädchen.« Auch seine Worte kamen nach gründlicher Abwägung, das spürte ich.

»Ein Phönix, ja. Und du bist ein Alcedo.« Ich fragte mich, ob er mich umbringen würde. Da er lange schwieg, blieb mir nichts anderes übrig, als ihn mir genauer anzusehen. Weiter als bis zu seinen Augen kam ich jedoch wieder nicht. Ein starkes Déjà-vu-Gefühl überrollte mich, und sobald ich mich zu erinnern versuchte, ob ich ihn nicht schon einmal gesehen hatte, traf ich auf einen kühlen Nebel in meinem Kopf.

»Hast du keine Fragen?«, wollte er wissen. »Wunderst du dich nicht, wieso du bei mir zu Hause bist?«

Erstaunt zog ich meine Augenbrauen hoch. Es war mir egal, wo ich war und warum, solange ich hier nur bald verschwinden konnte. Es schien, als hätte ich meine Neugierde in der Zeit, in der ich bewusstlos gewesen war, verloren.

»Eine Frage hätte ich, ja. Was um Himmels willen soll das hier werden? Wieso führen wir einen Kaffeeklatsch, wenn wir uns doch lieber aufschlitzen könnten?«

Das machte ihn nun doch ein wenig sprachlos. »Nun … Ähm … Ich kann auch einfach meine Leute anrufen, damit sie dich ins Gefängnis werfen«, schlug er vor.

»Ach, und warum tust du es dann nicht?« Ich hatte keine Lust mehr, länger in seinem Bett zu liegen, als wäre ich eine Verletzte, die er irgendwo aufgegabelt hatte, um sie zu pflegen. Auch wenn genau dies wahrscheinlich der Fall war.

»Du bist echt anstrengend, weißt du das?«, fragte er und grinste. Jetzt grinste der Kerl auch noch. Das war zu viel des Guten.

»Ja, das wurde mir schon gesagt.« Ich verschränkte die Arme vor meiner Brust und sah mich in dem Schlafzimmer nach einer Fluchtmöglichkeit um.

Er seufzte. »Was mache ich denn jetzt bloß mit dir? Wünschst du dir wirklich den Tod?«

»Lass mich gehen«, antwortete ich wie aus der Pistole geschossen.

»Was?«

»Lass mich frei!« Er konnte hier doch ohnehin nichts mit mir anfangen, was würde es ihm da schon ausmachen, einfach so zu tun, als wäre er mir nie begegnet?

»Wieso sollte ich?«, fragte er ungläubig und starrte mich an, als wäre ich von einem anderen Planeten.

»Ich suche einen Mann. Lass mich einfach gehen. Ich muss ihn finden.«

Er zog eine Augenbraue hoch. »Weil?«

»Ich ihn töten will«, fauchte ich.

Nun hob er überrascht beide Augenbrauen.

»Du willst einen Mann finden … und töten? Hier in Alcedia?«

»Genau. Und eine Frau finden.« Wieso musste ich dem Typen alles haarklein berichten?

»Um sie ebenfalls zu töten?«, fragte er.

»Was?« Ich schaute ihn irritiert an. »Nein, natürlich nicht.«

»Aha … Wen willst du denn töten, wenn ich fragen darf? Und welche Frau suchst du? Vielleicht kann ich dir ja helfen.«

Ein Alcedo wollte mir helfen, ja klar. Langsam verstand ich die Welt nicht mehr. Wie gut, dass ich nicht mehr versuchte, sie zu verstehen.

»Einen Alec will ich töten und eine Serena finden«, antwortete ich deshalb. Zumindest musste er eine Serena kennen, also würde er mir vielleicht tatsächlich irgendwie behilflich sein können.

Seine blauen Augen weiteten sich erstaunt, dann brach er in schallendes Gelächter aus. »Du willst einen Alec töten? Und eine Serena finden?«

Ich knurrte. »Was ist daran so lustig?«

»Ich wage zu bezweifeln, dass dir auch nur eines von beidem je gelingen wird. Du weißt ja noch nicht einmal, wer die beiden Personen sind!«

»Keine Sorge, ich werde schon noch herausfinden, wer sich hinter diesen Namen verbirgt!«

Genüsslich lehnte sich der Mann in seinem Stuhl zurück und amüsierte sich anscheinend köstlich. Doch bald würde ihm das Lachen vergehen, ich war ja jetzt schon kurz davor, ihm an die Gurgel zu springen.

»Darf man erfahren, wieso du Alec töten willst?«, fragte er.

Ich kniff die Augen zu Schlitzen zusammen und versuchte einzuschätzen, wie viel ich diesem Mann anvertrauen durfte. Nach einer Weile des Überlegens entschied ich mich wieder für eine Gegenfrage: »Kennst du ihn denn?«

Er kippte mit dem Stuhl weiter nach hinten, sodass dieser nur noch auf zwei Beinen stand, und musterte mich seinerseits. Ein schiefes Grinsen umspielte seine Mundwinkel, und ich wurde das Gefühl nicht los, dass es diesen Alcedo sehr reizte, ein Gespräch mit seinem Feind zu führen. »Möglich«, antwortete er knapp.

»Wenn ich dir den Grund für mein Vorhaben nenne, wirst du mich dann gehen lassen?«, fragte ich.

»Wenn es ein guter ist.«

War ja klar. Nun gut, ich habe nichts zu verlieren, dachte ich mir. Vielleicht konnte der Kerl mir ja wirklich weiterhelfen. Er schien im Gegensatz zu mir zu wissen, wer sich hinter den beiden Namen verbarg.

»Alec hat einen Mann getötet, für den ich nun bereit bin, Rache zu nehmen. Er soll dafür büßen, dass er mir … dass er ihn mir genommen hat.« Meine letzten Worte waren kaum mehr als ein Flüstern gewesen, und ich hörte wieder das Echo meines Herzens in meinem Kopf dröhnen.

Der Alcedo vor mir schien über etwas nachzudenken, denn er hatte die Stirn in Falten gelegt. »Rache also. Für den Mann, den du liebtest.«

Schlagartig spürte ich, wie mir das Blut in den Kopf schoss. Gleichzeitig schalt ich mich dafür, denn es konnte mir schließlich egal sein, was dieser Mann über mich wusste oder zu wissen glaubte. Was wollte er schon mit dem Wissen hier in Alcedia anfangen?

»Aber hast du nicht daran gedacht, dass Alec einen Grund gehabt haben könnte, diesen Mann, von dem du sprichst, umzubringen?«

»Nein«, antwortete ich sofort. Ich wollte mir weder Gedanken darüber machen, noch hätte es einen verständlichen Grund für diesen Mord geben können. »Ich bin mir sicher, dass der Mann deinem Alec nichts getan haben kann. Er hat euer Land vor langer Zeit schon verlassen und keinem Alcedo etwas getan, obwohl er allen Grund dazu hatte.«

Der Mann schnaubte verächtlich. »Du redest von Jean Luan de Estrela«, stellte er fest. Ich versuchte, nicht zusammenzuzucken bei dem Klang *seines* Namens und gleichzeitig den Drang zu unterdrücken, diesen Alcedo mit bloßen Händen zu erwürgen. Sein verächtlicher Ton schlug sensible Saiten bei mir an.

Der Alcedo schien es nicht zu bemerken, denn er hatte gerade erst angefangen. »Ist er wirklich tot? Wenn ja, dann lass dir gesagt sein, dass er dies mehr als verdient hat. Erinnere mich daran, Alec zu danken. Du musst da etwas missverstanden haben, denn Luan de Estrela hat ziemlich vielen Alcedos etwas angetan. Du wirst keinen Alcedo auf der Welt finden, der nicht jede Gelegenheit genutzt hätte, diesen Verräter umzubringen.«

Das war's. Augenblicklich und ohne mit der Wimper zu zucken sprang ich vom Bett und stürzte mich auf ihn. Sein Stuhl kippte nach hinten um, und im nächsten Moment lagen wir beide auf dem Boden. Ich wusste nicht einmal, was ich im Begriff war zu tun – ihn zu kratzen, beißen oder doch erwürgen? Doch es kam zu nichts davon, denn sobald ich seine Haut berührte, fuhr ein elektrischer Schlag durch meinen Körper. Auch er hatte es gespürt, denn wir starrten einander mit großen Augen an.

Rasch startete ich einen neuen Versuch. »Wenn du es noch einmal wagst, so ...« Ich holte aus, doch er fing meine Hand, bevor sie sein Gesicht erreichen konnte.

»Was dann?«, fragte er, und schon wieder war da dieses Grinsen, das ich ihm aus dem Gesicht schlagen wollte. Doch das brauchte ich nicht. Je länger er meine Hand umfasst hielt, desto mehr verblasste es. Seine Hand war kalt, kälter als Jeans je gewesen war. Ich konnte nicht definieren, ob es sich anfühlte, als würde mein Blut in dem Arm gefrieren oder meine Haut unter seiner Berührung verbrennen.

Schmerzerfüllt entriss ich ihm meine Hand und stand auf. »Fass mich nie wieder an«, fauchte ich und schaute auf den am Boden liegenden Alcedo hinab.

Ich drehte mich um und wollte aus diesem Haus verschwinden, als er mich am Knöchel packte und ich wieder zu Boden fiel.

Ihm schien der Schmerz von vorhin nicht genügt zu haben, denn er hielt ihn nicht davon ab, mich hochzuziehen und wieder aufs Bett zu verfrachten. Noch bevor ich mich wehren konnte, musste ich feststellen, dass meine Hände bereits in Handschellen steckten.

Erschrocken starrte ich ihn an. »Mach mich sofort wieder los!«

Er pustete sich nur erschöpft eine blonde Haarsträhne aus den Augen.

»Ich habe gesagt, du sollst mich losmachen. Oder ich setze dein ganzes Haus in Flammen!«, drohte ich ihm.

Ihm jedoch schien das völlig egal zu sein. »Nicht mit diesen Handschellen aus Silber, Kleine. Die blockieren deine Kräfte; oder wolltest du Streichhölzer benutzen?« Mit einem letzten Seitenblick zu mir ging er zum Telefon, das auf dem Nachttisch neben dem Bett stand, und tippte eine Nummer ein.

»Ja, hallo. Schick ein paar Männer hoch. Wir müssen das Mädchen ins Gefängnis-« Ich nutzte den Moment, in dem er sich von mir abwandte, um aufzuspringen, nach der gläsernen Wasserflasche auf dem Nachttisch zu greifen und sie ihm gegen den Hinterkopf zu schlagen. Sofort ging der Alcedo zu Boden.

Gut, was nun? Ich schaute mich im Zimmer um. Als Erstes blieb mein Blick an dem glänzenden Dolch hängen, der auf einer Kommode lag. Sofort stürzte ich mich darauf und musste erkennen, dass es tatsächlich Jeans Dolch war.

Mit rasendem Herzen und ohne zu atmen, nahm ich ihn in die Hand und fuhr mit meinem Finger die silberne Klinge entlang, die mit verschiedenen Ornamenten verziert war. Ehe mich meine Gefühle wieder einholen konnten, riss ich die Schubladen der Kommode auf, um nach etwas zu suchen, in was ich die Klinge verpacken konnte. Ich steckte den Dolch in eine Socke und schob ihn dann vorsichtig unter den Bund meiner Hose, bis nur noch der Griff herausragte.

Da die Wachen jeden Moment durch die Tür gerannt kommen konnten, glitt mein Blick zum Fenster.

Das war mein einziger Fluchtweg. Ich versuchte, es zu öffnen, doch alles Rütteln am Griff nützte nichts. Es blieb fest verschlossen. Ich fluchte und sah mich wieder um. Augenblicklich fiel mir eine Armbrust auf, die an der Wand über dem Bett hing. Immer noch mit den Handschellen versehen, sprang ich aufs Bett und ergatterte umständlich die sperrige Waffe. Da hörte ich bereits die Schritte auf dem Flur. Mir blieb gerade noch Zeit, auf das Fenster zuzurennen und die Armbrust gegen das Glas zu stoßen. Doch es zersplitterte nicht. Ein kleiner Riss war alles, was ich bewirkt hatte.

Ein Klopfen ertönte. »Meister?«, fragte eine männliche Stimme. Ich nahm erneut Anlauf und rannte noch einmal gegen das Fenster. Diesmal konnte das Glas nicht mehr standhalten und zerbarst in tausend Scherben.

Ich warf die Armbrust achtlos auf den Boden und wollte gerade springen, als ich sah, dass sich dieses Zimmer nicht im Erdgeschoss befand. Es lagen mehrere Meter zwischen mir und dem schneebedeckten Boden dort unten.

»Ergreift sie!«

Erschrocken wirbelte ich herum und sah, dass die Männer bereits im Zimmer waren. Zwei von ihnen knieten neben dem bewusstlosen blonden Alcedo, ein anderer zeigte mit ausgestrecktem Finger auf mich. Ohne darauf zu warten, dass einer von ihnen dem Befehl nachgehen würde, sprang ich.

Die eiskalte Luft schnitt mir ins Gesicht, und ich hasste das Gefühl, keinen Halt zu finden. Doch zu schnell war das Gefühl der Bodenlosigkeit vorbei, stattdessen durchzuckte mich ein heißer Schmerz. Meine Hände stützten sich im kalten Schnee ab, der meine Haut verbrannte. Sofort sprang ich auf und wollte nichts weiter, als von hier fortzurennen, da ließ mich ein plötzlicher Schmerz in meinem Knöchel zu Boden gehen.

»Verdammt«, fluchte ich und betastete meinen Fuß. Anscheinend hatte ich ihn mir beim Sturz verstaucht. Ehe ich mich wieder aufrappeln konnte, hatte ich plötzlich ein Paar Beine vor meinem Gesicht.

Erschrocken sah ich auf und traf auf das Gesicht eines äußerst wütenden Alcedos. Konnten diese Typen alle fliegen, oder wie hatten sie mich so schnell eingeholt? Ich bezweifelte, dass sie so lebensmüde waren wie ich und einfach gesprungen waren.

»Jeglicher Widerstand ist zwecklos, du hast keine Möglichkeit mehr zur Flucht«, verkündete mir der fremde blonde Schrank von einem Mann. Ich hob beschwichtigend die Hände und stand auf. Die drei Männer hatten mich umzingelt und beobachteten jede meiner Bewegungen, als könnte ich ausbrechen wie ein wildes Tier. Sahen sie denn nicht, dass keinerlei Lebenswillen in mir steckte, dass keinerlei Kampfesgeist mehr in meinen Gliedern war? Jeglicher Kampfesgeist, der durch meine Rachevorstellungen angeregt worden war, erlosch nun im Schnee. Ich kapitulierte, denn ich sah keinen Weg, diesen Männern zu entkommen. Meine Rache musste warten.

»Nur zu, führt mich ab. Solange ihr mich nur aus dem Schnee rausbringt«, sagte ich und seufzte, doch die Blicke der Männer wurden nur noch misstrauischer.

Endlich regte sich einer von ihnen und lehnte sich zu seinem Kameraden. »Nimm sie endlich fest, aber gib acht. Es könnte eine List von ihr sein«, flüsterte er, so leise er konnte, doch für meine geschärften Sinne war es überflüssig. Genauso überflüssig wie die Vorsicht in ihren Gesichtern. Ich hätte gelacht, wenn ich noch gewusst hätte, wie das ging.

Sobald der Alcedo meine Handgelenke ergriffen hatte, veränderte sich seine Miene. Mit einem kurzen Überraschungsschrei ließ er mich augenblicklich los.

Die anderen Männer zogen wie auf Kommando ihre Dolche und schauten mich erschrocken an. »Was ist los, Lane?«

»Sie … sie hat mich verbrannt!«, beschwerte sich der Alcedo, der mich angefasst hatte. Ich verdrehte die Augen.

»Du!«, zischte der Mann vor mir und hielt mir seinen Dolch unter das Kinn. »Hör auf, deine Magie zu benutzen, oder wir töten dich auf der Stelle – und du!« Er fuhr zu der Wache herum, die noch immer ihre Hand fest umklammert hielt. »Wieso hast du deinen verdammten Schild nicht aufrechterhalten? Dann hätte sie dir auch nichts antun können!«

»Ich habe meinen Schild aufrechterhalten!«

»Und ich habe keine Magie benutzt«, erklärte ich.

»Ach, halt die Fresse, Feuermädchen«, zischte der Anführer, packte nun selbst meine Handgelenke und zog mich vorwärts. Erstaunlicherweise kamen wir wirklich mehrere Meter weiter, ohne dass er mich losließ. Ich wusste jedoch, dass es nur eine Frage der Zeit war, denn ich spürte denselben Schmerz, den auch er verspürte.

»Miststück«, fluchte er endlich, blieb stehen und musterte wütend seine gerötete Hand.

»War dein Schild für ihren Zauber auch nicht stark genug?«, neckte ihn der Alcedo, der sich bereits an mir verbrannt hatte.

»Steck dir deine Sprüche sonst wohin, Lane. Es ist kein Zauber. Habe ich recht, Feuermädchen? Schließlich hat sie die Handschellen an«, blaffte er.

Erst erwog ich, stumm zu bleiben, doch dann antwortete ich ihm: »Richtig. Es ist anscheinend eine natürliche Abwehrreaktion zwischen Alcedo und Phönix, und mir tut es genauso weh wie euch.« Das Letzte hätte ich vermutlich lieber für mich behalten sollen, doch das änderte nun auch nichts mehr.

Der Anführer nickte. »Gut. Zieht eure Handschuhe über, Männer.«

Und im nächsten Moment packte er mich wieder, diesmal mit geschützten Händen.

Widerstandslos ließ ich mich mitschleifen und hinkte ihm mit meinem verletzten Fuß hinterher.

Ein Kampf wäre sinnlos – ich musste lernen, meine Chancen einzuschätzen, nicht so wie damals … beim Maskenball in Phoenicia. Merkwürdigerweise schien mir dieser Tag Wochen zurückzuliegen, dabei war er gerade zwei Tage her.

Mir kam es vor, als marschierten wir Stunden durch den Schnee. Die Sonne hing irgendwo verhüllt von Wolken im Himmel, und die Luft war durch den Nebel fast ebenso weiß wie der mit Schnee bedeckte Boden.

Ich hatte Hunger, mein Fuß schmerzte noch immer, und ich musste auf die Toilette, doch ich würde jetzt nicht anfangen zu nörgeln. Weder ich noch die Alcedos hatten in der Zeit ein Wort gesprochen, und so erlaubte mir nichts genug Ablenkung von meinem eigenen innerlichen Abgrund. Ich war nicht nur allein in dieser mir fremden Welt, sondern auch allein in meinem Herzen. Eine Gefangene meiner Gedanken, meines Schmerzes, meiner Schuld.

Vielleicht verdiente ich es tatsächlich, wieder in ein Gefängnis geworfen zu werden, denn niemand könnte ein größeres Verbrechen begangen haben als ich. Im Gefängnis würde ich zumindest keinen anderen Leuten mehr schaden können. Ich wünschte nur, ich wäre weiterhin in Phoenicia im Gefängnis, dass Jean und ich nie ausgebrochen wären, dass ich nie mit nach Alcedia gekommen wäre, ich nie vor ihm weggerannt wäre und nie wieder zu ihm gerannt wäre.

Am liebsten hätte ich die komplette Zeit nach meinem siebzehnten Geburtstag bereut, denn ich fühlte mich schuldig für jeden einzelnen Moment, den ich mit Jean Sandlers verbracht hatte. Und jede Erinnerung an eben diese Momente schnitt mir nun Sekunde um Sekunde Wunden in mein Herz, die für ewig Narben bleiben würden.

Narben, die seinen Namen trugen.

2

Folter

Wir sind da.«

Zum ersten Mal seit einer Ewigkeit hob ich den Blick von meinen Füßen und dem unter ihnen knirschenden Schnee. Wir hatten eine lange Holzbrücke überquert, und nun ragte vor uns das dunkle Schloss des Bösen bis in den Himmel. Die schwarzen Türme und Zinnen verschwammen im Nebel. Wir standen vor dem geschlossenen Holztor, und ein beleibter Mann saß unmittelbar daneben, an die Mauer aus schwarzem Stein gelehnt.

»Wer seid ihr? Was wollt ihr?«, knurrte uns der Mann an und beugte sich misstrauisch nach vorn.

»Wir bringen eine Gefangene. Einen Phönix. Unser Meister hat sie vergangene Nacht im Wald gefunden«, erklärte einer meiner Begleiter kurz und knapp.

Der Wachmann beäugte mich kritisch, dann riss er seine Augen auf. »Das ist doch …!«

»Wir sind uns der Ähnlichkeit bewusst. Deine Königin wird bestimmt Gefallen an ihr finden«, antwortete einer der Männer, die mich hergebracht hatten. Ich versuchte noch nicht einmal, schlau aus ihren Worten zu werden.

Die Wache nickte und streckte ihren Arm aus, um am massiven Holztor zu klopfen. »Mach auf, Arni!«

Kurz darauf fuhr das Tor knirschend hinauf. Dahinter befand sich ein verschneiter Vorhof, der im Schatten des Schlosses lag und nichts als düstere Gespenster durch meine Vorstellungskraft erzeugte. Nur wenige Stallburschen oder Soldaten schlurften durch das schwarze Meer und warfen unserer kleinen Gruppe finstere Blicke zu.

Zwei der Wachen näherten sich mit auf mich gerichteten Speeren und trieben uns wortlos über den Hof, vorbei am Brunnen und schließlich eine steinerne Treppe hinauf, die uns in das Innere des Schlosses führen sollte.

In der Empfangshalle, die nur von wenigen Kerzenleuchtern an den nackten Steinwänden beleuchtet wurde, nahm sich ein anderer Soldat unserer an.

»Meine Herren, ab hier werde ich übernehmen. Sie dürfen wieder heimkehren«, sprach er zu meinen Begleitern. Diese verbeugten sich und kehrten uns dann den Rücken zu.

Emotionslos beobachtete ich, wie die Alcedos gingen, mit denen ich die letzten Stunden verbracht hatte. Sie gingen, ohne sich auch nur umzudrehen, und ließen mich mit dem Soldaten allein. Ich atmete tief ein und drehte mich zu ihm um. Hätte ich die silbernen Handschellen nicht umgehabt, so glaubte ich, würde ich mich gut gegen ihn behaupten können. Doch ohne meine Zauberkraft blieb mir nichts anderes übrig, als mich auch von ihm hinterherschleifen zu lassen.

Bereits nach wenigen Sekunden lief uns ein anderer Mann über den Weg.

»Da bist du ja endlich! Ich habe dich schon vor einer halben Minute gerufen.«

»Tut mir leid, Gordon. Ich war gerade im ersten Stockwerk, was –« Dann fiel sein Blick auf mich. »Wer ist das?«, fragte er ungläubig.

»Bist du blind? Das ist ein dreckiges Feuermädchen. Ich bringe sie in den Kerker, sag dem König und der Königin Bescheid. Die sollen entscheiden, was mit ihr passieren soll«, befahl der Soldat in herablassendem Ton.

»Oh mein Gott, ein echter Phönix!«, rief der Alcedo stattdessen aus und starrte mich unverhohlen an. Dann wurde sein Gesicht noch blasser, als es ohnehin schon war. »Gordon ...«, begann er stockend. »Findest du nicht, dass sie aussieht wie ...«

Die Wache namens Gordon fuhr zu mir herum und betrachtete mich zum ersten Mal genauer. Dann sog er scharf die Luft ein. »Gott verdammt! Das ist die Göre, nach der die Majestät die ganze Zeit sucht!«, rief er aus, und mir lief es kalt den Rücken hinunter. Wer suchte nach mir? Wieso?

»Los, geh und sag der Königin Bescheid!«, wies er den anderen an.

Der jedoch zögerte und schaute mich immer noch blinzelnd an. »Spürst du die süße Macht, die von ihr ausgeht?«, fragte er. »Wenn sie nur ein Feuermädchen ist ... dann würde ich gern von ihr kosten. So eine Gelegenheit bietet sich schließlich nicht jeden Tag.«

Wenn es möglich war, kam es mir so vor, als sänke die Temperatur in diesem Gang noch um ein paar weitere Grad. Um meine Macht zu verbergen, wollte ich automatisch meinen Schild stärken, als ich auf einen geistigen Widerstand stieß. Meine Kraft schien von mir selbst abzuprallen. Dann verstand ich. Natürlich, die Handschellen.

»Vielleicht bekommen wir etwas ab, wenn die Königin fertig mit ihr ist.« Ein hinterhältiges Grinsen legte sich auf sein Gesicht. »Und jetzt komm.«

Augenblicklich wurde ich am Arm gezerrt und stolperte der Wache hinterher, während der zweite Alcedo in eine andere Richtung verschwand. Immer dunkler wurde der steinerne Gang, immer kälter wurde es, und das einzige Geräusch, das uns begleitete, war das Hallen unserer Schritte.

Tropf. Tropf. Tropf.

Irgendwo musste etwas undicht sein in diesem Verlies, und ich wusste schon nach wenigen Minuten hier drin, dass mich dieses Geräusch noch in den Wahnsinn treiben würde.

Es war eine winzige Zelle, in die sie mich hineingesteckt hatten, und zu allem Überfluss war ich noch zusätzlich mit einem Paar Fußschellen versehen worden.

Die Dunkelheit wurde vom schwachen Sonnenlicht bekämpft, das durch ein mit einem Gitter bedecktes Guckloch hereindrang. Als ich zusammengesackt auf dem Metallgestell saß, das als Bett vorgesehen war, kam mir die Erleuchtung. *Das war es.* Das hier war meine prophezeite Zukunft! Lina, die phoenicische Wahrsagerin auf dem Jahrmarkt, hatte alles bis ins kleinste Detail beschrieben; von der eisigen Kälte hier, über meine Handschellen, bis hin zu meinem gebrochenen Herzen.

Ich wusste nicht, was ich davon halten sollte. Ich hatte nie wirklich an Prophezeiungen und vorherbestimmtes Schicksal geglaubt, und ich fragte mich, ob ich irgendetwas hätte tun können, um *das hier* zu verhindern.

Es vergingen endlose Stunden der schneidenden Kälte, oder vielleicht war sogar ein Tag in dieser Finsternis vergangen, bis ich näherkommende Schritte hörte. Gespannt lauschte ich den klickernden Absätzen.

Die Gestalt einer Frau trat vor die Gitterstäbe meines Gefängnisses. Trotz der Dunkelheit konnte ich sie blendend erkennen, meine Augen hatten sich in den unzähligen vergangenen Stunden super den Bedingungen angepasst. Weder Angst noch Neugierde überkamen mich bei dem Anblick dieser Frau. Genauso wenig, wie in ihrem Gesicht eine Gefühlsregung zu sehen war. Es kam mir vor, als wäre sie vollkommen aus Eis, genauso wie ihr Herz, von dem mir Jean erzählt hatte.

Die Königin war ebenso hübsch, wie ich sie mir vorgestellt hatte. Kein Anzeichen von Alter hatte sich auf ihrer Porzellanhaut verewigt. Ihr Haar war von einem wasserstoffblonden Ton, ihre hellblauen Augen waren mit schwarzer Schminke umrandet. Was genau war es, das diese Frau so graziös und gleichzeitig erhaben wirken ließ? Was sie über mich stellen sollte? Nur, dass in ihren Augen Überheblichkeit lag?

»Sieh an, sieh an. Wen haben wir denn da?« Ihre Stimme war das Einzige, woran man ihr Alter erahnen konnte. Nichts hatte sie von einem lieblichen, hellen Ton. Sie war rau und triefte vor Arroganz.

Ihr Anblick hatte mich so eingenommen, dass ich erst jetzt bemerkte, dass sie nicht allein war. Zwei Männer, so riesig und breit wie Bodyguards, hatten hinter ihr mit verschränkten Armen Stellung bezogen.

»Schon seit Tagen suche ich nach dir. Was für ein Zufall, dass du mir von selbst in die Arme läufst«, zischte sie wie eine Schlange. »Sag mir, wie kamst du hierher? Ich dachte, ihr Phönixe wisst nichts von dem Durchgang.«

Hätte ich mir denken können, dass sie mich ausfragen wollte. Doch ich würde ihr kein Wort preisgeben. Und unter keiner Folter der Welt würde ich je erwähnen, dass ich mit Hilfe ihres Sohnes in ihr Reich gekommen war. Was aber meinte sie damit, dass sie mich bereits tagelang suchte? Woher wollte sie mich überhaupt kennen?

»Willst du nicht sprechen?«, fragte die Königin honigsüß und legte ihren Kopf schief. Ihr blutroter Mund war zu einem furchteinflößenden Grinsen verzogen. »Holt sie da raus!«, brüllte sie auf einmal und trat von meiner Zelle zurück. Sie funkelte mich angriffslustig an. Während einer der Wachmänner hinter ihr vortrat und mit einem Schlüssel das Gitter entriegelte, meinte sie an mich gewandt: »Oh, du wirst schon noch reden. Du wirst mir jedes deiner dreckigen kleinen Geheimnisse verraten und jede Straßenecke von deinem Dörfchen beschreiben, wenn ich es nur verlange. Und vor allem wirst du mir sagen, wie es sein kann, dass du so *aussiehst!*«

Das dachte ich nicht, doch ich hielt meinen Mund geschlossen.

Ihre Worte ergaben wenig Sinn für mich, doch darüber zermarterte ich mir nicht den Kopf.

»Nun, wirst du reden?«, fragte sie, als würde sie mir eine letzte Chance geben. »Frage eins: Wieso bist du in Alcedia, und wie kamst du hierher?«

Das waren zwei Fragen. Ich blieb stumm. Was wollte sie schon tun? Mich töten? Ich fürchtete den Tod nicht. Er würde meiner Schuld ein Ende bereiten.

Schließlich verengten sich ihre Augen zu schmalen Schlitzen, und sie befahl ihren Wachen, mich aus der Zelle zu zerren. Gemeinsam liefen wir einen schmalen, dunklen Korridor entlang.

Instinktiv wusste ich, was mir bevorstehen würde. Es war auch nicht schwer zu erraten angesichts meiner Situation als Gefangene.

»Das ist unsere wundervolle Folterkammer«, flötete die Königin und öffnete eine schwere Metalltür. Sofort schlug mir ein kupfriger Geruch in die Nase, der einen salzigen und zugleich süßen Geschmack in meinem Mund hervorrief, sodass ich den Geruch direkt zuordnen konnte. *Blut.*

Obwohl das Blut nicht frisch war und der Geruch nur schwach in der Luft hing, strömten die Erinnerungen Schlag auf Schlag auf mich ein und verursachten eine Sehnsucht nach diesem Rausch, den ich bereits einmal gespürt hatte.

Da ich mich nicht von der Stelle bewegt hatte, drehte sich die Königin ungeduldig zu mir um – nur um dann in schallendes Gelächter zu verfallen.

»Ein Phönix, der dem Rausch des Blutes unterliegt? Himmel bewahre, dass ich das noch erleben kann!«

Mit zusammengebissenen Zähnen senkte ich den Kopf, damit sie nicht sah, wie meine Wangen eine verräterische Röte annahmen.

»Du brauchst dich deswegen nicht zu schämen«, sagte sie und lachte weiter. »Mich würde nur brennend interessieren, wieso die Phönixe plötzlich anfangen, Magie der Finsternis zu praktizieren, wofür sie uns doch verbannt hatten!« Schlagartig verschwand ihr Lachen, und ihre Stimme war der Inbegriff des Wortes ›Wut‹. »Oder hat das etwas mit meinem Sohn zu tun?«, kreischte sie, griff ohne Vorwarnung nach meinem Arm und zog mich weiter in die Kammer der Todesqualen. Sie war gekachelt mit schwarzen Fliesen, und auch die Wände waren aus pechschwarzem Backstein.

Verschiedene kompliziert aussehende Holzgerätschaften standen im Raum, doch mein Augenmerk fiel zuallererst auf einen kleinen Tisch, vor dem wir standen. Zahlreiche Metallgegenstände lagen darauf, wobei schon beim Hinsehen die Alarmglocken in meinem Kopf läuteten. Blutbeschmierte Skalpelle und andere spitze Gegenstände funkelten mich im Schein der Fackeln an, die die beiden Wachen mitgeschleppt hatten. Elektrisches Licht hatten sie hier anscheinend nicht.

»Nur zu, sieh dich ruhig um, denn das wird dich bald erwarten, wenn du mir nicht antwortest! Soll ich dir einige Dinge hiervon vielleicht erläutern?« Sie grinste zuckersüß, doch ihre Augen waren so kalt wie immer. Ich war zwar kein Arzt, doch diese Frau hatte definitiv psychische Probleme.

»Nein danke, ich besitze genug Fantasie«, erwiderte ich schlicht und weigerte mich, mich weiter in diesem grässlichen Raum umzuschauen. Die Königin jedoch ließ sich von mir nicht beirren und zog mich auf einen Holzstuhl, der neben dem Tisch stand. Mit ihren langen, schwarz lackierten Fingernägeln zeigte sie auf die Metallschnallen, die an den Armlehnen befestigt waren.

»Dieser Stuhl wurde schon für allerlei Foltermethoden verwendet. Von körperlicher Gewalt und Auspeitschen über magische

Folter – die bei dir übrigens wundervoll funktionieren würden … ein klein wenig Kälte würde dich bestimmt schon um den Verstand bringen.« Ihre Augen begannen zu leuchten. »Bis hin zu den interessanteren Sachen wie Adern aufschneiden oder Haut abschälen.« Sie zuckte mit den Schultern. »Wir haben alles im Repertoire.«

Besonders bei Letzterem fing mein Herz an, wie verrückt zu rasen, doch die Panik konnte sich trotzdem nicht bis zu meinem Verstand ausbreiten. Mein Körper war bis zur letzten Sehne gespannt, bereit zu fliehen und alles zu tun, um Schmerzen zu vermeiden, ich selbst jedoch war unnatürlich ruhig. Weder fingen meine Gedanken an zu rasen, noch suchten sie einen Fluchtweg, noch war ich vor *Angst* wie gelähmt. Gelähmt traf es zwar fast, doch meine innere Ruhe und Gleichgültigkeit hatten einen anderen Grund.

»Du scheinst unbeeindruckt«, fauchte sie und zog mich wieder hoch. »Siehst du das dort? Das ist eine Streckbank.« Ihr Finger deutete darauf, änderte nach wenigen Augenblicken jedoch die Richtung. »Und das ist ein Feuerkessel, in dem wir Gefangene bei lebendigem Leibe kochen … oh.« Ihr fiel anscheinend ein, wer ich war. »Nun gut, der ist für dich uninteressant, aber dort haben wir die Kopfpresse. Bei diesem Instrument wird dein Kopf in eine Schraubzwinge gelegt, und diese wird immer weiter heruntergeschraubt, bis, ähnlich wie beim Auspressen von Weintrauben, ein solcher Druck auf dem Schädel lastet, dass dein kleiner, hübscher Kopf zerbricht. Na, interessiert?«

Als ich weiter nur stumm und unbeweglich neben ihr stand, wurde sie unruhig. »Wir haben auch noch mehr, Feuermädchen. Siehst du diesen Tisch dort? Der Gefolterte wird auf ihn geschnallt und auf ihm ein Brett platziert. Auf dieses Brett werden dann schwere Gewichte gelegt, die ihm den Atem nehmen. Wirst du nicht bereit sein, deine Zunge zu lockern, so werden nach und nach immer mehr Gewichte auf das Brett gelegt, bis der Brustkorb zerbricht -«

»Wieso erzählt Ihr mir das alles?«, unterbrach ich sie, da ich es leid wurde, mir diese Qualen bildlich vorzustellen. »Wenn Ihr Antworten von mir bekommen wollt, wieso *benutzt* Ihr dann nicht diese ganzen Gerätschaften?«

Stumm starrte mich die Königin an. Ähnlicher Unglauben wie bei dem blonden Alcedo, der mich aufgegabelt hatte, zeichnete sich in ihren Augen ab.

Nachdem sie ihre Überraschung überwunden hatte, beugte sie sich zu mir herab. So nah, dass ich ihren kalten Atem auf meiner Haut spüren konnte und ihre blassen Augen nur eine Handbreit von meinen entfernt waren. »Punkt eins«, flüsterte sie bedrohlich, »sprich nie wieder in so einem Ton mit mir. Punkt zwei: Ich kann nichts dafür, dass du anscheinend geistesgestört bist und nicht auf das hier reagierst, denn da wären wir bei Punkt drei: Das hier *ist* bereits eine Foltermethode. Man nennt sie ›Territion‹, und sie reicht bei normalen Menschen vollkommen aus.«

Unnachgiebig reckte ich mein Kinn in die Höhe, kniff die Augen zu schmalen Schlitzen zusammen und antwortete: »Wie schön, dass wir uns schon in einem wichtigen Punkt einig sind: Ich bin alles andere als normal. Nennt mich ruhig geisteskrank, weil ich Eure sadistischen Spielchen nicht mitspiele, aber ich habe weder Angst vor Euch noch vor dem Tod. Und um keinen Preis der Welt werde ich Euch irgendetwas verraten.«

Ich hatte eine Grenze überschritten, und sofort bekam ich die Konsequenzen zu spüren. Ehe ich blinzeln konnte, hatte sie bereits ausgeholt, und ihre Handfläche traf meine Wange. Ihre langen Fingernägel kratzten meine Haut auf. Ich spürte das Blut aus den Kratzern sickern. Die Hitze, die ihre Berührung verursacht hatte, blieb. Ich zuckte keinen Millimeter zurück.

Wortlos und störrisch blickten wir uns an.

»Der Tod ist etwas vollkommen anderes als die Schmerzen, die ich fähig bin, dir zuzufügen. Wir werden sehen, wie viel Starrsinn du besitzt, doch bis dahin darfst du Foltermethode Nummer zwei austesten: die Camera Silens. Für dich: ›der stille Raum‹. Er ist schallisoliert und dunkel. Darin werden Gefangene eingesperrt und können durch das völlige Fehlen von Sinneswahrnehmungen in den Wahnsinn getrieben werden. Du kannst dich also schon einmal auf Halluzinationen freuen.«

Ich verschränkte schwer atmend die Arme vor meiner Brust. »Bis ich anfange zu halluzinieren und Euch die Antworten zu geben, die Ihr wollt, müsst Ihr ein Mittel finden, um von den Toten aufzuerstehen.«

Erzürnt schubste sie mich vorwärts. »Deine Witze werden dir noch vergehen!«

»Ich mache keine Witze, denn ich bin mir sicher, dass Ihr nie einen Funken Humor in mir finden werdet.«

Die Camera Silens erwies sich tatsächlich als vollkommen schallisoliert und dunkel.

Als die Tür hinter mir geschlossen wurde, hatte ich noch nicht einmal die sich entfernenden Schritte der Königin hören können, obwohl sie hohe Absatzschuhe trug und ich ein übermenschliches Gehör besaß. Ebenso wenig konnte ich irgendetwas über meine Umgebung ausmachen, außer dass der Raum nicht größer als eins siebzig mal eins siebzig sein konnte – ich konnte mich gerade eben so hinlegen – und sich keinerlei Gegenstände in dem Raum befanden außer einem Eimer, dessen Zweck unschwer zu erraten war. Sowohl der Boden als auch die Decke schienen gepolstert und mit Leder überzogen zu sein.

Frustriert saß ich nun seit Stunden auf dem Boden, während mein Adrenalinspiegel spürbar sank und nichts mehr übrigblieb außer der Leere, die ich auch schon gespürt hatte, sobald ich bei dem merkwürdigen Alcedo zu Hause aufgewacht war. Denn wie konnte ich jetzt Rache üben, wenn ich in einem *»stillen Raum«* saß und in den nächsten paar Tagen vermutlich zu Tode gefoltert wurde? Oder vorher verhungerte. Ernüchtert schlang ich die Arme fest um meinen schmerzenden Bauch und rollte mich auf dem weichen Boden zusammen.

Ich war allein. Aus diesem Gefängnis würde mich niemand retten. Es gab keinen Jean mehr. Und alle meine Freunde waren in anderen Welten, würden niemals auch nur einen Fuß in dieses Königreich setzen. Niemand würde mich hier finden. Ich war verloren.

Irgendwann schlief ich schließlich ein, ohne eine Lösung gefunden zu haben. Doch auch im Traum fanden meine Gedanken keinen Frieden.

Viele Menschen drückten sich um mich herum, alle in glitzernden Kleidern in unterschiedlichen Farben oder in feinen Smokings. Sie tanzten und wirbelten in einem riesigen Saal herum, und ich war mittendrin.

Es war der Ball.

Ich trug jedoch nicht mein rotes Kleid, sondern ein schneeweißes. Ehe ich mein Outfit genauer erkunden konnte, legte sich eine Hand auf meine nackte Schulter.

Überrascht drehte ich mich um und errötete unter seinem Blick. Mein Herz begann, wie immer in seiner Nähe, schneller zu schlagen.

Und dieses wunderschöne Gesicht … aus irgendeinem Grund schmerzte es mich plötzlich unendlich.

»Jean«, flüsterte ich seinen Namen und konnte trotz des Schmerzes nicht wegsehen.

»Nici …« Ich konnte nicht beschreiben, wie sehr ich es liebte, meinen Namen aus seinem Mund zu hören, seine Stimme im Ohr zu vernehmen und seine Finger auf meiner Haut zu spüren. Langsam, ganz langsam wanderten sie über mein Schlüsselbein. Kühl, und doch brannten sie. Dann nahm er seine Hand weg und schaute mich an. Er schaute mir einfach nur in die Augen, und schon drohte ich auf

der Stelle zu zerfließen. Dieses Blau machte mich schwach. Er war der einzige Mann, der mich je in die Knie zwingen könnte. Mein finsterer Mentor. Der Prinz von Alcedia.

»Wieso?«, fragte ich, doch ich wusste nicht, was ich meinte.

Jean hingegen schien meine Frage zu verstehen. »Es tut mir leid«, sagte er.

Traurig öffnete ich die Augen und starrte in das undurchdringliche Schwarz. Tränen liefen mir still und heiß die Wangen hinunter, während seine Entschuldigung noch immer in meinem Kopf hallte. Sie brachten mich innerlich um, diese Worte. Denn *ich* war diejenige, die sich entschuldigen sollte – es jedoch nie mehr können würde.

Wütend presste ich meine bebenden Lippen aufeinander. Meine Rache würde meine Entschuldigung sein! Nachdem ich Serena und diesen scheußlichen Alec gefunden hätte, hätte ich alles getan, was in meiner Macht stünde. Und um meine Schuld endgültig zu begleichen, würde ich Jean danach dorthin folgen, wo er jetzt war …

Von einem Moment auf den anderen fühlte ich mich beobachtet. Dieses Gefühl war so intensiv, wie ich es noch nie zuvor erlebt hatte, und auch schien es mir, als sei die Dunkelheit nicht mehr so undurchdringlich wie zuvor.

Mit klopfendem Herzen und trocknenden Tränen setzte ich mich auf und schaute mich um. Beinahe hätte ich geschrien, als ich einen Mann hinter mir erblickte.

Doch als ich blinzelte, war er verschwunden.

»Was …?«, entfuhr es mir. Völlig durch den Wind stand ich auf und streckte meine Arme aus. Sie griffen ins Leere, und die Dunkelheit war wieder so verschlingend, dass mir mein Verstand sagte, ich hätte niemanden sehen können, selbst *wenn* da jemand gewesen wäre.

Fluchend setzte ich mich wieder hin und bemerkte, dass ich am ganzen Körper zitterte. Das Bild von dem Mann schien in meinem Kopf eingebrannt. Er war groß gewesen und blond, und ich hatte ihn noch nie zuvor gesehen, dessen war ich mir sicher. Trotzdem erinnerte er mich auf einmal an den Alcedo, in dessen Haus ich gestern aufgewacht war. Und da, als ich gerade an seine eisblauen Augen dachte, fiel es mir ein. Bei der Erkenntnis klappte mir sogar der Mund auf. *Das* war es also, weshalb ich immer dieses Déjà-vu-Gefühl gehabt hatte, sobald ich seinem Blick begegnet war!

Ich war ihm schon einmal begegnet! Sogar zweimal. Einmal auf dem Spielplatz in Phoenicia und das zweite Mal in Alcedia, als Jean bei Arianna gewesen war.

Das konnte doch nicht sein! Wieso hatte ich ihn weder beim zweiten noch beim dritten Treffen erkannt? Wieso war mir nicht aufgefallen, dass dieser abscheuliche Blonde der sadistische Junge vom Spielplatz war?

Das war zu viel. Kein Wunder, dass ich schon begonnen hatte, zu halluzinieren. Vielleicht hatte die Königin aber auch recht, und das lag alles an ihrer Foltermethode.

»Nicita«, rief auf einmal eine Stimme in die Stille hinein.

Zu Tode erschrocken fuhr ich herum und sah gerade noch, wie ein Lichtspalt schmaler wurde. Dann war es wieder dunkel, doch ich wusste, dass ich nicht mehr allein war.

Es konnte nicht schon wieder eine Halluzination sein. Und wenige Sekunden später leuchtete tatsächlich ein kleines Licht auf, und ich konnte meinem Besucher ins Gesicht blicken. Ein Gesicht, das ich in dem Moment am wenigsten erwartet hätte und auf keinen Fall sehen wollte.

Mit aufeinandergepresstem Kiefer wandte ich meinen Blick von dieser bildhübschen Frau ab.

»Nicita?«

Ihre Stimme zu hören, tat weh. Zu wissen, dass das hier keine Halluzination war, tat weh. Das zu sehen, was Jean am liebsten sehen würde … tat weh.

»Gehen Sie«, brachte ich heraus, ohne wissen zu wollen, wie sie überhaupt hereingekommen war. Ich hatte die Augen geschlossen und meinen Kopf abgewandt. Trotzdem sah ich ihr Bild vor Augen. Das Bild auf Jeans Schreibtisch.

»Hat dir Jean von mir erzählt?«, fragte sie leise, und ich hasste es, wie sie seinen Namen aussprach. Doch das sagte ich ihr nicht. *Das hier muss ein Traum sein.* Ich wollte, dass es einer war.

»Sagen Sie mir, dass Sie nicht wirklich hier sind«, murmelte ich stattdessen. »Sagen Sie mir, dass Sie nur ein Hirngespinst meiner Albträume sind.« Sie konnte schließlich nicht wirklich hier sein. Warum sollte sie auch? Sie kannte mich nicht.

»Haben sie dir etwas angetan, Nicita?«

Wütend drehte ich mich zu ihr um und schaute ihr endlich ins Gesicht. Doch das machte sie nur noch realer. »Hören Sie verdammt noch einmal auf, meinen Namen in Ihren Mund zu nehmen!«, schrie ich sie an.

Sie schluckte und schaute verlegen zur Seite. Die Lichtkugel, die sie in ihren Händen schweben ließ, warf dunkle Schatten auf ihr Gesicht. Sie sah vollkommen fertig aus – und traurig.

»Ich weiß nicht, was du von mir weißt … von daher …« Sie wusste anscheinend wirklich nicht, was sie sagen sollte, und sie hätte mir auch leidgetan, wenn ich nicht ständig daran hätte denken müssen, wie *er* sie geküsst hatte.

»Ich habe euch zusammen gesehen«, entschied ich mich dazu, es ihr etwas einfacher zu machen. Schließlich konnte sie ja nichts dafür, dass ich mich in ihren Freund verguckt hatte und mich nun nie gekannte Eifersucht zerfraß.

»Du liebst ihn, oder?«, fragte sie nickend.

Das aber ging zu weit. Ich hatte beschlossen, es ihr einfacher zu machen, doch so ging das nicht. Was fiel ihr eigentlich ein? Was wollte sie hier? Mir unter die Nase reiben, dass meine Gefühle einseitig waren?

Ich schnaubte und versuchte, nicht zu bissig zu klingen, als ich ihr antwortete. »Wissen Sie, dass er bereits *tot* ist? Also wenn schon, dann lieb*te.* Doch ich wüsste nicht, was es Sie anginge.«

Sie zuckte vor meinen Worten zurück. »Ich bin hier, um dir etwas zu erzählen.«

Toll, sie brach in mein Gefängnis ein, um mir etwas zu *erzählen.* »Ich möchte es aber nicht hören.« Normalerweise war ich nett zu *allen* Menschen, wirklich. Ich war mir selbst fremd, mich so reden zu hören.

»Ich werde es dir trotzdem erzählen!«, erwiderte sie unfreundlich.

Sie hatte ja keine Ahnung, wie sehr sie mich damit quälte. Und dass ihr Erscheinen hier die schlimmste aller Foltermethoden war.

2.5

Die Geschichte eines Mädchens

Es war vor mehr als zehn Jahren, als sich das Leben eines jungen Mädchens für immer veränderte. Ihr Name war Arianna, und sie hatte schon früh ihre Eltern verloren. Sie waren in die Schlacht gegen die Phönixe gezogen und nicht wieder zurückgekehrt. Wie sie die Jahre in Einsamkeit, Hunger und Kälte überlebt hatte, blieb ein Rätsel.

Es war ein Tag wie jeder andere, als das Schicksal sie prägte. Sie zählte mittlerweile vierzehn Winter, als sie an ihrem Stand auf dem Marktplatz Äpfel verkaufte und ein junger Mann oder gar noch ein Knabe auf einem Pferd vor ihr stehen blieb. Er war in einen dunkelblauen Umhang gehüllt, so konnte sie ihn nicht sofort erkennen, als er sich einen Apfel aus einem der Körbe nahm und hineinbiss.

»Hey!«, rief sie deswegen und funkelte den Dieb wütend an. »Den musst du bezahlen!«

Da hob der Junge den Kopf, und sie blickte in seine eisblauen Augen. Mit einem Grinsen schob er die Kapuze zurück, und seine blauschwarzen Haare wurden sichtbar. Das Mädchen erkannte ihn auf der Stelle, obwohl sie ihn noch nie persönlich gesehen hatte. Sie *wusste* einfach, dass er es war. Und die Aufmachung des Jungen, seine edle Kleidung, das Schwert, das an seiner Seite baumelte und das goldene Geschirr des schwarzen Hengstes – alles passte ins Bild.

»Verzeihung, Eure Hoheit«, murmelte sie peinlich berührt und verbeugte sich. Sie wusste nicht recht, was sie zu tun hatte, was sie sagen sollte oder wie sie ihre forschen Worte hätte rückgängig machen können. Sie stand dem Prinzen von Alcedia gegenüber, und nichts auf der Welt hätte sie auf dieses Treffen vorbereiten können.

Mit hochrotem Kopf wagte sie einen Blick zu ihm hinauf, doch er hatte die Kapuze wieder über seinen Kopf gezogen.

»Ihr dürft Euch natürlich alle Äpfel nehmen, die Ihr wollt«, flüsterte sie und biss sich schüchtern auf die Unterlippe. Zu gern wollte sie noch einmal sein Gesicht sehen; er war so jung, vielleicht nur ein Jahr älter als sie.

»Schon gut«, meinte der junge Prinz nur und schaute sich um. »Ich darf eigentlich gar nicht hier sein. Wie heißt du?«

Arianna schluckte und verriet ihm dann ihren Namen. »Ihr seid der Thronfolger, oder?«, fragte sie zaghaft und mit der dümmlichen Neugierde eines Kindes. »Ihr seid Eduardo, nicht wahr?«

Er nickte. »Sag mal … tust du mir einen Gefallen?«

Was für eine Frage!, dachte sie und nickte überschwänglich.

»Möchtest du mit mir aufs Schloss kommen? Ich bin immer so einsam dort.«

Ariannas Wangen glühten. »Wenn … wenn ich darf«, stotterte sie und wusste nicht, was sie von dem Angebot des Prinzen halten sollte. Abschlagen konnte sie es ihm nicht, doch wie sehr sie sich auch zu ihm hingezogen fühlte, so ganz geheuer war er ihr nicht. Sie hatte schon alle möglichen Geschichten über diesen jungen Rabauken gehört, der tat und ließ, was immer er wollte.

Und nun hatte er ein neues Spielzeug gefunden und würde sie so schnell nicht wieder gehen lassen. Wie ein Ritter half er ihr auf das Pferd und setzte sich hinter sie, die Zügel fest in der Hand, seine Arme an ihren dünnen Körper gepresst.

Sie ritten los, vorbei an den Dorfbewohnern, die neugierig ihre Köpfe wandten, vorbei an den Kleidungsständen, an den

Ständen mit Brot oder Fisch – doch Eduardo interessierte sich nur für das Mädchen vor ihm. Er roch den Duft nach Lilien an ihren Haaren, und am liebsten hätte er die Augen geschlossen, um das Gefühl in seinem Inneren festzuhalten. Das Verlangen, das ihn seit dem Moment, als sie ihn angeschrien hatte, durchströmte.

Als er sie bei der Hand nahm, um ihr von dem großen Pferd zu helfen, merkte Arianna plötzlich, dass sie am ganzen Körper zitterte. Sie wusste nicht, was mit ihr los war, doch sie hatte Angst. Angst vor dem Unbekannten. Die letzten Jahre hatte sie sich in ihrem Haus eingeschlossen und war nur einmal in der Woche zum Markt gegangen. Seit dem Tod ihrer Eltern hatte sie mit keinem Kind in ihrem Alter mehr geredet. Sie hatte sich abgekapselt, und bis jetzt hatte niemand je versucht, sie aus ihrem Schneckenhaus zu befreien.

»Wenn ich bitten darf«, sprach der Prinz melodisch und vollführte eine Geste mit der Hand, um ihr den Vortritt ins Schloss zu gewähren.

Sie zögerte. Das Schloss ragte beinahe dämonisch in der hier vorherrschenden Dunkelheit auf. Seine Mauern schienen wie aus Fels gemeißelt. Schroff sperrten sie die Welt aus. Düstere Türme hoben sich in den Himmel, jeder eine eigene Festung. Nur schmale Scharten boten eine Möglichkeit, einen Blick aus der Burg zu werfen. Einsam thronte sie auf dem kahlgeschlagenen Berg, den die beiden durch eine Brücke erreicht hatten, und doch wirkte die Burg wie eine ganze Armee grausamer Krieger auf das junge Mädchen.

»Hier wird dich schon niemand beißen«, versuchte der Prinz mit den blauen Augen die Situation zu entschärfen. Er hatte seine Kapuze abgestreift, und Arianna liebte es, wie das Schwarz seiner schulterlangen Haare in diesem Licht bläulich glänzte. Ihre Haare taten das nämlich nicht.

Sie merkte nicht, dass er gelogen hatte, warf ihre Unsicherheit über Bord und trat ein.

Ihre Schritte hallten von dem schwarzen Marmor wider, und die Wände erhoben sich wie düstere Schatten in ungeahnte Höhen. Es war kalt hier drinnen, obwohl Arianna Minustemperaturen gewöhnt war.

»Hier entlang«, meinte Eduardo und führte sie rechts in einen Gang, ehe sie sich weiter umschauen konnte. Sein Arm war um ihre Taille gelegt. Sie mochte diese plötzliche Nähe nicht, und am liebsten hätte sie ihn fortgestoßen und wäre hinausgerannt. Sie wäre gerannt, so weit ihre Füße sie getragen hätten – doch er hätte sie eingeholt. Sie konnte nicht mehr fliehen. Ihre einzige Chance war es, aus der Situation das Beste zu machen. Der Prinz war doch nett, oder? Er würde sie doch verstehen, oder?

Doch der Prinz hatte andere Pläne. Und er war nicht nett. Ein Alcedo war nie nett, so dachte er. Seine Mutter war nicht nett – doch sie war mächtig und stark. Und das wollte er sein, er wollte kein Waschlappen wie sein Vater werden, sondern der mächtigste König, den die Welt je sehen würde. Er wollte in aller Munde sein für seine Taten, egal welche das waren, er wollte Angst und gleichzeitig Bewunderung in den Augen seiner Untertanen sehen. Und er wusste, dass er das erreichen konnte, wenn er klug an die Sache heranging. Über die Jahre hinweg hatte er gelernt, sich zu verstellen, er hatte geübt und daran Spaß gefunden. Nun lief seine nächste Herausforderung genau neben ihm. Sie war ein weiterer Schritt zu seinem Ziel, denn auch in ihren Augen hatte er vor, heute noch Angst und Bewunderung und *Begehren* zugleich zu sehen.

Sobald er sie in sein Zimmer geführt hatte, schloss er die Tür hinter sich und ließ seinen Umhang zu Boden gleiten.

In einer schwarzen Hose und einem weißen Hemd schritt er langsam auf sie zu. Ihre Augen waren vor Angst weit aufgerissen, denn sie hatte endlich verstanden, was er mit ihr vorhatte. Ein Grinsen legte sich auf sein blasses Gesicht, und er entblößte seine spitzen Eckzähne. Mit Genugtuung beobachtete er, wie sie erschrocken die Luft einsog und ihr Blick hektisch nach einem Fluchtweg suchte. Doch sie brauchte nicht in Panik zu verfallen. Er hatte noch nicht vor, seine Zähne in ihrem hübschen Hals zu versenken.

»Du kannst mir nicht entkommen … und ich bin schließlich der Prinz.« Er legte den Kopf schief und genoss mit jedem Atemzug die Situation. Es schien, als *atme* er erst durch ihre Angst, die langsam aber sicher den Raum erfüllte. Er spürte sie auf seiner eigenen, kalten Haut kribbeln, und sie bescherte ihm einen der seltenen Momente der Hitze. Hitze, die ihn verbrannte, an der er sich jedoch nicht sattfühlen konnte.

Innerhalb eines Atemzuges hatte er sie auf sein gewaltiges Bett geschleudert. Unbeweglich lag sie da, und er hörte das Echo ihres Herzens bis in jede Zelle seines Körpers.

Im benachbarten Zimmer saß der Zwilling des Prinzen auf einem weinroten Sofa, vertieft in ein Buch, als er das Stöhnen seines Bruders hörte.

Geht das schon wieder los, dachte er genervt, und es fiel ihm schwer, sich erneut in seine abenteuerliche Geschichte zu vertiefen, solange er wusste, dass sein Bruder wieder unschuldige Mädchen missbrauchte. Dass er seinen Spaß auch nirgendwo anders ausleben konnte. Jean konnte schon anfangen, die Sekunden zu zählen, ab wann das Mädchen um Hilfe schreien würde. Die ersten Minuten waren sie immer ganz still, versetzt in eine Art Schockzustand, doch dann würde sie beginnen zu schreien, zu flehen oder sich auch zu wehren. Er zählte von fünf herunter und war bei zwei, als er einen Schrei hörte.

Verwundert schloss er das Buch und richtete sich auf. Es war nicht der Schrei des Mädchens gewesen.

»Du miese Schlampe!«, hörte er seinen Bruder fluchen und runzelte die Stirn. Was hatte das Mädchen getan, dass sein Bruder so außer sich war?

Nein, das geht mich nichts an, redete er sich ein und versuchte, die Geräusche aus dem Nachbarzimmer auszublenden.

Was jedoch nicht auszublenden war, war sein knurrender Magen. Seufzend strich er sich eine schwarze Haarsträhne aus dem Gesicht, stand auf und durchquerte sein düsteres Zimmer, dessen schwere weinrote Vorhänge das Licht aussperrten.

Vor seinem antiken Mahagonischrank blieb er stehen und holte ein schwarzes Hemd heraus, das er sich über den nackten Oberkörper streifte.

Er kam nicht mehr dazu, es zuzuknöpfen, denn sobald er auf den Flur trat, flog auch die Tür des benachbarten Zimmers auf. Er sah nur noch etwas Weißes herausrennen, als er bereits mit diesem Etwas kollidierte.

Er schaute an sich hinunter und blickte in die dunkelblauen Augen des jungen Mädchens. Sie hatte sich ein weißes Laken aus Eduardos Schlafgemach um ihren nackten, zitternden Körper gewickelt und schaute voller Panik in die gleichen Augen, vor denen sie gerade geflohen war.

»Jean«, zischte da sein Bruder, der ihnen auf den Flur gefolgt war und seinen schwarzen Morgenmantel trug, um nicht vollkommen nackt dazustehen. Als Jean Eduardo erblickte, klappte ihm der Mund auf. Eine grauenhafte, schmerzhaft aussehende Wunde erstreckte sich längs über seine rechte Gesichtshälfte und ließ auch sein Auge nicht unversehrt. Die Wunde sah frisch aus, auch wenn sie nicht mehr blutete.

»Glotz nicht so!«, fauchte ihn der Erstgeborene an und wollte sich gerade wieder das Mädchen krallen, als sie sich hinter Jeans

Rücken versteckte und sich an seinem Hemd festhielt. »Hilf mir«, flehte sie kaum hörbar.

Verwundert schaute Jean von dem Mädchen wieder zu seinem Bruder. »Bist du nicht schon fertig mit ihr?«, fragte er wenig hoffnungsvoll, doch er wollte es zumindest versuchen. Etwas in der Stimme des Mädchens hatte ihn tief im Inneren berührt.

»Das Beste habe ich mir bis zum Schluss aufgehoben, Bruderherz.«

»Er ... er will mein Blut«, schluchzte sie, und wieder überkam sie ein so heftiges Zittern, dass sie sich kaum auf den Beinen halten konnte. Sie krallte sich noch immer verzweifelt an sein Hemd.

»Ihr Blut?«, echote Jean wütend. »Das darfst du nicht. Vater hat dir vielleicht erlaubt, mit ihnen zu spielen, aber nicht von ihnen zu trinken!«

Eduardo konnte daraufhin nur lachen. »Oh mein kleiner, dummer Bruder. Du wolltest schon immer alle Regeln einhalten. Aber soll ich dir etwas verraten?« Er trat einen Schritt näher und senkte seine Stimme zu einem rauen Flüstern. »Wir sind keine normalen Sterblichen. Nein, wir sind noch nicht einmal normale Alcedos. Wir sind noch nicht einmal normale Vampire. Wir sind *Könige,* Bruder. Regeln wurden nicht für uns gemacht, sondern wir machen sie. Und nun gib mir dieses Mädchen zurück. Sie muss für das büßen, was sie mir angetan hat.«

Doch da kannte er Jean schlecht. Jean hätte alles getan, um seinem Bruder das Gegenteil von dem zu geben, was er wollte. Und er war alles andere als dumm.

»Nun gut ...«, antwortete Jean, und seine eisblauen Augen funkelten nun genauso spielerisch wie die seines Zwillings.

»Wir sind beide Könige, und obwohl du immer das erste Recht auf alles hast, habe ich stets das zweite. Du bist der erste Thronfolger, doch der zweite bin ich. Du warst der Erste, der seinen Spaß mit diesem Mädchen hatte – und nun rate, wer der Zweite ist, bevor du dich an das andere Delikt wagen darfst.«

Erzürnt spuckte Eduardo auf den Boden und verengte seine Augen zu erbarmungslosen Schlitzen. »Von mir aus!«, fauchte er. »Ich werde dich nicht davon abhalten, auch mal die Chance dazu zu bekommen, deine Unschuld zu verlieren, Bruder. Doch wenn du mit ihr fertig bist, werde ich auf sie warten. Und wage es nicht, dumme Spielchen mit mir zu spielen. Ihr beiden werdet noch das bekommen, was ihr verdient!« Er schaute Arianna und seinen Bruder abwechselnd an, bevor er festen Schrittes in seinem Zimmer verschwand und die Tür hinter sich ins Schloss knallte.

Mit einem triumphierenden Grinsen wandte sich Jean dem Mädchen hinter sich zu, doch sie hatte ihn bereits losgelassen und war einige Schritte zurückgetreten. Nun war er es, der wie ein Monster angeschaut wurde, und er konnte es der Kleinen kaum verübeln.

»Ich tue dir nichts, versprochen«, versuchte er sie zu beruhigen, doch sie krallte ihre Finger nur noch fester in das Bettlaken. »Komm erst einmal mit, wir können hier nicht im Flur herumstehen«, meinte Jean, der etwas überfordert mit der Situation war. Was sollte er mit einem Mädchen anfangen, das höllische Angst vor ihm hatte?

Arianna jedoch blieb wie angewurzelt in dem kalten Korridor stehen. Seufzend trat er näher an sie heran, und als er sah, dass sie nicht zurückwich, hob er sie einfach hoch und trug sie in seinen kräftigen Armen über die Türschwelle. Mit dem Fuß stieß er die Tür zu und setzte sie behutsam auf dem Bett ab. Immer noch starrte sie ihn nur an.

»Was denkst du?«, fragte Jean und kniete sich vor ihr auf den dunklen Holzboden.

Verwirrt kniff Arianna ihre Augenbrauen zusammen und erwachte aus ihrer Starre.

»Ich möchte hier weg«, sagte sie leise und schaute ihn mit ihren großen, blauen Augen an. Ihre Augen waren wie ein dunkler tiefer Ozean, in denen die ganze Welt versunken zu sein schien. Jean konnte nicht anders, als sie von diesem Augenblick an für immer ins Herz zu schließen. Es schmerzte ihn zu sehr, in ihren Augen nicht sein Spiegelbild zu sehen, sondern das von Eduardo.

In allen Augen war immer nur Eduardo gewesen. Wenn ihn jemand anschaute, dann sah derjenige nur die Kopie des wahren Prinzen. Als er an diesem Tag dieses Mädchen gehen ließ, stimmte ihn das Wissen plötzlich traurig, dass nie *er selbst* in ihren Augen sein würde.

Dennoch schwor er sich, die versunkene Welt aus diesen Augen hervorzuholen, ihnen das Leben zu zeigen und sie nie wieder mit dieser Traurigkeit zu füllen.

In der nächsten Woche kostete es Arianna viel Überwindung, zum Markt zu gehen. Sie wollte jeglichen Erinnerungen an jenen Tag aus dem Weg gehen, doch das Leben ließ ihr keine Wahl. Sie hatte nichts außer diesem Stand, den sie mit einer alten Frau vor einem Jahr auf die Beine gestellt hatte.

Das Geld, das sie für die selbstgepflückten Äpfel aus der Menschenwelt bekam, war das Einzige, womit sie ihr Leben finanzieren konnte.

Die meisten Alcedos wohnten in Armut, da die Königsfamilie in Geiz und Verschwendung lebte. Doch die Alcedos waren so daran gewöhnt, dass sie sich nicht einmal darüber beschwerten, wie wenig das Königshaus für sie tat.

Sie wussten ja nicht, dass nicht jeder der Estrelas so selbstverliebt und machtgierig war.

Die junge Arianna jedoch würde das bald erfahren, denn an diesem Tag, an dem sie sich hatte quälen müssen, auf den Markt zu kommen, an dem sie vor Angst zitterte und jedem Käufer mit Misstrauen begegnete, bekam sie von einem von ihnen Besuch.

Als der Reiter auf dem schwarzen Pferd vor ihr stehen blieb, schlug sie sich vor Angst die Hand vor den Mund.

»Hallo«, sprach der mit einem blauen Umhang verhüllte Reiter. Tausend Gedanken und Fragen schossen Arianna in diesem Moment durch den Kopf: *Was wollte er? Was tat er hier? Wieso? Wieso?*

»Ich bin nicht Eduardo«, sagte Jean gekränkt, als er ihre Panik sah.

»Oh«, fuhr es ihr über die zarten Lippen, und sie schaute angestrengt interessiert auf das rote Obst vor ihr. Doch sie konnte sich selbst nicht anlügen, so sehr sie versuchte, wieder ruhig zu werden. Ihrem Verstand und ihrem Herzen konnte sie die Zweifel nicht verübeln. Wer sagte denn, dass nicht doch Eduardo vor ihr stand und sie belog?

»Du glaubst mir nicht, oder?«, fragte die Stimme unter dem Schatten der Kapuze, die tief über sein Gesicht gezogen war und nur sein weißes, kräftiges Kinn unbedeckt ließ.

»Was willst du hier? Es ist mir egal, welcher von den Prinzen du bist«, fuhr sie ihn mit Tränen in den Augen an. Wieso wurde sie nur so gequält?

Sofort schaute sich der Reiter in alle Richtungen um. »Nicht so laut«, flüsterte er, beugte sich zu ihr herab und streifte seine Kapuze ab.

Ariannas Herzschlag beschleunigte sich, als sie in dieses vollkommene Gesicht blickte, die Augen so rein und ehrlich, wie sie eigentlich nicht ins Bild passten.

»Eduardos Gesicht ziert dank dir seit letzter Woche eine Narbe. Siehst du … Ich habe keine«, flüsterte er und konnte die Augen nicht von ihr wenden. Er sah ihr Zögern und beinahe jeden ihrer Gedanken. Als er merkte, dass er hier immer noch unerwünscht war, lehnte er sich enttäuscht zurück und reichte ihr wortlos einen Beutel.

»Was ist das?«, fragte sie skeptisch und verschränkte die Arme vor der Brust.

»Eine Entschuldigung. Eine Wiedergutmachung. Nenn es, wie du willst.«

»Geld?«, fragte sie ungläubig.

»Ja, so darfst du es auch nennen.« Er grinste, und nun wusste er, wieso sein Bruder von all den Mädchen im Dorf genau dieses ausgesucht hatte.

»Denkst du ernsthaft, ich würde das annehmen?«, schrie sie und dachte nicht im Traum daran, *irgendetwas* von dieser Familie anzunehmen.

»Aber für das, was er dir angetan hat … ich muss doch irgendetwas für dich tun können. Und du brauchst das Geld doch, sonst würdest du nicht jede Woche hier stehen.«

Arianna schüttelte standhaft den Kopf. »Es würde sich so anfühlen, als würdest du mich kaufen«, erklärte sie. » Außerdem bist ja nicht du derjenige, der sich entschuldigen sollte.«

Jean unterdrückte ein Lachen. »Bis mein Bruder auch nur an eine Entschuldigung denken würde, wären wir beide schon längst tot. Er ist übrigens nicht erfreut, was die Narbe angeht. Er wird sich vermutlich sogar rächen …«

Ein Schauer überkam Arianna.

»Aber ich habe eine Idee. Ich werde es nicht dazu kommen lassen.«

»Wie?«, hauchte Arianna verwirrt. Wie wollte dieser Junge ihr helfen?

»Ich werde ihn dich vergessen lassen. Nur hüte dich davor, ihm je wieder unter die Augen zu treten.« Mit diesen Worten verließ er sie, nicht ohne jedoch zuvor für den Beutel voll Geld einen Apfel zu kaufen. Er lächelte ihr zu, als er davonritt. Freundlich und offen, nicht so wie sein Bruder das tat, und so gewöhnte sich Arianna ganz langsam an seine Nähe.

Jede einzelne Woche ritt er an ihren Stand und kaufte einen Apfel. Und mit jedem Mal fiel es Arianna leichter, ihm ins Gesicht zu blicken. Mit jedem Mal redete sie mehr, mit jedem Mal blieb er länger, und mit jedem Mal lachten sie öfter. Über Eduardo sprachen sie nicht mehr, doch Jean war froh, durch den Gedächtniszauber Arianna in Sicherheit vor dem Erstgeborenen zu wissen.

Und obwohl Jean immer noch sah, dass er das Spiegelbild seines Bruders noch nicht vollkommen aus ihren Augen gewischt hatte, fühlte er sich seinem Ziel doch um Einiges näher. Denn zum ersten Mal in seinem Leben brauchte ihn jemand.

Es vergingen fast vier Monate immer nach demselben Schema, und sowohl Jean als auch Arianna fieberten in freudiger Erwartung jedem Sonntag entgegen. Es geschah nie, dass einer der beiden nicht auftauchte – bis zu jenem Tag.

Minutenlang wartete Jean mit seinem Pferd an dem Platz, an dem normalerweise ihr Stand aufgebaut war, doch an diesem Tag war es einfach eine karge, von Schnee bedeckte Fläche.

Besorgt fragte er am Nachbarstand, ob jemand Arianna gesehen habe, doch das Einzige, was er als Antwort bekam, war, dass sie in all den Monaten noch nie gefehlt habe.

Was war geschehen? Jean fühlte, dass etwas nicht stimmte. Also erfragte er ihre Adresse und machte sich auf die Suche nach ihr.

Ihre bescheidene Hütte befand sich am Dorfrand, nahe dem Walde. Klein, verlassen und zerbrechlich wirkte sie auf Jean, genauso wie das Mädchen selbst.

Vorsichtig klopfte er an die Holztür. Während er wartete, trat er nervös von einem Fuß auf den anderen. Er wusste, dass sie sich alles andere als freuen würde, ihn hier zu sehen. Sie hatte bestimmt einen Grund gehabt, nicht zum Markt zu kommen. Vielleicht wollte sie ihn nie wiedersehen?

In diesem Moment öffnete sich die Tür einen Spaltbreit, und ihr kleines, rundes Gesicht starrte ihn an. »Was tust du hier?«, fragte sie und machte keine Anstalten, die Tür vollständig zu öffnen.

»Ich wollte nur nach dir sehen. Du warst nicht auf dem Markt …«

»Ja, das heißt, dass ich dich nicht sehen wollte!«, fuhr Arianna ihn an, und im nächsten Moment schloss sie die Tür vor seiner Nase.

Erschöpft lehnte Arianna ihre Stirn gegen die geschlossene Tür. *Wieso ist er gekommen?,* fragte sie sich. Sie hatte das Ganze zu lange geduldet, hatte ihr Bestes gegeben in dem Versuch, sich an ihn zu gewöhnen, doch von Nacht zu Nacht wurde die aufgefrischte Erinnerung schlimmer. Die Wunde in ihrer Seele konnte nicht verheilen, da er sie immer wieder von Neuem aufriss. Nun hatte das Schicksal sie eingeholt, sie geprägt und für ewig verdammt.

Sie legte ihre Hand auf ihren festen, leicht gewölbten Bauch. Sein Gesicht war das Letzte, was sie in ihrem Zustand sehen wollte. Doch er klopfte und hämmerte gegen die Tür, rief immer wieder ihren Namen, in dem Wissen, dass sie hinter der Tür stand und mit sich rang.

»Arianna, ich bitte dich. Ich flehe dich an. Egal was es ist, du kannst mit mir darüber reden«, hörte sie seine eindringliche Stimme, und jedes Mal, wenn er ihren Namen sagte, fühlte sie sich ein klein wenig mehr verstanden von der Welt.

Letztendlich gab sie seinen Worten nach und öffnete die Tür ein zweites Mal einen Spaltbreit.

»Lass mich rein«, bat er schlicht, und nach endlosen Sekunden, die sie sich schweigend anstarrten, gewährte sie ihm Eintritt. Zu dem Zeitpunkt war sie sich noch nicht sicher gewesen, ob sie ihm die Nachricht überbringen könnte. Die Entscheidung wurde ihr jedoch abgenommen, denn Jean war ein aufmerksamer Junge, der mittlerweile jeden ihrer Gedanken spüren konnte.

Kaum hatte er ihre Hütte betreten, ließ er seinen Blick nicht im Zimmer umhergleiten, wie andere Menschen es getan hätten – seiner heftete sich sofort auf sie und ihren Bauch.

Schrecken zeichnete sich in seinen hellen Augen ab. »Arianna…«, flüsterte er, und das reichte, damit sie ihre dunklen Augen zu Boden senkte. Scham stieg in ihr auf und färbte ihre Wangen rosa.

Jean wusste nicht, ob seine vage Vermutung der Wahrheit entsprach, doch augenblicklich schloss er das Mädchen in seine Arme. Es war ein Instinkt von ihm gewesen, und erst als er ihren schnellen Herzschlag an seiner Brust spürte, fiel ihm auf, dass sie sich zuvor noch nie so nahe gewesen waren.

Aus Rücksicht wollte er sie eigentlich sofort wieder loslassen, doch dann erwiderte Arianna überraschenderweise seine Umarmung und schlang ihre dünnen Arme um seinen Körper.

Wohlig seufzend entspannte sich Jean und vergrub sein Gesicht in ihren schwarzen Haaren. Sie duftete nach Lilien, und in dem Moment fragte er sich zum ersten Mal, wie ihre Haut wohl schmeckte. Der Wunsch, seinen Mund auf ihren Körper zu legen oder gar auf ihre zarten Lippen, war plötzlich so stark, dass er selbst darüber erschrak.

»Oh Jean«, schluchzte sie an seine Brust gelehnt und krallte sich noch fester in sein Hemd. Sie fühlte sich beschützt in seinen Armen, und all ihre Probleme schienen in dem Moment nicht zu existieren, denn sie wusste, dass er sie lösen würde. Er hatte ihr versprochen, für immer bei ihr zu bleiben, und nun war der Moment gekommen, um ihm zu glauben und bedingungslos zu vertrauen.

Doch plötzlich schob Jean sie von sich fort und drehte ihr den Rücken zu.

»Was ist los?«, fragte sie beunruhigt.

Ihre Stimme klang so unschuldig in seinen Ohren wie die Melodie einer goldenen Harfe. Zum ersten Mal spürte er in seinen jungen Jahren, wie es sich anfühlte, ein Mann zu sein, und er hasste sich dafür. Hasste es, weil Arianna jetzt keinen Mann brauchte, sondern einen Freund. Hasste es, weil sein Bruder es liebte.

»Ich muss gehen«, antwortete er mit rauer Stimme, die Hände zu Fäusten geballt.

»Was redest du da?« Langsam wuchs wieder die Panik in ihrer Brust. Ihre Verwirrung, gemischt mit der Angst, ihn zu verlieren, stieg ihr zu Kopf. Obwohl sie gerade noch gewollt hatte, dass er ging, wollte sie jetzt nur noch, dass er blieb.

Verärgert stapfte sie um ihn herum, sodass sie ihm ins Gesicht schauen konnte. Durchbohrte ihn mit einem so wütenden Blick, dass Jean nicht wusste, was er tun sollte.

»Jean Luan de Estrela«, sprach sie langsam und jedes einzelne Wort betonend. »Wenn du jetzt durch diese Tür gehst, wirst du mich nie wiedersehen. Hörst du, ich brauche dich *jetzt.* Ich bin schwanger, und du bist der Einzige, der mich durch diese Zeit bringen kann.«

Nun war es raus, und er konnte nicht gehen. Nicht nach diesen Worten.

»Es tut mir leid«, flüsterte er und legte seine Hand an ihre Wange. Ihre Worte hatten sein Verlangen oder was auch immer es war, was er empfunden hatte, verdrängt, und er schwor sich, sich ab jetzt unter Kontrolle zu halten.

Er war schließlich nicht wie sein Bruder.

Ein Bruder, der ein unschuldiges Mädchen geschwängert hatte und so unabsichtlich Auslöser einer Kette von unvorhersehbaren Ereignissen wurde.

»Willst du das Kind behalten?«, fragte Jean vorsichtig.

Sie nickte und blickte wieder auf ihren Bauch. »Ich weiß nicht, ob ich es schaffen kann, aber ich bin der festen Überzeugung, dass das Kind nicht so wie dein Bruder wird. Jean … Ich hoffe, es wird so wie *du.*« Und als sie ihm dann in die Augen schaute, war es der vollkommenste Moment, den er je erlebt hatte. *Sie* machte ihn vollkommen.

»Arianna.« Seine Stimme war schwach vor Rührung. »Wir werden es schaffen. Ich verspreche es dir.«

Sie schafften es tatsächlich.

Im Dezember 1999 gebar Arianna den unehelichen Sohn von Eduardo Phillipe de Estrela, dem Prinzen von Alcedia, und taufte ihn schlicht und einfach Tony. Die Ähnlichkeit zu seinem Vater war für die junge Mutter nicht zu übersehen, doch das Wundervolle für Arianna war, dass er somit auch Jean ähnlich sah.

Auch Jeans Wunsch war in Erfüllung gegangen, denn Arianna hatte es geschafft, bei seinem Anblick *ihn* zu sehen, ganz und gar allein ihn. Und über die Monate hinweg hatte er sein Versprechen gehalten. Er war nicht nur immer für sie da gewesen, nein, er war auch immer einfach nur ein Freund gewesen. Seine tiefsten, geheimsten Wünsche und Begierden hatte er für sich behalten und sie letztendlich begraben.

Was er nicht wusste, war, dass Arianna über die Monate hinweg ähnliche Wünsche entwickelt hatte, doch sie traute sich nicht, dem Prinzen näherzukommen, als dieser es tat. Hätte er sie gewollt, dann hätte er doch etwas getan, dachte sie. Vielleicht war er ja angewidert von dem Kind seines Bruders, das in ihr heranwuchs, oder er empfand sie als zu dick, um auf ihn verführerisch zu wirken.

So vergingen schließlich Jahre, in denen Jean Arianna und ihren Sohn regelmäßig besuchte und ihr jedes Mal etwas Geld oder Köstlichkeiten aus dem Schloss mitbrachte.

Zu Ariannas zwanzigstem Geburtstag schließlich brachte er ihr etwas Besonderes mit.

Wie so oft stand er schüchtern vor ihrer Tür und wartete in der Dämmerung, dass sie ihm aufmachte.

Als sie es schließlich tat, hauchte er zur Begrüßung ihren Namen, der mehr bedeutete als tausend Worte.

»Dreh dich um und schließ die Augen«, bat er sie, sobald sie ihn hereingelassen hatte.

»Was ist denn jetzt los?«, fragte sie lachend und schloss ihre Augen.

Vorsichtig und mit einem Grinsen im Gesicht führte Jean sie zum Spiegel, der im Flur hing, und griff in seine Manteltasche.

Hervor holte er eine majestätische Kette, die er um Ariannas Hals legte. Kühl küsste der Herzanhänger aus blauviolettem Kristall ihr Dekolleté.

Sofort flatterten ihre Augen auf, und sie legte ihre zierliche Hand an die silberne Kette.

»Bist du eigentlich übergeschnappt?«, fragte sie und fuhr zu ihm herum. »Was habe ich dir über unnötige Geschenke gesagt?«

»Die sind nicht unnötig«, verteidigte er sich.

»Was ist denn deren Nutzen?«

»Na, dich zu verwöhnen …« Schnell ging er wieder aus dem Haus, um einen Korb zu holen, den er draußen hatte stehen lassen. »Wie mit denen hier auch.« Und bevor er sich zu viele Gedanken darüber machen konnte, nahm er eine rote Erdbeere zwischen seine Finger und führte sie an Ariannas Mund, der sich widerstandslos öffnete.

Nachdem Arianna den süßen Saft dieser Frucht geschmeckt hatte, starrten sich die beiden peinlich berührt an.

»Ich glaube, ich ändere meine Meinung«, flüsterte Arianna in die Stille hinein und trat noch einen Schritt auf Jean zu, sodass sich ihre Körper berührten.

»Du bist der Einzige, der mich verwöhnen darf«, erklärte sie ihre neue Regel und legte den Kopf schief. Jean senkte in diesem Moment den seinen und legte einen kleinen, vorsichtigen Kuss auf ihren Mund. Ihre Lippen waren so weich und so süß vom Geschmack der Erdbeere. Doch Jean zog sich schnell zurück aus Angst, eine Grenze überschritten zu haben. Aus Angst, dass er mehr wollen würde als diesen einen Kuss …

Arianna schaute ihn erschrocken aus ihren dunkelblauen Augen an. Und so sehr er es auch versuchte, er konnte diesen Augen zum ersten Mal nicht ablesen, was sie in diesem Moment dachte.

»Möchtest du …« Sie holte tief Luft, und ihre Brust hob und senkte sich rasch. »Möchtest du mich noch einmal küssen?«, fragte sie ihn.

Erleichtert drückte er sie an sich. »Noch einmal und immer wieder für die Ewigkeit«, antwortete er und senkte seine Lippen ein zweites Mal auf ihre.

Die Nacht, in der schließlich alles endete, war eine Nacht wie aus einem Bilderbuch.

Der Schnee hüllte das Land in eine reine, unschuldige Farbe. Egal aus welchem Fenster man blickte, man sah die Welt in weißem Schnee untergehen. War geblendet und berauscht davon. Die Flocken fielen so dicht in jener Nacht, dass man die Hand vor Augen nicht sehen konnte. Es war eine eiskalte Nacht. Die Lieblingsnacht eines jeden Alcedos. Die Nacht, in der man sich am wohlsten fühlte.

Auch Jean und Arianna fühlten sich wohl und ungestört in seinem Schlafgemach. Es war erst das zweite Mal, dass er sie mit aufs Schloss genommen hatte.

Seit ihrem ersten Kuss an Ariannas Geburtstag war noch keine Woche vergangen, doch die beiden schätzten sich als glücklichste Menschen dieser Erde. Jean hatte Arianna gezeigt, dass das Leben nicht nur grausam war, und Arianna hatte Jean das Gefühl gegeben, zum ersten Mal in seinem Leben geliebt zu werden.

»Rate mal, wem ich gerade auf dem Flur begegnet bin«, sagte der Prinz, während er sein Hemd aufknöpfte und zu ihr ins Bett stieg.

»Wem?«, fragte sie ahnungslos und half ihm dabei, sich seiner restlichen Kleidungsstücke zu entledigen. Als sie ihm seine Boxershorts auszog, keuchte Jean auf und kam für einen Moment vom Thema ab.

»Deinem Sohn«, antwortete er nach mehreren Sekunden.

»Was?«, fragte Arianna und rückte von ihm ab. »Was macht Tony denn hier?«

»Schon wieder«, verbesserte er sie und schenkte ihr ein beruhigendes Lächeln. »Mach dir keine Gedanken um ihn, er ist auf dem Weg nach Hause. Wir haben doch jetzt viel Besseres zu tun.« Ein erregtes Funkeln huschte über seine eisblauen Augen, und Arianna ließ das Thema fürs Erste ruhen, als er mit seiner Zunge in ihren Mund eindrang und seine Hände ohne Umwege zwischen ihre Schenkel wanderten.

Mit unstillbarer Gier fuhr auch sie mit den Händen seinen nackten Körper entlang und bäumte sich bei jedem Stöhnen von ihm auf. Sein Name huschte ihr immer wieder über die Lippen.

Plötzlich wurde die Tür aufgerissen. Augenblicklich rollte Jeans Körper von ihr, und er hielt schützend die Bettdecke vor sie.

»Vater!«, rief Jean erstaunt, als er die Männer erkannte, die sein Zimmer gestürmt hatten.

»Steh auf und zieh dich an!«, herrschte ihn dieser barsch an. »Dieser Junge sagt, du hättest ihm diese Brosche gegeben!« Hinter seinem Rücken zog der König eine magere, kleine Gestalt hervor.

»Tony!«, schrie Arianna verzweifelt, und ihre Scham, hier mit Jean nackt entdeckt worden zu sein, war vergessen. Sie zog sich ihr Kleid so schnell sie konnte über, doch als sie zu ihrem Sohn rennen wollte, hielt Jean sie fest und zerrte sie wieder hinter sich.

So gelassen wie möglich kleidete auch er sich an, während sein Verstand auf Hochtouren lief. Wie konnte er Tony, Arianna und sich selbst aus dieser Sache herausholen?

»Dem kleinen Dieb gehört die Hand abgeschlagen«, ergriff der Kommandant der Wache das Wort, und Arianna zuckte hinter Jean zusammen. »Ich habe ihn gefunden, wie er im Schloss herumgelungert hat! Und ihn damit erwischt!« Er hielt die goldene Brosche des Erstgeborenen in der Hand, und Jeans Herz stand für eine erschreckende Sekunde still. Es war die Brosche, die er Tony gegeben hatte. Eduardo trug sie sowieso nie, kein Mensch interessierte sich hier für diese Brosche, doch man würde den Jungen aus Prinzip bestrafen. Das konnte er nicht zulassen.

»Es stimmt, Vater, ich habe ihm die Brosche geschenkt. Ich habe den Jungen schon oft auf dem Markt herumstreifen sehen, wahrscheinlich ein Waisenkind. Ich hatte Mitleid mit ihm.«

»Mitleid?«, echote der oberste Kommandant verständnislos. Er setzte gerade zu einem weiteren wütenden Satz an, als der König ihn unterbrach.

»Schweigt! Alle beide! Der Junge hatte nicht nur die Brosche, sondern auch zahlreiche Essensvorräte bei sich!« Jean sah in den Augen des Vaters, dass er davon überzeugt war, einen kleinen Dieb vor sich zu haben. Und vermutlich wollte er vor seinen Wachen nicht schwach wirken. Die Familie Estrela ließ sich nicht auf der Nase herumtanzen. Jean mahlte wütend mit dem Kiefer.

In dem Moment erschien eine weitere Person im Türrahmen. Jeans und Ariannas Körper erstarrten. Die Wachen und der König wandten sich zum Thronfolger um.

»Was ist hier los?«, fragte Eduardo und schaute sich im Raum um – bis sein Blick auf Arianna landete, die bleich wie der Mond hinter seinem Bruder stand. Ihre Augen trafen sich. Danach ging alles ganz schnell. Erkennen fuhr durch den jungen Prinzen, und seine Augen begannen zu funkeln. »Du«, zischte er und ging auf sie zu, ohne die Umstehenden zu beachten. Jean sah die Rachsucht in seinen Augen aufblitzen. Er wusste, dass sich Eduardo nun wieder an alles erinnern konnte. Daran, dass er mit Arianna noch nicht fertig gewesen war, und daran, dass er ihr die Narbe in seinem Gesicht verdankte. Er zog seinen Dolch, und Jean tat es ihm augenblicklich gleich. Nur über seine Leiche würde er zulassen, dass sein Bruder Arianna etwas antat. Doch genau dasselbe schien in dem Moment noch jemand anderes gedacht zu haben. Tony war bei dem Aufblitzen des Dolches herangesprungen, hatte dem Wachmann neben ihm einen Dolch entrissen und stach diesen in den Rücken des Prinzen.

Die Zeit stand still. Eduardo fing sich als Erster, fuhr herum, riss sich die Waffe aus dem Körper und schlug Tony zu Boden.

»Wer ist dieser Wicht?«, fragte er, seine Stimme zwischen Unglauben und Abscheu.

»Ein Dieb!«, kam die Antwort des Kommandanten, bevor Jean etwas sagen konnte. Arianna begann zu schluchzen, und Jean hoffte nur, sie würde nicht verraten, dass es ihr Sohn war.

»Anscheinend nicht nur ein Dieb. Dafür, dass er mich angegriffen hat, soll er sterben.« Eduardos Worte waren erbarmungslos.

»Nein!«, schrie Jean und suchte hilfesuchend den Blick des Königs. Arianna klammerte sich an ihn, als würde sie jeden Moment den Halt verlieren.

»In den Kerker mit ihnen«, befahl der König seinen Wachen und ignorierte Jeans Widerspruch. »Alle drei!«

Die Wachen ergriffen den bewusstlosen Tony und führten auch Jean und Arianna ab. Eduardo grinste genüsslich, als die beiden an ihm vorbeigingen.

»Ich werde euch hier rausbringen«, erklärte Jean, sobald sie hinter Gittern waren. Tony war wieder bei Bewusstsein und stammelte wirre Entschuldigungen vor sich hin. Arianna hielt ihn tröstend im Arm, während sie versuchte, den Schock der letzten Minuten zu verarbeiten. Wie hatte es nur dazu kommen können?

»Keine Sorge, ich werde euch hier herausholen«, wiederholte der Prinz und schritt nervös auf und ab. Der Kommandant hatte die Wachen zu einer Unterredung gerufen, und so war nur ein Wachmann vor der Zelle zurückgeblieben. Der Soldat saß in sich zusammengesunken auf einem Stuhl und schien zumindest für den Moment eingedöst zu sein. Jean hatte also nicht viel Zeit. Doch die Gitter ihrer Zelle waren mit Magie verstärkt, und die seine reichte bei Weitem nicht dafür aus, den Zauber zu brechen.

Immer ungeduldiger wurde er, und Schweiß stand ihm auf der Stirn. Er hatte Angst wie nie zuvor in seinem Leben. Diese wenigen Minuten waren seine einzige Chance, Tony zu retten und damit auch die Liebe seines Lebens. Er musste sie hier um jeden Preis herausbringen!

»Arianna«, keuchte er, als ihm eine Idee kam. Schnellen Schrittes eilte er zu ihr und kniete sich vor sie hin. »Ich liebe dich, weißt du das? Ich liebe dich.«

»Wieso sagst du mir das?«, fragte sie ängstlich und schluckte schwer.

»Ich möchte, dass du mir vertraust. Kannst du das?«, fragte er besorgt. Die Möglichkeit, die ihm in den Sinn gekommen war, würde ihr viel abverlangen. Und ihm.

Als sie nickte, zog er sie hoch und führte sie weg von dem kleinen Tony, der immer noch zusammengekauert in der Ecke saß.

»Meine Kraft reicht nicht aus, um den Zauber, der uns hier gefangen hält, zu brechen«, flüsterte er, so leise er konnte. »Die einzige Möglichkeit zu fliehen … die einzige Möglichkeit, uns hier rauszubringen, besteht darin, meine Kraft zu vergrößern«, erklärte er und schaute ihr forschend in die Augen, um zu sehen, ob sie verstand.

Doch sie tat es nicht. Ihre Augen waren ratlos und suchten in den seinen nach einer Antwort. Plötzlich peinlich berührt senkte Jean den Kopf noch weiter zu ihr hinunter. »Ich muss von dir trinken«, raunte er in ihr Ohr und hörte nur noch das Blut in seinem Kopf rauschen. Er hätte nie im Leben gedacht, dass es so weit kommen würde. Magie der Finsternis war für ihn immer das schlimmste nur vorstellbare Verbrechen gewesen, und nun musste er selbst danach greifen. Und dazu noch die Person verletzen, die er am meisten auf dieser Welt liebte.

All das, seine Angst, Bedenken und die Notwendigkeit der Situation sah Arianna in Jeans Augen und nickte. Sie war nicht stark genug, um ein Wort herauszubringen, doch sie war mit allem einverstanden, was sie retten könnte. Und sie vertraute Jean schließlich wie niemand anderem auf dieser Welt.

»Tony, dreh dich jetzt um und zähl die Backsteine auf deiner Seite der Wand«, befahl Jean ruhig, und der Junge gehorchte.

»Ha-halt dir die Ohren zu und summ das Lied, das ich dir vor dem Schlafengehen singe, okay?«, fügte Arianna stotternd hinzu. Dann beobachtete sie mit klopfendem Herzen, wie Jean seine Zähne wachsen ließ. Für einen Moment sah er nach all den Jahren wieder so aus wie Eduardo an jenem Tag. Auch er hatte sie beißen wollen. Schnell versuchte sie, den Gedanken abzuschütteln.

»Arianna, egal was passiert …«, fing Jean wieder an und legte zärtlich seine Hand an ihre Wange.

Sie lächelte scheu. »Ich weiß: Du liebst mich. Und ich liebe dich. Also bring es endlich hinter dich.« Wie auf Befehl schloss sie die Augen und legte ihren Kopf schief, präsentierte ihm die weiße Blöße ihres Halses, an dem still und einsam eine Vene pulsierte.

»Es ist nicht fair, wie wenig Zeit uns geschenkt wurde«, schluchzte Arianna und trocknete mit seiner Hand ihre Tränen ab.

Sie standen vor ihrer Haustür, Tony saß bereits auf Jeans Pferd und wartete auf ihn. Sie waren erfolgreich aus dem Schloss geflohen, doch man würde Jagd auf sie machen. Man ließ geflohene Gefangene in Alcedia nicht gern mit dem Leben davonkommen. Man würde sie suchen. Suchen und finden. Nun, zumindest Jean und den zum Tode verurteilten Jungen. Arianna würde niemanden hier interessieren, außer vielleicht seinen Bruder.

»Nimm dich vor Eduardo in acht«, raunte er ihr zu und küsste sie auf die Stirn. Er machte sich Sorgen um sie, doch er musste sie hier zurücklassen. Er konnte sie nicht mitnehmen auf seiner Flucht. Seine Reise in das neue Land, von dem er gelesen hatte. Das Land seiner Feinde. Kein einfacher Alcedo würde dort längere Zeit überleben. Er selbst war königlichen Blutes, und auch in Tonys Adern floss zum Teil reines Blut, sodass er stark genug wäre, der Wärme zu trotzen. Es war der einzige Ort, an dem man nicht nach ihnen suchen würde.

»Ich werde zurückkommen. Ich verspreche es dir.«

»Und Tony … pass auf ihn auf«, flehte sie und zerbrach beinahe an ihrem Schmerz. Die Tränen liefen ihr heiß die Wangen hinunter, und sie konnte das Gefühl nicht fassen, zum ersten Mal in ihrem Leben zu weinen. Und zum letzten Mal.

»In ein paar Jahren werde ich ihn dir wiederbringen. Gesund und kräftig.« Jean versuchte sich an einem Lächeln, doch auch ihm war eher nach Weinen zumute.

Sie hatten keine Woche ihre Liebe teilen dürfen, und schon wurden sie auf eine so bittere Weise getrennt.

Als sie sich in dieser Nacht voneinander verabschiedeten, befürchteten beide, den anderen zum allerletzten Mal in ihrem Leben zu sehen. Arianna fürchtete, dass Jean mit ihrem Sohn in den Tod ritt – und doch blieb ihr keine andere Wahl, als ihnen nachzuwinken.

Sein Schatten und der ihres Sohnes wurden immer kleiner und kleiner, verschwanden schließlich in der Dunkelheit der Nacht, und Arianna legte ihr Gesicht erschöpft an den Türrahmen.

»Ich werde auf euch warten«, flüsterte sie der Nacht entgegen und lauschte ihrem eigenen Herzschlag.

Kaum hörbar löste sich eine Träne von ihrer kalten Haut und fiel zischend in den Schnee, der unter ihr zu schmelzen begann.

Nacht für Nacht, Tag für Tag würde sie auf die beiden warten.

Warten bis in alle Ewigkeit.

3

Namenloser Retter

Wie die ganze Geschichte zu Ende gegangen ist, weißt du ja. Ich hatte nicht umsonst gewartet.« Ein winziges Lächeln umspielte Ariannas Lippen.

Nicht umsonst? »Du hast sechs Jahre auf ihn gewartet und ihn dann zehn Sekunden gesehen, bevor er starb«, erwiderte ich zornig und wischte mir verstohlen eine Träne fort, die sich ihren Weg über meine Wange bahnte.

Bei meinem Kommentar war Arianna verletzt zusammengezuckt. Doch wieso erzählte sie mir auch ihre und Jeans Liebesgeschichte? War sie vollkommen irre?

Ich glaubte nicht, dass sie mehr Schmerz über Jeans Tod empfand als ich. Ich wollte mir nicht ausmalen, wie sie sich küssten, wie sie sich liebten. Nicht eine einzige Sekunde lang wollte ich es mir vorstellen. Ich war kurz davor, ihr Märchen absichtlich platzen zu lassen. Wollte ihr erzählen, dass er mich genauso aus einem Gefängnis befreit hatte wie damals sie. Ich wollte sie damit kränken, dass sie nicht die einzige war, deren Blut er getrunken hatte, doch in Wahrheit kränkte es *mich*, dass er denselben Fluchtplan nicht nur mit mir durchgezogen hatte.

»Wieso haben Sie mir das erzählt?«, presste ich zwischen meinen zusammengebissenen Zähnen hervor.

»Wieso weinst du?«, stellte sie mir eine Gegenfrage.

Ich schüttelte den Kopf. »Ich denke, das wissen Sie. Also hören Sie auf damit.«

»Es tut dir weh, ja? Und du glaubst, *mir* tut das nicht weh? Ich weiß, dass es deine Schuld war, dass er gestorben ist. Aber bin ich hier, um dich zu verurteilen? Weißt du eigentlich, wie viel es mich gekostet hat, überhaupt hierherzukommen? Und denkst du, ich erzähle diese Geschichte jedem?«

Ich öffnete fassungslos den Mund, meine Kehle war jedoch wie zugeschnürt. Ihre Worte rissen mein vernarbtes Herz in Stücke, sodass ich befürchtete, es wäre nicht mehr zu retten. »Es hat Sie keiner gebeten, hierherzukommen und mir das zu erzählen«, keuchte ich, »und ich wünschte, Sie hätten es nie getan! Was hat es gebracht? Geben Sie es zu, Sie wollten nur deutlich machen, dass er zu Ihnen gehört, richtig? Und dass ich an meiner Schuld ersticken soll!«

Traurig schüttelte sie den Kopf. »Wieso siehst du das Ganze als Angriff auf dich? Ich habe dich nur gefragt, wieso du weinst, weil ich nichts lieber als das tun würde. Doch wir sind verflucht, nur einmal in unserem Leben Tränen vergießen zu können – ich dachte, Phönixe wären das auch.«

Überrascht zog ich eine Augenbraue hoch. Was sollte dieser Themenwechsel? »Natürlich sind wir ebenfalls verflucht, aber es gibt immer Ausnahmen. Anscheinend wenn der Schmerz aus Liebe zu groß ist.« Meine Worte klangen zu bissig, doch ich hatte nicht mehr die Kraft, sie zurückzuhalten. Hatte Arianna erwartet, Verständnis oder Mitgefühl von mir zu bekommen? Dazu war ich im Moment nicht in der Lage und fragte mich zugleich, ob ich es je wieder sein würde. Würde irgendwann die eisige Leere, in der nichts als Schmerz widerhallte, in meinem Inneren verschwinden?

»Also gibst du es zu.« Sie seufzte leise und klang dabei beinahe zerbrechlich. Die schwächer werdende Lichtkugel in ihren Händen offenbarte mir ihre wachsende Hilflosigkeit.

»Was? Dass ich Jean liebe?« Meine Stimme hörte sich immer noch hysterisch an. Spielten meine Gefühle jetzt noch eine Rolle für sie? Mir war es egal, und ich wünschte, ich hätte ihn nicht geliebt. Ich wünschte, mein Herz wäre nicht mit ihm gestorben.

»Ich weiß, dass dein Herz seinen Namen trägt … Ich weiß es, seit ich dich das erste Mal gesehen habe, aber das aus deinem Mund zu hören tut weh. Und zu sehen, dass eine andere Frau um die Liebe *meines* Lebens Tränen vergießt und ich es nicht kann … tut noch viel mehr weh.« Damit drehte sie mir den Rücken zu, und im nächsten Moment öffnete sie eine Tür, die für mich verborgen gewesen war.

Am liebsten hätte ich sie zurückgerufen, da zu viele Fragen in meinem Kopf herumschwirrten. Dann jedoch entschied ich mich dagegen. Ich wollte ihren Namen nicht aussprechen, und noch weniger wollte ich an ihrem Leben teilhaben.

Die Frage war nur, was aus *meinem* Leben werden würde …

Die Tür fiel zu, und alles Licht war gegangen. Arianna war gegangen, ohne mich zu befreien. Das bestätigte mich in der Vermutung, dass sie während ihres Besuches kein bisschen an mich gedacht hatte.

Ich sprang mit zittrigen Beinen auf und lief gegen die Wand, hinter der diese Frau verschwunden war, tastete nach einer Tür, die jedoch nicht vorhanden war. Bewegungslos und mit hämmerndem Herzen verharrte ich mehrere Minuten in der Dunkelheit, bis es so war, als sei Arianna nie hier gewesen. Als wäre ihre Geschichte nur ein Albtraum gewesen und Jeans Name nur eine Erinnerung.

Realität waren bloß mein Gefängnis und mein verlorenes Herz. Immer noch hin- und hergerissen zwischen Leben oder Tod, setzte ich mich auf den Boden, zog meine Knie an und umschlang sie mit den Armen. Wie ein kleines, verlorenes Kind. Ohne Gedanken, ohne Probleme – ich schottete sie einfach ab und entschloss mich, mein Leid hinter mir zu lassen. Eine leere

Hülle zu sein. Denn wie gerade eben, ertränkt von Schmerz, wollte ich nie wieder sein.

Es dauerte eine Ewigkeit, bis ich in meinem Zustand bemerkte, dass ich auf etwas saß, das vor Ariannas Besuch – beim Ertasten meines Gefängnisses – noch nicht da gewesen war.

Mit gerunzelter Stirn stand ich auf und tastete blind nach diesem Etwas. Schließlich fassten meine Finger nach etwas Dünnem, Weichem und Unebenem. Schnell hatte ich es als zerknittertes Blatt Papier identifiziert – ganz gleich dem, welches ich im Schloss von Phoenicia gefunden hatte und das in diesem Moment in meinem BH versteckt war.

Mir fiel auf, dass ich noch immer keine Zeit gefunden hatte, es mir genauer anzusehen. Doch im Moment war meine Neugierde ohnehin nicht groß genug, als dass mich die Dunkelheit hier gestört hätte. Ob ich nun ein weiteres Rätsel löste oder nicht, war nur Nebensache, auch wenn Arianna anscheinend wollte, dass ich es löste. Hatte sie mir den Zettel hiergelassen? Hatte sie ihn versehentlich verloren? Oder kam er auf andere magische Weise hier rein?

Seufzend steckte ich das Papierstückchen in meinen Ausschnitt zu dem anderen Schnipsel und machte es mir wieder auf dem Boden bequem.

Wahrscheinlich würde ich nie wieder Rätsel lösen, doch die Tatsache störte mich nicht. Ich fragte mich lediglich, wie lange ich hier noch drinbleiben würde, ehe ich die anderen Foltermethoden erproben durfte. Um den Verstand nicht zu verlieren, war man halt manchmal auf Gefühllosigkeit angewiesen.

Ich wusste nicht, wie lange ich schon hier war. Es hätten zehn Stunden oder zehn Tage vergangen sein können. Wobei ich nach zehn Tagen wahrscheinlich nicht mehr gelebt hätte. Es sei denn, Phönixe hatten die Fähigkeit, länger ohne Flüssigkeit und Nahrung zu überleben als Menschen. Was ich mittlerweile ernsthaft in Betracht zu ziehen begann. So vollkommen ohne Sinneswahrnehmungen ließ sich die Zeit schwer schätzen. Das Einzige, woran ich mich versuchte zu orientieren, waren meine Träume und mein wachsender Hunger.

Die Träume, die ich träumte, waren jedoch immer dieselben und unterschieden sich, wenn überhaupt, nur in unwichtigen Schattennuancen. Immer wieder ging es um den Ball, und immer wieder tauchte Jean darin auf.

In meinem Traum war ich auf der Suche nach jemandem, doch es war nicht mein ehemaliger Mentor. Wenn ich ihn erblickte, spürte ich einfach nur einen Stich von Schmerz, und ich wusste nicht, ob dies zum Traum gehörte oder meinen jetzigen Gefühlen entsprach. Hinzu kam die Frage, wieso er sich immer wieder bei mir entschuldigte und wieso ich ihm nie verzieh.

Seine Entschuldigung hallte selbst dann in meinem Kopf wider, wenn ich nicht schlief, und das war das Einzige, was mich fast in den Wahnsinn trieb. Nicht die Stille, nicht der Durst, nicht die Dunkelheit, nicht die Einsamkeit – nur seine Worte.

Wieso konnte ich ihn nicht einfach vergessen? Womit hatte ich es verdient, jede Nacht von ihm träumen zu müssen?

Doch das war noch nicht alles, was mich in der Camera Silens ereilte. Selbst wenn ich wach war, kamen mir Bilder in den Kopf, die ich für einen Traum gehalten hätte, wenn ich mir nicht bewusst gewesen wäre, dass ich mit offenen Augen in meinem Gefängnis saß.

Diese Bilder waren Bilder von Jean. Aber keine Erinnerungen und kein Traum, sondern sein Gesicht, das zu mir sprach. Manchmal kam es auch vor, dass ich nur seine Stimme hörte, während ich in die Dunkelheit vor mir sah.

Was er sagte?
Nun …
Dass ich ihm in den Tod folgen sollte.

»Steh auf!«

»Was …?« Noch halb im Schlaf rappelte ich mich auf und blickte mich um. Meine Lippen waren so trocken, dass sie bei der Bewegung aufrissen. »Wer ist da?«, krächzte ich benommen, da dies nicht Jeans Stimme war, an die ich mich bereits gewöhnt hatte.

Und da sah ich zum ersten Mal seit Tagen wieder Licht. Echtes Licht, das meine Augen blendete und mich zusammenkauern ließ.

»Nun steh endlich auf, oder bist du schon verhungert?«, fauchte eine weibliche Stimme, die jedoch nur gedämpft bei mir ankam, als wäre sie weit, weit weg. Ich hob meine Hand, um meine Augen vor dem Licht abzuschirmen, und blinzelte verwirrt. *Wow, da ist tatsächlich eine Tür.*

»Gebt ihr das Wasser«, herrschte die Königin ihre Wachen an, und kurz darauf stolperte ein Mann mit einem Glas Wasser in meine Zelle.

Ich war so überrumpelt von den ganzen Empfindungen, die auf mich einströmten, dass ich lange brauchte, um allein den Gedanken zu fassen, das Glas entgegenzunehmen.

Dann jedoch schüttete ich mir seinen Inhalt, ohne einmal abzusetzen, in den Rachen. Das Wasser war zu kalt für meinen Geschmack und tat in meiner Kehle weh, doch trotzdem schrie mein Körper nach mehr.

Mein Wunsch erlangte keine Erfüllung, stattdessen wurde ich hochgezogen und hinausgeschubst. Da ich lange nicht mehr gelaufen war, gaben meine Beine sofort unter mir nach, und ich schlug mit dem Gesicht zuerst auf einer steinernen Treppenstufe auf.

»Armselige Feuerkreatur«, schnaubte die Königin verächtlich und trat mit ihren Absatzschuhen nach mir. Ein stechender Schmerz bohrte sich abrupt in meinen linken Oberschenkel, sodass ich sogar aufschrie. Auf so einen Schmerz war ich nicht gefasst gewesen, als würde sich ein Messer in mein Fleisch bohren.

Ein Messer … Natürlich. Ich schloss die Augen und hätte beinahe gelacht über meine eigene Dummheit. Da lag ich nun außerhalb meines Gefängnisses auf dem Boden und erinnerte mich endlich daran, dass ich die ganze Zeit über Jeans Dolch bei mir getragen hatte, nur weil er nun in meinem Oberschenkel steckte.

Wo war ich früher mit meinen Gedanken gewesen?

Ich wurde wieder auf die Beine gestellt, und ich konnte immer noch nur den Kopf über mich selbst schütteln. Obwohl ich natürlich nicht wusste, ob ich mit dem Dolch tatsächlich irgendetwas hätte anstellen können … Wenn ich jedoch darüber nachdachte, hatte es viele Möglichkeiten für Versuche gegeben.

Hatte ich tatsächlich aufgehört, zu *versuchen,* mich hier rauszubringen?

Die Wachen und die Königin nahmen weder Rücksicht auf meine vielen Gedankengänge noch auf meine Verletzung. Sie wollten mich weitertreiben, doch der Schmerz in meinem Bein ließ mich nur humpeln.

Der Königin gefiel das gar nicht. Mir fiel auf, dass sie sehr schnell genervt von mir war, doch ich ersparte mir eine sarkastische Bemerkung darüber.

Ohne viele Worte wurde ich in die mir bereits vorgestellte Folterkammer gebracht – mehr geschubst als geleitet.

»Mal sehen, ob die Tage in meiner Lieblingskammer etwas gebracht haben«, schnurrte sie und verfrachtete mich auf den Stuhl, auf dem ich letztes Mal bereits Platz hatte nehmen dürfen.

Diesmal jedoch wurden meine Handgelenke an den Stuhl geschnallt, und ich wusste, dass es der Königin heute ernst war.

»Wieso bist du hier?«, fragte mich die Königin und beugte sich zu mir hinunter, sodass zwischen unsere Gesichter kaum eine Hand gepasst hätte. Sie hatte gruselige helle Augen, die silbern zu leuchten schienen. Instinktiv lehnte ich mich so weit ich konnte zurück und kniff die Augen zusammen. In meinem Kopf drehte sich immer noch alles, da sich mein Körper außerstande fühlte, auch nur eine Minute länger zu funktionieren.

Ich wusste, dass ich mit ihr lieber keine Spielchen spielen sollte, doch trotzdem juckte es mich, der Königin zu antworten: »Wie, hier? Sie haben mich doch auf den Stuhl gesetzt.«

Ich tat es nicht.

Ihre Augen verfinsterten sich, und wenn ich klug wäre, würde ich ihr antworten, ehe sie mir die Haut vom Gesicht schälen würde. *Wieso bin ich hier?* Auf diese Frage hatte ich wirklich keine Antwort. Ich war in Alcedia, weil mich Jean hierhergebracht hatte, doch ich hatte eigentlich nicht vor, seinen Namen preiszugeben. Das wäre der Beweis dafür, dass ihr Sohn wahrhaftig ein Verräter war, und aus blinder Wut würde sie mich wahrscheinlich zu Tode prügeln.

Andererseits wusste sie wahrscheinlich sowieso schon, dass ich etwas mit Jean zu tun hatte … Hatte sie so etwas nicht bereits erwähnt?

Ich konnte mich nicht erinnern.

Mein Kopf tat weh, und mein Bauch bestand nur aus einer schmerzenden, gähnenden Leere. Meine Konzentrationsfähigkeit sank gegen null.

Die Königin erwartete immer noch eine Antwort.

»Ich weiß nicht, wie ich hierhergekommen bin«, antwortete ich mit heiserer Stimme, erwiderte jedoch tapfer ihren Blick.

»Lügnerin!« Ihre Ohrfeige traf mich unerwartet. Heiß und kalt zugleich brannte meine linke Wange. Ich atmete tief durch.

»Anders ausgedrückt: Wieso bist du nicht mehr in Phoenicia?«, fragte sie, blieb jedoch gefasst und ihr Gesicht eine undurchlässige Maske.

Auf diese Frage konnte ich ihr ebenfalls nicht antworten. Konnte nicht sagen, dass ich dort zum Tode verurteilt worden war. Ich wusste, dass mir diese Antwort hier nicht weiterhelfen würde. Es gab nur ein Verbrechen, das dort mit dem Tod bestraft wurde, und ich vermutete zu wissen, dass die Königin dieses Verbrechen kannte. Es war keine gute Information, wenn sie erfuhr, dass ihre Feinde ebenfalls damit begannen, die dunklen Künste – die stärkste aller Waffen – einzusetzen. Vielleicht würde sie denken, dass Jean es bereits mehreren Leuten beigebracht hatte …

Für mein Schweigen traf mich wieder eine Ohrfeige, die ich nicht hatte kommen sehen. Die Königin bewegte sich zu schnell für meine Augen. Als wären all meine Sinne in den letzten Tagen abgestumpft.

Der Schmerz trieb mir fast die Tränen in die Augen, doch ich versuchte ebenfalls, meine Gefühle hinter einer Maske von Gleichgültigkeit zu verstecken. Ich fand, ich war schon beinahe so gut darin wie die Königin. Hatte sie auch ein schlimmes, traumatisches Erlebnis hinter sich, welches sie zu dem gemacht hatte, was sie jetzt war, oder war sie einfach nur ein Miststück?

Diesmal sah ich die Hand kommen. Ich wandte meinen Kopf ab, doch es war zu spät. Ich keuchte. »Wofür war das denn?«, brach es unbeabsichtigt aus mir heraus.

Sie beugte sich noch tiefer zu mir herab, sodass ihre kalten Lippen meine schmerzende Wange streiften und eine ihrer blonden Haarsträhnen mein Schlüsselbein umspielte.

»Du machst es mir nicht gerade schwer, deine Gedanken zu lesen, wenn du mir so in die Augen starrst«, säuselte sie, und ich spürte schlagartig mein Blut gefrieren. Ich hatte total vergessen, dass man mithilfe der Magie der Nacht Gedanken lesen konnte, ohne dass der andere sie mitteilen wollte. Doch anscheinend hatte sie noch keine Antworten auf ihre Fragen gefunden, denn sie schien die Folter nicht beenden zu wollen.

Als sie sich wieder aufrichtete, war ich stets darauf bedacht, ihrem Blick nicht zu begegnen. Ich konnte sehen, wie sie ein Lächeln aufsetzte. »Ich werde schon noch bekommen, was ich von dir will«, erklärte sie, und mir wurde klar, dass sie absolut keine Lust hatte, Gedankenlesen dafür anzuwenden. In diesem Raum fanden sich für sie viel interessantere Spielzeuge.

»Vielleicht durch etwas Magie?«, sinnierte sie, fuhr mit ihrem Zeigefinger über meine Wange und hinterließ eine brennende Spur. Ich spürte, wie sich Eiskristalle auf meiner Haut bildeten, wo sie mein Gesicht streifte. Genauso gut hätte sie mich mit einem Messer aufschlitzen können.

Ich zuckte zusammen und versuchte, mich zu wehren, doch der Stuhl hielt mich und meine Kraft gefangen.

»Verdammt, was wollen Sie?«, schrie ich sie an und rüttelte mit der letzten Kraft, die ich aufbringen konnte, an den Eisenschnallen. Genüsslich verschränkte die Königin ihre Arme vor der Brust. »Endlich scheinen wir dieselbe Sprache zu sprechen.«

Ich spürte, wie jegliche Energie langsam meinen Körper verließ. Schlaff hing ich dort in diesem verdammten Stuhl, konnte mich weder wehren noch vor ihrer Grausamkeit fliehen. Ich hatte mir geschworen, nichts zu verraten, keinen Laut von mir zu geben, und doch schrie jede Zelle meines Körpers nach Erlösung. Aber würde sie mich gehen lassen, wenn sie das hatte, was sie wollte? Ich fing an zu glauben, dass sie mich einfach quälen wollte. An meinen Antworten konnte ihr nicht so viel liegen. Es gab nichts Wichtiges, was ich ihr erzählen konnte. Sie folterte einfach um des Folterns willen.

»Sag mir, wo mein Sohn ist«, stellte sie die nächste Frage, und ich sog scharf die Luft ein. Ja, sie wusste genau, dass ihr Sohn in Phoenicia gewesen war. Sie wusste auch, dass ich ihn kannte. Dass er irgendetwas mit meinem Erscheinen hier zu tun haben musste.

Aber eines wusste sie nicht.

Dass er sich bereits im Reich der Toten befand.

»Majestät!«, hallte es plötzlich durch den Raum. Augenblicklich schossen unsere Köpfe zur Tür, an der sich immer noch die Wachen der Königin befanden, in der jetzt jedoch noch ein nach vorn gebeugter Mann stand und sich die Seiten hielt.

»Eure Hoheit!« Er rang nach Atem und musste sich durch sein Keuchen immer wieder unterbrechen. Anscheinend hatte er sich sehr beeilt, um der Königin etwas mitzuteilen.

»Was ist?«, herrschte sie ihn wütend an. »Siehst du nicht, dass ich gerade beschäftigt bin?«

»Aber …« Er japste wieder nach Luft und stellte sich dann aufrecht hin. »Der Prinz möchte sie sehen. Bevor … nun, bevor Ihr sie – nun, Ihr wisst schon.«

»Wen? Sie?«, fragte die Königin, und ihre tiefe Stimme rutschte eine Oktave höher. Ihr Finger war auf mich gerichtet, dann schnaubte sie und stemmte die Hände in die Hüften. »Verwöhnter kleiner Bengel«, zischte sie leise. Langsam sickerte die Information auch zu mir durch, und als ich endlich begriff, fielen die Reststücke meines Herzens in sich zusammen. Und schon spürte ich die alten Anzeichen, die mich so viele Jahre lang verfolgt hatten, wenn mir Männer zu nahe kamen: Ein Zittern überfiel meinen ganzen Körper, und ich bekam keine Luft mehr. Die einzige Hoffnung, die ich noch hatte, war, dass mich die Königin jetzt nicht gehen lassen wollte. Schließlich hatte sie doch gerade mit mir zu tun. Doch auch von ihr wurde ich enttäuscht, denn sie befahl ihren Wachen, mich fortzubringen. An mich gewandt flötete sie glücklich: »Nach dem Vergnügen mit meinem Sohn wirst du mir alles erzählen, was dein Gehirn ermöglicht, nur um nicht noch eine Nacht mit ihm verbringen zu müssen.« Dann brach sie in schallendes Gelächter aus, wie eine böse Hexe, die zusieht, wie ihr Zauber mich zu Tode streckt.

Zum ersten Mal, seit ich hier war, bekam ich es mit wirklicher Angst zu tun. Doch nicht die Tatsache, dass mir Eduardo das antun würde, was er Arianna angetan hatte, beschäftigte mich am meisten.

Sondern die Tatsache, dass er so aussehen würde wie Jean.

Das Zimmer, in das sie mich gebracht hatten, war dunkel und kalt. Ich mochte es nicht. Die schwarzen Vorhänge waren zugezogen, und nur eine düstere Nachttischlampe brachte etwas Licht in den Raum. Hauptsächlich war das Zimmer mit dunklem Holz ausgestattet und schwarzen Accessoires, wie zum Beispiel die Bettdecke, auf der ich saß. Doch ich hatte mich kaum umgesehen, mein Blick war nach wie vor an die Tür geheftet, durch die jeden Moment Jeans Ebenbild treten würde. Was er danach mit mir machen würde, darüber machte ich mir kaum Gedanken, obwohl ich immer noch am ganzen Leibe zitterte.

Ich fragte mich, wie ich reagieren würde, wenn Eduardo tatsächlich genauso aussah wie Jean. Ich wusste nicht, wie groß die Ähnlichkeit zwischen den beiden wirklich war, doch ich hatte Angst davor, es herauszufinden.

Als sich die Türklinke dann irgendwann langsam, Millimeter um Millimeter, nach unten bewegte, raste mein Herz so schnell, dass mir schlecht wurde. In meiner Panik schloss ich einfach die Augen. Ja, ich entschied, dass ich nicht bereit dafür war, in Jeans Augen zu sehen, und wie dumm es auch war, ich wollte es so lange wie möglich verzögern.

Ich hörte, wie die Tür geöffnet wurde und wie sie Augenblicke später wieder ins Schloss fiel. Ich spürte seinen Blick auf mir ruhen und wie seine grausame, kalte Aura den Raum füllte. Ich hörte seine näherkommenden Schritte auf dem dunklen Parkett und riss dann erst die Augen auf.

Sprachlos starrte ich mein Gegenüber an. Es war nicht das, was ich erwartet hatte, deswegen brauchte ich etwas länger, um meine Gedanken zu ordnen.

»*Du!*«, fauchte ich letztendlich nur und sprang vom Bett auf. Hin- und hergerissen zwischen Verwirrung, Abneigung und Freude.

»Ja, ich«, meinte der blonde Alcedo grinsend und entblößte eine Reihe perfekter, weißer Zähne.

Ich konnte nur schweigen. Meine Beine zitterten aufgrund von Erschöpfung, Hunger und der Achterbahnfahrt meines Adrenalinspiegels. Dieser blonde Mann war offensichtlich nicht Eduardo, oder? Der Typ vom Spielplatz, der Typ im Wald, der Typ, in dessen Bett ich gelegen hatte, er konnte ja unmöglich der Prinz von Alcedia sein.

»Sprachlos?«, fragte er und grinste noch breiter.

Aufgewühlt entfernte ich mich einige Schritte von ihm, hielt mich am Rand des Bettes fest, um mehr Halt zu gewinnen. »Was willst du hier?«, fuhr ich ihn misstrauisch an.

»Dich retten«, antwortete er sofort.

Ungläubig riss ich die Augen auf und trat noch einen Schritt zurück. »Du hast mich hierhergebracht, vergessen? Außerdem weiß ich, wer du bist. Wir sind uns schon einmal begegnet, nicht wahr? Auf dem Spielplatz von Phoenicia.«

Seufzend senkte er den Kopf und schaute durch die Strähnen seines blonden Haares, das ihm ins Gesicht gefallen war, zu mir hinüber. »Ja, du hast recht …«

»Deswegen hast du immer, wenn ich dir begegnet bin, in meinem Gedächtnis rumgepfuscht!«, sagte ich mit Erinnerung an die *Déjà-vu*-Momente, jedes Mal, wenn ich ihm in die Augen gesehen hatte.

Er zuckte mit den Schultern und warf seinen Kopf zurück. »Ich dachte, es käme halt nicht so gut, wenn du dich daran erinnern würdest.«

»Ach was!«, schrie ich und war überrascht, dass ich meine Ironie für den Moment wiedergefunden hatte. »So ein kindermissbrauchender Alcedo, der mir fast meine Hand abgeeist hat, über den freu ich mich doch immer!«

»Das Wort *abgeeist* gibt es nicht«, wandte er ein, und sein rechter Mundwinkel zuckte verräterisch. Ich war erneut kurz davor, ihm an die Gurgel zu springen, doch ich hatte das letzte Mal noch zu gut in Erinnerung, und ich wusste nicht, ob mein energieloser Körper das mitmachen konnte. Außerdem war da etwas in seinen Augen, das mich besänftigte. Was mich stutzig machte und mich gleichzeitig an etwas erinnerte. Es fühlte sich an, als wäre da noch ein *Déjà-vu,* doch ich war mir sicher, dass diesmal kein Vergessenszauber dahintersteckte.

Als ich schwieg, seufzte er erneut und schaute sich ungeduldig um. »Wir haben nicht viel Zeit, weißt du. Ich denke, der Prinz könnte jeden Moment hier sein. Er wird nicht sehr erfreut sein, mich hier zu sehen.«

»Ich bin es auch nicht.«

Als er einen Schritt auf mich zumachte, trat ich zwei zurück und stieß gegen eine Kommode. Er blieb stehen. »Ich will dich hier herausholen. Ehrlich.«

»Wieso solltest du?«

»Weil du etwas hast, das ich will.«

»Bitte?« Jetzt verstand ich gar nichts mehr. »Ich habe nichts!« Was sollte ich hier schon haben, außer dem, was ich am Leibe trug?

»Ich weiß, dass du etwas ganz Bestimmtes unter deiner Kleidung versteckst. Glaubst du etwa, ich habe ein Problem damit, dir die Kleider vom Leib zu reißen?«

Das verwirrte mich nun noch mehr, und ich umschlang schützend meinen Oberkörper mit meinen Armen. Erst dann fiel bei mir der Groschen. Ich versteckte tatsächlich etwas unter meinen Kleidern! Die Papierschnipsel …

»Ah, ich sehe schon, es ist dir eingefallen«, meinte der blonde Alcedo, dessen Namen ich immer noch nicht kannte.

»Warum sollte ich mit dir mitgehen? Du bist ein sadistischer Alcedo, der sich selbst an kleinen Kindern vergreift. Was hast du überhaupt in Phoenicia gemacht?«, fuhr ich ihn an. Mich von ihm retten zu lassen, würde wahrscheinlich nicht gut für mich ausgehen. Auch wenn ich in der Wahl meiner Retter im Moment nicht wählerisch sein durfte.

»Ich hatte es nicht auf die kleinen Blagen abgesehen«, zischte er mittlerweile ungeduldig. »Ich habe meinen Männern lediglich den Durchgang gezeigt. Doch da du dort warst und so unwissend ausgesehen hast, fanden wir es witzig, dir einen Schrecken einzujagen. Okay?«

Okay? Das war ganz und gar nicht okay, aber ich hatte tatsächlich keine Zeit, ihm das zu erklären, wenn ich nicht Bekanntschaft mit Jeans Bruder machen wollte.

»Hol mich hier raus, und wir können über die Papierschnipsel reden«, sagte ich deshalb. Auf eine moralische Bekehrung konnte man bei ihm verzichten. Dass ich hier tatsächlich rauskommen würde, dass ich Jeans Bruder nicht begegnen würde und dass mich die Königin nicht mehr foltern würde – das alles begriff ich in dem Moment noch gar nicht.

Es war zu viel auf einmal, und ich wäre einfach nur erleichtert gewesen, wenn das alles vorbei wäre. Ich wusste nicht, was der Alcedo mit mir vorhatte oder was die Papierstücke für eine Bedeutung hatten, doch solange er mir ein Bett und etwas zu essen bieten würde, war mir alles andere egal.

Der blonde Alcedo nahm meine Hand, ein kleiner Stromschlag durchzuckte mich, und dann verschwamm das Zimmer um uns herum in kalten, grauen Farben.

3.5 Königlicher Streit

Als Eduardo das Zimmer betrat, war es leer. *Nein, nein! Das darf nicht sein!* Panisch stürmte er herein und blickte unter das Bett, suchte in dem Kleiderschrank und hinter den Vorhängen. Keine Spur von einem Feuermädchen. Voller Wut traf seine Faust auf das Holz der Kommode.

Hatte man ihm das falsche Zimmer genannt? Er stürmte hinaus in den Flur und suchte auch alle anderen Gästezimmer in diesem Gang ab. Kein Phönix. Aber wie konnte sie verschwunden sein? Und wie zur Hölle sollte er das jetzt seiner Mutter erklären?

Gereizt schritt er durch die Gänge des Schlosses und suchte das Gemach seiner Eltern auf. Kurz vor ihrer Tür blieb er stehen, da er ihre Stimmen vernahm. Er hatte nicht vorgehabt zu lauschen, doch sein Interesse war geweckt, als er Serenas Namen hörte.

»Wo ist Serena?«, brüllte der König. Der sonst gelassene und ruhige Mann schien vollkommen außer sich.

»Ich habe doch gesagt, dass ich es nicht weiß«, zischte seine Ehefrau.

»Weil du damit beschäftigt bist, das einzige Mädchen zu foltern, von dem ich dir *verboten* habe, Hand an sie zu legen?«

»Ich habe sie nicht gefoltert«, log seine Mutter. »Ich habe sie nur befragt. Willst du etwa nicht wissen, wo sie herkommt und wie viel sie weiß, Arthur?«

»Natürlich, und genau deswegen hättest nicht *du* mit ihr reden sollen!«, fauchte er. »Wo ist sie im Moment? Ich will sie sehen.«

»Wozu? Um sie freizulassen?«

»Misch dich da nicht ein, Weib!«

»*Dein Bruder ist tot!*«, schrie die Königin dann. Ihre Stimme hallte so schrill durch das Schloss, dass Eduardo beschloss, wieder umzukehren. Er würde den beiden jetzt bestimmt nicht sagen, dass das Phönixmädchen weg war. Sie hatten anscheinend genug Probleme, Serena zu suchen. Er würde ihnen nicht die Nachricht überbringen, dass sie nun zwei Mädchen würden suchen müssen.

Zügig machte er sich wieder auf den Weg in sein eigenes Gemach und ließ seine streitenden Eltern hinter sich. Ihn kümmerte es wenig, dass sie sich gegenseitig anschrien. Obwohl sein Vater oft die Ruhe in Person war, herrschte zwischen ihm und seiner Königin schon jahrelang keine Harmonie. Eduardo bezweifelte, dass es je gut zwischen den beiden gelaufen war. Warum hatten sie überhaupt geheiratet?

Als er sein Zimmer betrat, befand sich schon jemand darin.

»Was tust du hier?«, fuhr er die junge Frau an, die auf seinem Bett lag und ein Buch las. Einige vom Hof würden sie als seine Mätresse bezeichnen, doch für Eduardo hatte sie keine Bezeichnung. Sie war bloß eine schöne, liebliche und kluge Frau, die oft mit ihm das Bett teilte. Was aber nicht hieß, dass sein Zimmer auch das ihre war.

»Ich habe gelesen und auf dich gewartet.« Ihre Stimme klang unschuldig. Sie hatte sich schon vor langer Zeit das ganze förmliche Gehabe von »Ihr« und »Eure Hoheit« abgewöhnt. Dafür standen sich die beiden zu nahe, und sie war die Einzige, der Eduardo das durchgehen ließ.

»Und was ist, wenn ich dich im Moment nicht sehen will?«, fragte er und ließ sich in den weichen Sessel in der Ecke des Zimmers fallen. Sie ignorierte seine Frage.

»Du siehst unzufrieden aus. Was ist passiert?«, fragte sie stattdessen sorgenvoll und legte das Buch weg. Sie setzte sich auf. Ihre goldenen Haare waren zu einem langen Zopf geflochten, der an der Seite ihres blassen Halses hinabfloss. Ihre grünen Augen musterten ihn forschend. Er bewunderte ihre stets neugierige und mutige Seele, doch es gab auch Momente wie diesen, da war diese Seite an ihr ziemlich nervig. Was sollte er ihr denn schon sagen? *Oh, ich wollte nur ein Feuermädchen besuchen, das meine Mutter als Gefangene hält. Und nein, ich hätte natürlich nicht mit ihr geschlafen. Und du brauchst dir keine Gedanken zu machen, der Phönix ist eh weg, bevor ich sie sehen konnte. Und meine Mutter wird mir dafür den Kopf abreißen.*

»Nichts, alles gut«, log er und verzog seine Lippen zu einem Lächeln.

4

Langsam

Das Erste, was ich wieder vor Augen hatte, war ein Zimmer, das mir bereits vertraut war. Damals hatte ich weniger auf die Einrichtung geachtet, doch jetzt kam mir der rote ovale Teppich auf dem weißen Holzboden, der wie Schnee unter meinen Füßen wirkte, bekannt vor. Auf dem großen Doppelbett, das in einer Ecke stand, hatte ich bereits gelegen, und durch das Fenster gegenüber war ich bereits gesprungen. Mittlerweile war die Scheibe, die ich mit einer Armbrust zertrümmert hatte, repariert und wies nicht mehr auf meinen kurzen Aufenthalt und meine Flucht hin.

Auch von der Armbrust war nichts mehr zu sehen, stattdessen hing über dem Bett ein Kunstwerk von Monet, das ein Mohnblumenfeld zeigte.

»Mein Gästezimmer für dich«, erklärte der Alcedo. Er folgte meinem Blick auf das längliche Gemälde. »Ich habe mir gedacht, dass ein Bild passender als eine Armbrust wäre.«

Ich erwiderte nichts darauf, sondern ließ meinen Blick weiter durch dieses Gästezimmer schweifen. Die weiße Tapete war mit großflächigen schwarzen Barock-Mustern bedruckt. Auf dem Schreibtisch an der anderen Seite des Zimmers fand ich eine einzelne Mohnblume in einer ebenfalls schneeweißen Vase. Mohn, die Blume für Vergessen, Schlaf und Tod. Ich erinnerte mich an die Lektüre in Jeans Haus. Es schien mir eine Ewigkeit her zu sein, sodass es sich kaum noch wie mein Leben anfühlte.

Ein Spiegel direkt neben der Blume brachte mich auf andere Gedanken. Langsam schritt ich meinem Spiegelbild entgegen, und obwohl ich mich kaum wiedererkannte, war ich nicht erschrocken.

»Du sahst schon einmal besser aus«, konnte sich Blondie hinter mir nicht verkneifen.

»Noch ein Wort, und du kriegst deinen Papierschnipsel in hundert Jahren nicht zu Gesicht«, antwortete ich, doch meine Stimme war ebenso leer und emotionslos, wie ich mich fühlte. Ich fragte mich, ob es sich so anfühlte, verrückt zu sein. Wenn ja, dann war es gar nicht so schlimm.

Vorsichtig strich ich eine schmutzige, fettige Haarsträhne aus meinem Gesicht, um es besser betrachten zu können. Ich musste feststellen, dass das Gesicht, das mir entgegenstarrte, mein Innenleben perfekt widerspiegelte. Meine braunen Augen hatten einen dumpfen, müden Ausdruck, und meine sonst vollen, glänzenden Lippen waren ein vertrockneter Strich in einem schmutzigen Gesicht. Die Tage in der Camera Silens ohne jegliche Hygiene hatten ihre Spuren hinterlassen und der Anfang der Folter ebenfalls. Ich stank bestimmt, als hätte ich noch nie im Leben den Luxus einer Dusche genossen.

»Du bist ja verletzt!«, rief der Alcedo hinter mir aus.

Genervt blickte ich über meine Schulter zu ihm hinüber. »Das fällt dir ja früh auf.«

»Nein, ich meine dein Bein.«

Ich folgte seinem ausgestreckten Zeigefinger und starrte auf meinen linken Oberschenkel, auf dem sich ein roter Fleck durch meine Jeans ausgebreitet hatte. Sofort hob ich meinen Pullover an, um den Dolch herauszuziehen.

»Warte, lass mich mal –«

»Fass mich nicht an!«, unterbrach ich die besorgte Stimme meines Feindes und richtete den gezückten, blutverschmierten Dolch auf ihn. Ich hatte mich auf einen Handel mit ihm eingelassen, aber mehr auch nicht. Finster trat ich einen Schritt zurück.

Ich sah in seinen Augen, wie er das Thema verschob. Vielleicht hatte er keine Zeit, sich mit einem rebellischen Phönix auseinanderzusetzen. »Ich werde dir zwei Zofen zur Seite stellen, die dir den Aufenthalt hier angenehmer machen werden. Fürs Erste lasse ich dir ein Bad einfüllen, und dann werden wir uns deine Verletzungen anschauen«, befahl er diesmal in einem Ton, der keine Widerrede erwartete und mir zeigte, dass er hier der Boss war. Ich war erstaunt über diese neue Seite von ihm, und tief im Inneren war ich gespannt, ob mir dieser Alcedo noch andere Seiten offenbaren würde.

Als er schon fast zur Tür hinaus war, rief ich: »Ich habe nicht vor, mich hier lange aufzuhalten. Wann kommen wir zum Geschäft?«

Er wandte sich zu mir um, und seine blauen Augen funkelten herausfordernd. »Ich habe auch nicht vor, dich lange hier wohnen zu lassen, Feuermädchen«, sagte er und betrachtete mich von oben bis unten. »Wir reden beim Abendessen darüber.«

Und dann verließ er das Zimmer.

Die Zofen, dir mir zugeteilt wurden, hießen Julie und Judy, waren Zwillinge und sahen aus wie zwei Miniaturausgaben einer Barbie oder eines Engels. Ich konnte kaum glauben, dass diese unschuldigen Wesen ebenfalls zu den Bösen gehören sollten. Schüchtern hatten sie mich ins Badezimmer geführt, das gegenüber von meinem Gästezimmer lag.

Der Boden und die Decke waren schwarz gekachelt, während die Wände mit den weißen Fliesen einen interessanten Kontrast dazu boten. Die riesige Badewanne war schon mehr als zur Hälfte mit Wasser gefüllt, und dem Schaum entstieg ein betörender

Lavendelduft. Ein weißer, flauschiger Bademantel hing an einer eisernen Stange neben einem weißen Badetuch.

»Ähm – Danke«, meinte ich zu den blonden Dienstmädchen, die immer noch neben der Badewanne standen und mich mit ihren großen blauen Augen anstarrten, während ich mich eigentlich meiner Kleider entledigen wollte. Ich konnte es kaum erwarten, endlich im Bad allein zu sein und den Luxus einer Toilette und dieser einladenden Badewanne vollkommen auszukosten.

Als sie nur »Bitte« wie aus einem Mund murmelten und sich nicht vom Platz bewegten, fing ich schon einmal zögerlich an, meinen Pullover über den Kopf zu ziehen. Es war mir mehr als unangenehm, mich vor ihnen zu entkleiden, vor allem da ich wusste, dass ich und meine Kleidung nicht gerade erfrischend rochen.

Schon bald merkte ich, dass ihr unschuldiger Schein trog, denn die beiden standen immer noch vor mir, als ich mich bis auf die Unterwäsche entblößt hatte.

Ich zog die beiden Papierschnipsel aus meinem BH und legte sie neben die Badewanne, dann fragte ich die Mädchen: »Sagt mal, habt ihr nicht noch etwas anderes zu tun?«

Die beiden, sie waren etwas jünger als ich, erröteten und meinten: »Wir sollen Ihre Kleider mitnehmen und waschen.«

So war das also. Unfreundlich drückte ich einer von beiden – ich konnte sie ohnehin nicht unterscheiden – meine schmutzigen Klamotten in die Hand. Sie schüttelte den Kopf. »Das ist noch nicht Ihre gesamte Kleidung, Miss.«

Das war doch wohl die Höhe. Ich hatte schon immer gewusst, dass ich mit Zofen nicht zurechtkommen würde. Wäre ich in meinem Normalzustand gewesen, hätte ich die beiden Mädchen jetzt dermaßen verjagt, dass sie sich nie wieder in meine Nähe getraut hätten. Jetzt jedoch entledigte ich mich missmutig meiner restlichen Kleidungsstücke, drückte sie den beiden Mädchen mit einem mechanischen Lächeln in die Hände und drehte mich endlich zur Badewanne um. Ich schloss den Wasserhahn und hörte, wie die Badezimmertür ins Schloss fiel.

Ein Seufzer der Erleichterung entfuhr meinen Lippen, und ich hoffte endlich auf ein wenig Ruhe. Hoffte, endlich meinen zitternden, zerschundenen Körper in Wärme zu betten, als ich mit meinem Bein zu schnell die Wasseroberfläche durchbrach und mit einem lauten Schrei zurückzuckte. Was zur Folge hatte, dass ich den Halt verlor, rückwärts auf den gekachelten Boden fiel und mir fast mein Bein und anderes brach.

Kaum war mein Schrei verklungen, flog die Tür auf.

»Was zum Teufel?!«, fragte eine männliche Stimme, und ich schaffte es gerade noch, am Zipfel des Badetuches zu ziehen, sodass es auf mich herabfiel und das Nötigste vor fremden Augen bedeckte. Jedes meiner Glieder schmerzte, und ich fragte mich, ob es denn irgendwann einmal genug war.

»Was ist geschehen?«, fragte mein namenloser Retter und beugte sich über mich. Ich wünschte, ich hätte die Kraft gehabt, ihm die Nase zu brechen. Irgendwie verspürte ich gerade das Bedürfnis danach.

»Das Wasser ist eiskalt«, presste ich hervor und machte keine Anstalten, mich zu bewegen. Ich wusste, dass ich das ohnehin nicht konnte. Für immer hier liegen zu bleiben, hatte auch seinen Reiz. Nur wollte ich nicht von diesen hellblauen Augen gemustert werden, die mir immer auf die eine oder andere Weise zeigten, dass ich noch lebte und Gefühle hatte.

»Oh, das tut mir leid.« Nur leider klang er gar nicht so, als würde es ihm leidtun. »Ich habe wohl vergessen, meinen Dienstmädchen zu sagen, dass sie das Bad für einen *Phönix* einlassen sollten.« Er hielt mir seine Hand entgegen, doch ich schlug sie weg. Er sollte sich schon entscheiden, ob er mich wie einen Gast behandelte oder wie seinen Feind.

Bevor er sich wegdrehte und aufrichtete, sah ich gerade noch, wie er sich ein Lächeln verkniff. Dann zog er den Stöpsel in der

Badewanne und sorgte dafür, dass das eiskalte Wasser verschwand, das mich verbrannt hatte.

Als er summend begann, warmes Wasser einzufüllen, versuchte ich, mich stöhnend und ächzend aufzurappeln und schaute ihm über die Schulter. »Noch wärmer«, befahl ich. Er drehte den Wasserhahn weiter runter. »Noch wärmer.«

Mit einem komischen Gesichtsausdruck, den ich nicht zu deuten vermochte, schaute er mich an. »Das sind schon über vierzig Grad.«

»Noch wärmer.«

Er kratzte sich an der Nase und drehte dann den Hahn bis zum Anschlag. Das Wasser, das herausfloss, begann zu dampfen. Ich lächelte zufrieden.

»Wenn du bei lebendigem Leibe gekocht wirst, ist das nicht mein Problem, aber vielleicht solltest du mir für den Fall der Fälle schon einmal sagen, wo du den Teil der Karte hast.«

»Was für eine Karte?«, fragte ich und zog das Badetuch fester um mich. Doch dann schüttelte ich den Kopf. »Weißt du, es ist mir egal. Ich möchte von dir nur ein paar Informationen, dann kannst du alles haben, was du willst.«

Nun schüttelte er den Kopf, und seine blonden Haare fielen ihm ungezähmt in die Augen, doch er strich sie nicht fort. »Ich habe dir das Leben gerettet, und dafür wirst du mir dein Papierstück geben. Ich schulde dir keine weiteren Informationen.«

»Vielleicht sollten wir das wirklich beim Essen besprechen, wenn du nicht in dieser Badewanne landen willst. Ich bin im Moment nicht gut gelaunt, und es ist nicht schlau von dir, mir das abzuschlagen, was ich will. Und du weißt genau, was ich will.«

»Ja, du willst immer noch wissen, wer sich hinter den beiden Namen verbirgt. Doch ich werde es dir nicht sagen.« Damit drehte er mir seinen schlanken Rücken zu. Ich beobachtete seine magere, große Figur und seine stolze Gangart. Als er an der Tür war, hielt ich es nicht mehr aus.

»Warte«, sagte ich leise. Ich schloss die Augen, da ich mich für meine nächste Frage selbst verabscheute. Doch ich wollte es wissen. Ich wollte es von dem ersten Moment an wissen, in dem ich ihm in die Augen geschaut hatte. »Wenn du mir schon nichts über die anderen beiden Namen sagen kannst ... Sagst du mir dann *deinen* Namen?« So schwer kamen mir die letzten Worte über die Lippen, doch ich hatte sie mir vorher gründlich überlegt.

Da ich meine Augen immer noch geschlossen hielt, wusste ich nicht, ob er sich zu mir umdrehte.

»Ich heiße Ilias.«

Das heiße Wasser schwappte über meinen zerschundenen Körper und meine aufgerissene Haut. Es tat gut, die Wärme zu spüren, auch wenn sie nicht mein Herz erreichen konnte.

Während ich mich mit geschlossenen Augen zurücklehnte, fiel mir erst auf, wie sehr mein Bauch schmerzte. Zu stark war ich bis jetzt abgelenkt gewesen, um zu merken, wie hungrig und durstig ich immer noch war. Auch jetzt erst spürte ich das Brennen der Wunden und die Müdigkeit.

Kurz flackerte das Bild der Königin vor meinen Augen auf. Wie sie wohl geschaut hatte, als ihr klar wurde, dass ich ihr entkommen war? Die Vorstellung ihrer Reaktion wäre bestimmt ein Lächeln von mir wert gewesen, wenn ich nicht so erschöpft gewesen wäre.

Irgendwo zwischen Traum und Wachzustand hörte ich wieder *seine* Stimme. Sie rief meinen Namen, erst leise, doch dann wurde sie immer lauter.

»Es ist deine Schuld, dass ich Arianna nie wieder in die Arme schließen kann. Dass ich nie wieder den Schnee auf meiner Haut spüren werde. Es ist deine Schuld, dass mein Herz nie wieder schlagen wird, und du sollst mich nun begleiten. Komm dorthin, wo du mich hingeschickt hast, Nici.«

Mit einem schrillen Schrei riss ich die Augen auf. Ich stellte mit hämmerndem Herzen fest, dass ich mich immer noch im Badezimmer eines Alcedos befand, was zwar keine optimale Situation war, jedoch immer noch besser, als wenn Jean bei mir gewesen wäre und das gerade eben tatsächlich gesagt hätte.

So etwas hätte Jean doch nicht gesagt, wenn er hier gewesen wäre! Jean hätte doch nicht gewollt, dass ich auch starb, oder?

Meine Zweifel nagten an mir, denn seine Stimme war zu real gewesen, um ein normaler Traum zu sein.

»Jean?«, sprach ich leise, in der Hoffnung, er würde mich hören. Wenn ich ihn hören konnte, konnte er es vielleicht auch. Wo auch immer er war.

»Es tut mir so leid, so verdammt leid. Nur zu gern würde ich für dich sterben, doch ich war es nicht, die dir das Leben genommen hat. Es war dieser Alec«, schluchzte ich mit Tränen in den Augen. Mein Herz schmerzte so sehr, wann immer ich mir für paar Sekunden erlaubte, an ihn zu denken. »Ein Alec hat dich mir weggenommen, und dafür wird er büßen. Ich verspreche es, er wird es büßen. Ich werde dich rächen, Jean …« Meine Stimme versagte, und ich fing an, lautlos zu weinen.

Ich vermisste ihn doch so sehr.

Nur mit dem Bademantel bekleidet trat ich vorsichtig aus dem Bad. Meine nackten Füße hinterließen feuchte Spuren auf dem weißen, kühlen Boden.

Im Haus war kein Laut zu hören und keine Menschenseele zu sehen. Als ich in das mir zugewiesene Zimmer tappte, ahnte ich schon, dass es hier anders sein würde.

Meine Intuition sollte recht behalten, denn Ilias lag, alle viere von sich gestreckt, auf dem Bett. Als er mich reinkommen sah, setzte er sich auf und grinste.

Ich mochte sein Grinsen nicht. Ich wollte ihm sagen, dass er das gefälligst lassen sollte, doch ich bekam meinen Mund nicht auf. Ich war mit meinen Nerven am Ende, erschöpft und ausgehungert. Ich wollte keinen grinsenden Alcedo vor mir sitzen haben, war das so schwer zu verstehen?

»Ich habe eine Salbe mitgebracht, die deine Wunden heilen wird. Setz dich doch«, meinte er freundlich. Irgendetwas in mir traute seiner netten Art nicht, traute seinem ewigen Grinsen nicht und schon gar nicht seinen funkelnden blauen Augen. Er war ein Alcedo, und er würde nicht ohne Hintergedanken nett zu seinem Feind sein.

»Ich habe keine Zeit, mich von dir versorgen zu lassen, Alcedo. Ich habe eine Aufgabe zu erledigen.« *Zwei,* verbesserte ich mich in Gedanken.

Blondie spitzte seine Lippen und bewegte sie nach links und nach rechts. »Du meinst deinen Mordanschlag auf Alec? Oder die Suche nach der geheimnisvollen Serena?«

Ich setzte mich neben ihn aufs Bett, weil ich es leid war, zu stehen. »Sag mir einfach, wer sie sind, und ich werde deine Gastfreundschaft nicht länger beanspruchen.«

Auf einmal stand er auf und kniete sich so vor mich hin, dass unsere Gesichter auf gleicher Augenhöhe waren. Sofort lehnte ich mich zurück und schaute hinab auf meine zusammengefalteten Hände in meinem Schoß. Wieso hatte ich immer so ein komisches Gefühl, wenn sich unsere Blicke begegneten? Dieses Gefühl tat schon beinahe weh …

»Wie ich sehe, möchtest du nicht bis zum Essen mit der Verhandlung warten«, sagte er, doch seine Stimme war leiser und sanfter. Und dann sah ich aus den Augenwinkeln, wie er die Salbe aus der Tube drückte und sich mir mit seinem Finger näherte. Automatisch wich ich noch weiter von ihm zurück.

»Das hier kann leichte Wunden in Sekundenschnelle heilen, bei der Verbrennung auf deiner Wange kann es zwar etwas länger dauern … Moment mal. Das ist keine Verbrennung, oder?«

Ich schüttelte stumm den Kopf.

»Eis hat deine Haut berührt, oder? Lass mich raten: Magie?«

Ich nickte.

»Du bist wohl nicht so gesprächig, hm?«, fragte er und strich mit seinem Finger die Salbe auf meine Verletzung. *Wenn er wüsste* … Die Salbe war zwar kühl, doch sie schmerzte mich nicht. Vielleicht lenkte mich Blondie auch einfach zu sehr ab. Ich begriff nicht, wieso er so viel mit mir redete. Was hatte er vor?

»Also … um zur Sache zu kommen: Ich habe dir das Leben gerettet, und dafür verlange ich den Zettel. Ich denke, dein Leben ist dir das doch wert, oder?«, fragte er, während mich seine schlanken Hände weiter verarzteten.

»Mein Leben ist mir im Moment wenig wert. Ich möchte nur ein paar Antworten. Woher weißt du überhaupt, dass ich das habe, was du suchst? Und was sind das für Schnipsel?«

Er zog eine Augenbraue hoch und rückte etwas von mir fort. »Du verlangst viel, weißt du das? Für einen Schnipsel Papier.«

Da fiel es mir auf. Erstaunt riss ich die Augen auf. »Du redest die ganze Zeit im Singular!«, stellte ich fest. »Du hast mir das Leben gerettet für *einen* Papierschnipsel, richtig?«

Nun musterte er mich, als würde er an meinem geistigen Zustand zweifeln. Er nickte, und ich hätte beinahe triumphierend aufgelacht. »Möchtest du denn *zwei* dieser Schnipsel haben?«, fragte ich ihn mit hochgezogenen Augenbrauen und witterte endlich eine Chance, an all die Antworten zu gelangen, die ich brauchte.

Nun riss auch Blondie seine blauen Augen auf. »Du hast *zwei* Stücke? Bist du sicher?«

Ich kreuzte meine Arme vor der Brust und zuckte mit den Schultern. »Ich weiß ja nicht, wovon du sprichst. Kann natürlich sein, dass eines davon nur ein Zeitungsartikel ist oder was auch immer. Ich habe sie mir ja noch nicht einmal angesehen.«

Seine Augen fingen an zu leuchten wie die von einem kleinen Kind, das zum ersten Mal einen geschmückten Tannenbaum sieht.

Bevor er etwas sagen konnte, rief ich: »Du darfst sie dir nicht ansehen, ehe ich meine Antworten habe! Und ich möchte doch lieber bis zum Essen warten, denn ich verhungere sonst.«

»Das Essen wird um Punkt acht fertig sein, wir haben noch eine Viertelstunde. Aber ich habe gelernt, mich in Geduld zu üben. Zeig mir mal dein Bein.«

»Bitte?«, fragte ich überrascht, da mir der Themenwechsel zu schnell kam.

»Ich muss dich noch zu Ende verarzten, du hattest doch ein schlimmes Loch im Bein.«

Ich erinnerte mich wieder daran, doch sofort stieg mir das Blut in den Kopf. »Gib mir die Salbe, und ich verarzte es selbst«, keifte ich ihn etwas zu forsch an.

Er zog die Brauen zusammen. »Wenn ich etwas angefangen habe, bringe ich das auch zu Ende. Entspann dich einfach, es dauert ja nicht mehr lange.«

»Ich kann es selbst machen!«

»Wieso?«

»Wieso bist du so stur?«, fragte ich zurück.

Er grinste wieder.

»Na gut«, gab ich mich geschlagen und antwortete auf seine Frage. »Die Wunde ist sehr weit oben.«

»An deinem Oberschenkel, ich weiß.« Sein Grinsen wurde noch breiter. »Ist das schon zu viel nackte Haut, um sie einem Alcedo zu präsentieren?«

»Gib mir die Salbe oder verschwinde aus meinem Zimmer!«, schrie ich und sprang vom Bett.

»Soso, jetzt ist das auf einmal dein Zimmer?«, fragte er amüsiert und stand ebenfalls auf.

Ich stemmte meine Hände in die Hüften, und er tat es mir gleich. Langsam war ich mir sicher, dass das alles nur ein Spiel für ihn war. Um ehrlich zu sein, hatte ich nicht so viel dagegen, mitzuspielen, und mir war es natürlich vollkommen egal, ob er meinen Oberschenkel betrachtete oder nicht! Als ob ich mich vor so einem wie ihm zieren würde. Entschlossen und mit einem spöttischen Lächeln im Gesicht trat ich auf ihn zu. Ich war ebenfalls in der Lage, zu spielen – besonders, da ich nichts zu verlieren hatte.

»Die Wunde ist sehr weit oben …«, raunte ich ihm ins Ohr und ging dann langsam um ihn herum, bis ich hinter ihm stand. Dann beugte ich mich zum anderen Ohr: »… und ich habe kein Höschen an.«

Innerhalb eines Herzschlags drehte er sich zu mir herum, und mir stockte vor Angst kurz der Atem. Dann erinnerte ich mich daran, dass ich nie mehr Angst zu haben brauchte.

Er war kleiner als Jean, doch trotzdem einen guten Kopf größer als ich. Er schaute auf mich herab, und sein Haar verdeckte beinahe seinen Blick. Doch ich war mir sicher, dass ich ihn sowieso nicht hätte deuten können.

»Wir sehen uns gleich unten beim Abendessen«, sagte er, und ich hätte schwören können, dass sich seine Stimme vorhin noch nicht so rau und tief angehört hatte. Er drückte mir die Salbe in die Hand und ging aus dem Zimmer. Hätte er die Tür nicht hinter sich geschlossen, hätte ich ihm nachgeschaut. Er war schon ein merkwürdiger Alcedo, fand ich. Und weil ich ihn nicht einschätzen konnte, auch besonders gefährlich …

5

Alles, was ich atme

Nachdem Ilias den Raum verlassen hatte, waren wenig später wieder meine Lieblingszofen Judy und Julie aufgetaucht. Sie hatten Kleider für mich mitgebracht, doch zu meinem Bedauern bestanden diese nicht aus Jeans und Pullover. So kam es, dass ich nun um kurz nach acht die Treppe zum Esszimmer in einem kurzen, schwarzen Cocktailkleid hinunterstieg. Mit passender schwarzer Spitzenunterwäsche, hautfarbenen Strümpfen und hochhackigen Schuhen. An einer langen Kette baumelte ein schwerer Kristall bis fast zu meinem Bauchnabel. Der Alcedo hatte Stil, das musste man ihm lassen.

Etwas orientierungslos stand ich am unteren Ende der Treppe und schaute mich in der leeren Eingangshalle um. Die Sonne war schon längst untergegangen, deswegen lag der Raum komplett im Dunkeln. Von irgendwoher flimmerte schwaches Kerzenlicht durch das verlassene Haus. Und dann hörte ich auch das Flüstern zweier Männerstimmen.

»Was hast du dir dabei gedacht, ich verstehe dich nicht!«

»Das musst du auch nicht. Du bist nicht – Oh.« Ilias sah, wie ich in das Esszimmer trat. Er saß an einer langen Tafel, direkt neben einem anderen Mann, den ich noch nie zuvor gesehen hatte. Er hatte schwarze Locken und schaute mich mit dunkelblauen Augen an.

»Das ist sie also«, murmelte er wie zu sich selbst. Sein Blick war verächtlich, obwohl ich wusste, dass ich in diesem Styling nicht gerade unattraktiv aussah. Ich war mir sicher, dass selbst Jean nicht schlecht gestaunt hätte, wenn er mich so gesehen hätte. Doch die beiden Alcedos hier ließ mein Aussehen offensichtlich völlig kalt.

Ilias stand auf und deutete auf mich. »Mein Freund, das ist …« Er hielt inne, als sei ihm eingefallen, dass er meinen Namen gar nicht kannte.

»Nici«, half ich ihm, fügte jedoch rasch noch ein verspätetes »-ta« hinzu.

Er nickte und ließ seine Hand wieder sinken. »Nicita … und das hier ist mein Freund …« Mir fiel auf, dass er wieder eine merkwürdige Pause machte. Als sei ihm der Name seines Freundes urplötzlich entfallen.

»Damian«, antwortete der Fremde. »Ich bin Damian.«

»Such dir doch einen Platz aus«, bot Ilias mir an und setzte sich selbst wieder hin. Das Ganze war mir eine Spur zu höflich, doch ich hatte mich entschlossen, all seine Spiele mitzuspielen. Mein Blick wanderte die lange Reihe von Stühlen entlang. Ich hätte mich ans andere Ende der Tafel setzen können, doch ich wählte den Platz neben Ilias – gegenüber von seinem Freund Damian.

Sobald ich mich hingesetzt hatte, merkte ich, dass dies ein Fehler gewesen war. Die Blicke des Schwarzhaarigen lagen auf mir wie tonnenschwere Betonklötze. Ich wagte nicht, den Kopf zu heben und in seine dunklen Augen zu schauen, die sich von seiner schneeweißen Haut abhoben. Ich spürte seine Macht, die mir beinahe die Luft nahm, und es kam mir vor, als sei er der mächtigste Magier, dem ich bisher begegnet war. Vielleicht machte er auch einfach nur keinen Hehl aus seiner Energiemenge, indem er sie nicht hinter einem Schild verbarg.

»Nun, Damian, du hast mich gefragt, welchen Grund ich habe, sie bei mir zu behalten«, brach Ilias das Schweigen. Irgendetwas sagte mir, dass auch er die Schwere der Macht spürte, die zwischen uns vibrierte.

»*Ilias,* das ist ein Phönix, keine *Sie,* sondern ein *Etwas*«, antwortete Damian. Das Schreckliche war, dass seine Stimme noch nicht einmal einen aggressiven Ton hatte. Andere hätten diese Worte gezischt oder gefaucht, er hingegen tat sie mit einer kühlen, beinahe gelangweilten Stimme kund.

Vorsichtig blickte ich Blondie an. Seine Augen funkelten wütend. Es fiel ihm offensichtlich schwer, so gelassen zu bleiben wie sein Freund. Ich sah, wie er zu einer zornigen Antwort ansetzte, doch in dem Moment näherten sich drei junge Frauen mit jeweils einem silbernen Tablett. Stumm und steif traten sie neben jeden von uns und stellten die Tabletts vor uns auf den Tisch. Die blonde Frau in einer schwarz-weißen Kellnerinnen-Garderobe hob in einer geübten Geste die Speiseglocke, und sofort stieg mir der Geruch einer warmen Mahlzeit in die Nase. Mein Magen antwortete mit einem Knurren.

»Ich hoffe doch, du magst Ente«, erkundigte sich Ilias, und die Dienstmädchen entfernten sich wieder.

»Im Moment mag ich alles.« Ich griff sofort nach Messer und Gabel, ohne auf die düstere Atmosphäre im Raum zu achten. Ich gab mir keine Mühe, die Etikette einzuhalten, solange ich am Verhungern war.

Während ich mich also bereits ans Verschlingen von dem gegarten Gemüse, dem Kartoffelpüree und der Ente machte, nahmen die beiden Alcedos ihre Unterhaltung wieder auf.

»Keine Sorge, du tust ja so, als würdest du mich unterschätzen. Sie hat das, was wir schon seit Jahren suchen, Damian.« Seine Stimme war ein aufgeregtes Flüstern, was mich dazu brachte, nicht meine ganze Konzentration auf das Essen zu beschränken.

Obwohl ich den Blick nicht von meinem Teller hob, merkte ich, dass mich dieser Damian wieder musterte. »Du meinst … sie hat einen Teil der Schatzkarte?«

Schatzkarte? Mein Hustenanfall unterbrach die beiden Männer. »Entschuldigung … Ich hab mich verschluckt«, murmelte ich kleinlaut und mit rotem Kopf. Ich begegnete Ilias' Blick, den ich als verwundert deutete.

»Nun ja … ich gehe davon aus. Du hast doch den Teil der *Schatzkarte,* oder, Nicita?«

Nun war ich überfordert. Schnell schob ich mir noch eine Gabel voll Essen in den Mund, um mir Kraft und Zeit zum Nachdenken zu verschaffen. Ich hatte noch von keinem Schatz gehört, aber mir war klar, dass ich Teile dieser Karte haben *musste,* um hier lebend wieder rauszukommen. Also nickte ich. Etwas in mir fragte sich allerdings, ob ich diesen Männern die Mittel zum Fund eines *Schatzes* überlassen wollte. Doch dieser Teil war klein. Der mittelgroße Teil glaubte an gar keinen Schatz. Und der größte Teil? Den interessierte kein Schatz der Welt.

Ilias hatte sich seinem Freund bereits wieder zugewandt. »Das war es doch wert, ihr Leben zu retten, oder?«, fragte er ihn grinsend.

Ich beobachtete, wie sich Damian darin nicht so sicher war. »Von mir aus. Ihr Leben ist mir egal, aber wieso ist sie immer noch hier?«

»Es kommt noch besser!«, raunte Ilias und beugte sich über seinen Teller hinweg. Mir fiel seine unangerührte Ente ins Auge, und ich konnte nicht anders, als zu fragen: »Dürfte ich …?«

Aus dem Konzept gerissen schaute er erst mich, dann seinen vollen Teller an. »Von mir aus.« Er schob mir den Teller hin und tat so, als hätte es keine Unterbrechung gegeben. »Sie hat *zwei* Teile der Karte.«

Damian stand so plötzlich auf, dass ich zusammenzuckte und Ilias' Paprika von meiner Gabel auf dem Tisch landete. Was fiel dem Kerl ein, mich so zu erschrecken? Das Licht des Kerzenständers zwischen uns ließ dunkle Schatten auf seinem bleichen Gesicht tanzen. Mir fiel der Hauch eines Dreitagebarts auf. Dann erst bemerkte ich, dass sein muskulöser Körper in einem teuren Designeranzug steckte.

»Wo sind die Teile?«, fragte Damian und sah so aus, als sei er auf der Stelle bereit, den Schatz suchen zu gehen. Hätte ich nicht gerade das Bedürfnis gehabt, erst Ilias' Portion bis auf den letzten Bissen zu verschlingen, hätte ich gefragt, ob die beiden denn schon die anderen Teile der Karte hatten. So jedoch war mein Mund gerade mit anderen Dingen beschäftigt.

»Nun, das ist der Punkt«, meinte Ilias seufzend.

Damian drehte sich zu ihm um. »Was? Sie hat sie nicht dabei?«, riet er.

»Sie will dafür ein paar Antworten.«

Zufrieden legte ich das Besteck wieder neben den Teller auf das Tablett. Noch nie hatte ich so viel in so kurzer Zeit gegessen. Ich fühlte mich zwar, als müsste ich mich gleich übergeben, doch das machte mich irgendwie glücklich. Jetzt brauchte ich nichts weiter, als Serena und Alec zu finden, und dann … Was dann sein würde, wusste ich nicht.

In dem Moment zufrieden mit der Welt, schaute ich zwischen den beiden Alcedos hin und her. Damian hatte die Figur eines gigantischen Basketballspielers und wirkte in der Dunkelheit, die nur vom Kerzenlicht geschwächt wurde, äußerst bedrohlich. Auch wenn sein Gesicht immer noch nichts von seinen Gefühlen verriet. War er wütend? War er aufgeregt? Freute er sich, dass nur ein paar Antworten zwischen ihm und einem Schatz standen, oder würde er mich lieber auf der Stelle in Stücke reißen?

»Was für Antworten?«, fragte er, da Ilias und ich nichts weiter erklärten.

»Normalerweise bist du die Geduld und Gelassenheit in Person, Damian. Was ist los?«, scherzte Ilias und konnte sich ein Grinsen nicht verkneifen. Ich konnte mir vorstellen, dass er diesen bedrohlichen Mann oft mit seinem Grinsen nervte.

»Sag mir, seit wann du dich für Spielchen anderer interessierst? Wir könnten sie auf der Stelle in Stücke reißen, anstatt ihr irgendwelche Gefallen zu tun.«

Seine Wortwahl ließ mich schlucken. Also hatte er tatsächlich an ›in Stücke reißen‹ gedacht, das war nicht sehr beruhigend.

Zu meiner Überraschung erhob sich nun auch mein blonder Gastgeber. »Sie stirbt nicht!«

Verwundert riss ich die Augen auf. Nun verstand ich gar nichts mehr. »Ähm …«, versuchte ich die Spannung zwischen den beiden zu lösen, bevor sie etwas Unüberlegtes tun würden. »Wie wäre es, wenn ihr diese Papierschnipsel bekommt und mir dafür zwei, sagen wir mal drei Fragen beantwortet? Das wird schon nicht so schwer sein.«

Der Blick, den ich daraufhin von Damian erntete, hieß wohl Nein. Um diesem auszuweichen, machte ich mich in dem Stuhl so klein wie möglich. Dabei fiel mir etwas anderes ins Auge.

Die Armbrust, mit der ich bereits Bekanntschaft gemacht hatte, hing nun also im Esszimmer an der Wand. Ich wusste nicht genau, wie mir das helfen konnte, doch ich hatte das Gefühl, dass ich sie heute Abend noch brauchen würde.

»Nicita, zeig uns doch erst einmal die Teile der Karte, damit wir sicher sein können, dass sie das sind, was wir suchen.«

Ich musste zugeben, dass dies nach einem vernünftigen Vorschlag klang. Ohne falsche Scheu griff ich in mein Dekolleté und angelte nach den dünnen Papierstreifen. Innerhalb eines Herzschlags standen die beiden Männer neben mir und beugten sich über den Tisch, auf den ich die Schnipsel gelegt hatte.

Ich hatte sie mir bereits vorhin in meinem Zimmer angeschaut, und obwohl ich nun wusste, was sie für eine Bedeutung haben sollten, sagten sie mir immer noch nichts.

Es waren beides ordentliche Vierecke, beide gleich groß. Das Papier war schon alt und etwas vergilbt, die Ränder waren rau und nicht vollkommen gleichmäßig. Ein Zeichen dafür, dass die

Karte, oder was auch immer es vorher gewesen war, von Hand zerrissen wurde und nicht durchgeschnitten. Auf beiden Papieren waren jedoch nur merkwürdige gerade Linien zu sehen, die mir absolut nichts sagten. Sie schienen wahllos lang oder kurz zu sein. Einige berührten sich hier und da, andere hingegen nicht.

Ilias' blasse Hände waren bereits eifrig damit beschäftigt, die beiden Stücke in verschiedenen Varianten zusammenzulegen oder sie zu drehen. Ein für mich sinnvolles Muster ergaben sie aber trotzdem nicht. Ein Grund mehr, weshalb die beiden die Teile gern haben durften. Ich konnte mit ihnen nichts anfangen, egal ob sie zu einem Schatz führten oder nicht.

Auf einmal mischten sich Damians viel größere Hände ein und schnappten sich beide Stücke, ehe ich protestieren konnte.

»Feuermädchen, ich glaube, es Zeit für dich, sich aus dem Staub zu machen«, meinte er zu mir. Panisch drehte ich mich zu ihnen um.

»Ilias!«, rief ich. »Du hast mir Antworten versprochen!« Doch während ich dies sagte, wusste ich schon, dass es vergebens war. Sie hatten nun die Teile ihrer Schatzkarte, und ich durfte froh sein, wenn sie mir mein Leben ließen. Verzweifelt krallte ich mich in die Rückenlehne des Stuhls. Es war, als hätte mir jemand den Boden unter den Füßen weggezogen. Die Papiere waren die einzige Möglichkeit gewesen, um an die Antworten zu kommen. Und die Antworten waren das Einzige, wofür ich lebte. Was sollte ich tun, wenn ich keinen Alec und keine Serena fand? Diese beiden Ziele, die ich mir gesetzt hatte, waren das Einzige, an dem ich mich festhalten konnte. Ich hatte keine Heimat mehr und keine Freunde, die mir zur Seite standen. Ich war allein in einem Land, in dem mich alle umbringen wollten, und ich hatte nichts mehr, wofür es sich zu leben lohnte.

Beinahe wäre ich so weit gewesen, Damian um meinen Tod anzuflehen, doch Ilias öffnete vor mir den Mund. »Du wolltest wissen, woher ich wusste, dass du die Teile der Karte hast«, fing er an. »Die Antwort ist Arianna. Sie hat mir erzählt, dass du einen Teil besitzt. Ich weiß nicht, woher sie es wusste, und das ist mir auch gleich.«

Verwirrt blinzelte ich ihn an. Er gab mir Antworten? Wieso? Und was hatte Arianna mit dem Ganzen zu tun?

»Wer Alec ist, werde ich dir nicht sagen, und auch über Serena kann ich dir nicht die Informationen geben, die du willst. Ich frage mich, wieso Jean es dir nicht gesagt hat. Er wusste wohl am besten über sie Bescheid. Es gibt nur eine Handvoll Personen, die dir Genaueres über dieses Mädchen sagen können – ich gehöre nicht zu ihnen.«

Schwer atmend richtete ich mich im Stuhl auf, meine Verzweiflung war wie weggeblasen. Ich wusste nicht, wieso Ilias so gnädig zu mir war, doch im Moment zählten nur die Anhaltspunkte, die er mir gegeben hatte.

Damians irritierte Miene übersah ich einfach und stand auf. Beide traten einen Schritt zurück.

»Armbrust«, befahl ich, und die sperrige Waffe schwebte auf meine ausgestreckte Hand zu. Von meiner plötzlichen Panik vor wenigen Sekunden war nichts mehr übrig. Ich spürte meine Magie wieder in jeder Zelle meines Körpers, und ich spürte wieder den Willen, weiterzumachen. Ich musste das zu Ende bringen, was ich angefangen hatte. Ich wusste wieder, was ich zu tun hatte, und dafür würde ich Blondie dankbar sein.

Mein Verstand verarbeitete die neuen Informationen auf Hochtouren und entwickelte in Sekundenschnelle einen Plan.

Ohne zu zögern ergriff ich die schwere Waffe aus Holz und richtete sie auf die beiden Alcedos. Obwohl die Waffe nicht gespannt war und ich nicht glaubte, dass sie ernsthaft Angst vor mir hatten, zuckten sie zurück und machten mir Platz.

Ilias drehte sich zu einer Kommode um und öffnete die oberste Schublade. Als er sich mir wieder zuwandte, hatte er einen Bolzen in der Hand.

»Den wirst du dort draußen brauchen. Fang.«

Ich streckte meine linke Hand aus und fing den Bolzen in der Luft. Aus Ilias' Verhalten wurde ich nicht schlau, doch jetzt war nicht die Zeit, mir darüber den Kopf zu zerbrechen. Ich nickte ihm zu und machte einen kleinen Knicks. »Meine Herren, es freut mich, euch kennengelernt zu haben.« Dann drehte ich mich um, ließ die beiden Männer zurück und rannte zügig durch die finstere Villa auf der Suche nach einem Ausgang.

Auf den hohen Absätzen knickte ich beinahe um, also streifte ich mir die Schuhe im Laufen ab und rannte barfuß über den glatten Marmorboden. Gegenüber der Treppe fand ich schließlich das riesige hölzerne Tor zur Außenwelt.

Ohne einen Blick zurück stieß ich den linken Türflügel auf, kalter Wind und Schnee peitschten mir augenblicklich ins Gesicht. Sofort griff ich nach meiner Magie, um mich von der Kälte abzuschirmen. Dabei merkte ich, wie ausgelaugt meine Energiequelle war. Nichts war mehr von Mais Kraft übrig, und auch die meine nahm von Sekunde zu Sekunde ab. Jean sollte recht behalten. Ein paar weitere Tage hier, und ich würde zugrunde gehen.

Der Schnee schmolz unter meinen nackten Füßen hinweg, und ich ließ das große Anwesen von Ilias hinter mir. Er hatte gesagt, Jean habe am besten über Serena Bescheid gewusst. Und irgendetwas sagte mir, dass somit auch Arianna nicht unwissend war. Sie war wohl in mehr Geheimnisse verstrickt, als ich geahnt hatte, denn auch mit dem Schatz hatte sie anscheinend etwas zu tun. Wie gut, dass ich nicht auch noch danach suchte. Es reichte schon, wenn ich sie über Serena ausfragen würde. Sie war mir schließlich etwas schuldig, nachdem sie mich weinend in der Camera Silens zurückgelassen hatte.

Zum Glück wusste ich, wo sie wohnte. Noch während ich den schneebedeckten Hügel hinunterlief und den Wald vor mir sah, war ich mir jedoch plötzlich nicht mehr so sicher, ob ich mich hier zurechtfinden würde.

Die Armbrust wog schwer, und ich kam nur langsam voran, die lange Kette verhedderte sich immer wieder in meinen Haaren, bis ich sie mir schließlich über den Kopf riss und zwischen den Bäumen zurückließ. So entledigte ich mich auch vom restlichen Schmuck, den ich an mir hatte, und am liebsten hätte ich mir auch meine langen Haare abgeschnitten. Ich verlagerte die Armbrust und den Bolzen in eine Hand, um mit der anderen nach dem Dolch an meiner Hüfte zu tasten, doch dann fiel mir auf, dass Jeans Waffe immer noch im Gästezimmer des blonden Alcedos lag. Für einen Moment blieb ich stehen und überlegte, ob dieses einzige Stück, das mir von Jean geblieben war, es wert war, zurückzukehren. Andererseits wollte ich mein restliches Leben – und irgendetwas sagte mir, dass es vielleicht nur noch ein paar Tage waren – nicht damit verbringen, mich an Erinnerungen zu klammern. Es würde die Dinge nicht leichter machen.

Als sich der Wald um mich herum nach ein paar weiteren Minuten nicht lichtete, fing ich an, mir Sorgen zu machen. Was, wenn ich im Kreis lief? Oder ich die ganze Zeit in die falsche Richtung gelaufen war? Ilias' Wohnsitz war abgeschnitten von dem restlichen Dorf, und ich begann, mich nach dem Warum zu fragen.

Und dann, ganz plötzlich, stand ich vor einem Hang. Es ging mehrere Meter bergab, und in dieser Mulde lag Alcedia. Ich schaute mich um und versuchte mich zu erinnern, wo Ariannas Haus lag. Es musste am Dorfrand sein, und wenn ich mich nicht irrte, war es genau am gegenüberliegenden Ende.

Ich setzte mich umständlich auf den Boden, bettete die Armbrust auf meinen Schoß und stieß mich den schneebedeckten Hügel hinunter. Da der Schnee unter mir ein wenig schmolz, rutschte ich hinunter wie Butter in einer glühenden Pfanne. In einem kurzen Kleid war das zwar nicht das Beste, was ich hätte machen können, doch so war ich innerhalb weniger Sekunden unten.

Entschlossen klopfte ich mir den Schnee von meinem Hintern und marschierte zielsicher mitten in das Dorf. Die kleinen Einfamilienhäuser ähnelten in gewisser Weise denen in Phoenicia, doch waren die hier weniger bunt.

Die Nacht war mittlerweile über Alcedia hereingebrochen, und zu meiner Verwunderung waren weder der Mond noch Sterne am Himmel zu sehen. Er war einfach nur schwarz. Ab und an lief ich an beleuchteten Fenstern vorbei, doch ich schaute noch nicht einmal hinein. Nirgendwo blieb ich stehen oder sah mir etwas genauer an. Noch nicht einmal das Schloss, das im Hintergrund thronte und von jeder Stelle im Dorf zu sehen war.

Schnell erreichte ich mein Ziel. Ich hatte sogar den Ort ausfindig gemacht, von dem aus ich Jean beobachtet hatte, als er hier heruntergegangen war, um seine Geliebte zu besuchen.

Nun stand ich vor ihrer Tür, bewaffnet und innerlich hohl, obwohl Trauer und Wut meine ständigen Begleiter waren. Ich spannte die Sehne der Armbrust über den Haken und legte den Bolzen ein.

In ihrem Haus brannte kein Licht, und ich fragte mich, was ich tun sollte, wenn sie nicht da war. Doch den Gedanken verscheuchte ich wieder, indem ich energisch anklopfte. Das Geräusch klang in dieser Stille fehl am Platz. Ich blickte mich unbehaglich um, aus Angst, jemand wäre aufmerksam auf mich geworden. Nicht dass ich nach allem, was passiert war, noch große Angst vor ein paar Alcedos gehabt hätte. Schon gar nicht mit einer so brutalen Waffe in meinen Händen, doch irgendwie schaffte es die Dunkelheit immer, einem etwas von seinem Mut zu klauen. Egal wie alt man war.

Die Tür öffnete sich, und ich hielt automatisch meinen Atem an. Im Haus war es immer noch dunkel, deswegen konnte ich nichts weiter als eine schemenhafte Gestalt ausmachen. Es machte *Klick,* und im nächsten Moment wurde es hell.

Arianna sog erschrocken die Luft ein, als sie mich sah, und stolperte einen Schritt zurück. Die Angst auf ihrem Gesicht zu sehen, erfüllte mich auf eigenartige Weise. Ich richtete die Armbrust auf sie und trat über die Türschwelle.

»Guten Abend.« Ich erkannte meine Stimme kaum wieder. Während sie überrascht meinen Namen stammelte, schloss ich die Tür hinter mir. Ich musste auf sie wahrscheinlich wie eine Psychopathin wirken, die sie nachts mit einer Armbrust bedrohte und ein schwarzes Cocktailkleid trug.

»Was willst du hier?«, fragte Arianna. Sie war einzig mit einem knappen schwarzen Nachthemd bekleidet, das so aussah, als würde sie auf ihren Liebhaber warten.

»Das ist eine gute Frage, nicht wahr? Nachdem du mich im Kerker des Schlosses einfach verrecken lassen wolltest«, antwortete ich und musterte sie neugierig. Versuchte sie einzuschätzen und zu erfahren, auf welcher Seite sie stand. Hatte sie mich absichtlich nicht befreit?

Mir war zwar bewusst, dass sie irgendetwas mit Ilias' Rettungsaktion zu tun hatte, dennoch mochte ich sie nicht, und sie hätte mir einiges an Qualen ersparen können, wenn sie mir selbst rausgeholfen hätte, anstatt ein Kartenstück zu hinterlassen und über Jean zu reden.

»Ich möchte wissen, wer Serena ist«, kam ich zum Punkt, nachdem sie anscheinend nichts zu sagen hatte.

»Wie bitte? Nicita, du weißt nicht, was du tust. Ich weiß nicht, was passiert ist, aber leg doch bitte dieses Ding da weg.« Ihr Blick lag immer noch voller Entsetzen auf der Armbrust, als könnte sie sich nicht erklären, woher ich sie hatte und warum ich damit herumlief.

»Du hast mich schon verstanden, und nein, ich werde es nicht weglegen. Sogar im Gegenteil. Sag mir die Wahrheit, oder ich werde nicht davor zurückschrecken, diesen Bolzen durch deinen Brustkorb zu jagen«, bluffte ich.

Nun wusste sie offenbar wirklich nicht, was sie sagen sollte. Dabei hatte sie in der Kammer der Stille doch auch keine Probleme damit gehabt.

»Ich weiß, dass du etwas über Serena weißt, also strapazier meine Geduld nicht über«, ergänzte ich, da meine Worte zuvor selbst mir einen kalten Schauer über den Rücken gejagt hatten. Vielleicht war ich wirklich verrückt geworden.

»Du irrst dich. Ich weiß nichts Genaues über sie, so wenig wie jeder andere Dorfbewohner auch.«

»Aber Jean wusste über sie Bescheid. Jean wollte, dass ich sie finde.« So langsam fragte ich mich, wer zur Hölle Serena sein konnte, dass keiner etwas über sie wusste. Wie ein Geist, dessen Name allein den Menschen geblieben war. Keiner hatte sie je gesehen, keiner wusste über sie Bescheid – nur, dass es sie anscheinend gab. Langsam ging mir das auf die Nerven.

»Um genau zu sein, weiß das ganze Königshaus über sie Bescheid. Dort solltest du sie suchen, wenn du es dir in den Kopf gesetzt hast.« Sie hatte sich mittlerweile wieder gefasst und verschränkte nun die Arme vor ihrer Brust.

Ich wusste nicht, ob ich ihr glauben sollte. »Im Schloss?«, fragte ich irritiert.

»Ich hätte es dir nicht sagen sollen. Du solltest dich nicht allein auf die Suche nach ihr begeben.«

Machte sie sich etwa Sorgen um mich? Oder wollte sie nur meinen Plan durchkreuzen?

»Was ich tue, geht dich nichts an. Sag mir alles, was du weißt«, sagte ich trocken. Ich wollte so schnell wie möglich hier weg und meine Suche mit den neuen Hinweisen fortsetzen, alles andere war egal.

»Sie lebt im Schloss«, antwortete Arianna und schüttelte den Kopf. »Den Rest musst du selbst herausfinden. Ich habe sie nie gesehen.«

Ich atmete aus und senkte den Blick. Ich musste nachdenken. Das alles ergab wenig Sinn. Wieso lebte ein wildfremdes Mädchen im Schloss der Königsfamilie? War sie eine Zofe? Eine Magd? Oder gar die Mätresse von einem der männlichen Familienmitglieder?

Ich würde es auf jeden Fall so schnell wie möglich herausfinden.

Mit gesenkter Armbrust überlegte ich, Ariannas Haus zu verlassen. Doch wann würde ich wieder die Gelegenheit haben, sie zu befragen? Oder überhaupt irgendjemanden auszufragen?

»Kennst du einen Alec?«, fragte ich deshalb. Es war eine der wenigen Fragen, die mir noch auf der Seele lagen.

Ich sah Arianna schlucken. »Nein«, sagte sie ein wenig verzögert. Die Lüge in ihren Augen war für mich unverkennbar.

Enttäuscht von ihr drehte ich mich um. Ich war es leid, mit dieser Frau zu reden.

Als ich zur Tür schritt und die Klinke herunterdrückte, legte sich jedoch eine Hand auf meine Schulter.

»Nici, geh nicht in das Schloss zurück«, bat Arianna, und wieder klang sie beinahe sorgenvoll. Wenn sie mich vor ein paar Tagen nicht dort zurückgelassen hätte und mir gerade eben nicht ins Gesicht gelogen hätte, hätte ich ihr die nette Tour vielleicht abgekauft, doch so schlug ich ihre Hand einfach fort und marschierte ohne ein weiteres Wort hinaus in die eisige Nacht.

5.5
Glaube

Laura, Kalifornien

Die Nacht schloss einen Mantel der Stille um das magere junge Mädchen.

Sie lag in ihrem Bett, versteckt unter den vielen Decken, und weinte. Weinte sich in den Schlaf, wie fast jede Nacht.

Es war nicht so, als hätte sie ein ausgesprochen schlechtes Leben gehabt. Sie lebte mit keinerlei Gewalt, sie war nicht dermaßen arm, dass sie hungern musste, sie musste keine schwere Arbeit verrichten. Es gab Leute, die hatten ein viel schrecklicheres Leben, dessen war sich Laura bewusst.

Und dennoch fehlte ihr etwas.

Es war nicht so, dass sie keine Freunde hatte – aber sie hatte wenige. Es war nicht so, dass ihre Eltern ihr nicht genug Liebe schenkten – doch sie fühlte sich von ihnen nicht gewollt.

Es gab viele Nächte, in denen sie sich furchtbar einsam fühlte und den Sinn der Welt nicht mehr verstand. Besonders jetzt nicht mehr, wo zwei ihrer Freundinnen verschwunden waren.

Wen hatte sie denn jetzt noch?

Zweifel füllten ihr unerfahrenes, kleines Herz. Zweifel an sich selbst. Was machte sie falsch? War sie ein solches Nichts, dass man sie nicht lieben konnte? Niemand jemals?

Mit einem Schluchzen drehte sie sich auf die andere Seite und vergrub ihre nasse Wange in dem kühlen Kissen. Wenn sich nicht bald etwas in ihrem Leben ändern würde, wenn *sie* sich nicht bald ändern würde, dann würde sie an dieser Trostlosigkeit noch ersticken.

Die blumige, kühle Nachtluft küsste ihre Haut, als ein kleiner Windstoß seinen Weg durchs offene Fenster fand. Irgendwo hörte sie das Zirpen von Grillen. Die Sterne und der Halbmond tauchten ihr Zimmer in ein milchiges, blasses Licht.

So langsam beruhigte sich Laura wieder und atmete tief durch. Nun suchte sie nach schönen Gedanken, mit denen sie besser in den Schlaf fallen könnte.

Zu oft hatte sie sich schon ausgemalt, wie der Junge ihrer Träume plötzlich auftauchen würde. Und ja, sei es auch mitten in der Nacht. Es war absurd, und doch schlich sich immer ein Lächeln auf ihr Gesicht, wenn sie an Max dachte. Ihn allein schon vor ihrem geistigen Auge zu sehen, erfüllte sie innerlich. Natürlich hatte sie auch seinetwegen schon zahlreiche Tränen vergossen, doch eindeutig öfter gelächelt.

Ein plötzliches Keuchen und ein lautes Geräusch in der Stille ließen Laura zusammenschrecken.

Sie riss die Augen auf und starrte an ihre mintgrüne Tapete, die die Dunkelheit in Grau verkannte. Die Geräusche waren noch immer zu hören, und sie konnte sie beim besten Willen nicht zuordnen – außer, dass sie aus ihrem Zimmer kamen.

Das Herz schlug ihr bis zum Hals, und doch traute sie sich nicht, sich umzudrehen. Ihre Scheinwelt würde zersplittern, wenn sie sich umdrehen würde. Es würde etwas passieren, was nicht in ihr Leben passte. Etwas, was Mut erforderte.

Und es fing mit dem Mut an, sich umzudrehen und sich der Gefahr zu stellen.

Schon bald hörte sie das Atmen eines anderen Menschen in ihrem Zimmer.

Panik schlug über ihr zusammen wie eine Welle, die sie unter sich begraben wollte.

Als dann noch jemand ihren Namen flüsterte, hielt Laura es nicht mehr aus und drehte sich endlich mit einem Ruck um. Um im nächsten Moment zu schreien, als sie eine hochgewachsene Gestalt in ihrem Zimmer stehen sah.

Sie hatte auf ihre Einbildung gehofft, hatte gehofft, dass ihre Fantasie mit ihr durchgegangen war. Aber sie hatte nicht damit gerechnet, dass jemand tatsächlich in ihrem Zimmer stehen könnte.

»Verdammt, Laura!«, zischte die Gestalt wütend und war innerhalb einer Sekunde an ihrem Bett angelangt, um ihr mit einer Hand den Mund zuzuhalten.

Und dann erkannte sie ihn.

Das bleiche Licht des Mondes schien auf sein Gesicht, und zum ersten Mal in ihrem Leben war Laura der Ohnmacht nahe.

Ja, sie hatte oft Angst und war nah am Wasser gebaut, doch in Ohnmacht gefallen war sie merkwürdigerweise noch nie.

»Alles okay?«, fragte Max, der wahrhaftig an ihrem Bett kniete. Er war hier, wie in ihren vielen Wunschvorstellungen! Er war tatsächlich nachts in ihr Zimmer gekommen! Schnell wischte sie sich die Tränenspuren vom Gesicht.

Nicht hyperventilieren, nicht hyperventilieren.

Langsam wurde sie misstrauisch. Das Gefühl seiner warmen, großen Hand auf ihrem Mund störte sie beim Denken, doch irgendetwas stimmte hier ganz und gar nicht. Es musste entweder ein Traum sein, oder er spielte ihr einen grausamen Streich.

»Tut mir leid«, flüsterte Max und nahm seine Hand wieder weg. Er schaute sich nervös im Zimmer um.

»Was … machst … du … hier?«, fragte sie und atmete nach jedem Wort heftig ein. Ihr drohte ein Zusammenbruch, und bald würde sie entweder in Gelächter oder in Tränen ausbrechen.

Ihrem zarten Gemüt durfte man nicht so viel zumuten. Man konnte nicht einfach einen jahrelangen Traum in Erfüllung gehen lassen, der so unerwartet kam, dass ältere Menschen an einem Herzinfarkt gestorben wären.

»Ich weiß, wir kennen uns kaum … Ich weiß um ehrlich zu sein auch nicht, wieso ich hier bin«, gab er mit einem zerknirschten Gesicht zu.

Sie zog ihre gelbe Bettdecke bis zum Hals und setzte sich auf. Sie hatte trotz der Dunkelheit um sie herum Angst, dass sie schrecklich aussah mit ihrem wirren Haar und ihren verheulten Augen.

Laura konnte ihn nur anstarren. Sie war noch nie in der Lage gewesen, die richtigen Worte zu finden, die man auch aussprechen konnte.

»Ich … ich glaub, ich geh lieber«, sagte Max schließlich und stand auf.

Laura würde es nicht ertragen können, seinen Anblick hier in ihrem Zimmer zu verlieren. Es war das, was sie immer gewollt hatte. »Warte«, rief sie also mit ihrer dünnen, zarten Stimme.

Er verharrte in seiner Position am Fenster, doch kehrte er ihr immer noch den Rücken zu. Allein dieser Rücken schon brachte das Blut in ihr zum Rauschen. Sie spürte, dass auch ihr Gesicht schon ganz rot war, doch sie hoffte, dass es Max bei Nacht nicht so auffallen würde.

»Bleib doch«, flüsterte sie kaum hörbar.

Er drehte sich nicht zu ihr um, und sie wollte nichts sehnlicher, als aufzustehen und zu ihm zu gehen. Sie wusste, dass viele ihrer Mitschülerinnen das getan hätten. Sie hätten ihr Glück genutzt, doch Laura konnte es nicht. Zu sehr war sie in ihrer Angst gefangen, dass er erfahren könnte, was sie für ihn empfand. Nie war sie freundlich zu ihm gewesen oder hatte ihm ein Lächeln geschenkt, wie andere verliebte Mädchen das taten. Selbst Blickkontakte hatte sie sofort wieder abgebrochen. Es gab viele Ängste, die sie zu diesem Verhalten zwangen. Zum Beispiel stand Blamage ganz weit oben oder eine Abweisung, oder sie wollte nicht, dass sie sich mehr Hoffnungen machte, je mehr sie mit ihm zu tun hatte. Denn dann würde es ihr jedes Mal schwerer fallen, auf den Boden der Tatsachen zurückzukommen.

Und nun stand er nachts in ihrem Zimmer, obwohl sie nichts getan hatte. Das Leben war immer unfair gewesen, wieso sollte es jetzt anders sein?

Er drehte sich wieder zu ihr um. Ihre zitternde Hand tastete nach ihrer Nachttischlampe. Es dauerte etwas, bis sie es schaffte, den Knopf zu finden und dann auch noch zu drücken. Doch dann wurde es endlich hell im Zimmer, und die Blicke der beiden trafen sich. Diese braunen, wirren Locken. Das neongrüne T-Shirt. Jedes winzige Detail brannte sich in ihr Gehirn. Die Situation schien für Laura noch unrealistischer als zuvor, weil er im Hellen noch realer wirkte. Wo da die Logik war, verstand sie selbst nicht.

»Ich … ich wollte zu jemandem, der Nici und Leo genauso vermisst wie ich«, versuchte Max dann endlich, sein Erscheinen zu erklären. Ihm schien bewusst geworden zu sein, wie unverständlich sein Besuch bei ihr ankommen musste.

Laura wurde es schwer ums Herz. Sie hätte es natürlich wissen müssen, dass sein Besuch nur etwas mit Nici zu tun haben konnte. Alles, was er tat, hatte mit ihr zu tun.

Laura versuchte tapfer, ihre Fassade aufrechtzuerhalten, aber sie wusste, ihr Schmerz stand ihr deutlich in den Augen geschrieben. Genauso, wie ihre ganze Liebe vergebens aus ihnen schien.

Doch Max bemerkte es nicht.

»Ich habe etwas beobachtet, das mir Sorgen bereitet.« Er fuhr sich mit der Zunge über seine Unterlippe und suchte mit den Augen nach einem Stuhl. Anscheinend hatte er vor, länger zu bleiben, was Lauras Gemüt wieder zum Schwanken brachte.

Unwillkürlich musste sie daran denken, was passieren würde, wenn ihre Eltern dies mitbekämen. Wenn sie mitten in der Nacht einen wildfremden Jungen in dem Zimmer ihrer Tochter finden würden. Sie glaubte, dann hätte sie nicht mehr lange Freude an dieser Erinnerung.

Als Max ihren Schreibtischstuhl neben das Bett schob und sich daraufsetzte, sah sie sich gezwungen, auch endlich mal etwas zu sagen. »Ähm … was denn?«, fragte sie.

»Halte mich nicht für bekloppt …« Laura schüttelte sofort den Kopf. So etwas würde sie nie im Leben tun. »… aber ich habe gesehen, wie sich Leute in Nicis Schlafzimmer befanden, die hundertprozentig nicht in dieses Haus gehören!«

Es schossen mehrere Gedanken gleichzeitig durch Lauras Kopf. Zum einen, dass Max wohl ständig Nicis Haus bewachen musste, um so etwas festzustellen. Und das wiederum machte ihr Sorgen. Doch sie wusste, dass sie Max lieber nicht darauf ansprechen sollte, deswegen fragte sie stattdessen: »Was waren das für Leute? Was haben sie gemacht?«

Sie sah seinen unsicheren Blick und ahnte, wie verwirrt er von der ganzen Situation sein musste. Für ihn war es sicherlich auch nicht leicht, einfach in das Zimmer einer Mitschülerin einzubrechen und ihr von seinen Beobachtungen zu erzählen. Doch es schien ihm wichtig zu sein.

»Ich habe schon seit Längerem die Vermutung, dass etwas an Nicis und Leos Verschwinden nicht stimmt«, sagte Max. »Und nun waren da auch noch diese zwei bleichen Männer, die ihr Zimmer durchwühlt hatten. Sie scheinen etwas gesucht zu haben, mitgenommen haben sie jedoch nur ein Foto.«

»Was für ein Foto?«

»Es stand eingerahmt auf dem Nachtkästchen in ihrem frisch renovierten Schlafzimmer.«

Als Max mit seiner Schilderung fertig war, war Laura genauso ratlos wie er.

»Wissen ihre Eltern davon?«, fragte sie vorsichtig und bekam das Kribbeln aus ihrem Bauch, trotz der erschreckenden Neuigkeiten, nicht weg.

Max schüttelte seinen Kopf. »Nein, sie waren zu dem Zeitpunkt nicht da, und sie haben auch noch nicht bemerkt, dass das Foto weg ist. Und ich weiß auch nicht, ob ich es ihnen sagen soll …« Seine blauen Augen starrten sie an, und sie musste sich stark darauf konzentrieren, beim Thema zu bleiben, da ihre Gedanken veranlasst waren, zu ganz anderen Dingen abzuschweifen, wenn er sie so musterte.

»Und was willst du jetzt machen?«, fragte sie ihn mit heiserer Stimme. Ihr war immer noch nicht klar, wieso er zu ihr gekommen war.

»Nun …« Ihr fiel wieder auf, wie unruhig er war. »Ich habe gehört, wie der eine gesagt hat, dass sie dann wohl noch einmal morgen wiederkommen wollen. Weil sie anscheinend nicht das gefunden hatten, was sie suchten.«

Laura blieb vor Schreck der Mund offen stehen. »Du willst ihnen auflauern?«, fragte sie ungläubig.

»Ja. Ich möchte herausfinden, wer die sind und was sie wollen. Und vor allem, was sie mit Nici zu tun haben. Und ich habe mich gefragt, ob du mir … hilfst.«

Seine letzten Worte hingen zum Greifen schwer zwischen ihnen in der Luft. Er schaute sie erwartungsvoll an, und Laura wagte kaum zu atmen. Sie wusste natürlich, dass sie ja sagen würde, doch ihre ängstliche Seite bombardierte sie mit Gegenargumenten. Er hatte sich wirklich die Falsche ausgesucht. Er hatte gedacht, ihr liege vielleicht am meisten noch an Nici und Leo, doch er hatte keine Ahnung, dass ihr jeglicher Mut für solche Sachen fehlte. Wenn sie bei einer heimlichen Beschattung dabei wäre und sie bis dahin weder geschrien noch in Ohnmacht gefallen wäre, würde ihr lauter Herzschlag sie mit Sicherheit verraten.

»Okay«, presste sie schließlich heraus.

Max strahlte, und Laura war mehr als froh, dass sie auf ihrem Bett saß, sonst hätten spätestens jetzt ihre Beine unter ihr nachgegeben.

»Wir treffen uns dann morgen um halb neun vor Nicis Haus«, verkündete er und stand auf.

Laura blinzelte überfordert und konnte nur noch nicken. Viel zu schnell hatte er dann auch schon das Fenster geöffnet und war hinausgeklettert.

Als sie wie auf Autopilot ebenfalls aufstand, um das Fenster wieder auf Kipp zu schließen, winkte er ihr noch zum Abschied. Sie konnte nicht anders, als die Vorhänge zuzuziehen.

Was hatte er bloß angerichtet? Er hatte ihr eine komplett schlaflose Nacht beschert und viel, viel Leid für die Zukunft. Denn absolut nichts würde ihr Herz jetzt noch daran hindern können, für ihn zu schlagen. Das Problem war nur, dass sie wusste, für wen sein Herz schlug. Und sie hatte keine Ahnung, ob sie stark genug war, diese Tatsache zu akzeptieren, oder ob sie daran endgültig zerbrechen würde.

6

Sein Spiegelbild

Das Schloss wirkte in der gnadenlosen Nacht noch einschüchternder als bei meinem ersten Besuch. Beinahe wäre ich wieder umgekehrt, doch was hätte ich dann getan? Wie schwer es mir auch fiel, das einzusehen, aber irgendwie hatte ich nicht gerade viele Optionen. Jean hatte mir gesagt, ich solle Serena finden, und das würde ich nun auch tun. Die Tatsache konnte man drehen und wenden, wie man wollte, doch ich kam nicht daran vorbei, in dieses Schloss zu müssen.

Diesmal war ich zumindest bewaffnet und hatte nicht im Geringsten vor, mich wieder einsperren zu lassen.

Was sich jedoch als Problem herausstellte, war die Wache vor dem Tor, welches glücklicherweise nicht geschlossen war. Ich musste also nicht viel mehr tun, als den fetten Mann hinter seiner Zeitung abzulenken und dann hinter die Mauern des Schreckens zu schlüpfen.

Kein Problem für mich. So verzweifelt, wie ich war, stieß mein Körper Unmengen von Adrenalin aus, welches mein Gehirn auf Hochtouren arbeiten ließ.

Vorsichtig lugte ich hinter dem Busch hervor und beobachtete die Wache, die jenseits der langen Holzbrücke genauso auf dem Stuhl vor der Mauer saß wie das letzte Mal. Das Schloss und mich trennten nur noch zwei Meter kahles, schneebedecktes

Land und diese instabil wirkende Hängebrücke. Weit und breit keine Pflanze mehr, hinter der ich mich hätte verstecken können, um den Abstand zu verringern. Doch schließlich hatte ich nicht umsonst zaubern gelernt, dachte ich mir, als ich mich auf die Zeitung in der Hand des Wächters konzentrierte.

Im nächsten Moment schon riss ein ›Lufthauch‹ ebengenannte Zeitung aus seinen fetten Patschehändchen und ließ sie ein paar Meter weiter zu Boden segeln. Sofort sprang die Wache auf und rannte der Zeitung hinterher. Der Wind ließ natürlich nicht locker und trieb sie immer weiter, gerade als der Mann sie fast zwischen die Finger bekam.

Als er endlich weit genug gelaufen war und mehr als beschäftigt aussah, traute ich mich aus meinem Versteck hervor und rannte geradewegs über die Holzbretter, die über der Schlucht hingen, in den Hof des Königsschlosses.

Sobald ich durch das offene Tor hinter die Mauer gerannt war, verlangsamte ich meine Schritte wieder. Ich atmete ein paarmal tief durch und beobachtete die weißen Wölkchen, die mein Atem in der Nacht verursachte.

Der leere, verschneite Vorhof wirkte in der Dunkelheit noch beängstigender, und ich erwartete jeden Moment, dass jemand auf mich zustürmte. Doch es kam niemand. Gut, denn ich sah in meinem kurzen Cocktailkleid und den feuerroten offenen Haaren aus, als befände ich mich mitten auf einem Präsentierteller.

Langsam schlich ich die steinerne Treppe hinauf und lehnte mich gegen die schwere Holztür, die daraufhin Gott sei Dank lautlos aufschwang.

Das Erste, was mir auffiel, waren die vielen brennenden Kerzenleuchter an den Wänden, die gespenstische Schatten an die dunklen Mauern warfen.

Mein Herz hatte schon lange nicht mehr in einem so beunruhigenden Tempo geschlagen. Ich schloss die Tür hinter mir und konnte es nicht fassen: Ich war tatsächlich freiwillig wieder in dieses Schloss gekommen. Was erwartete ich, hier zu finden? Es war wohl wahrscheinlicher, der Königin über den Weg zu laufen als der geheimnisvollen Serena.

In dem Moment hörte ich Schritte.

Mein Herz blieb mir vor Schreck fast stehen. Rasch blickte ich mich um, um mir einerseits ein Versteck zu suchen und andererseits herauszufinden, aus welcher Richtung die Schritte kamen.

Mein Blick blieb schließlich an der steinernen, dunklen Treppe hängen.

Die Schritte wurden lauter.

Schnell lief ich neben die Treppe und presste mich an die Wand. Die Armbrust in meinen Händen zitterte unkontrolliert. *Reiß dich zusammen,* fuhr ich mich in Gedanken an. Ich hatte nichts zu verlieren. Nein. Nichts.

Ich schloss die Augen und versuchte, mir das weiterhin einzureden.

Plötzlich wurde es still. Dabei waren die Schritte vorhin schon ganz nah gewesen.

Ein paar Sekunden verharrte ich noch regungslos, dann entschied ich mich dazu, meine Augen wieder zu öffnen.

Ein Schrei entwich meiner Kehle, und die Armbrust entglitt meinen Fingern. Mit einem lauten Scheppern landete sie auf dem Steinboden.

Eine Gestalt stand direkt vor mir, und ich war so erschrocken, dass es mich ein paar Augenblicke kostete, bis ich die Augen erkannte, die mich musterten.

Vielleicht hatte sich mein Gehirn auch nur geweigert, es zu verstehen. Mein Herz sagte mir, es waren Jeans Augen, mein Verstand stritt dies ab.

Und obwohl ich natürlich wusste, dass nicht wirklich Jean vor mir stehen konnte, wurden meine Beine schwach bei seinem Anblick. Dieses Gesicht, die blasse Haut, die dunklen Haare.

Seine ganze Statur, seine Größe – alles passte überein. In dem ersten Moment.

Ich konnte mein geflüstertes »Jean« nicht mehr zurückhalten.

Und auch seinem Mund entwich ein Name. »Serena?«, fragte er verwirrt, schüttelte dann aber den Kopf. Langsam fielen mir die Unterschiede zu Jean auf. Die Narbe zum Beispiel, die durch sein Auge und seine rechte Gesichtshälfte verlief. Die Narbe, die ihm Arianna zugefügt hatte.

»Wer bist du?«, fragte Eduardo.

»Wer ist Serena?«, fragte ich zurück, meine Stimme nicht mehr als ein Flüstern.

Sein Blick glitt über mich, von meinem Kopf bis zu meinen Füßen und wieder zurück, dann bückte er sich plötzlich und hob die Armbrust und den Bolzen auf, der beim Aufprall herausgefallen war.

»Ich glaube, das hast du verloren.« Er legte mir beides zurück in die Hände, und es kostete mich größte Mühe, die Waffe nicht wieder fallen zu lassen. Mit zitternden Händen legte ich den Bolzen wieder ein und starrte sprachlos zu Eduardo hinauf. Seine Gesichtszüge waren finsterer als Jeans, in seinen Augen lag etwas Unheimliches, und seine Haare waren etwas dunkler als die meines ehemaligen Mentors, da dieser sie sich immer braun gefärbt hatte.

»Du bist also der Phönix, nach dem alle suchen?« Sein Stirnrunzeln wich einem Grinsen, und ich wäre auf der Stelle umgekippt, wenn ich nicht gleichzeitig Todesängste durchlitten hätte. »Meine Nachspeise, die weggelaufen ist.«

»Ich … ich …« Ich wusste nicht, was ich sagen sollte. Stattdessen wusste ich, dass ich gleich in Tränen ausbrechen würde.

»Ich muss wissen, wer Serena ist«, bekam ich endlich heraus.

Der Prinz schaute mich misstrauisch an und verschränkte seine muskulösen Arme vor der Brust. »Wenn du mir sagst, woher du meinen Bruder kennst und wer du bist, hätte ich kein Problem damit, dir diesen Wunsch zu erfüllen.« Er zwinkerte mir zu, doch ich hatte nicht vor, ihm die Genugtuung zu geben, mich einzuschüchtern.

»Deine Mutter hat durch Foltern auch schon versucht, mich zum Reden zu bringen«, erzählte ich trotzig. »Sie hat es nicht geschafft.«

»Dir ist schon klar, dass ich … andere Methoden habe, mit einem so hübschen Mädchen wie dir …« Die Anspielung hatte nun auch letztendlich mein dummes Herz davon überzeugt, dass dies nicht die Person war, nach der wir uns sehnten.

»Ich bin eine einfache Schülerin in Phoenicia gewesen«, antwortete ich. Ich hatte kaum eine Wahl, wenn ich nicht in seinem Bett landen wollte wie einst Arianna.

»Ich glaube nicht, dass du dich einfach hierher verirrt hast. Und ganz zufällig so aussiehst wie …« Er legte rechts und links von meinem Kopf seine Hände an die Wand und beugte sich zu mir herab. Ohne seinen Satz zu beenden. Ich nahm wahr, dass er genauso roch, wie Jean es getan hatte. Nach Winter und Wald, nach süßen Waldfrüchten und frischem Tau. Nach Nadelholz und Tannenzweigen.

Das Bedürfnis zu erfahren, wem ich denn so ähnlich sah, löste sich in Luft auf.

Ich spürte seinen kühlen Atem auf meiner Haut und starrte wie gebannt auf seine vollen Lippen. Jeder Millimeter meines Ichs schrie nach ihm. Seine Nähe hatte sogar meine Angst vertrieben und flutete das Loch in mir, das Jeans Tod hinterlassen hatte. Das Einzige, was geblieben war, waren mein Irrsinn und meine Sehnsucht nach jemandem, der genauso aussah wie der Mann vor mir.

»Hast du meinen Bruder in Phoenicia getroffen?«, raunte er und berührte meine Lippen dabei beinahe mit den seinen.

»Ja.«

»Hat er dich hierhergebracht?«

»Ja.«

»Wo ist er jetzt?«

Erst durch diese Frage kehrte wieder Klarheit in meinen Kopf. Er wusste es nicht. Er wusste nicht, dass Jean *tot* war! Ich schüttelte heftig meinen Kopf und wollte seiner Nähe entkommen. Ich rammte ihm die Armbrust in den Bauch, sodass er zurückweichen musste.

Überrascht starrte er mich an.

»Sag mir, wer Serena ist, und ich werde dir deine letzte Frage beantworten. Ansonsten werde ich dich erschießen.«

Daraufhin brach er in Gelächter aus. »Du willst mich *damit* umbringen?«

Knurrend hielt ich die Armbrust auf ihn gezielt und legte meine Finger an den Abzug.

»Zu deinem Glück liebe ich es, Leute leiden zu sehen, und ich glaube, die Geschichte, die ich dir erzählen kann, wird dich leiden lassen. Ich habe ein so komisches Gefühl, dass du meinen Bruder gernhast. Was hältst du dann davon, dass Serena unsere Schwester ist und dir merkwürdigerweise wie aus dem Gesicht geschnitten ist?«

»Bitte?«, krächzte ich und schnappte nach Luft. Serena war die Person, der ich angeblich ähnlich sah? Er wollte damit doch nicht das andeuten, was ich dachte, oder? Konnte es sein, dass er mich anlog?

»Süß, wenn du erschrocken bist. Aber bevor dein kleines, niedliches Herzchen versagt: Serena ist unsere Halbschwester. Aus irgendeinem Grund hat sie meinem Vater viel bedeutet.« Er schnaufte verächtlich. Ob über seine Schwester oder den König, wusste ich nicht. War mir auch egal. Viel zu sehr war ich mit der Frage beschäftigt, wie Jean sie in seiner Lebensgeschichte einfach vergessen haben konnte zu erwähnen!

»Ihr habt eine Schwester?«, flüsterte ich vollkommen entsetzt, und die Wände um mich herum begannen plötzlich, sich zu bewegen. Die Welt fing an, sich zu drehen, als ich ein paar Schritte zur Seite taumelte. »Sie kann mir nicht ähnlich sein. Und auch wenn, das hat nichts zu bedeuten. Es hat nichts zu bedeuten.« Ich betete die Worte immer weiter herunter, während ich mir vorkam, als hätte ich das Ende eines langen Tunnels erreicht. Jean wollte, dass ich herausfand, wer Serena war. Wusste ich es jetzt? Und was sollte ich mit dem Wissen anfangen?

»Wo ist sie?«, flüsterte ich und kniff meine Augen zusammen, um wieder klar sehen zu können. »Verdammt, ich will sie sehen!«, brüllte ich.

Noch während Eduardos Gelächter den Raum füllte, hörte ich das Näherkommen von hastigen Schritten. »Eure Hoheit? Prinz Eduardo?«

Ich fuhr herum. Eine Gestalt stand unter dem Türbogen am Ende des Flurs. Vor Schreck rutschte mein Finger auf dem Abzug aus. Die Armbrust schoss den Bolzen in die Richtung des Mannes, und er durchbohrte seinen Brustkorb, ehe ich begriff, was ich getan hatte.

Die Wache glitt augenblicklich zu Boden, während der Rückstoß mich gegen die steinerne Wand drückte.

Ich wartete die Reaktion des Prinzen nicht ab. Ohne eine weitere Sekunde zu zögern, ließ ich die Waffe fallen und flüchtete.

Ich rannte, so schnell mich meine Beine trugen, und war bereits wieder draußen, bevor das Grauen meinen Verstand erreicht hatte.

Erst als ich die Mauern des Schlosses hinter mir gelassen hatte und durch den Wald rannte, flüsterte mir eine Stimme zu, dass ich soeben einen Menschen getötet hatte. *Vielleicht habe ich ihn nur verwundet,* argumentierte ich dagegen. Es war unwahrscheinlich, dass ich ihn tatsächlich umgebracht hatte. Und wenn schon, er war schließlich ein Alcedo.

Erst ein Stechen in meiner Seite brachte mich dazu, stehen zu bleiben. Mein Atem ging rasch und stoßweise. Keuchend stützte ich mich auf meinen Knien ab und lauschte einige Augenblicke lang nur dem Rauschen des Blutes in meinem Kopf und meinem schnellen Herzschlag. Jeder Atemzug war qualvoller als der davor. Erschwert durch Verwirrung und Schuld. Und Verzweiflung.

Hatte ich nun einen Teil meiner Aufgabe erledigt? Hatte ich herausgefunden, wer Serena war? Die Frage nun war: Was brachte es mir?

Kopfschüttelnd und mit Eduardos grinsendem Gesicht vor Augen ließ ich mich auf dem Waldboden nieder, den Rücken an den Stamm einer Lärche gelehnt. Ich schaute nach oben in den Sternenhimmel. Innerhalb von wenigen Sekunden war mein Kleid wegen des Schnees pitschnass, doch es störte mich kaum. Auch die Kälte, die von Sekunde zu Sekunde durchdringender wurde und sich in meinem Körper einnistete, kümmerte mich nicht.

Hatte mir die Antwort Erleichterung gebracht? Konnte ich mit ihr ein neues Leben anfangen oder die Vergangenheit ungeschehen machen?

Das Wissen, dass ich das alles, die ganzen Tage hier, vollkommen umsonst durchgemacht hatte, ließ mich im Geiste wieder an den Abgrund treten. Oder war ich schon längst gefallen? Mir blieb nur noch übrig, den mysteriösen Alec zu finden, doch würde mir meine Rache wirklich Erlösung schenken?

Auf einmal übermannte mich die Tatsache, dass ich verlassen in einem fremden Land saß. Die Sehnsucht nach meinen Freunden war unerträglich. Nach meiner Familie und meinem Zuhause. Ich hätte in dem Moment alles dafür getan, Leos Gesicht zu sehen, selbst Jerome oder Charlotte hätten mir vollkommen ausgereicht. Ich wollte einfach nur jemanden hier haben! Ich wollte verdammt noch mal nicht allein sein!

»Sag mal, täuschen mich meine Augen, oder hat sich tatsächlich ein Feuermädchen in unser bescheidenes Land verirrt?«

Erschrocken fuhr mein Kopf herum, und mein Blick suchte panisch die Umgebung ab. Und dann sah ich ihn zum ersten

Mal. Eine dunkle, große Gestalt, lässig an einen der Nadelbäume gelehnt. Er hatte seine Hände in die Taschen seiner schwarzen Hose vergraben, sein Gesicht zur Hälfte hinter dem aufgestellten Kragen eines Trenchcoats verborgen.

Als er sich vom Baum abstieß und langsam auf mich zukam, wich von ihm die Dunkelheit wie von einer Kerzenflamme die Nacht. Dabei waren es die ersten Sonnenstrahlen, die so langsam ihren Weg durch die Zweige fanden und vom Schnee reflektiert wurden. Der Morgen brach bereits an. Wie lange hatte ich hier gesessen?

Der Mann blieb wenige Schritte von mir entfernt stehen und schaute auf mich herab.

Hastig versuchte ich aufzustehen, als ich endlich begriff, in welcher Gefahr ich schwebte. Ich musste von hier fliehen und ihm nicht zu Füßen hocken.

Der Alcedo hob ein wenig den Kopf, und ich sah seine dunkelgrünen Augen auf mir ruhen. Was mich jedoch nach Luft schnappen ließ, war die Narbe, die an seinem rechten Auge verlief. Der gut zehn Zentimeter lange Schnitt war nie richtig verheilt – genauso wie Eduardos.

Er bemerkte mein ungläubiges Starren und fuhr die Narbe mit seiner schlanken Hand entlang. »Ein Souvenir von Arianna«, antwortete er auf meine unausgesprochene Frage. Ich war zu schwach, um mir noch die Mühe zu machen, meine Verwunderung zu verbergen. Und in dem Moment wusste ich auch, dass ich noch nicht einmal die Kraft aufbringen würde, wegzulaufen. Ich konnte nur hoffen, dass dieser schwarzhaarige Alcedo nicht vorhatte, mich umzubringen. Wenn ich es mir genauer überlegte, standen meine Chancen sogar gar nicht mal so schlecht. Schließlich musterte er mich mit einem ähnlich faszinierten Blick, wie es Ilias getan hatte.

»Du siehst einer bestimmten Person sehr ähnlich …« Seine Miene verriet keine Sekunde lang, was er von dieser Tatsache hielt. Oder was er von mir hielt.

»Lass mich raten. Serena?«, fragte ich und wunderte mich, dass es sogar schnippisch klang. Solche Typen wie er schafften es immer wieder, das Beste und Schlimmste aus mir herauszukitzeln.

Er legte den Kopf schief, und seine langen schwarzen Haare fielen auf seine dünnen Lippen. »Hast du sie gesehen?«

»Nein. So weit bin ich nicht gekommen.«

»Ich verstehe.«

»Aber nein, ich habe nicht vor, sie noch einmal aufzusuchen«, kam ich ihm zuvor.

»Das hätte auch keinen Sinn, denn du würdest sie nicht finden.«

Ich runzelte die Stirn. »Was meinst du damit?«

Statt zu antworten, fragte er: »Wie kommt es, dass du keine Angst vor mir hast? Ich bin dein Feind und wette mit dir, dass ich nicht wie der nette Nachbarsjunge aussehe.«

Die Frage brachte mich zum Nachdenken. Es stimmte, dass ich keine wirkliche Angst vor ihm hatte, doch ich wusste nicht wieso.

»Bis jetzt hat mich kein Alcedo hier versucht umzubringen, wieso solltest du es tun? Vor allem hättest du es schon längst getan, wenn du mich tot sehen wolltest.«

Zum ersten Mal zuckte einer seiner Mundwinkel leicht, und seine Augen funkelten amüsiert. »Mit Letzterem hast du recht. Ersteres gibt mir zu denken. Wem bist du denn bis jetzt alles begegnet?«

Ich schluckte und versuchte weiterhin, seinem intensiven Blick standzuhalten, obwohl sich in mir schon alles verkrampft hatte. Ich hasste es, Leuten so lange in die Augen zu schauen, vor allem, wenn ich sie kaum kannte. »Der lieben Königin, sie wollte mich zwar foltern, aber viel hat sie nicht angerichtet. Und auch der Prinz schien nicht mordlustig. Ganz zu schweigen von Ilias, der, ähnlich wie du, eher Interesse am Plaudern hatte.«

Zum ersten Mal, seit ich den Mann vor mir sah, entglitten ihm für einen Augenblick seine Gesichtszüge. Seine Augenbrauen wanderten in die Höhe, und er blickte mehr als überrascht drein. Doch es dauerte keine Sekunde, da lagen seine Gefühle wieder unter einer gefühlslosen Maske, die auch Jean immer perfekt hatte imitieren können.

»Ilias?«, fragte er dennoch nach.

Mein Kopf senkte sich gerade zu einem Nicken, als eine Gestalt durch die Bäume auf uns zuraste. »Areus!«, brüllte sie, und ich öffnete sprachlos den Mund, als ich erkannte, wer dies war.

Kein anderer als Ilias stand nun drohend wenige Schritte von dem großen Mann in Schwarz entfernt, und sein Blick huschte immer wieder von ihm zu mir. Wenn man vom Teufel sprach … Ich war so geschockt, dass ich nur entsetzt seinen Namen flüstern konnte. Was zur Hölle tat er hier?

»Lass deine dreckigen Finger von ihr. Ich warne dich. Sie gehört mir! Nicita, komm her«, befahl er in einem so kalten Ton, dass mir ein Schauer über den Rücken lief. Ich erkannte ihn kaum wieder. Sein Blick war so finster hinter seinen blonden Haaren, wie ich ihn noch nie zuvor gesehen hatte.

Seine Gegenwart machte mich nervös. Die Art, wie er meinen Namen ausgesprochen hatte, ging mir nicht aus dem Kopf. *Ich gehörte ihm? S*eit wann das denn? Ich war so abgelenkt von meinen Gefühlen, dass ich vergessen hatte, dass der letzte Teil seiner Drohung mir gegolten hatte.

»Nicita, geh weg von ihm!«, wiederholte er.

Ich rührte mich nicht. Wieso sollte ich Ilias' Befehlen nachkommen?

Der Mann, den Ilias mit Areus angesprochen hatte, schaute mir in die Augen. Ich schluckte. Ich verstand den Ausdruck, der in ihnen lag, nicht.

»Du bist nicht gerade mit Weisheit gesegnet, Junge, wenn du vorhast, dieses Mädchen mit zu dir zu nehmen«, sprach er, ohne den Blick von mir zu wenden.

»Niemand hat die Weisheit mit Löffeln gefressen! Auch du nicht, Areus«, erwiderte Ilias und zückte im gleichen Augenblick einen Dolch. Ich sog scharf die Luft ein.

»Oh doch.« Areus wandte sich nun endlich dem blonden Alcedo zu. »Und sie schmeckte … bitter.«

7

Die Wahrheit

Ein blauer Lichtblitz flackerte durch die kalte Luft und zerbarst in Abertausende von Funken, als er in der Nähe von Areus einschlug. Prallte ab an seinem magischen Schild.

»Du willst wirklich mit mir kämpfen? Allein?«, höhnte der schwarzhaarige Mann.

»Was sonst?«, rief Ilias und nahm die geduckte Haltung eines Kämpfers ein.

»Du weißt genau, dass du es allein nicht *annähernd* schaffst, mich auch nur zu verletzen. Und dabei wissen wir sogar beide, dass du alles andere als mutig bist, trotz deines Vampirdaseins. Nur leider etwas dumm und schon immer ein Angeber.«

Mein Blick wanderte gerade noch rechtzeitig zu Areus, um zu sehen, wie dieser die Augen verdrehte. *Ilias war ein Vampir? Was ging hier vor?*

Ilias fletschte wortwörtlich die Zähne. Ich fragte mich, wie besitzergreifend er wäre, wenn ich eine Freundin von ihm wäre und nicht nur eine fremde Feindin. *Sie gehört mir,* hatte er gesagt. Diese Worte gingen mir nicht aus dem Kopf, dabei hatte ich gedacht, dass er von mir nichts weiter als die Teile der Schatzkarte hatte haben wollen.

»Sei klug und verschwinde«, meinte Areus an Ilias gewandt und kreuzte die Arme vor der Brust. Er sah nicht aus, als würde er mit Blondie kämpfen wollen.

Der blonde Alcedo blieb skeptisch. Ich fragte mich, wieso er diesem Mann so wenig traute. »Wieso solltest du uns gehen lassen?«, fragte er.

Uns? Hatte ich etwas nicht mitbekommen? Ilias glaubte doch nicht wirklich, dass ich mit ihm mitkommen würde?

»Weil ich alle Zeit der Welt habe. Und ich mir sicher bin, dass ich euch beiden eher früher als später noch einmal begegnen werde. Aber nun haut ab, bevor ich es mir anders überlege.« Seine Stimme war ruhig, sachlich, beinahe gelangweilt. Er fühlte sich uns haushoch überlegen, dabei hatte ich den Verdacht, dass Ilias alles andere als schwach war. Nur mächtige Anführer – von was auch immer – hatten eine eigene Villa mit vielen Angestellten und so bösartige Freunde wie Damian.

Ilias schaute mich teils erwartungsvoll, teils ungeduldig an. Doch sobald ich seinem Blick begegnete, schien die Zeit um mich herum stillzustehen. Es war genauso wie beim ersten Mal, als er mir in die Augen gesehen hatte. Es fühlte sich an, als würde er mir direkt in die Seele schauen können. Und meiner Seele blieb nichts anderes übrig, als sich unter seinen Blicken zu winden, als würde sie in Flammen stehen.

Ich brach den Blickkontakt ab, doch meine Füße trugen mich wie von selbst vorbei an Areus, ohne dass ich mich dafür entschieden hatte. *Verdammt, ich hatte ihm doch nicht einfach so gehorchen wollen!*

Unsicher blieb ich neben Ilias stehen. Ich wusste, dass ich nun eine Seite gewählt hatte, und etwas in mir schrie, dass ich es noch bereuen würde. Mein Herz klopfte, raste förmlich und hörte einfach nicht damit auf. Als würde es etwas wissen, was ich nicht wusste. Vielleicht ahnte es schon, dass es mich ins Verderben stürzen würde, wenn ich an Ilias' Seite stand. Doch mein Herz war dumm, also hörte ich nicht darauf.

»Ach ja, und Nicita, so heißt du doch, oder?« Areus lächelte mir zu. »Traue nicht allem, was blond und blauäugig ist.«

Ich wusste nicht, was ich daraufhin sagen sollte, also nickte ich nur und wurde dann auch schon von Ilias am Arm gepackt und hinter ihm hergezerrt.

Sein Griff brannte wie Feuer.

»Hallo?«, beschwerte ich mich, als ich durch den Schnee geschleift wurde. Ein Blick über die Schulter offenbarte mir, dass sich Areus bereits in Luft aufgelöst hatte, doch trotzdem blieb Ilias nicht stehen.

Wütend stemmte ich die Füße in den Boden und weigerte mich, auch nur einen weiteren Schritt zu tun. Doch Ilias zog so lange weiter, bis ich stolperte und mit den Händen voran im Schnee landete. Mein halbnackter Körper sank in die stechende Kälte.

Keuchend starrte ich zu Blondie hinauf, der mir entschuldigend die Hand entgegenstreckte.

Natürlich ergriff ich sie nicht. Wütend rappelte ich mich von selbst wieder auf die Beine und klopfte den Schnee von meinem Kleid. *Das würde der Kerl noch bereuen.* Mein magischer Schild hatte sich beinahe vollständig verabschiedet, und die Kälte drang durch meine Haut bis ins Mark.

»Du zitterst ja«, bemerkte Ilias, was mich fast wieder dazu brachte, ihm an die Kehle zu springen. Es war seltsam, wie er mich dazu bringen konnte, die Zeit um mich zu vergessen. Wie er die Welt mit nur einem Blick zum Stillstand bringen konnte. Und dann in solchen Momenten wie jetzt das Blut in mir vor Wut zum Kochen brachte. Wenn ich in seiner Nähe war, fühlte ich mich alles andere als wie eine wandelnde Leiche ohne Gefühle. Und das machte mir jetzt schon Sorgen. Ich hatte keine Lust, in ein Gefühlschaos zu stürzen. Es war zu anstrengend. Und tat zu sehr weh.

»Wohin willst du mich bringen?«, fragte ich ihn etwas zu laut und erdolchte ihn mit meinen Blicken.

Er schaute mich mit unschuldigen Augen an. »Zu mir.«

»Nein! Nein! Und noch einmal Nein!« Es fehlte nur noch, dass ich mit dem Fuß aufstampfte oder meine Fäuste gegen seine schmale Brust trommeln würde. »Was soll ich da? Willst du mich in die Falle locken, damit dein Freund mich umbringen kann?« Ich erinnerte mich nur noch allzu gut an Damians Worte und zweifelte nicht daran, dass er wohl bisher der einzige Alcedo war, der tatsächlich keine Sekunde zögern würde, um mich ins Jenseits zu befördern.

»Was?«, fragte Ilias und schien ernsthaft erstaunt. »Natürlich nicht! Damian ist nicht mehr da.«

Wahrscheinlich bereits auf Schatzsuche. Ich schnaubte. »Wieso zum Teufel tust du das dann? Wir sind im Grunde nicht mehr als Feinde. Du schuldest mir nichts, rein gar nichts.«

»Du bist schon merkwürdig. Da rettet man dir das Leben, und dann so etwas. So jemanden wie dich trifft man nicht oft.«

»Ach was! Hätte ich nicht gedacht, wo hier in Alcedia doch so viele Phönixe rumlaufen.« Und was hieß hier schon *Leben gerettet?* Er hatte mein interessantes Gespräch mit Areus wie ein Irrer unterbrochen und war aus heiterem Himmel auf ihn losgegangen.

Ilias grinste. »Oh, hinter deiner Schale von Gleichgültigkeit steckt also doch noch so etwas wie Schlagfertigkeit. Weißt du, so gefällst du mir. Langsam kommst du endlich über den toten Prinzen hinweg und wirst lustig.«

Sofort spürte ich jeden Gesichtsmuskel in meinem Gesicht erstarren, und für einen Moment schien ich keine Luft zum Atmen mehr zu haben.

»Entschuldige, das hätte ich nicht sagen sollen«, gab Ilias zu meiner Überraschung zu.

Ich versuchte, mich wieder zu fassen. »Ich bin nicht hier, um dir zu gefallen. Und der einzige Grund, wieso ich mich überhaupt noch in deiner Gegenwart befinde, ist der, dass du mir noch behilflich sein wirst.«

»Behilflich?«, echote Blondie mit hochgezogenen Augenbrauen.

»Du wirst mir helfen, den zu finden, dessen Herz ich zum Stillstand bringen werde.«

Ilias runzelte verwundert die Stirn. »Ach, werde ich das?«

Ich schaute ihn scharf an. »Ja, das wirst du! Jetzt, wo du mich schon gerettet hast.«

Schwarz und Weiß. Hitze und Kälte. Tag und Nacht. Feuer wie Eis. Gegenteile, die zueinander gefunden haben und nebeneinander nicht existieren können, genauso wenig wie ohne die Existenz des jeweils anderen. Ohne das Gute besteht auch das Böse nicht.

Was hat das Schicksal nur vor mit den beiden?

Ein grausames Spiel, oder gibt es wahrhaftig, tatsächlich ein Ziel?

Wir saßen an dem langen Tisch im Esszimmer seiner Villa. Er saß dort, wo Stunden zuvor noch Damian Platz genommen hatte, und starrte mich nun mit einem ähnlichen Ausdruck an. Obwohl es bei Damian viel authentischer gewirkt hatte.

»Wo bist du gewesen? Sag mir nicht, dass Arianna recht hatte und du im Schloss warst.«

»Was hat es dich zu interessieren?«, entgegnete ich wie ein trotziges Kind und ließ es mir nicht nehmen, mein Kinn stolz in die Höhe zu recken. Dann jedoch hielt ich verwirrt inne. Schon wieder Arianna? Wo mischte sie sich nur alles ein?

»Es geht mich sehr wohl etwas an, wenn du tatsächlich im Schloss warst und die gesamte Königsfamilie auf dich aufmerksam gemacht hast! Sie werden dich *jagen.* Und somit zu mir finden.«

Ich zuckte bei seinen Worten noch nicht einmal mit der Wimper. »Du warst es doch, der mich zuvor der Königsfamilie ausgeliefert hat. Außerdem meinte die Königin, sie suche mich schon lange.« Ich versuchte, desinteressiert zu klingen und gleichzeitig seine Reaktion darauf zu beobachten. Wieso die Königin nach mir gesucht hatte, war mir nämlich immer noch nicht so ganz aufgegangen. Zwar zog die Sache mit Serena so einiges mit sich, was vielleicht Erklärung ins Dunkel bringen konnte – doch in Wahrheit scheute ich mich, weiter darüber nachzudenken, war noch nicht bereit, mich damit zu konfrontieren.

Ilias presste wütend die Lippen zusammen. »Und nun wird die Suche nicht mehr erfolglos bleiben, jetzt wo sie wissen, dass du in Alcedia bist. Wem bist du im Schloss begegnet?«, fuhr er mich an.

Seine Art, mit mir zu reden, gefiel mir gar nicht. Vielleicht hätte es mir in meiner Situation nichts ausgemacht, wenn mich seine befehlshaberische Art nicht so sehr an Jean erinnert hätte.

»Dem Prinzen«, antwortete ich, da ich die Lust an verbalen Spielchen verloren hatte. Mit ihm jetzt über Höflichkeitsformen zu streiten, hätte meine Geduld überstrapaziert. Schließlich ging es hier um etwas ganz anderes. »Er hat jedoch nicht den Anschein erweckt, mich auf der Stelle töten zu wollen. Im Gegenteil hatten wir ein äußerst interessantes Gespräch über *Serena.*«

Ich spuckte ihm den Namen quasi vor die Füße. Er hatte mich belogen. »Du wusstest es.« Ich schnaubte leise und schüttelte den Kopf. »Du wusstest von vornherein, dass ich ihr ähnlich sehe. Als ich in deinem Bett aufgewacht bin, hast du *ihren* Namen gesagt.«

»Ich weiß nicht, warum ihr euch ähnlich seht. Ich verstehe es ebenso wenig wie du. Ich konnte dir keine Antwort auf deine eigentliche Frage geben«, sagte er.

»Lass du *mich* entscheiden, was meine eigentlichen Fragen sind und was nicht! Und weißt du was? Es interessiert mich nicht, wieso sie mir ähnlich sieht.« Ich schluckte. »Ich weiß, was ihr alle denkt! Dass wir Geschwister sind oder zumindest irgendwie verwandt, aber das kann nicht sein. Sie ist ein Alcedo, sonst hätte man sie hier nicht geduldet. Sie muss schwarze oder blonde Haare haben und blaue Augen. Sie kann mir nicht so ähnlich sein, wie ihr alle tut!«

Ilias seufzte und schaute auf seine Hände. »Ja, sie hat schwarze Haare und blaue Augen, aber das bedeutet nichts. Du hast recht, nichts ist in dieser Hinsicht von Bedeutung. Außer dass dich die Königin deswegen nicht aus den Augen lassen wird. Dich interessiert es vielleicht nicht, in welcher Verbindung du zu Serena stehst, aber Viola wird das nicht auf sich beruhen lassen. Eduardo ist schlauer, als er aussieht. Wenn er dich nicht umbringen wollte, hatte es seinen Grund. Du solltest dir eins merken: Alle Alcedos sind schlauer, als sie aussehen, und ihr Handeln mag Gründe in sich tragen, an die du in deinen schlimmsten Träumen nicht denken würdest.«

Etwas in mir fragte sich, ob er mit seinem letzten Satz nicht auch sich selbst meinte. Doch ich war viel zu wütend auf ihn und zu müde, um länger darüber nachzudenken. Mir fiel auf, dass ich in dieser Nacht kein Auge zugetan hatte, und nun verlangte mein Körper seinen Schlaf zurück.

»Ich bin müde«, sagte ich also und wandte meinen Kopf Richtung Fenster. Beobachtete, wie die kühle Morgensonne im Schnee glitzerte. Wie sehr ich den sonnigen Ausblick aus meinem Zimmer in San José vermisste ...

»Dann schlaf dich ein paar Stunden im Gästezimmer aus. Ich habe sowieso noch einiges zu tun.«

Seine Antwort nahm ich als Erlaubnis – oder Aufforderung – aufzustehen und ihn am Tisch allein zurückzulassen. Ich drehte mich noch einmal zu ihm um, als ich durch den Türbogen trat, doch er war bereits verschwunden. Mein Blick verweilte noch einige Sekunden auf dem leeren Stuhl, dann wandte ich mich erhobenen Hauptes um und stieg die riesige, mit einem roten Teppich ausgelegte Treppe empor.

Er wusste selbst nicht, warum er sie hierbehielt. Aus Eigennutz? Aus Neugierde? Oder gar Angst? Damian und die anderen Vampire hätten ihn dafür ausgelacht, dass er sie schon wieder gerettet hatte und sie hier bei sich schlafen ließ. Ohne Handschellen. Ohne Wachen. Sie hätte eigentlich seine Gefangene sein müssen, wenn er sie noch hierbehalten wollte.

Ratlos ließ er sich in seinem Bett nieder und war sich mit jeder Zelle seines Körpers bewusst, dass ein Stockwerk über ihm das Feuermädchen es sich ebenfalls in ihrem Bett bequem machte. Dieses Feuermädchen mit den riesigen unschuldigen Augen … Obwohl ihr ganzer Körper in Trauer erstarrt zu sein schien, war da noch mehr in ihr, das spürte er. Sie war tapfer und doch zerbrechlich, sie war vorlaut und doch nachdenklich. Ihr ganzes Wesen schien paradox zu sein und auch widersprüchlich auf ihn zu wirken. Mal brachte sie ihn zum Lachen, mal wollte sein Instinkt als Alcedo sie unterdrücken oder loswerden … und manchmal sah sie so hinreißend aus, dass er ganz andere Dinge mit ihr anstellen wollte.

Sobald ich mich des Kleides, das etwas mitgenommen aussah, entledigt hatte, schlüpfte ich nur mit Unterwäsche bekleidet unter die seidig kühlen Laken des großen Bettes.

Ich musste nicht lange auf den Schlaf warten, zu gut tat die plötzliche Ruhe. Nicht einmal die Frage, was Ilias hier überhaupt mit mir vorhatte, konnte mich noch wach halten. Es blieb mir gerade noch übrig zu hoffen, dass mich hier keiner im Schlaf erstechen würde, als ich auch schon in einen unruhigen Traum fiel.

Ich befand mich wieder in dem altbekannten, festlichen Saal in Phoenicia. Am Abend eines Balles, in ein festliches, weißes Kleid gesteckt – wie eine Puppe. Ich wirbelte in einer Menschenmenge herum und fühlte mich verloren. Suchte nach jemandem, den ich nicht finden konnte. Und dann war er wieder da. Wie immer tauchte Jean plötzlich auf. Und wie immer fragte ich ihn anklagend nach einem Grund. »Wieso?« Meine Stimme war schwach.

Ich wusste bereits, was Jean sagen würde. Er würde sich wie jedes Mal entschuldigen für etwas, das ich nicht verstand. Doch diesmal nahm der Traum eine unerwartete Wendung.

Jeans Gesichtszüge verschwammen, und im nächsten Moment war es Ilias, dem ich gegenüberstand.

»Wieso?«, wiederholte ich meine Frage.

»Du weißt es«, flüsterte er, und seine Hand näherte sich meinem Gesicht. Ich nahm die Bewegung wie in Zeitlupe wahr, und doch verhinderte ich sie nicht. Ich zuckte innerlich zusammen, als seine kalte Hand auf meine erhitzte Wange traf. »Du wusstest es schon die ganze Zeit.«

Und wieder veränderte sich sein Gesicht. Eine Narbe fuhr durch sein rechtes Auge. Seine Hand verschwand von meiner Haut. Seine Haare waren schwarz.

Er starrte mich mit seinen grünen Augen an. Keine Bewegung, keine Regung war zu vernehmen. Er war wie aus Stein gemeißelt.

»Du weißt es, Nicita. Mach dich nicht lächerlich. Alcedos lügen, aber du brauchst das nicht. Belüge dich nicht selbst.« Areus' Stimme verhallte.

Plötzlich stand ich im Wald. Ich wunderte mich nicht einmal über den Ortswechsel. Ich rannte.

Auf einmal hörte ich eine andere Person schluchzen. Ich verlangsamte meine Schritte. Erst jetzt bemerkte ich, dass ich auf Schnee lief. Und im nächsten Augenblick sah ich mich darin hocken. Erschrocken blieb ich stehen. Dort saß tatsächlich ein Mädchen, das so aussah wie ich. Ich folgte ihrem Blick und entdeckte mehrere Meter weiter unten das Dorf von Alcedia. Ich erkannte auch Ariannas Haus.

Ich zählte eins und eins zusammen, als auch noch das Hufgetrappel von einem Pferd zu hören war und mein Ebenbild sich erschrocken umschaute, um sich dann hinter einem Busch zu verstecken.

Aus sicherer Entfernung beobachtete ich das Spektakel, das ich vor einigen Tagen aus gefährlicher Nähe selbst erlebt hatte. Ich beobachtete, wie sich ein schwarzes Pferd zwischen den Bäumen abzeichnete, mit einem blonden Reiter darauf.

Ilias.

Er blieb stehen und schaute sich um, als würde er meine Anwesenheit spüren. Vielleicht hatte er mich vorher auch schluchzen gehört.

»Spürst du das auch?«, fragte er sein Pferd. Er glitt aus dem Sattel, und ich hielt ebenso in meinem Traum die Luft an, wie ich es damals hinter den Zweigen des Busches getan hatte.

»Ganz ruhig, Laszlo«, beruhigte der junge Mann das Pferd und kam dann gezielt in die Richtung meines zweiten, vergangenen Ichs.

Als er sich bückte, wusste ich, dass es der Moment war, in dem ich zum ersten Mal in seine Augen gesehen hatte. Ungewöhnlich hell, von einem silbernen Blau mit einem dunklen äußeren Rand. Augen, die in mich hineingesehen hatten. Nein, es war nicht wirklich das erste Mal gewesen, erinnerte ich mich selbst. Auf dem Spielplatz in Phoenicia war das erste Mal gewesen.

In dem Traum tauchte plötzlich ein weiteres Pferd auf. Überrascht wandte ich die Augen von dem hockenden Ilias und starrte das kleine Mädchen auf einem ebenso schwarzen Pferd an.

In meiner Erinnerung an jenen Tag war sie nicht vorhanden gewesen, da ich sie vom Gebüsch aus nicht hatte sehen können. Nur an ihre Stimme konnte ich mich noch dunkel erinnern.

»Meister, wo sind Sie, verdammt noch mal?«, rief sie, als sie das verlassene Pferd erblickte. Sie schaute sich um, und Ilias erhob sich rasch.

»Hier bin ich, Catya. Ich habe dir doch gesagt, du sollst mir nicht folgen!«, sprach er und ging hastigen Schrittes auf sie zu.

»Ich dachte, Sie würden wissen wollen, dass Ilias wieder da ist. Er will sofort mit Ihnen sprechen … Sagen Sie mal, wieso stehen Sie hier eigentlich mitten im Wald herum?«

Ilias? … Ilias? Sobald das schwarzhaarige Mädchen diesen Namen ausgesprochen hatte, wurden all ihre restlichen Wörter bedeutungslos. Überflüssig.

Die Erkenntnis war so klar und tiefgreifend, dass sie wehtat.

Ihr Meister war der blonde Alcedo – doch sein Name war definitiv nicht Ilias.

Als ich meine Augen aufschlug, war ich so wach wie schon lange nicht mehr. Mein Kopf war frei von all den Gedanken und Sorgen, die sich in den letzten Tagen angesammelt hatten. Es schien, als würde ich nur aus Wut bestehen. Wut darüber, dass Ilias mich angelogen hatte. Wut, die meine Angst verdrängen sollte. Denn wenn mein Gastgeber nicht Ilias war – wer war er dann? Und wieso hatte er mich belogen?

Ich war schneller aus dem Bett, als ich denken konnte. Und ehe ich mich versah, hatte ich mir das zerknitterte schwarze Kleid wieder übergezogen und befand mich auf dem Weg die Treppe hinunter.

Ich wusste auch nicht, wieso mich meine Füße direkt in das Esszimmer trugen. Wahrscheinlich, weil es das einzige Zimmer außer dem Gäste- und dem Badezimmer war, das ich in diesem Haus kannte. Doch wie zu erwarten war, war es leer. *Natürlich, wieso sollte Ilias – oder wie auch immer er hieß – den ganzen Tag hier herumsitzen?,* dachte ich bitter.

Mein Blick wurde von den zwei großen Fenstern an der rechten Seite des länglichen Zimmers angezogen. So weit das Auge reichte nichts als Schnee und in der Ferne schneebedeckte Bäume. Die Sonne schien klein und fast verhüllt von einem Nebelschleier irgendwo hoch am Himmel und tauchte Alcedia für wenige Stunden in ein schimmerndes, sanftes Licht.

Mein Blick glitt an den Fenstern vorbei, über die dunklen Wände mit den Barockmustern, und verweilte dann an zwei dunklen Eichentüren gegenüber von mir. Beide waren geschlossen.

Ohne Umschweife trat ich auf die mir nähere zu und legte meine Hand an ihren Messinggriff. Noch ehe ich ihn herunterdrückte, hörte ich schnell aufeinander folgende dumpfe Geräusche, als würde ein Messer auf ein Holzbrett treffen.

Ich drückte die Klinke herunter und öffnete die Tür. Der frische Geruch von Salat und Tomaten stieg in meine empfindliche Nase. Leise schlüpfte ich in den Raum, der sich als Küche entpuppte, und erblickte den schmalen Rücken meines Gastgebers vor der Küchenzeile. Anscheinend hatte der verlogene Herr Hunger bekommen.

Ich fragte mich, ob er meine Präsenz spürte, doch als er sich nach einigen Sekunden immer noch nicht zu mir umblickte, atmete ich erleichtert aus. Natürlich so geräuschlos wie möglich.

Da schoss mir erst die Frage durch den Kopf: Was hatte ich eigentlich vor?

Seit ich aufgewacht und mir bewusst geworden war, dass Ilias nicht der war, für den ich ihn gehalten hatte, hatte ich keine Sekunde darüber nachgedacht, was für Folgen das haben könnte. Vielleicht wollte ich auch einfach nur nicht darüber nachdenken, weil ich Angst vor der Antwort hatte?

Wusste ich die Antwort bereits?

Genauso, wie er selbst und Areus es mir im Traum gesagt hatten?

Wie vom Schicksal gewollt, erblickte ich nur wenige Meter von mir entfernt ein großes Brotmesser auf einem Tisch, der zwischen mir und dem blonden Alcedo stand.

Meine Beine zitterten, als ich einen Fuß vor den anderen setzte. Das glänzende Metall ließ ich dabei nicht aus den Augen. *Ich habe keine Wahl,* redete ich mir ein. Ich durfte mich nicht mehr selbst belügen, hatte Areus mir gesagt. Nun, im Traum zumindest.

Meine Finger schlossen sich um den schwarzen Griff und hoben das Messer hoch. Ich umklammerte es mit solcher Kraft, dass meine Fingerknöchel weiß hervorstachen und keine Gefahr bestand, es aus Versehen fallen zu lassen.

Ich tat einen weiteren Schritt. Es fehlten keine zwei Meter mehr. Würde ich ihm das Messer in den Rücken stechen? Ich wusste es nicht, und trotzdem lief ich mit erhobener Klinge auf ihn zu.

Und dann drehte er sich um.

Es war ein Wunder, dass ich das Messer vor Schreck nicht doch fallen ließ.

Er starrte mich einfach nur an, und ich starrte zurück, während ich einen weiteren Schritt tat. Ich rechnete damit, dass er mir das Messer jeden Augenblick aus der Hand schlagen oder mich seinerseits mit irgendetwas angreifen würde. Doch er tat es nicht. Er bewegte sich keinen Millimeter und schaute mir lediglich in die Augen. Es war das Schlimmste, was er tun konnte.

Wieso sagte er denn nichts?

»Du bist nicht Ilias. Wer bist du?«, fragte ich, als ich direkt vor ihm stehen blieb. Mittlerweile hielt ich das Messer mit beiden Händen umklammert, und die Spitze schwebte direkt über seiner Brust.

»Du weißt es«, sagte er. Seelenruhig.

»Sag es. Sprich deinen verdammten Namen aus! Ich will es hören!«

Er tat es. »Alec. Ich bin der Mörder, den du suchst.«

8

Der Name des Schicksals

Alec lehnte in seinem schwarzen antiken Sofa und starrte gedankenversunken in das prasselnde Feuer im Kamin. Zwischen zwei Fingern balancierte er ein halb leeres Weinglas, ließ die dunkelrote Flüssigkeit in kreisenden Bewegungen hin- und herschwappen.

Wieso hatte sie ihn nicht getötet?

Diese Frage ging ihm unablässig durch den Kopf. Nachdem er ihr seinen wahren Namen verraten hatte, hatte sie beinahe augenblicklich das Messer in die hinterste Ecke der Küche geschleudert, und noch ehe das Scheppern verklungen war, war Nicita bereits aus dem Zimmer gestürmt. Er hatte sie weder aufhalten noch ihr irgendetwas erklären können.

Zuerst hatte er ihr folgen wollen, doch dann hatte er gehört, wie sie die Tür des Badezimmers hinter sich abgeschlossen und das Wasser aufgedreht hatte.

Ist auch besser so für alle Anwesenden, wenn sie erst einmal ein entspannendes Bad nimmt, hatte Alec sich gedacht. Er brannte nicht gerade darauf, von ihr erstochen zu werden, wie sie es ihm so oft angekündigt hatte, und trotzdem hatte er nicht im Traum daran gedacht, sich zu wehren. Als sie so vor ihm gestanden hatte und nur die tödliche Klinge zwischen ihnen war, hätte er am liebsten »Na mach doch« gesagt. Doch dafür war sie viel zu schnell weggerannt.

Es war auf keinen Fall so, dass ihr Leben ihm etwas bedeutete. Wahrscheinlich hätte er sie – so interessant sie auch manchmal war – schon längst umbringen sollen, aber da gab es immer noch eine leise Stimme, die ihn warnte. Nun ja, weniger eine Stimme als ein Stück beschriebenes Pergament. Seine Prophezeiung. Vorausgesetzt natürlich, dieses Mädchen war der Phönix, von dem die Prophezeiung sprach …

Plötzlich erlosch das Feuer. Leichter Rauch schwebte über dem Holz, wo gerade noch die Flammen gezüngelt hatten.

Alec setzte sich aufmerksam auf und stellte sein Glas auf den Tisch neben dem Sofa.

Als dann mit einem Schlag die Rollläden vor den Fenstern herunterschepperten und es stockdunkel wurde, sprang er auf. Sein Herz raste. Er spürte die Präsenz eines anderen mächtigen Magiers.

»Wer ist da?«, fragte er und fuhr zu allen Seiten herum. Es war nicht möglich, dass jemand hier eingedrungen war. Niemand wusste, wo sich das Gebäude befand, und es wurde zusätzlich von zwei seiner besten Männer bewacht. Auch befand sich kaum noch jemand im Haus, da die meisten seiner Angestellten zur Mittagszeit ins Dorf zurückgingen, um bei ihren Familien zu sein oder sich auszuruhen. Wie es das Klischee so wollte, waren Vampire nämlich eher nachtaktiv. Nur Catya wohnte hier mit ihm auf diesem Anwesen, abgeschnitten von allen anderen Alcedos.

»Beweg deinen Arsch, du Vollidiot.«

Die Stimme erschreckte ihn so sehr, dass er beinahe wie ein Mädchen aufgeschrien hätte. Stattdessen tastete er nach seinem Dolch. Jeder Alcedo trug immer einen Dolch bei sich, es war *die* Waffe für Magier der Finsternis – umgangssprachlich auch Vampire genannt. Mit ihr konnte man am schnellsten und unauffälligsten den anderen oberflächlich verletzen, was schon reichte, um den Schild des Feindes für einen Augenblick zusammenbrechen zu lassen.

Doch dazu musste er den Feind erst einmal zu Gesicht bekommen! Alec fluchte leise vor sich hin und erhaschte kurz darauf eine Bewegung am Rande seines Blickfeldes. Wenn er sich nicht getäuscht hatte, war im Flur gerade jemand an seiner Tür vorbeigelaufen. Er lauschte auf Schritte oder irgendein anderes Anzeichen, doch das Schlagen seines Herzens übertönte alles andere.

Doch da! Schon wieder huschte eine Gestalt an seinem Schlafgemach vorbei. Areus hatte recht gehabt, als er gemeint hatte, Alec wäre nicht der mutigste unter den Magiern. Deswegen fiel es ihm auch mehr als schwer, einen Schritt vor den anderen zu tun, um zu sehen, was in seinem eigenen Haus vor sich ging. Die Dunkelheit erschwerte dies um einiges, doch zum Glück hatten Alcedos so verschärfte Sinne, dass er immer noch mehr erkennen konnte, als ein Mensch es in dieser Situation getan hätte.

Trotzdem fand er auch im Flur keinerlei Hinweise auf den Eindringling. Es war so stockdunkel, dass Alec vermutete, dass jegliche Rollläden in seinem Haus heruntergelassen worden waren. Die Frage war nur: Von wem?

Das leise, dumpfe Geräusch von Schritten hallte in der Eingangshalle wider, in der er sich nun befand. Und direkt am oberen Ende der Treppe sah Alec wieder diesen Schatten vorbeihuschen.

Alec hielt den Atem an.

Im nächsten Moment ertönte ein Klicken, und eine Tür wurde geöffnet. Ein Lichtstrahl durchbrach die Dunkelheit im Haus.

»Nicita?«, fragte Alec vorsichtig. Es war ein merkwürdiges Gefühl, ihren Namen in den Mund zu nehmen und ihn zwischen seinen Lippen zergehen zu lassen, doch um einiges schlimmer war das Gefühl, das ihn bei dem Gedanken daran beschlich, dass sie jetzt auf Rache aus war.

Es war nicht unwahrscheinlich, dass sie nun einen Plan ausgeheckt hatte, ihn doch noch umzubringen, nachdem sie es vorhin nicht getan hatte.

Vorsichtig stieg er Stufe für Stufe hinauf. Erst spät registrierte er das Geräusch von plätscherndem Wasser. Und noch viel später erst sah er, wie ein Rinnsal die Türschwelle zum Badezimmer überschwappt hatte.

Vollkommen schockiert stürzte er ins Bad, in dem anscheinend eine Überflutung stattgefunden hatte. Niemand hatte das Wasser ausgestellt, und der Rand der Badewanne bot schon längst keinen Halt mehr.

Zuerst dachte er, dass sich Nicita ein Bad einlassen wollte, zwischenzeitlich in ihr Zimmer gegangen sei und letztendlich die Zeit vergessen hatte. Er wollte gerade auf dem Absatz kehrtmachen und sie suchen gehen, als er bemerkte, dass sich in der Badewanne nicht *nur* Wasser befand …

Sein erschrockenes Keuchen hallte durch den Raum, als er zur Wanne stolperte und *ihren* schlaffen Körper darin liegen sah. Hatte er sie tatsächlich in den Tod getrieben?

Nein! Nein, so durfte die Prophezeiung nicht eintreten! Nicht auf diese Weise! Nicht jetzt!

Panisch griff er nach ihren Armen und versuchte, ihren Körper aus dem eiskalten Wasser zu ziehen. Sie hatte kein Bad nehmen wollen, so viel stand fest, denn sie trug noch immer das Kleid, das er ihr gegeben hatte.

Vorsichtig hob er sie hoch und legte sie sacht auf den weißen Badezimmerteppich. Ihr langes, nasses Haar klebte in ihrem Gesicht und an ihren Schultern, ebenso wie sich das schwarze, dünne Kleid wie eine zweite Haut an ihren weiblichen Körper schmiegte.

Seine Hand tastete nach ihrem Puls. Spürte er ihn schwach, oder war es Einbildung?

Er wollte nicht, dass sie starb. Er durfte es nicht zulassen, denn dadurch wäre sein Leben vielleicht in Gefahr.

Alec holte noch einmal tief Luft, dann umschloss er ihr Gesicht mit seinen Händen und senkte seinen Mund auf ihren …

Sauerstoff durchflutete meine Lungen, und doch war ich mir sicher, dass ich nicht atmete. Ich war wieder bei mir selbst, mein Verstand hatte sich wieder eingeschaltet, doch ich hatte nicht die Kraft dazu, mich zu bewegen, meine Augen zu öffnen oder auch nur auf Geräusche zu lauschen.

Deswegen war ich mir auch sicher, dass ich nicht die Kraft hatte zu atmen.

Dann merkte ich, wie die Luft meinen Lungen entwich, und kurz darauf *spürte* ich etwas auf meinem Mund.

Dieses Gefühl weckte etwas in mir auf, und plötzlich wusste ich, dass es Lippen waren, die die meinen berührten. Ein Kuss erweckte mich wieder zum Leben, riss mich aus einem ewigen Schlaf. Hätte ich mich bewegen können, hätte ich denjenigen auf der Stelle umgebracht, der es wagte, mich wieder in diese Welt zu reißen!

Stattdessen blieb mir nichts anderes übrig, als zu warten, bis sich seine Lippen erneut auf meine legten, um mir Sauerstoff zu geben. Ich hatte nicht die geringste Ahnung, wie lange dieses Arschloch versuchte, mich wiederzubeleben. Irgendwann spürte ich einen merkwürdigen Druck in meinen Lungen, und ehe ich mich versah, floss literweise Wasser aus meinem Mund.

Ich drehte mich zur Seite, röchelte und hustete. Meine Lungen schmerzten. Jedoch nicht so sehr wie mein Herz.

Sobald ich einigermaßen wieder Luft bekam, setzte ich mich auf und starrte dem von mir meistgehassten Mann in die Augen.

»Du solltest noch etwas liegen bleiben«, wagte er es tatsächlich, mich anzusprechen.

Ich wusste nicht, ob ich ihm als erstes den Kopf abreißen, die Eingeweide herausziehen oder sein Herz zerquetschen sollte. Vielleicht sollte ich ihm vorher die Augen auskratzen und in irgendeinen Körperteil meine Zähne versenken? Ich war überrascht, wie kreativ ich war, nachdem ich so knapp dem Tod entkommen war und eigentlich noch vollkommen benebelt sein müsste.

»Du kannst dich doch nicht einfach umbringen wollen, nur weil du *mich* nicht umbringen kannst!«, rief er ungläubig aus.

Ich funkelte ihn wütend an, während sich meine Brust vor Zorn und Schmerz rasch hob und senkte. Noch ein einziges Wort aus seinem Mund, und ihm würde Hören und Sehen vergehen!

»Wage es nicht zu denken, dass ich dich nicht umbringen kann!«, rief ich. Doch leider entwich meiner Kehle nur ein heiseres Krächzen.

Zum Glück war auf meine Zauberkräfte mehr Verlass. Der Teppich, auf dem ich lag, stand innerhalb eines Wimpernschlags in Flammen.

Schreiend sprang der Mörder meines Jeans auf und starrte mit offenem Mund zu mir herunter.

Leider nährte meine Energie das Feuer nicht länger als zwei Sekunden, bevor es wieder erlosch und den Teppich so zurückließ, als wäre es nie dagewesen. Ich hatte nun wirklich alles aufgebraucht, was ich an Kräften besaß, und das war alles andere als gut.

»Nun, das reicht jetzt, findet ihr nicht?«, ertönte plötzlich eine fremde Stimme.

Alec und ich fuhren beide erschrocken herum.

Neben der Badewanne stand ein blonder Junge, der sich gerade zum Wasserhahn beugte und ihn zudrehte. Dann krempelte er seelenruhig den Ärmel seines Hemdes hoch und tauchte seinen Arm in das Wasser, um den Stöpsel der Badewanne zu ziehen.

Ich starrte ihn an wie ein Gespenst. Wie war er hier reingekommen? Wer war er? Als ich ängstlich zu meinem Gastgeber blickte, dem ich gerade noch die Kehle hatte aufschlitzen wollen, stellte ich fest, dass er vollkommen erbleicht war.

»Wer zur Hölle bist du?«, sprach Alec die Frage aus, die auch mir auf der Zunge gelegen hatte.

Der Junge drehte sich um und zeigte uns ein verschmitztes Lächeln. Er konnte nicht älter sein als ich. So lässig und selbstverständlich, als spaziere er hier ein und aus, setzte er sich auf den Badewannenrand und schaute uns abwechselnd an. Sein Grinsen erinnerte mich stark an das von Ilias – *nein, Alec,* verbesserte ich mich in Gedanken.

»Hallo Alec, hallo Nici«, begrüßte er uns, und ich keuchte beim Klang meines Namens entsetzt auf. Woher wusste er, wie ich hieß?

Ich war keine Minute von den Toten wieder da, schon stürzte sich ein neuer Berg von Fragen und Geheimnissen auf mich. Reichte es nicht, dass ich mich wie ein Eisklotz fühlte und eher früher als später an einer Unterkühlung sterben würde, da musste auch noch ein merkwürdiger Junge auftauchen, der meinen Namen kannte?

»Ich wiederhole meine Frage nicht zweimal, Kleiner!«, fauchte Alec, und ich beobachtete vom Boden aus, wie er ein Paar Handschellen hinter seinem Rücken hervorzauberte.

Innerhalb des nächsten Augenblickes befanden sich diese bereits an den Handgelenken des blonden Jungen.

»Silberne Handschellen …«, sinnierte dieser. »Hemmen jegliche Zauberkräfte. Nici hatte sie auch schon an, oder?«

Wieder zuckte ich beim Klang meines Namens zusammen. Der Junge machte mir Angst, so schwer es mir auch fiel, das zuzugeben.

»Und nun spuck es aus: Wer hat dich geschickt?«, fragte Alec, ohne auf die Frage des Eindringlings einzugehen.

Der Junge lächelte. Und dann fielen mir seine Augen auf. Sie waren braun. Nicht grün, nicht blau. Sondern tatsächlich braun. War er kein Alcedo? Ein Schauer lief meinen Rücken hinunter, und diesmal war nicht die Kälte der Grund dafür. Irgendetwas stimmte hier ganz und gar nicht.

»Niemand«, sagte der Junge fröhlich, den es anscheinend nicht bekümmerte, nun in Handschellen zu stecken, die ihm jegliche Flucht unmöglich machten.

Plötzlich erstarrte Alec. »Du … du bist derjenige, dessen Stimme ich vorhin schon gehört hatte! Du hast das Feuer gelöscht und alle Rollläden geschlossen.«

Ich konnte dem Gespräch nicht mehr folgen.

»Ich möchte euch keine Angst machen, wirklich nicht«, sagte der mysteriöse Typ. »Ihr werdet das alles irgendwann verstehen.«

Hoffnungsvoll starrte ich Alec an. Sogar der Hass auf ihn war in diesem Moment unwichtig. Alles, was zählte, war, dass er den blonden Jungen verscheuchte. Seine Gegenwart ertrug ich nicht. Dieses Gefühl war unbeschreiblich. Es war mehr als Angst.

»Wer bist du?«, fragte Alec ein weiteres Mal. Seine Stimme war nicht mehr fordernd oder aufgebracht. Er klang hoffnungslos. Als wüsste er, dass er mit diesem Jungen nicht fertigwerden konnte.

»Ich bin das Schicksal«, antwortete der blonde Junge, und eine Sekunde lang erinnerte er mich wieder an Alec. Ich fragte mich gerade, was mit mir nicht stimmte, als mir plötzlich einfiel, wieso er mir so seltsam bekannt vorkam. Ich hatte ihn bereits einmal gesehen. In der Camera Silens!

»Und hat das Schicksal auch einen Namen?«, fragte Alec.

Ich versuchte, mich an jene Nacht zu erinnern, in der ich ihn gesehen hatte. Er war nur für eine einzige Sekunde da gewesen, und ich hatte gedacht, ich hätte ihn mir eingebildet.

»Ja«, antwortete in diesem Moment der Junge. »Jean.«

Ich schrie unwillkürlich auf. Meine Hände schlugen sich über meinem Mund zusammen.

Sofort beugte sich Alec zu mir herunter und fasste mich an den Schultern. Seine Berührung verbrannte mir die Haut, doch ich konnte mich daraus nicht befreien. Ich konnte den Blick nicht von dem Jungen wenden, der soeben Jeans Namen in den Mund genommen hatte.

»Beruhige dich. Psscht«, versuchte Alec, mich zu besänftigen.

Ich schüttelte heftig den Kopf. Ich konnte nicht nachdenken, wenn er mich anfasste.

Es schien, als hätte er genau im selben Moment dasselbe gedacht, denn er nahm die Hände endlich von meinem Körper. Der Schmerz hörte augenblicklich auf.

»Er weiß es!«, schluchzte ich. Ich hatte das Gefühl, dass dieser Fremde *alles* über mich wusste. Dass er alles über Alec wusste und alles über Jean. Ich hatte das Gefühl, dass dieser Teenager das Wissen der gesamten Welt in sich trug! Was natürlich furchtbar paranoid und übertrieben war, doch dann fielen mir seine eigenen Worte auf. Er hatte wortwörtlich gesagt, dass er das Schicksal war. Es war nur selbstverständlich, dass das Schicksal eine unvorstellbare Macht war und die Zukunft eines jeden kannte und …

»Er lügt«, unterbrach Alec meine wirren Gedankengänge. »Sein Name ist nicht Jean, okay?« Er starrte mich so eindringlich an, als würde er mich davon überzeugen wollen. »Kein Alcedo dieser Welt würde sein Kind *Jean* nennen.«

Theoretisch hätte ich wütend über seine Andeutung sein müssen, doch stattdessen rief ich: »Schau ihn dir an! Ist er überhaupt ein Alcedo?«

Und erst da merkten wir, dass er verschwunden war.

Wir waren allein in Alecs Badezimmer. Hockten auf dem Teppich. Ich klitschnass und hysterisch. Er bleicher als der Mond.

Das Einzige, was vom Schicksal namens Jean übrig geblieben war, waren die Handschellen, die auf den Fliesen vor der Badewanne lagen.

9

Anti-Vampir-Organisation

»Wo ist er hin?«, rief ich und sprang auf die Beine. Ich schwankte ein wenig, und mir wurde kurz übel, doch ich schaffte es auch ohne Alecs Hilfe, nicht umzukippen.

»Das wüsste ich auch gern«, brummte dieser und betrachtete nun kritisch seine Handschellen. Als wären sie schuld an dem Ganzen hier. Er schnipste mit den Fingern, und die Handschellen lösten sich in Luft auf.

»Wer war das?«, verlangte ich zu wissen.

»Das wüsste ich auch gern«, wiederholte er. Dann starrte er mich auf einmal ganz komisch an. Als wüsste er erst jetzt wieder, wen er eigentlich vor sich hatte.

Und auch mir wurde das schlagartig wieder bewusst. Hitze stieg mir in die Wangen und ich drehte meinen Kopf zur Seite. Was war bloß in mich gefahren? Wie kam ich dazu, *so* mit Jeans Mörder zu plaudern?

Jeans Mörder. Mir wurde wieder schlecht.

Die ganze Zeit hatte ich ihn vor meiner Nase gehabt.

»Wenn du im Moment keine Lust hast, dich oder mich umzubringen, dann würde ich vorschlagen, dass ich dir einiges erkläre«, unterbrach Alec meine Gedanken. Er schaute mich immer noch so an, als würde er erwarten, dass ich mit einem Messer oder gleich einer Kettensäge auf ihn losginge. Vielleicht hätte ich das auch tun sollen. Mein Herz schmerzte, als mir wieder klar wurde, dass ich das nicht konnte. Und ich wusste nicht einmal wieso. Doch als ich vor ihm gestanden hatte und absolut nichts mehr zwischen ihm und mir war als dieses Messer … In dem Moment wusste ich, dass ich nicht dazu fähig war, es in sein Herz zu stoßen. Und ich hasste mich dafür. Genauso, wie Jean es tat. Seine Stimme, als ich ins Bad gestürzt war … Ich werde sie nie vergessen.

»Du bist nicht fähig, mich zu rächen, Nici. Erst bringst du mich um, und dann hältst du noch nicht einmal dein Versprechen …«

Ich schüttelte verzweifelt meinen Kopf. Ich wusste nicht, was ich tun sollte.

Eine eiskalte Hand legte sich plötzlich auf meine Schulter, zuckte jedoch sofort wieder zurück, als berühre sie eine Herdplatte. »Ist alles in Ordnung?«

»Wieso bist du so?«, schrie ich wütend und trat einen Schritt zurück. Das Fass war nun endgültig übergelaufen. Die Tropfen seiner Freundlichkeit passten einfach nicht mehr. »Wieso bist du *nett?*« Ich spürte, wie mir die Tränen kamen, doch ich würde bestimmt nicht vor diesem Alcedo anfangen zu weinen. Ich verstand nur nicht, wieso er es mir so schwer machte! Wenn er doch einfach gemein und dumm gewesen wäre, dann hätte ich bestimmt kein Problem damit gehabt, ihn umzulegen. Stattdessen musste er mir immer wieder das Leben retten und so tun, als liege ihm etwas an mir. Doch vielleicht war gerade das seine Strategie! Ich schnappte nach Luft, als es endlich Sinn in meinem Kopf ergab. *Natürlich* war er nett zu mir! Das war seine Taktik, wie er mich dazu brachte, ihn nicht umzubringen. Es war noch viel schlimmer als alles andere, was er hätte tun können: Er spielte mit meinem Herzen.

Verstört schüttelte ich wieder meinen Kopf und rannte dann an ihm vorbei in den Flur.

Ich musste hier raus.

Ich stürmte blindlings die Treppe hinunter und lief auf die Eingangshalle zu, als ich mit jemandem zusammenstieß.

Vom Aufprall zurückgestoßen, landeten wir beide auf unseren Hintern. Neben mir auf dem weißen Marmorboden entdeckte ich ein kleines, schwarzhaariges Mädchen. Sie war ein wenig jünger als ich. Ihre Haare hatte sie zu einem schrägen Bob geschnitten, und ich fing an, mich an sie zu erinnern. War sie nicht das Mädchen, das ich in meinem Traum gesehen hatte?

Plötzlich hob auch sie den Blick, und ein Paar violetter Augen schaute mich an. Ich sog erschrocken die Luft ein. Diese Farbe war so intensiv, so grell, so … lila.

Die Worte verließen meinen Mund, ohne dass ich das wollte. »Wer bist du?«

»Ich bin der einzig menschliche Vampir … und du bist das Feuermädchen mit den unendlichen Tränen«, antwortete sie, ohne lange zu überlegen. Sie legte ihren Kopf schief und sah mich nachdenklich an.

»Catya«, sagte plötzlich eine Stimme hinter mir, ehe ich ihre Antwort auch nur ansatzweise begreifen konnte. Das Mädchen hopste daraufhin schneller auf die Beine, als ich mich umdrehen konnte, und stand innerhalb des nächsten Augenblicks an Alecs Seite. Sie verbeugte sich und hauchte »Meister«.

Mit offenem Mund saß ich auf dem Boden und schaute die beiden an.

Alec wurde ja fast wie ein König verehrt, dieser hinterhältige, verlogene … Mir fiel im Moment kein passendes Schimpfwort für ihn ein, also rappelte ich mich nur umständlich auf, strich mein durchnässtes Kleid zurecht und wischte mir energisch eine nasse Haarsträhne aus dem Gesicht.

»Catya, bring unserem Gast ein Handtuch«, wies Alec das kleine Mädchen an, wandte seinen Blick jedoch nicht eine Sekunde von mir ab.

»Der Gast will aber nicht bleiben«, verkündete ich trotzig. »Wenn du mich hierbehalten willst, dann nenn es doch beim Wort. Wenn du mich nicht gehen lässt, dann nenn mich gefälligst *Gefangene.*«

Daraufhin folgte ein düsteres Blickduell, bei dem ich mich auf keinen Fall geschlagen geben wollte. Mit Magie konnte ich nicht mehr kämpfen, aber Blicke konnten bekanntlich ja auch töten.

»Ähm … Meister? Soll ich jetzt ein Handtuch …?«, fragte das Mädchen mit den violetten Augen zweifelnd und schaute von einem zum anderen. Wir mussten für sie aussehen wie zwei sture Böcke, einer dickköpfiger als der andere.

»Ja«, antwortete Alec, seine eisblauen Augen wichen den meinen keinen Millimeter aus.

»Nein«, gab ich zurück und kniff meine Augen zu schmalen Schlitzen zusammen. Ich wollte ihm zeigen, dass er mit mir nicht alles machen konnte, was ihm gerade durch seinen hohlen Schädel ging, doch mein Herz schlug so schnell, als wolle es vor ihm flüchten. Als würde es alles tun, um seinem Blick zu entgehen. Ein Blick, der jedes Feuer zum Schmelzen bringen konnte.

Ich schloss die Augen. Wütend über meine wie so oft unpassenden Gedanken und noch mehr über die Niederlage.

Als ich sie wieder öffnete, musste ich feststellen, dass Catya bereits mit einem weißen, flauschigen Handtuch zurückgekehrt war. Mit einem kleinen Lächeln auf ihrem Puppenmund warf sie mir das Handtuch zu, und ich fing es auf. Kein Dankeschön verließ meinen Mund, als ich es um meine Schultern legte und die Wärme des Stoffes in mich einsog.

»Dir stand es frei, ein Gast bei mir zu sein«, sagte Alec und ging einen Schritt auf mich zu. Seine Stimme war eisig, und die Nettigkeit war aus seinem Blick verschwunden. Hatte er das alles nur gespielt? Ich straffte die Schultern, als er einen weiteren Schritt tat. »Doch auf deinen Wunsch hin bist du ab jetzt eine Gefangene.« Kaum hatte er diese Worte ausgesprochen, packte er meine Hände, und wie aus dem Nichts schlossen sich Handschellen darum. Ich keuchte entsetzt auf und entzog ihm meine Arme. Starrte kopfschüttelnd die silbernen Handschellen an, die zuvor das Schicksal namens Jean getragen hatte.

»Ich habe sowieso keine Kräfte mehr«, murmelte ich vor mich hin. Alec interessierte das herzlich wenig.

»Eine Entscheidung hast du bereits getroffen, jetzt darfst du die zweite fällen. Willst du, dass ich dich wegsperre, oder willst du uns helfen, den Typen zu finden, der uns vorhin besucht hat?«

»Dürfen sich Gefangene bei dir immer aussuchen, was sie machen wollen?«, fragte ich, bereute es aber sofort. Vielleicht würde er seine Meinung jetzt ändern, dabei würde ich liebend gern das Schicksal finden. »Ich nehme Variante zwei«, fügte ich also hastig hinzu, bevor Alec so richtig wütend auf mich werden konnte. Mir fiel in dem Augenblick auf, dass ich in alte Verhaltensmuster verfiel und mein Denken, bevor ich sprach, wieder nachließ. Dabei hatte ich mir doch geschworen, nur noch zu reden, wenn es wichtig war.

Vielleicht hatte Alec recht, und je mehr ich über *›den toten Prinzen‹* hinwegkam, desto mehr zeigte sich wieder von der alten Nici. Ich wusste nicht, ob mir das recht war. Ich wusste nicht einmal, ob es überhaupt je möglich für mich wäre, über ihn hinwegzukommen.

»Willst du freiwillig etwas von mir erklärt bekommen, oder soll ich dich mit Gewalt auf einen Stuhl fesseln?«, fragte er. Für einen Moment sah es so aus, als würde er sich ein Grinsen verkneifen. Machte es ihm also auch noch Spaß?

Da ich Angst hatte, meinem Mund würde wieder eine unhöfliche Antwort entkommen, presste ich meine Lippen aufeinander und nickte. Im Stillen gab ich mir in diesem Moment ein Versprechen: Wenn ich noch einmal die Gelegenheit dazu bekommen würde, ihn umzubringen, dann würde ich nicht noch einmal zögern.

Er schleifte mich mit sich, nachdem er Catya bedeutet hatte, gehen zu können. Er hielt die Kette zwischen den Handschellen, um mich vorwärtszuziehen, und ich war dankbar, dass er meine Haut nicht berührte. Nicht, weil seine Berührung brannte, sondern weil ich nicht von ihm angefasst werden wollte, egal in welcher Hinsicht.

Er brachte mich in sein Schlafzimmer und deutete aufs Bett. Widerwillig beschloss ich, ihm Folge zu leisten, und setzte mich.

»Ich brauche ein neues Hemd«, erklärte er mir währenddessen und wandte sich einem Kleiderschrank zu. Mir fiel auf, dass die Ärmel seines jetzigen Hemdes als Resultat seiner Rettungsaktion bis zur Schulter durchnässt waren. »Möchtest du dich auch umziehen?«, fragte er und drehte sich mit entblößtem Oberkörper zu mir um.

Machte er das extra? Ich wandte meinen Blick von diesem Mann ab. Als ob ich ihm verfallen würde, nachdem ich nun die Wahrheit kannte. Nachdem ich wusste, was er getan hatte.

»Nein«, antwortete ich trocken auf seine Frage hin. Ich beschloss, so wenig wie möglich mit ihm zu reden. Da ich ihn nicht freiwillig anschauen wollte, bekam ich ihn erst wieder zu Gesicht, als er sich fertig angezogen hatte und mich wieder vom Bett zog.

»Nun zieh nicht so eine Miene«, sagte er. »Ich werde dir jetzt einiges erklären.«

Wenige Minuten später saßen er und ich uns gegenüber an der Tafel in seinem Esszimmer. Ich trug noch immer seine Handschellen, doch hatte er mich darüber hinaus in keiner Weise gefesselt oder verletzt. Da – wie er mir erklärt hatte – so gut wie all seine Angestellten nachmittags nach Hause entlassen worden waren, hatte er uns selbst einen Kaffee gemacht. Ich, die meinen nur mit einem Liter Milch und einem Haufen Zucker trank, wunderte mich, dass Alcedos überhaupt heiße Getränke zu sich nahmen.

»Wer bist du?«, fragte ich wie beiläufig und hantierte mit meinem Löffel in der Tasse herum. Eigentlich wollte ich nur den Zucker verrühren, doch das entpuppte sich mit den Handschellen als ein schwieriges Unterfangen.

Alec, der seinen Kaffee schwarz, aber mit ebenso viel Zucker wie ich trank, schaute mich verwundert über die Frage an. Oder über die Tatsache, dass ich überhaupt wieder mit ihm sprach.

»Ich bin Alec«, antwortete er, dann sah er auf meine linke Hand, die tatenlos über meiner Tasse schwebte und sie bereits fast umgeworfen hatte. Belustigt wanderten seine Augenbrauen in die Höhe. »Na gut, gib mir deine Hände«, erbarmte er sich meiner. Erleichtert reichte ich sie ihm, und es brauchte nur eine winzige Berührung seinerseits mit dem kühlen Metall, schon wurde meinen Händen die Freiheit geschenkt. »Das konnte man sich ja nicht mehr ansehen.« In gespieltem Entsetzen schüttelte er den Kopf.

»Ich will nicht deinen Namen wissen, sondern deine Position. Wieso du von allen ›Meister‹ genannt wirst und eine große Villa mit vielen Angestellten besitzt«, erklärte ich meine ursprüngliche Frage und rieb mir die Handgelenke. Endlich konnte ich den Löffel vernünftig in die karamellfarbene Flüssigkeit tauchen, ihn vor meinen Mund bringen und pusten.

Ich hatte so meine Eigenarten beim Kaffeetrinken. Meine Mutter hatte immer gesagt, dass man anhand des Kaffeetrinkens viel über die Persönlichkeit eines Menschen herausfinden konnte.

»Ich bin der Anführer der Organisation …«, er machte eine kleine Pause, »… der Anti-Vampir-Organisation.«

Ein ersticktes Lachen verstärkte mein Pusten, und ehe ich mich versah, war der Kaffee, der vorhin ruhig auf meinem Löffel vor sich hin geschwappt hatte, auf dem teuren Holz verteilt. Einzelne Tropfen hatten es bis auf Alecs Unterteller geschafft. Als ich in sein Gesicht blickte, wurde mir klar, dass es einige wohl auch noch etwas weiter geschafft hatten.

Er hob seine Serviette und tupfte sich damit seine Wange ab, dann starrte er eine geschlagene Ewigkeit auf den kleinen dunklen Fleck.

Währenddessen ergötzte ich mich an Schadenfreude, da es ihm mehr als recht geschah. »Oh, entschuldige.« Meine Stimme triefte vor Sarkasmus, doch ich legte den Löffel trotzdem schnell weg, um weiteren Schaden zu vermeiden.

»Macht nichts«, meinte Alec, und ein einziger Blick von ihm genügte, um den Tisch in einen einwandfreien Zustand zu bringen. Irgendwie vermisste ich meine Zauberkraft jetzt schon.

»Ich dachte, du wärst auch ein Vampir«, versuchte ich zu erklären. Mir war in meiner Lage momentan wirklich nicht nach Lachen zumute, doch die Ironie in dieser Information war einfach zu groß gewesen.

Alec lächelte flüchtig und nippte an seinem Getränk. »Ja, das bin ich auch. Wir sind eine Anti-Vampir-Organisation aus Vampiren.«

Stille. Ich wartete immer noch auf die Pointe.

»Das … äh … das meinst du doch nicht ernst, oder?«, fragte ich, als er mich weiterhin nur belustigt beobachtete. »Jetzt noch einmal zum Verständnis, ihr … ähm … eine Anti-Vampir-Organisation«, ich kniff meine Augenbrauen zusammen, »… muss sie Vampire nicht eigentlich ausschalten?«

Alec nickte ernst, und ich war froh, dass ich aufgegeben hatte, meinen Kaffee zu kosten. Bei dem Kopfkino, das ich gerade hatte, wäre ich entweder erstickt, oder kein Schlückchen wäre in meinem Mund geblieben. Mir schossen Bilder von Alec und seinen Freunden – man stelle sich Damian vor – durch den Kopf, wie sie sich selbst abstachen und *»Tod den Vampiren!«* riefen.

»Wir hassen Vampire, denn sie sind die verabscheuungswürdigsten Kreaturen auf dieser Welt. Sie bringen das Gleichgewicht der Existenz durcheinander, je mehr sie von den Menschen töten – oder schlimmer noch, von uns Alcedos. Die Süchtigen unter ihnen haben nichts Menschliches mehr an sich.«

Ich klimperte ihn mit meinen Augen an. »Ich weiß nicht, ob ich jetzt lachen oder die Männer mit den weißen Kitteln rufen soll«, antwortete ich wahrheitsgemäß.

»Wieso?«, fragte mein Gastgeber und stützte seinen Kopf in seinen Händen ab, als wäre er äußerst gespannt auf meine Antwort.

»Es ist verständlich, wenn *ich* euch Vampire für verabscheuungswürdig halte und euch umbringen will … aber bei allem Respekt, *Meister der Vampire,* wieso habt ihr euch dann noch nicht selbst umgebracht?«

Nun war er es, der in schallendes Gelächter ausbrach. Beleidigt kreuzte ich die Arme vor meiner Brust und starrte ihn an. Er hatte kein Recht, mich auszulachen.

»Alcedia ist ganz schön gespalten in seinen Positionen, das wirst du noch öfter merken«, fing er an zu erklären und musste dann für einen weiteren Lachanfall pausieren. »Es gibt mehrere Vampirfronten … sozusagen. Die Vampire, die ich befehlige, sind alle unglücklich über ihr Schicksal. Wir verabscheuen uns zwar nicht, weil wir keine Monster sind wie die anderen Vampire, aber wir wurden nicht freiwillig zu den Kreaturen, die wir sind. Wir sind nicht welche, die erpicht darauf waren, die Zauberkünste der Finsternis zu erforschen. Fast alle von uns wurden von einem anderen Vampir gebissen oder waren anders dem Tode nahe gekommen, danach wurde uns gegen unseren Willen Blut zugeführt, damit wir nicht starben.«

»Aber wieso sollte ein Vampir euch erst beißen und dann mit Blut füttern?«, fragte ich dazwischen.

»Ist das nicht offensichtlich? Um weitere Mitglieder zu bekommen. Die Vampirarmee zu stärken.«

Die Vampirarmee. Jean hatte sie ebenfalls einmal erwähnt. »Aber ihr seid jetzt nicht in dieser Armee, oder?«, fragte ich vorsichtig.

Alec schüttelte den Kopf. »Nein, wir weigerten uns, ein Schicksal geprägt von Tod und Blut zu akzeptieren. Wir haben versucht, uns dagegen zu wehren ... einigen ist es besser gelungen als anderen. Die Anti-Vampir-Organisation nimmt jeden auf, der sich gegen die Vampirarmee stellt und somit das Leben der Alcedos und auch der Menschen beschützt. Wir haben sogar ein paar menschliche Mitglieder, die für uns in der Menschenwelt die Stellung halten. Menschliche Vampirjäger sind überall auf der Welt verteilt gewesen, doch sie waren zu schwach, um allein gegen diese dunklen Kreaturen zu kämpfen. Irgendwann hat unsere Organisation sie überreden können, unsere Hilfe anzunehmen.«

Man kann das Mächtige nur mit etwas ebenso Mächtigem besiegen.

»Und wer führt diese Vampirarmee an? Der alcedische König?«, fragte ich leise.

Alec schüttelte den Kopf. »Nein, um Himmels willen. Theoretisch soll es gar nicht so viele Vampire geben! Das Königshaus will schließlich die Macht für sich allein, es verbietet jedem normalen Alcedo das Erlernen von Magie der Finsternis.«

Ich nickte, auch davon hatte mir Jean bereits erzählt. »Aber wer dann? Wer führt diese Vampirarmee an?«

Alecs Gesicht verzog sich zu einem traurigen Lächeln. »Areus.«

Mir blieb der Mund offen stehen. Areus? Der Mann, dem ich gestern im Wald begegnet war? Der Mann mit der Narbe befehligte eine ganze Armee von Vampiren? »Oh.«

»Wir planen schon seit einigen Wochen einen Angriff auf sein Hauptquartier, aber nun ja ... wir sind noch nicht dazu gekommen.«

»Wieso nicht?«, rief ich. »Jemand muss sie aufhalten, sonst machen sie Phoenicia dem Erdboden gleich!« Ich erinnerte mich daran, dass Jean der Einzige war, der den spionierenden Vampiren Einhalt geboten hatte. Vielleicht hatten sie in unserer

Abwesenheit bereits angegriffen? Vielleicht war von Phoenicia, Leo und allen anderen Phönixen nichts mehr übrig als ein Häufchen Asche?

Alec musste die Sorge in meinen Augen gesehen haben, denn er sagte: »Im Moment planen sie bestimmt keine Übernahme Phoenicias. Wir haben mehrere Leute losgeschickt, die Areus überwachen, so wie auch das Portal zu deinem kleinen Dörfchen. Ich habe das Portal erst vor wenigen Wochen entdeckt, das war unser Schlüssel zum zukünftigen Sieg.« Er zwinkerte mir zu, und ich erinnerte mich bitter an den Tag in Phoenicia, an dem wir uns begegnet waren. Deshalb waren die Alcedos also da gewesen. Er hatte seiner Truppe den Durchgang gezeigt.

Ich glaubte ihm jedoch nicht, dass Phoenicia in Sicherheit war. Vielmehr fragte ich mich, warum sie nichts unternahmen. Sie hatten sich doch extra zusammengeschlossen, um Vampire zu vernichten, und gegen den schlimmsten Feind wollten sie die Waffen auf einmal nicht erheben?

»Aber wieso tötet ihr ihn nicht, wenn ihr sogar wisst, wann er was vorhat? Wir müssen ihn sowieso bald aufspüren, um herauszufinden, wer dieses blonde Schicksal ist!«, erinnerte ich ihn. Nur deshalb war ich im Grunde genommen noch hier. Mal abgesehen davon, dass ich vor Kurzem noch Handschellen getragen und mir den Titel als Gefangene erkämpft hatte.

»Wir müssen noch viel mehr aus ihm herauskriegen«, antwortete Alec. »In den letzten Wochen wurden vermehrt Vampire rekrutiert und auf die Menschen losgeschickt. Dumme, unerfahrene Magier, die ihre Spuren noch nicht einmal verwischen können. Normalerweise ist das nicht Areus' Handschrift. Areus' Taten sind genauso sorgfältig wie bis ins kleinste Detail geplant. Wir würden gern wissen, was er nun vorhat. Wieso er so plötzlich eine ganze Menge an Vampiren braucht.«

Um Phoenicia zu vernichten vielleicht? »Wie viele Mitglieder hat denn *deine* Armee?«, fragte ich stattdessen, denn langsam dämmerte es mir, warum Alecs Organisation Areus nicht aufhielt: Sie hatten Angst.

»Mich ausgeschlossen, haben wir zehn Vampire, wobei fünf von ihnen in der Menschenwelt stationiert sind. Dann haben wir drei normale Alcedos, und in der Menschenwelt bezeichnen sich zurzeit etwa fünfzehn als Vampirjäger, mit denen können wir aber eher wenig anfangen. Ja, und dann nur noch den einen Menschen, den du auch schon kennengelernt hast.«

Ich brauchte ein paar Sekunden, um zu begreifen, wen er meinte. Dann sah ich im Geiste das kleine Mädchen wieder vor mir und hörte ihre melodische Stimme: *»Ich bin der einzig* menschliche *Vampir.«*

Alec grinste amüsiert, als mir ein Licht aufging. »Wie kann das sein?«, fragte ich entsetzt.

»Sie ist ein Mensch in dem Sinne, dass sie weder ein Phönix noch ein Alcedo ist und auch ohne magische Kräfte zur Welt kam. Sie ist ein Vampir in dem Sinne, dass sie Blut trinkt.«

»Wieso?«, rief ich aus. Wieso sollte ein normaler Mensch andere Menschen beißen?

»Ihr Meister hat sie dazu erzogen. Wir haben sie erst vor einem Jahr bei uns aufgenommen, als wir sie in der Menschenwelt gefunden hatten.«

»Wieso hat sie violette Augen?«, fragte ich.

»Das wissen wir nicht. Wir wissen nicht genau, *was* sie ist ... denn biologisch gesehen hat sie ein paar Merkwürdigkeiten. Zum Beispiel, dass sie viel schneller altert als normal. Sie sieht jetzt vielleicht aus wie vierzehn, aber in Wahrheit ist sie wahrscheinlich gerade mal sieben Jahre auf dieser Welt.«

»So etwas gibt es?« Davon hatte ich noch nie gehört, selbst von meinem Mentor nicht.

Ein Lächeln stahl sich auf Alecs bleiches Gesicht. »Ich habe davon auch keine Ahnung, sie ist und bleibt ein Mysterium. Zumindest so lange, bis wir ihren Meister gefunden haben.«

»Wer ist es denn? Sie muss sich doch an ihn erinnern können, wenn ihr sie erst vor einem Jahr zu euch genommen habt.«

Alec zuckte mit den Achseln und schaute in seine weiße Porzellantasse, die wahrscheinlich bereits leer war.

»Aber ihr müsst sie doch gefragt haben. Und will sie sich nicht rächen oder so? Für das, was er ihr angetan hat, muss er doch bestraft werden!« Nicht auszudenken, was ein kranker Vampir einem kleinen Menschenmädchen so alles angetan haben musste. Kein Wunder, dass sie Alec, ihrem neuen Meister, aufs Wort gehorchte.

»Als ihr Meister sie verlassen hat, hat er ihr Gedächtnis mitgenommen. Sie kann sich an keinerlei Details erinnern und am wenigsten an das Aussehen des Vampirs, der sie großgezogen hat. Alles, was wir über ihn wissen, ist, dass er erstens zu der bösen Seite gehört, zweitens sehr mächtig ist und drittens ein ausgezeichneter Schwertkämpfer ist, anhand der Künste, die Catya bei ihm gelernt hat. Und natürlich ist sie auf Rache aus. Wenn es nach ihr ginge, hätten wir schon seit Langem fast die gesamte Existenz der Vampire ausgelöscht. Sie ist sehr kampflustig und trainiert wöchentlich mit dem besten Schwertkämpfer, den ich kenne: Ilias.« Beim letzten Wort, diesem einen Namen, schaute er endlich von seiner Tasse auf und starrte mir in die Augen. Der Name klang so vertraut und doch so fremd in meinen Ohren. Natürlich gab es irgendwo einen echten Ilias, das wusste ich bereits, doch trotzdem rieb mir dieser Name wieder die unentschuldbare Lüge unter die Nase, die mir aufgetischt worden war. Sowohl meine Stimmung als auch meine Gesprächigkeit befanden sich schlagartig im Keller, also nippte ich lieber lustlos an meinem Kaffee, der bereits kühl wurde.

Auch Alec war anscheinend nicht mehr in Erzähllaune, denn das Schweigen breitete sich unbehaglich um uns herum aus.

Als ich ausgetrunken hatte und die Tasse vorsichtig absetzte, stürmte plötzlich jemand in das Zimmer. »Meister, wir haben schlechte Neuigkeiten!«

Erschrocken drehte ich mich zur Tür um und sah einem der Männer entgegen, die mich damals ins Gefängnis begleitet hatten. Ein weiterer folgte, und auch den erkannte ich wieder. Ihren Gesichtern nach zu urteilen, wussten auch sie noch, wer ich war und wo ich eigentlich stecken sollte. Doch von Alecs Spielchen mit mir wussten sie anscheinend eher weniger.

»Herr erbarme dich unser, was tut sie hier?«, rief derjenige von Alecs Männern, dessen Name Lane sein musste, wenn mich nicht alles täuschte. Ich beobachtete, wie seine grauen Augen meine wirren Haare, die erst vor Kurzem getrocknet waren, musterten, dann das weiße, flauschige Handtuch, das über meinen Schultern lag, und das recht mitgenommen aussehende Cocktailkleid, in dem ich immer noch steckte.

»Jeff, Lane, was für Neuigkeiten?«, verlangte Alec zu wissen.

»Meister, bei allem Respekt«, fing der blonde Alcedo an, dessen Name anscheinend Jeff war, »ich finde, wir haben das Recht darauf, zu erfahren, wieso sich ein Feind in unserem Quartier befindet. Und das beim Kaffeetrinken mit Ihnen.«

Alec brauchte nur einen Blick, um zu zeigen, dass die beiden Männer alles andere als ein Recht darauf hatten.

Jeffs Miene verdüsterte sich, und nachdem er mir einen letzten vernichtenden Blick zugeworfen hatte, berichtete er von seinen Neuigkeiten: »Lane und ich sind heute Nacht mit Fernando und Lucan zwei Alcedos gefolgt. Sie haben sich in der Menschenwelt herumgetrieben und sind schließlich in ein Haus eingebrochen. In *ihr* Haus.«

In dem Moment, in dem Jeff in meine Richtung nickte, glaubte ich, den Raum um mich herum drehen zu sehen. Es war, als hätte ich mich viel zu oft um mich selbst gekreiselt, sodass ich jeden Moment umkippen würde.

»Wieso seid ihr euch da so sicher?«, fragte Alec sofort nach.

»Die Alcedos, höchstwahrscheinlich Vampire, haben ein Foto von ihr mitgenommen. Jemand sucht sie, offenbar weil sie sich nicht mehr im Verlies des Schlosses befindet.« Jeff schaute mich an, als wolle er sagen: *Wie denn auch, wenn sie hier sitzt.*

»Wir dachten deswegen erst, die Männer wären von der Königin geschickt, doch sie trugen nicht die Uniform der königlichen Garde, sondern schwarze Mäntel wie die Mitglieder der Vampirarmee. Sie werden heute Nacht noch einmal dort auftauchen, da sie anscheinend glauben, dass das Mädchen früher oder später nach Hause zurückkehren wird.«

Mir war schlecht von seinen Erzählungen. Vampire brachen in mein Haus ein, um mich zu suchen? Was war mit meinen Eltern? Mir lief es eiskalt den Rücken herunter, und eine Frage brannte in meinem Kopf: Wie hatten die Alcedos herausgefunden, wo ich gewohnt hatte?

»Das war aber nicht das eigentliche Problem, Meister«, fuhr Jeff nach einer kurzen Pause fort, und Lane nickte eifrig an seiner Seite.

Ich hätte nicht gedacht, dass es noch schlimmer kommen konnte.

»Wir waren nicht die einzigen Beobachter dieser Szene«, fuhr Jeff fort. »Ein Junge hat das alles mit angesehen. Lucan und ich sind ihm gefolgt, um zu sehen, ob er irgendetwas ahnt und was er nun vorhat. Ob wir sein Gedächtnis löschen müssen.«

Mein Atem ging nun stoßweise. Gespannte Stille hing zwischen uns.

»Er hat einem Mädchen seine Beobachtungen geschildert, und die beiden wollen den Alcedos heute Nacht ebenfalls auflauern. Wir wollten Sie um Rat fragen, bevor wir beiden das Gedächtnis löschen.«

»Wie sah der Junge aus?«, schrie ich, sobald Jeff seinen Mund geschlossen hatte.

Alle Augen wandten sich mir zu. Ängstlich wiederholte ich meine Frage, doch weder Jeff noch Lane machten Anstalten, mir zu antworten.

»Antwortet ihr«, befahl Alec.

»Ein brauner Lockenkopf. Siebzehn bis achtzehn Jahre vielleicht.«

Gepeinigt schloss ich meine Augen. »Das Leben spielt ein grausames Spiel mit mir«, murmelte ich. Ich öffnete die Lider erst wieder, als mich ein plötzlicher Schmerz durchfuhr. Alec hatte für den Bruchteil einer Sekunde seine Hand auf meinen Arm gelegt, doch als ich ihn mit meinem zornigen Blick bedachte, nahm er sie sofort wieder fort. »Wer ist der Junge?«, fragte er trotzdem.

»Max. Er ist mein bester Freund, und wir werden ihn retten. Und keiner von euch wird seinem Gedächtnis auch nur nahe kommen!«

Hinter mir prustete Lane los. »Und wie hast du dir das vorgestellt, Feuermädchen? Hast du daran gedacht, dass die Vampire diesmal vielleicht nicht nur zu zweit, sondern zu viert kommen könnten?«

»Na und? Dann tauchen wir eben auch zu viert oder zu fünft auf!«

»Stopp, stopp, stopp«, Alec rückte seinen Stuhl zurück und stand auf. »Wer redet hier überhaupt von *›wir‹?*«

»Du hast mir angeboten, euch zu helfen, und das werde ich tun. Außerdem habe ich etwas gut bei dir, findest du nicht? Ich will, dass keiner von euch in Max' Gedächtnis herumpfuscht!«

Ein harter Schlag traf mich von hinten, sodass mein Kopf fast auf die Tischplatte donnerte.

»Jeff!«, rief Alec, als ich mich schmerzerfüllt umdrehte.

»Sie soll gefälligst schweigen und froh sein, dass sie überhaupt noch am Leben ist«, verteidigte sich Jeff und verschränkte die Arme vor seiner muskulösen Brust.

»Raus, alle beide!«, wies Alec sie an und duldete keine Widerrede.

Die beiden Männer verschwanden, und ich war wieder allein mit Alec.

»Ich glaube, sie finden es nicht so toll, dass ich hier bin«, gab ich kleinlaut von mir und versuchte, nicht vor Schmerzen zu wimmern. Ich hielt meinen Hinterkopf umklammert und spürte es unter meinen Fingern pochen.

»Ich weiß. Ich hoffe, die Frauen unter uns werden dich besser aufnehmen. Ich schicke dir gleich Arianna vorbei, die sich um dich kümmern wird. Ich werde mich jetzt hinlegen, bevor wir aufbrechen, und du musst noch etwas trinken.«

Arianna? Verwirrt runzelte ich die Stirn. Ich wollte diese Frau nicht sehen. Wie viel hatte sie denn noch mit Alec zu tun? Sie konnte doch unmöglich mit dem Mörder von Jean befreundet sein!

»Was meinst du mit trinken, ich habe doch gerade erst Kaffee –«

»Blut«, antwortete Alec und ging an mir vorbei Richtung Tür. »Wenn du mitkommen willst, musst du bei Kräften sein. Du hast kein Fünkchen Energie mehr in dir.«

9.5

Verwirrung

Kalifornien

Die Sonne war bereits untergangen, als Laura vor dem großen Haus ihrer einstigen Freundin ankam. Sie erinnerte sich noch daran, wie sie das letzte Mal über denselben Kiesweg gelaufen war, zu Nicis siebzehntem Geburtstag. Wie viel sich seitdem verändert hatte, und trotzdem sah das Haus noch genauso aus wie immer. Der Abend war genauso wie immer, ebenso die warme Luft und der dunkelrote Himmel.

Sie selbst fühlte sich jedoch wie ein völlig anderer Mensch. Das hatte weniger mit Nicita zu tun, die bereits seit über drei Wochen mit Leo auf Reisen war, als mit dem gut aussehenden Jungen, der sich gestern Nacht zu ihr ins Zimmer geschlichen hatte.

›*Um halb neun vor Nicis Haus*‹, das waren seine Worte gewesen, doch Max war nirgends zu sehen. Laura fühlte sich mehr als unwohl, als sie allein in der Dämmerung vor der Haustür stand und nicht wusste, was sie tun sollte. Sie erinnerte sich an die gruseligen Männer, von denen Max gesprochen hatte. Was, wenn sie sie hier fanden?

Laura hatte keine Chance, sich noch mehr in ihre Angst hineinzusteigern, da sich eine Hand auf ihren Mund legte und sie nach hinten zog.

Sie erschrak so sehr, dass sie trotz allem schrie, doch die große Hand ließ kaum einen Laut vorbei.

»Psst«, flüsterte jemand an ihrem Ohr, und in diesem Moment roch Laura, dass es Max war, der hinter ihr stand. Sie hatte noch nicht herausgefunden, ob es Rasierwasser, Deo oder Parfum war, das ihm einen so guten Geruch verpasste, doch sie hätte ihn überall mit verbundenen Augen erkannt. Für einen Moment war ihr auch danach, die Augen zu schließen und sich vollkommen seiner Umarmung hinzugeben. Er hatte sie dicht an seine Brust gedrückt, er brauchte sie nur noch zu sich umzudrehen.

Stattdessen nahm Max seine Hand von ihrem Mund und brachte sie wieder auf Armeslänge Abstand.

Einen Moment lang schauten sie sich in die Augen.

Ihre grün und groß. Seine blau und nüchtern.

»Sie sind noch nicht da, nur ihre Eltern sind im Wohnzimmer«, klärte Max Laura auf. Anscheinend hatte er schon länger hier herumspioniert.

Sie nickte und versuchte, sich auf ihre Mission zu konzentrieren. Eigentlich war das Ganze eine Schnapsidee, aber etwas anderes konnte man von einem Typen wie Max nicht erwarten. Doch genau das war ein Grund, weshalb sie ihm so verfallen war.

Max schaute sich noch einmal um, dann machte er ein Zeichen, dass sie ihm folgen sollte. Gemeinsam schlichen sie in den Garten, auf die Seite, an der Nicis Zimmer lag.

Plötzlich fiel Laura etwas ein. Vorsichtig zupfte sie an seinem T-Shirt.

»Was?«, fragte er.

»Nicis Zimmer liegt im ersten Stock, wie hast du die Männer beobachten können?«, flüsterte sie.

Stumm deutete er auf ein weißes Spalier an der Hauswand, an dem einige Kletterrosen rankten. Dort war er hinaufgeklettert? Laura hoffte schwer, dass er nicht dasselbe von ihr erwartete.

»Können wir nicht einfach klingeln und ihre Eltern fragen, ob wir kurz reindürfen?«, fragte sie vorsichtig und spürte, wie sie rot wurde.

Fünf Minuten später befanden sie sich in Nicis altem Zimmer, das kaum noch Anzeichen aufwies, je einen Brand erlebt zu haben. Laura und Max hatten Nicis Eltern gesagt, Nici habe noch eine Musik-CD von Max, die er gern abholen würde. Schlicht und einfach, logisch, wie es Max nie eingefallen wäre.

»Und was machen wir jetzt?«, fragte er, ließ sich traurig auf dem Bett nieder und strich die rosafarbene Decke glatt. Beinahe ehrfürchtig ließ er seine Hand über den kühlen Stoff gleiten.

»War doch deine Idee«, murmelte Laura und lief im Zimmer herum. »Lange können wir hier nicht warten, das wird Nicis Eltern auffallen.«

Max nickte. Vielleicht hatten es sich die Männer auch anders überlegt, oder er hatte etwas falsch verstanden …

In dem Moment klingelte es an der Tür. Laura und Max erstarrten und schauten sich mit großen Augen an.

Einen Moment später hörte man Nicis Mutter schreien: »Nici!«

Lauras Mund klappte auf, während sich Max fühlte, als würde er gleich zusammenklappen.

»Bleib hier!«, wies er Laura an und rannte so schnell er konnte aus dem Zimmer, stürzte die Treppe hinunter und flog beinahe über seine eigenen Füße.

Und dann sah er sie endlich.

Mit feuerroten Haaren stand sie da im Türrahmen, so schön wie nie zuvor. Max traute seinen Augen nicht. Ihre Mutter hatte sie in die Arme geschlossen und weinte, als sich Nicis und Max' Blicke trafen.

»Entschuldige, würdest du mich kurz allein lassen?«, fragte sie ihre Mutter vorsichtig und schob sie sachte zurück. Mrs. van

Desun nickte und blickte sich dann zu Max um. Sie schien zu verstehen, dass sie etwas zu bereden hatten. Sie hauchte Nici einen schnellen Kuss auf die Wange, schniefte einmal und machte sich auf den Weg zurück in die Küche, um ihrem Ehemann von dem unerwarteten Besuch zu berichten.

»Nici …«, fing Max an und musste dann bemerken, dass er nicht wusste, was er eigentlich sagen wollte. Womit er anfangen sollte.

»Lass uns ins Wohnzimmer gehen«, schlug sie mit sinnlicher Stimme vor. Max dachte einen Moment darüber nach, ob Nici schon immer so eine Stimme gehabt hatte oder ob sie nur so auf ihn wirkte, weil er sie so lange nicht mehr gesehen hatte.

Als sie sich auf die Couch setzten, fielen ihm noch mehr Unterschiede an ihr auf.

Sie hatte dunkle Schatten unter den Augen, als hätte sie wochenlang nicht geschlafen, und ihre Haut sah ungesund blass aus. Jeglicher freudige Glanz, der sie sonst auf Schritt und Tritt begleitet hatte, war aus ihrem Gesicht verschwunden. Was war bloß aus der lebensfrohen Nici geworden?

»Ich glaube dir nicht, dass ihr die ganze Zeit auf der Suche nach Leos Eltern wart.« Max' Stimme war nur ein heiseres Raunen. Etwas zog seine Kehle zusammen, und sein Herz trommelte wie wild in seiner Brust. Oh Gott, er hatte sie so sehr vermisst. Er konnte seine Freude weder in Worte noch in Gedanken fassen.

»Waren wir auch nicht«, entgegnete Nici leise und beugte sich zu ihm hin. Max dachte, sie würde ihn freundschaftlich umarmen, wie sie es schon häufiger zur Begrüßung getan hatten, doch stattdessen legte sie ihre kühle Wange an die seine. Ihre roten Haare kitzelten seine Haut, und er wusste nicht, was er tun sollte.

Plötzlich hallte ein ohrenbetäubender Knall durch das Haus, als wäre irgendwo eine Bombe explodiert.

Sie sprangen gleichzeitig vom Sofa auf. Nici sah aus wie vom Donner gerührt.

Stimmen schlugen an Max' Ohr.

Ein Mann, der vom Flur aus Befehle blaffte, dann ein mädchenhafter Schrei, und auch von oben ertönte fast zeitgleich ein gedämpftes Kreischen.

»Was …?« Max konnte nicht einmal zu Ende sprechen, da sauste ein rothaariges Mädchen ins Wohnzimmer.

Für einen Moment traute er seinen Augen nicht. Mit Schrecken starrte er dann auf Nici, die immer noch neben ihm stand und mindestens genauso bleich war wie er. Dann blickte er zurück zu dem Mädchen, das sie mit ebenso großen Augen von der Tür aus musterte.

In dieser Sekunde waren die drei Teenager alle wie erstarrt, festgefroren in Raum und Zeit.

Nici durchbrach als Erstes das Schweigen. »Wer bist du?«, rief sie dem Mädchen an der Tür zu. Dem Mädchen, das ein Spiegelbild ihrer selbst zu sein schien.

10
Ein Wiedersehen

»Ich kann es nicht fassen«, giftete ich, während ich in Ariannas Zimmer stand, die dabei war, Klamotten für mich aus ihrem Schrank herauszusuchen. Sie hatte in Alecs Quartier ein eigenes Zimmer, das direkt neben meinem lag.

»Wie kannst du zu Alecs Organisation gehören, obwohl er doch Jean getötet hat?«

Als Alec mir vorhin gesagt hatte, er würde Arianna vorbeischicken, hätte ich nicht im Traum daran gedacht, dass sie für ihn arbeitete. Als sie dann tatsächlich aufgetaucht war und ich mich zügeln musste, meine Faust nicht in ihr Gesicht zu schmettern, hatte ich wenigstens gehofft, dass sie nicht wusste, wer Jeans Mörder war. Es stellte sich aber heraus, dass sie sich darüber sehr wohl im Klaren war. Ich verstand nicht, wie sie Alec auch nur anschauen konnte. Doch Arianna meinte, dass ich noch vieles nicht verstand.

»Hier, das müsste dir passen.« Sie warf ein paar dunkle Kleidungsstücke aufs Bett.

Ohne ein weiteres Wort schaute ich sie mir skeptisch an. Ungläubig zog ich meine Augenbrauen in die Höhe, als ich eine schwarze Lederhose und ein dunkelgraues Tanktop identifizierte. Kurz darauf flog auch noch schwarze Unterwäsche auf das Bett.

»Und was bitte soll das sein?«, fragte ich und versuchte nicht, mein Missfallen zu verbergen.

»Wir gehen heute auf die Jagd, Nici«, erklärte sie mir in ihrem netten Tonfall. »Das ist eben unser Jagdoutfit. Moment, ich habe den Gürtel mit dem Halter vergessen, an dem du deinen Dolch befestigen kannst.« Kurz darauf zog sie einen schwarzen Nietengürtel aus ihrer Kommode und warf ihn ebenfalls auf den Haufen der Gruftiklamotten. Ich hob den Gürtel mit zwei Fingern hoch und betrachtete den Dolchhalter aus schwarzem Leder, der mit einer Schlaufe am Gürtel befestigt war.

»Jetzt mach doch nicht so ein Gesicht, ich laufe doch auch so rum.«

Das tat sie tatsächlich. Am meisten graute es mir ja davor, dass ich danach wie eine Kopie von ihr aussehen würde.

Seufzend setzte sich die Schwarzhaarige auf die Bettkante und musterte mich mit einem traurigen Blick aus ihren dunkelblauen Augen. »Du wirst mir nie verzeihen, oder?«

Ich verschränkte die Arme vor der Brust und versuchte, mir nicht anmerken zu lassen, wie sich mein Herz schmerzlich zusammenzog. »Nein. Du hättest den Hauch einer Chance gehabt, wenn du mich aus dem Verlies der Königin befreit hättest. Doch du bist ohne mich abgehauen. Und als ich deine Hilfe wegen Serena und eine Antwort im Hinblick auf Alec wollte, hast du ebenfalls gelogen und damit deine letzte Karte verspielt.«

Arianna schüttelte den Kopf. »Ich hätte dich nicht retten können. Ich war gar nicht wirklich da … Ich war nur eine Projektion, gebündelte Energie und Erinnerungen.«

Vor Überraschung blieb mir der Mund kurz offen stehen. »Das heißt, du warst wirklich nur eine Art Halluzination?«

Ihre Lippen zauberten ein kleines Lächeln. »Nicht wirklich, schließlich hätten mich Außenstehende ebenfalls gesehen. Ich wollte herausfinden, wie es dir ging, und ich musste Licht in die Dunkelheit bringen. Findest du nicht, dass du das Recht hattest, zu erfahren, was zwischen mir und Jean gelaufen ist?«

Ich zuckte mit den Schultern, da ich ihr nicht zustimmen wollte. Und ich wollte auch nicht weiter über Jean reden. Ich wollte gar nicht mehr mit ihr reden, auch wenn ich ihr noch tausend Sachen an den Kopf werfen konnte. Warum sie mich wegen Alec angelogen hatte zum Beispiel.

Um sie endlich loszuwerden und uns beiden einen Gefallen zu tun, schnappte ich mir also alles, was sie für mich rausgesucht hatte, und marschierte schnurstracks aus dem Zimmer.

»Sie wollte wissen, wie es mir ging«, äffte ich sie nach und stapfte lustlos in mein Gästezimmer. Sie kannte mich doch noch nicht einmal.

Wütend zerrte ich das Stoffstück von mir, das mal ein Kleid gewesen war, und warf es in die Ecke des Zimmers. Ohne nachzudenken entledigte ich mich auch der Unterwäsche und schlüpfte schnell in die neue. Das war mehr als knapp, denn nur eine Sekunde später, als ich gerade das Top über meinen Kopf zog, strich ein unvermittelt kühler Luftzug über meine nackte Haut und versetzte meinen Körper in Alarmbereitschaft.

Ich wirbelte herum und erschrak, als ich Alec auf der Türschwelle stehen sah, eine Schulter gegen den Türrahmen gelehnt. Er stand vollkommen ruhig da und strahlte allein damit plötzlich eine ungeheure Macht aus, obwohl er mich nur finster anstarrte.

Ich konnte bloß hoffen, dass er nicht schon länger so dagestanden hatte, trotzdem bekam er zur Sicherheit eine Menge an Beschimpfungen an den Kopf geworfen und das Erstbeste, was mir in die Finger kam: die Lederhose von Arianna.

Er fing sie auf, ehe sie ihm ins Gesicht klatschte.

»Ich ziehe mich gerade um!«, rief ich und suchte nach etwas, das ich mir vor meine nackte Haut hüftabwärts halten konnte. Die Hose, die er nun grinsend in der Hand hielt, wäre natürlich die beste Wahl gewesen. »Ungehobelter Bastard«, murmelte ich und marschierte auf ihn zu, um sie ihm wieder zu entreißen.

»Na, du hast sie mir doch entgegengeworfen«, antwortete er amüsiert, und der finstere Blick, mit dem er mich gerade noch bedacht hatte, verwandelte sich in Heiterkeit. Stattdessen wurde *mein* Blick finster, als ich vor seinen Augen in die enge schwarze Hose schlüpfen musste.

»Betritt nie wieder mein Zimmer, ohne anzuklopfen, oder ich werfe dir noch ganz andere Dinge entgegen!«

»Die Tür war nur angelehnt«, war seine knappe Antwort, dann glitt sein Blick an meinem Körper entlang. Eine Mischung aus Erwartung, Angst und Verachtung brachte meinen Herzschlag merkwürdigerweise dazu, sich zu beschleunigen.

»Und wie findest du das Jägeroutfit an mir?«, fragte ich und straffte die Schultern. Angriff war schließlich die beste Verteidigung.

Er stieß sich vom Türrahmen ab und ging einen Schritt auf mich zu, sodass er direkt vor mir stand.

Ich dachte daran, dass ich ihm auf der Stelle irgendetwas in den Brustkorb rammen sollte, bevor es zu spät war. Ich wollte nicht, dass der Tag kam, an dem ich ihn als das ansehen würde, was er war: seltene, feine Schönheit, durchbrochen von unergründlichen Lügen in seinen Augen, gepaart mit einer unvorstellbaren Macht. Eine gefährliche Mischung. Und eine Wahrheit, die ich nie zugeben würde.

»Nicht schlecht, aber an Arianna sieht es besser aus«, erwiderte er.

Grimmig kniff ich meine Lippen zusammen und starrte ihn von unten aus an.

Er starrte genauso unverwandt zurück. Er war mir so nah, dass ich das Heben und Senken seiner Brust und jeden angespannten Muskel unter seinem maßgeschneiderten schwarzen Hemd beobachten konnte. Sogar die Kälte, die von seinem Körper ausging, spürte ich mit all meinen Sinnen.

In diesem Moment so deutlich zu wissen, dass er der Mörder von Jean war, brachte mich schier um den Verstand – und fast wieder in die gefüllte Badewanne. Diesmal jedoch würde ich kein Überlebensrisiko eingehen und etwas für meine Pulsadern mitnehmen.

»Wolltest du nicht eigentlich ein Nickerchen machen?«, fuhr ich ihn an, um die angespannte Stille zwischen uns zu zerstören. Ich liebte den Gedanken, Dinge von ihm zu zerstören. Vielleicht sollte ich irgendwann einmal daran denken, sein Haus zu demolieren, wenn er schlief.

»Bin fertig, jetzt hab' ich Hunger.«

Ach deswegen hatte er vorhin so mürrisch geguckt. »Ich hoffe, du bist nicht deswegen vor meinem Zimmer stehen geblieben.« Ich nahm einfach mal an, dass er mit ›Hunger‹ nicht das Bedürfnis nach Lebensmitteln, sondern nach Blut meinte. Ein kalter Schauer lief meinen Rücken hinunter, als ich mich fragte, ob er wohl mein Blut trinken wollen würde. Ich schüttelte den Gedanken jedoch schnell wieder ab. Jean sollte der Einzige bleiben, der dies je getan hatte.

»Ich bin gekommen, um dich mitzunehmen. Du solltest auch etwas zu dir nehmen. Also beeil dich mit dem Fertigmachen.«

Kam es mir nur so vor, oder war er unhöflicher als sonst? Da wünschte man sich den Grinsejungen ja fast wieder zurück.

Zehn Minuten später suchten wir zusammen ein weiteres Zimmer im ersten Stockwerk auf. Ich war vollkommen auf die kommende Nacht vorbereitet, hatte Jeans Dolch am Nietengürtel stecken, eine schwarze Lederjacke über das Top gezogen, meine Haare zu einem strengen Zopf gebunden und meine Augen ähnlich schwarz wie Ariannas geschminkt. Mir hätte der düstere Look sogar gefallen – wenn er an Arianna nicht tatsächlich besser ausgesehen hätte.

»Herein«, rief eine dünne Mädchenstimme, nachdem Alec – mit mir im Schlepptau – an eine dunkle Eichenholztür geklopft hatte.

Ich warf dem blonden Vampir an meiner Seite einen fragenden Blick zu, doch der öffnete nur leise die Tür.

»Catya, war Arianna schon hier?«, fragte Alec und trat ins Zimmer. Zögernd folgte ich ihm.

»Ja Meister, sie trommelt nur noch schnell die anderen zusammen, damit wir gleich loskönnen«, antwortete das schwarzhaarige Vampirmädchen, das gerade ebenfalls in eine schwarze Lederjacke schlüpfte.

»Okay, ich lasse sie bei euch. Wir treffen uns unten in fünf Minuten.«

Für mich ergab seine Anweisung wenig Sinn, hatte er nicht gesagt, er wolle mich mit zum ›Trinken‹ nehmen? Ich wollte ihm gerade weiter nachlaufen, als ich verstand, dass ich mit dem ›sie‹ in seinem Satz gemeint gewesen war.

»Oh nein, oh neeein«, fing ich an, doch Alec knallte mir in dem Moment die Tür vor der Nase zu, und ich konnte noch rechtzeitig zurückweichen, damit mein Gesicht keine engere Bekanntschaft mit dem Holz machte.

Entschlossen drehte ich mich zu Catya um. »Ich weiß nicht, was das soll, aber wenn wir hier auf Arianna warten, dann will ich lieber gehen. Das muss ein Missverständnis sein, ich muss mit Alec etwas trinken«, versuchte ich zu erklären.

Das Mädchen strich sich lediglich die kurzen Haare hinter die Ohren und legte den Kopf schräg. »Daraus wirst du trinken«, meinte sie und tippte an ihre Halsbeuge.

Ich starrte sie an, als wären ihr gerade zwei Köpfe gewachsen. »Und … und woraus wird Alec trinken?« Meine Stimme war ein hohes Krächzen. *Hoffentlich nicht aus Arianna …*

Sie zuckte mit den Achseln und zog einen kleinen Schmollmund. »Der Meister nimmt sich wahrscheinlich einen Blutbeutel aus dem Kühlschrank.«

»Und wieso kann ich aus keiner Transfusion trinken?« Mir leuchtete das beim besten Willen nicht ein.

»Na, weil man daraus kaum bis gar keine Macht ziehen kann. Du musst Blut trinken, um wieder an magische Energie zu kommen. Alec und die meisten anderen Vampire hier machen das nur noch, um ihre Gier zu stillen. Dieses Blut aus dem Kühlschrank ist lediglich eine Art Entzugsmittel«, erklärte sie mir hilfsbereit.

In diesem Moment öffnete sich die Tür und stieß gegen meine Schulter. Mit einem »Aua« fuhr ich herum und sah Ariannas entschuldigende Miene. »Tut mir leid, bin ich zu spät?«, fragte sie und schloss die Tür hinter sich. Sie wartete die Antwort nicht ab, sondern versuchte mir sofort etwas zu erklären. »Es ist bestimmt nicht leicht, zum ersten Mal einen Menschen zu beißen, aber deine Moralvorstellungen …«

Weiter ließ ich sie nicht kommen, teils, weil ich genervt von der ganzen Situation war und teils, weil ich ihre melodische, ruhige Stimme nicht länger als nötig hören wollte: »Ich habe bereits einmal jemanden gebissen.«

Arianna starrte mich im wahrsten Sinne des Wortes fassungslos an. »Wie bitte?«

Ich zuckte die Schultern. »Habe ich schon, Jean hat es mir gezeigt.«

Bevor ich mich versah, zog sie meine Lederjacke am Hals zur Seite und begutachtete dort meine Haut. Ich wusste, was sie sah: zwei kleine Einstichlöcher, die frisch verheilt und nur eine Nuance heller als meine normale Haut waren.

Es waren die einzig *sichtbaren* Narben, die Jean an mir hinterlassen hatte.

»Die sind von Jean«, antwortete ich genüsslich, da ich wusste, dass Arianna das treffen musste. Wenn sie nicht vollkommen kaltherzig war.

Sofort nahm sie ihre graziösen Finger von mir und wich einen Schritt zurück, als hätte ich sie ins Gesicht geschlagen.

Mehrere Sekunden lang schwieg sie, und ich sah zum ersten Mal ihre ruhige, freundliche Fassade bröckeln. »Das, was du jetzt machen wirst, wird sich aber etwas vom Blutsex unterscheiden«, presste sie heraus, und mir fielen beinahe die Augen aus dem Kopf. So ein Wort aus Ariannas Mund zu hören … und dann auch noch auf mich bezogen. Ich wusste zwar nicht genau, was damit gemeint war, doch das Wort an sich ließ viele Vermutungen offen, die mir die Röte in die Wangen trieben. Ariannas Augen funkelten noch einen Hauch grimmiger, und ich wusste, dass sie mein Erröten falsch interpretiert hatte. Was auch immer *Blutsex* sein mochte … Arianna dachte nun, ich hätte es mit Jean getan. Ich hätte das jetzt natürlich abstreiten können, doch ich tat es nicht. Sollte sie es ruhig denken und sich schwarzärgern.

»Kennst du noch den Zauberspruch für die Fangzähne, oder war der Moment damals nicht der günstigste, um sich so etwas zu merken?« Ich war beeindruckt, wie bissig Arianna sein konnte, und hätte beinahe schadenfroh gegrinst. Beinahe.

»Ja, tut mir leid, ich hab' ihn vergessen.« Ich setzte noch ein schiefes Lächeln drauf und war froh, ihr endlich mal etwas heimzahlen zu können. Sie war aber auch selbst schuld, wenn sie ihrem Freund so etwas zutraute.

»Los jetzt, Mädels, wir kommen noch zu spät«, mischte sich nun Catya ein, die bestimmt genug von unseren – meinen – Zankereien hatte.

Nachdem mir also nochmals alles erklärt wurde, stand ich wieder einmal vor einem entblößten Hals. Und wieder einmal fragte ich mich, ob ich nicht schon auf der bösen Seite war. Wie oft würde ich noch jemanden beißen müssen, und ab wann würde ich süchtig danach werden? Wann würde man auch mich einen Vampir nennen können?

Da alle anderen nur auf mich warteten, musste ich jedoch meine Moralbedenken ein andermal durchgehen und mich zusammenreißen. Ein-, zweimal ausatmen, und mein Mund lag an Catyas Halsschlagader. Ihr Puls dröhnte in meinen Ohren, und in meinem Bauch kribbelte es bereits vor süßer Erwartung. Ich brauchte nur noch die magischen Worte zu flüstern, und ich spürte, wie meine Eckzähne wuchsen und über meine Unterlippe glitten. Und ehe ich mich versah, biss ich in ihr zartes Fleisch.

Ihr Blut rann mir die Kehle hinunter, und ich stöhnte wohlig auf. Es war, als würde ein Hunger in mir gestillt werden, von dessen Existenz ich bis gerade eben noch nichts gewusst hatte. Ihr Blut war bitterer als das von Mai, wie dunkle Schokolade, und es tauchten auch keine warmen Farben vor meinem geistigen Auge auf, sondern kalte und dunkle. Ich ertrank in einem kühlen Meer, während ich ihre Energie in mich aufsog. Mit jedem weiteren Schluck spürte ich meine Macht wachsen. In diesem Moment fühlte ich mich unbesiegbar.

Ich hatte gedacht, es würde mir beim zweiten Mal schwerer fallen, aufzuhören, doch im Gegenteil. Ich wusste nun, wann es genug war, und ich hatte noch ausreichend Konzentration übrig, um mich nicht von diesem Sog mitreißen zu lassen, vielleicht auch deshalb, weil ich diesmal gewusst hatte, was mich erwarten würde.

Ich löste mich von Catya, noch ehe ihr Körper erschlaffte. Sie sah sogar recht munter aus, wie sie mich mit ihren lila Augen musterte und mit einer Hand ihren Hals hielt.

»Geht es dir gut?«, fragte ich, nachdem meine Zähne wieder ihre normale Form erlangt hatten.

Sie nickte. »Du hättest ruhig noch mehr trinken können, ich brauche meine Energie nicht.«

Erst da kam mir der Gedanke, dass sie ja tatsächlich ihre Energie hätte brauchen können. Da sie ein Mensch war, hatte ich nicht damit gerechnet, dass sie zaubern konnte, aber wenn jemand sie dazu trainiert hatte, Blut zu trinken … Das musste bestimmt einen Grund gehabt haben. »Kannst du … kannst du zaubern?«, fragte ich deshalb nach, um alle Unklarheiten zu beseitigen.

»Ziemlich wenig und auch nur, wenn ich mich sehr anstrenge und einen Überschuss an Macht intus habe. Aber Alec will nicht, dass ich wieder in diesen Zustand komme.«

»Aha.« Ich nickte und versuchte so auszusehen, als hätte ich alles verstanden.

Kurz vor neun standen wir zu fünft vor meinem einstigen Heim. Es war ein komisches Gefühl, das Haus zu sehen, in dem ich aufgewachsen war, und es nun doch nicht mein wahres Zuhause nennen zu können. Zu viel war geschehen, und zu groß waren die Unterschiede, die mich und meine Adoptiveltern trennten. Ich gehörte nicht in ihre Welt. Ich fragte mich, ob ich überhaupt je irgendein richtiges Zuhause haben würde.

»Überall brennt Licht, selbst in meinem alten Zimmer«, stellte ich fest, nachdem wir einmal um das Grundstück herumgeschlichen waren.

»Wenn wir Pech haben, sind sie also schon da. Lane und ich werden die Vordertür stürmen, Arianna und Catya nehmen den Hintereingang. Nicita, du bleibst im Hintergrund und wirst dann nach deinem Freund suchen und ihn in Sicherheit bringen«, erteilte Alec schnell die Anweisungen. Alle nickten zustimmend und stellten sich auf ihre Posten. Ich folgte den beiden Männern in unserer Gruppe und rang mit meinen inneren Ängsten. Hatte man Mom und Dad irgendetwas getan, war Max wirklich mit Vampiren in diesem Haus? Und wie würde es sein, sie alle wiederzusehen? Plötzlich fühlte ich mich auf dieses Wiedersehen auf allen erdenklichen Ebenen unvorbereitet.

Schon rannte Alec gegen die Tür, und sie fiel schmetternd auf der anderen Seite zu Boden. Ich schrie auf, als ich das klaffende Loch sah. Dann ging alles sehr schnell: Lane und Alec stürmten in mein Haus und blafften sich irgendwelche Befehle zu, ein paar

Meter weiter hörte man Arianna aufschreien, die mit Catya in der Küche hätte sein müssen.

»Catya, hinter dir!«, schrie Alec und rannte ebenfalls nach rechts in die Küche. »Lane, oben ist auch einer, schaffst du ihn allein?« Er bekam keine Antwort mehr, denn Lane war bereits nach links gestürmt.

Ich stand wie erstarrt immer noch im Eingang und wusste nicht, wo ich hinsollte. Krampfhaft versuchte ich, mich an meine Aufgabe zu erinnern, doch mein Kopf war wie leer gefegt. Ich konnte einfach nur nach rechts starren, wo sich das meiste abzuspielen schien. Ich tat einen Schritt und konnte endlich in das Zimmer hineinsehen – und schrie schon wieder. Arianna, Catya und Alec kämpften mit jeweils einem Mann in Schwarz, während zwei Gestalten gefesselt und zusammengerollt auf dem Boden lagen, die meinen Eltern viel zu sehr ähnelten.

Ich wollte sofort losrennen und sie befreien, doch Alec rief mir zu: »Im Wohnzimmer ist noch einer von ihnen! Du musst deinen Freund retten!«

Max. Nun fiel mir der Grund wieder ein, weshalb wir überhaupt hier waren. Wie eine Kanonenkugel schoss ich in unser Wohnzimmer und blieb dann schlitternd vor zwei Gestalten stehen. Es dauerte einige Sekunden, bis ich die beiden erkannte. Max war der eine … und die andere Gestalt war ich selbst.

Ich starrte wie vom Donner gerührt erst zu Max, dann zu dem Mädchen neben ihm, das mich mit weit aufgerissenen Augen ansah. »Wer bist du?«, rief sie.

Es dauerte nicht lange, bis ich meine Sprache wiederfand. »Dasselbe könnte ich dich fragen!« Wobei es mir so langsam dämmerte, was dieses rothaarige Ding vor mir war: Sie war der fünfte Alcedo hier im Haus. Ich kannte es doch schon, dass Alcedos ihre Gestalten wechseln konnten, doch mir selbst gegenüberzustehen, war dennoch etwas merkwürdig. Auch die falsche Nici konnte also nicht so überrascht sein, wie sie tat. Es gab nur einen hier, dessen weit aufgerissene Augen nicht gespielt waren: Max.

Der Arme sah aus, als hätte er einen Geist gesehen – wenn nicht sogar zwei.

»Was … was geht hier vor, Nici?«, stotterte er und schaute dabei tatsächlich das Vampirmädchen an. Er glaubte doch nicht, dass dieses Monster *ich* war? Sie war viel zu blass und viel zu schwarz gekleidet. Mir fiel auf, dass ich im Moment in der Tat so ähnlich wie sie aussehen musste, außer dass ich noch Waffen bei mir trug, meine Haare nach hinten gebunden hatte und meine Augen schwarz geschminkt waren.

»Ich bin die echte Nici!«, rief ich Max entrüstet zu, doch ich wusste, dass meine Aufmachung nicht gerade dafürsprach.

»Was? Ich verstehe nicht, was hier vor sich geht«, jammerte die Falsche und klammerte sich an meinen Freund.

Empört öffnete ich den Mund und zückte meinen Dolch. Sowohl Max als auch die Alcedotussi schrien auf. »Du hinterhältige …« Mit einem Schrei stürzte ich mich auf sie und wollte ihr die Klinge in irgendeinen Körperteil rammen, doch ich prallte von ihr ab, als wäre ich gegen eine unsichtbare Wand gelaufen. Das musste eine Erweiterung des Schutzschildes gewesen sein, denn durch den normalen Schild konnten silberne Dolche fahren wie durch Luft. Aber umso besser, denn dann verschwendete sie viel mehr Energie und ihr Superschild würde nicht lange standhalten können.

Grinsend griff ich nach einer Menge von meiner eigenen Energie und schleuderte sie ihr in Form von Feuer entgegen. Es fühlte sich gut an, wieder Magie benutzen zu können, auch wenn meine Kraftquelle allein durch Catyas Blut noch nicht vollständig gefüllt war.

Das Schild des Alcedos schmolz im wahrsten Sinne des Wortes dahin. Ich warf einzelne Feuerbälle nach ihr, und sie entkam ihnen nur mit Not, duckte sich und wehrte jeden dritten mit einem kleinen Zauber ab. Wir hätten dieses Spiel auch die ganze Nacht spielen können, doch ich befürchtete, dass Max bis dahin in Ohnmacht fallen würde.

»Max, vertrau mir. Geh hier raus, es ist nicht sicher hier«, rief ich ihm zu.

Er schnaubte. »Ja, das sehe ich. Wer immer du bist, verschwinde aus Nicis Haus, oder ich rufe die Polizei.«

Ich war so erstaunt von seinem Mut – man bedenke, ich schoss gerade mit Feuerbällen auf ein Mädchen, das so aussah wie ich selbst –, dass ich meine Gegnerin einen Moment aus den Augen ließ. Diesen Augenblick nutzte sie aus, und ein Zauber traf mich mit voller Wucht, da ich keine Zeit gehabt hatte, meinen eigenen Schild zu stabilisieren.

Ich wusste nicht, was das für eine Art Zauber war, doch danach fand ich mich auf jeden Fall auf dem Boden liegend wieder, alle viere von mir gestreckt. Ich atmete ein paarmal tief ein und aus, um sicherzustellen, dass ich nicht tot oder schwer verletzt war.

Nicita, hörte ich plötzlich eine Stimme in meinem Kopf. Hatte ich mich doch schwerer verletzt, als ich gedacht hatte?

Nicita?

Ich schloss die Augen und versuchte, mich zu konzentrieren – und dann erkannte ich die Stimme endlich. *Alec?* Wieso konnte er in meinen Kopf, ohne dass wir Blickkontakt hatten? Das hatte mir Jean aber anders erklärt.

Weil das schwarze, verbotene Magie ist! Wie ist die Lage bei dir? Ich hoffe, ich lenke dich nicht allzu sehr ab?

Ich stellte mir vor, wie er noch mitten im Kampf war und bloß mal mit mir plaudern wollte.

Nein, alles klar bei mir. Ich lieg eh nur doof auf dem Boden rum, antwortete ich ihm.

In diesem Moment spürte ich plötzlich etwas an meinem Kopf vorbeizischen. Als ich meine Augen wieder aufriss, sah ich direkt vor mir ein Messer, das sich in den Boden gebohrt hatte.

Okay, doch schlechtes Timing!, versuchte ich Alec noch zuzurufen, als ich wie von der Tarantel gestochen aufsprang. Doch zu meiner Verwunderung sah es nicht so aus, als hätte die falsche Nici die Klinge gern in meinem Gesicht gesehen, sondern Max.

»Nein, verletz sie nicht!«, rief das Alcedomädchen und hielt Max davon ab, ein weiteres Messer nach mir zu werfen. Ich fragte mich, ob er gerade unsere Küchenschublade ausgeraubt hatte oder wo er die ganzen gefährlichen Waffen sonst herhatte.

Max glaubt mir nicht, dass ich ich bin!, schrie ich verzweifelt in meinem Kopf und betete darum, dass Alec immer noch eine Verbindung zu mir aufgebaut hielt. Ich brauchte dringend Hilfe, denn es sah so aus, als würde ich eher von meinem besten Freund erstochen werden als von dem Alcedo.

Das versteh ich nicht.

»Nici, ich werde dir helfen, dieses Monster rauszuschaffen, das sich in dich verwandelt hat. Sie ist gefährlich«, erklärte mein tapferer Freund gerade der falschen Nici.

Sie sieht so aus wie ich!

»Du kannst schon mal die Polizei rufen. Ich lasse sie nicht aus den Augen«, wies er sie weiterhin an.

Alcedos sind miserabel als Gestaltenwandler, sie können ihren Zauber nicht lange halten oder müssen ihn immer wieder auffrischen, indem sie ihr Objekt vor Augen haben.

Ja super, das brachte mich auch nicht weiter, denn sie hatte mich ja die ganze Zeit vor Augen. Sollte ich warten, bis ihre Kraftquelle erschöpft war, oder mich stattdessen in einem Schrank verstecken?

Nein, du musst dich verändern!

Mehr musste er mir nicht sagen. Das Erste, an was ich dachte, war, mir eine Narbe zuzufügen, doch als ich das Messer in der Hand hielt, das Max nach mir geworfen hatte, kam mir eine andere Idee. Eine Idee, die ich bereits vor einigen Tagen gehabt hatte.

»Leg die Waffe wieder hin!«, wies mich Max an und versuchte, der falschen Nici einen Beschützer zu spielen. Das wäre echt süß gewesen, wenn ihn die falsche Nici danach nicht wahrscheinlich ausgesaugt hätte.

»*Ich* bin deine Nici, du Dummkopf, und ich werde es dir beweisen!« Ich strich das Zopfgummi aus meinen Haaren und säbelte mit dem Küchenmesser an ihnen herum, bis meine roten Locken auf dem weißen Teppich landeten. Strähne für Strähne schnitt ich sie ab, unter den weit aufgerissenen Augen meines Freundes und meines Feindes, bis meine Haare nicht einmal mehr meine Schultern berührten.

Nachdem Max seine Sprache wiedergefunden hatte, fuhr er mich sofort an: »Und du denkst, dass soll mich überzeugen? Meine Nici hätte sich nie die Haare abgeschnitten!«

Ich konnte daraufhin nur lachen. Es stimmte, ich war schon lange nicht mehr die Nici, die er kannte. »Dreh dich um«, befahl ich ihm.

Und dann zeigte der Alcedo endlich sein wahres Gesicht. Meine Veränderung brachte seinen Zauber durcheinander, den er nicht mehr reibungslos auffrischen konnte. Kurz flackerte ein schwarzhaariges Mädchen mit unnatürlich weißer Haut auf, bevor sie sich wieder meine Maske überziehen konnte – diesmal jedoch mit genauso kurzen Haaren, wie meine jetzt waren.

Max wich so hastig von ihr zurück, dass er über den kleinen Glastisch vor der Couch stolperte. Ihre Tarnung war aufgeflogen, und das wusste sie auch. Nun brauchte sie sich nicht mehr zurückzuhalten, sie schoss mit mehreren Zaubern auf mich, die alle an meinem Schild abprallten. Dann zog sie einen Dolch und stürzte sich – nun in ihrer wahren Gestalt – wie eine Furie auf mich. Sie war schneller als ich, und ehe ich mich versah, ritzte sie meinen Arm auf, und ich wusste, dass ich nun verloren hatte. Der Schwachpunkt eines jeden Magiers. Mein Schild geriet ins Wanken, und jeglicher Zauberspruch, der mich jetzt treffen würde, würde kein Problem damit haben, mich zu töten.

Doch die Vampirin nutzte die Sekunde nicht aus.

Erstaunt blickte ich mich zu allen Seiten um, während mein Schild wieder Gestalt annahm. Und da sah ich die Vampirin mit Max am Boden ringen. Er hatte sich von hinten auf sie gestürzt und ihr ein Messer in den Rücken gejagt, nun folgte von ihr ein Fausthieb dem anderen in sein Gesicht.

»NEIN!«, schrie ich und versuchte, das schwarzhaarige Mädchen von ihm zu ziehen. Als ich meine ganze Kraft zusammengenommen hatte und es schaffte, sie von ihm loszureißen, war er bereits bewusstlos. Blut bedeckte sein Gesicht, und ich konnte nicht erkennen, wie schlimm er wirklich verletzt war. Am liebsten hätte ich mich neben ihn gehockt, doch dann fiel mir wieder das Mädchen ein, das ich von ihm geschleudert hatte.

Wut kroch in jede Zelle meines Körpers, und ich wusste, dass mich absolut nichts mehr davon abhalten würde, dieses Biest in Stücke zu reißen. Als ich mich, gerüstet wie eine Kampfmaschine, umdrehte, sah ich, dass mich doch etwas aufhalten konnte: Alec. Er strich ihr soeben die Augen zu, sein Dolch bereits in ihrer Brust.

»Ich wollte sie erledigen!«, schrie ich aufgebracht.

Alec schaute mich verständnislos und erschöpft zugleich an. »Wäre ich nicht eingeschritten, hätte sie dich schon längst umgebracht, während du auf deinen Freund gestiert hast.«

Mein Freund. Mit einem lauten Aufkeuchen fuhr ich wieder herum und fiel neben Max auf die Knie. Ich legte meinen Kopf auf seine Brust und brach vor Erleichterung fast auf ihm zusammen, als ich das Heben und Senken spürte und das Schlagen seines Herzen hörte. Ich suchte nach etwas, womit ich das Blut von seinem Gesicht wischen konnte, und fragte mich, wie Leute in Büchern und Filmen es immer schafften, ihre Anziehsachen in Streifen zu reißen. Da ich das bei meinem

Top nicht hinbekam, blieb mir nichts anderes übrig, als es mir über den Kopf zu ziehen.

Vorsichtig tupfte ich mit dem grauen Stoff über sein verletztes Gesicht, das ich so schmerzlich vermisst hatte. Seine Nase war gebrochen und seine Lippe aufgeplatzt, das Mädchen hatte hart zugeschlagen, und vielleicht würden ihn ein paar blaue Flecken noch wochenlang an diesen Tag erinnern.

»Oh Max.« Ich seufzte und strich ihm mit meiner freien Hand sanft über die Wange. Er hatte mir wahrscheinlich vorhin das Leben gerettet.

»Leute, ich hab hier noch wen«, ertönte Lanes stolze Stimme, als er die Treppen herunterkam. Er sah ziemlich fertig aus, offensichtlich hatte da oben auch ein Kampf stattgefunden, doch viel interessanter war das, was er in den Armen hielt.

»Oh mein Gott!«, schrie ich auf und sprang auf meine Füße.

»Keine Sorge, ich war rechtzeitig da, bevor ihr der Vampir auch nur ein Haar krümmen konnte. Sie ist nur in Ohnmacht gefallen, als sie uns hat kämpfen sehen«, erklärte Lane und legte das bewusstlose Mädchen auf das Sofa, jedoch nicht ohne meinen entblößten Oberkörper mehr oder weniger verwirrt zu begutachten.

»Oh Laura«, seufzte ich, ohne Lanes Blick zu beachten, und strich auch ihr über die Wange. Es tat mir so leid, dass ich sie alle hier mit reingezogen hatte. Wären wir auch nur eine Minute später gekommen, wären die beiden wahrscheinlich tot gewesen – nicht zu vergessen ebenso meine Eltern. Bei dem Gedanken an sie stürzte ich sofort in die Küche. Obwohl ich wusste, dass Catya, Arianna und Alec hier ihr Bestes geleistet hatten, musste ich mich einfach selbst davon überzeugen, dass ihnen nichts geschehen war.

Als ich in die Küche kam, fielen mir als Erstes die drei blutbeschmierten Alcedos auf, die im Zimmer verteilt waren. Obwohl ich nicht das erste Mal übel zugerichtete Leichen sah, drehte sich mein Magen erst einmal um. Schnell wandte ich meinen Blick ab.

Dann erblickte ich Arianna, die gerade meinen Vater entfesselte, und Catya, die meiner Mutter einen heißen Tee reichte. Als sie mich sah, ließ sie die Tasse jedoch fallen und streckte ihre Arme nach mir aus. Arianna, die aufgepasst hatte, schaffte es, die Tasse noch rechtzeitig in der Luft aufzuhalten, sodass sich der Inhalt nicht auf die Fliesen ergoss.

Rasch eilte ich zu dem Stuhl, auf dem meine Mutter saß, pflückte die Tasse aus der Luft und stellte sie vorsichtig ab. Dann schloss ich meine Mutter in die Arme.

»Alles wird wieder gut«, tröstete ich sie und strich ihr immer wieder über den Rücken. Ich spürte, wie sehr sie zitterte, doch sonst gab sie keinen Laut von sich. Besorgt löste ich mich von ihr und schaute sie an. Ihr Gesicht war furchtbar bleich und ihre Augen unnatürlich leer. Mein Blick wanderte hinunter zu ihrem Bauch, in dem ein Geschwisterkind für mich heranwuchs. Niemals hätte ich es mir verziehen, wenn meinen Eltern oder dem Baby etwas zugestoßen wäre.

»Sie steht unter Schock«, erklärte Arianna, die meinem Vater ebenfalls auf einen Stuhl half. »Wir werden ihr Gedächtnis löschen müssen.« Obwohl mich bei diesen Worten ein kalter Schauer überlief, wusste ich, dass es das Beste war. Meine Eltern würden mit dem Ganzen, was sie gesehen hatten, nicht klarkommen. Vielleicht sollte man dann auch sofort ihr Gedächtnis so manipulieren, dass sie sich überhaupt keine Sorgen mehr um mich machen mussten. *Vielleicht sollte man mich ganz aus ihrem Gedächtnis löschen. Vielleicht wäre das das Beste.*

Nein, ich schüttelte meinen Kopf und wandte mich von ihnen ab. Wir würden auf unserer ›Leo sucht nach ihren Eltern‹-Geschichte aufbauen, es war nicht nötig, dass man mich komplett aus ihrem Gedächtnis löschte. Ich würde sie schließlich besuchen kommen. Bald. Hoffentlich.

Schnellen Schrittes marschierte ich wieder ins Wohnzimmer, um den Überblick zu behalten und mich nicht weiter mit der Zukunft zu beschäftigen. Die aussichtslose Wahrheit, dass ich wahrscheinlich gar keine mehr hatte, gehörte nicht ins Hier und Jetzt.

Als ich eintraf, beugte sich Alec gerade über Laura und hielt seine Hände an ihren Kopf.

»Was tust du da?«, schrie ich fassungslos und rannte auf ihn zu.

Lane zog mich zurück, gerade als ich Alec fortstoßen wollte. »Psst, lass ihn. Er muss sich konzentrieren.«

»Nein! Ihr habt mich noch nicht einmal gefragt!«, brüllte ich und trat wie wild um mich, während ich versuchte, seine kalten Finger von meiner nackten Haut zu stoßen. »Sie ist meine Freundin! Ihr dürft nicht ohne meine Erlaubnis ihre Erinnerungen löschen!«

Alec ließ von ihr ab und schaute mich mitleidig an. Ich hörte auf, mich gegen Lanes Arme zu wehren.

»Das ist unsere Arbeit, Nicita. Wir dürfen nicht zulassen, dass Gerüchte über Vampire die Runde machen – oder Gerüchte über dich. Und außerdem hätte das arme Mädchen das alles gar nicht verkraftet. So ist es einfacher für sie. Wir werden alle Erinnerungen löschen – nicht nur ihre«, betonte er, um mir das zu verdeutlichen, was ich bereits in der Küche eingesehen hatte.

Ich schüttelte stur meinen Kopf. »Nicht seine.« Ich deutete auf Max. »Das war unsere Abmachung, erinnerst du dich? Du bist mir etwas schuldig!« Und ich war Max etwas schuldig, nachdem er mir das Leben gerettet hatte. Er verdiente eine Erklärung, und ich verdiente einen Freund, der die Wahrheit über mich wusste.

Alec zuckte die Achseln. »Wenn er es dir wert ist. Aber danach sind wir quitt, erinnere dich daran.«

Alec brachte mich und Max wenige Minuten später zu ihm nach Hause. Er teleportierte uns in Max' Zimmer und ließ uns allein, um mit den anderen aus seinem Team mein Haus wieder in Ordnung zu bringen und auch meinen Eltern das Gedächtnis zu richten.

Auch Laura hatten wir nach Hause in ihr Bett gebracht. Sie sah friedlich aus, wie sie so schlief, und ich war im Nachhinein doch glücklich gewesen, dass sie sich nicht mehr an diese Nacht erinnern würde. Wenn sie am nächsten Morgen aufwachte, würde sie sich auch nicht mehr an jene Nacht erinnern, in der Max sie besuchen gekommen war, um ihr von den bedrohlichen Männern zu erzählen. Sie würde sich nicht mehr an die Zeit erinnern, die sie mit Max verbracht hatte – Zeit, die sie nie im Leben hätte sonst mit ihm verbringen können.

11

Bis zu seinem Tod

Nicht schlecht siehst du aus«, das waren Max' erste Worte, sobald er wieder bei Bewusstsein war. Er grinste schwach und musterte meinen fast nackten Oberkörper, den nur noch ein schwarzer BH zierte. Das blutbeschmierte Top hatte ich nicht mehr anziehen wollen, also blieb mir jetzt nichts anderes übrig, als den Reißverschluss der Lederjacke hochzuziehen.

»Schade«, erwiderte Max trocken und setzte sich in seinem Bett auf.

»Ich merk schon, du bist und bleibst der Alte, egal was passiert.« Ich bemerkte, dass meine Stimme traurig klang. Während ich in der Dunkelheit auf der Bettkante darauf gewartet hatte, dass er wieder zu Bewusstsein kam, war ich ganz sentimental geworden. Das letzte Mal, als ich ihn gesehen hatte, hatte er mir seine Liebe gestanden, und ich war mit einem anderen Mann abgehauen. Ich hatte mir eigentlich nicht eingestehen wollen, wie sehr ich ihn vermisst hatte, da ein erneuter Abschied danach umso schmerzhafter wäre.

»Willst du mir erklären, was passiert ist?«, fragte er und nahm den Kühlbeutel entgegen, den ich ihm für seine Nase reichte.

»Was glaubst du denn, was passiert ist?«

»Ich weiß nicht. Ich weiß noch nicht einmal, ob das, an was ich mich erinnere, wahr ist. Vielleicht war das alles nur ein Traum.«

»Aber dann würde dein Gesicht bestimmt nicht so wehtun, und ich würde auch nicht so vor dir sitzen – mit kurzen Haaren.«

Er hob vorsichtig eine Hand und fuhr mir durch das abgesäbelte Haar, als würde er seine Schönheit betrauern. Doch in seinem Gesicht lag nur Zärtlichkeit. Ich wandte meinen Kopf ab, und auch er zog seine Hand zurück.

»Ich habe nie geglaubt, dass du wegen dem Muskelprotz den ganzen Sommer wegbleibst«, sagte Max dann.

Muskelprotz. Ich erinnerte mich an den Tag zurück, an dem Jean und ich meine Familie besucht hatten. Jean war sehr groß gewesen. Neben mir musste er bestimmt wie ein Riese ausgesehen haben, und seinen sportlichen Körper durfte man natürlich auch nicht unterschätzen.

»Willst du die Wahrheit hören?«, fragte ich. »Vielleicht wirst du mir nicht glauben.«

»Ich würde alles glauben, was aus deinem Mund kommt«, sagte er schlicht, und ich begann, zögernd zu erzählen. Ich hatte Max schon immer sowohl meine Seele als auch mein Herz anvertrauen können, und schon bald machte es richtig Spaß, ihm von meinen Abenteuern in Phoenicia zu berichten.

Ich wusste nicht, wie viel Zeit wir hatten, doch ich nahm sie mir trotzdem. Alles sprach ich mir von der Seele, jedes noch so finstere Geheimnis, das ich aufgedeckt und durchlebt hatte. Nur eines ließ ich in meiner Schilderung aus: dass ich fürchtete, echte Gefühle für Jean entwickelt zu haben.

Sein Mienenspiel veränderte sich während meiner Erzählung, blieb jedoch seit der Verkündung meines Todesurteils finster. Als ich bei einer abgeschwächten und gekürzten Version des Folterkellers angelangt war, fürchtete ich, dass Max den Kühlbeutel zerquetschen würde.

»Und? Glaubst du mir?«, fragte ich am Ende meiner Ausführungen, als es bereits längst nach Mitternacht war.

Er rümpfte die Nase. »Zauberer, gut und böse … Königsfamilien und Kerker«, er nickte. »Hört sich gut an.«

Unwillkürlich musste ich lächeln. »Tja, dann fürchte ich, dass …«

»Du mich umbringen musst«, unterbrach er mit zischender Stimme. »Ich weiß schon, streng geheime Informationen und so.«

Für einen Moment verschlugen mir seine Worte die Sprache, dann brach ich in lautes Gelächter aus, sodass ich mich gar nicht mehr einkriegen konnte. »Nein, keine Sorge, du bist der Letzte, den ich umbringen werde«, erklärte ich ihm.

Er seufzte erleichtert, und die Anspannung in seinem Gesicht lockerte sich allmählich. »Gut, das vereinfacht die ganze Situation. Wirst du diesen Alec denn umbringen?«, fragte er geradeheraus.

Das Lachen verging mir, und ich starrte betrübt aus dem Fenster. Der Mond beobachtete uns, und der dunkle Himmel war übersät von unzähligen Sternen.

»Du weißt, dass ich kein Fan von Gewalt bin«, sagte er langsam, als ich immer noch nicht antwortete, »aber vielleicht würdest du dann endlich mit allem abschließen können und … du weißt schon … deine Schuldgefühle … diese Stimme von Jean, die würde verschwinden. Und außerdem ist er eh nur ein blutsaugender Mörder, der dich gefangen hält.«

»Und dann?«, fragte ich, ohne ihn anzusehen. Was sollte ich denn tun, wenn ich meine Rache ausgelebt hatte?

»Dann könntest du von dort abhauen und hier leben. Wie in alten Zeiten.«

Nun schaute ich ihn erstaunt an. »Die werden alle hinter mir her sein, Max.«

Er zuckte die Schultern. »Wir könnten irgendwo anders hingehen. Deine Eltern denken sowieso bereits, dass du so schnell nicht wiederkommst. Und außerdem wärst du ja nicht allein. Und nein, ich meine nicht nur mich. Du hast doch auch noch Hokuspokus-Freunde.«

Ich blinzelte begriffsstutzig.

»Leo, die bestimmt nur weiter dort lernt, um allen in den Arsch zu treten, die dir etwas angetan haben, und äh, wie heißt die noch mal, diese Frau, die du gebissen hast«, half mir Max auf die Sprünge.

Bei dem Gedanken an Leo musste ein Teil von mir lachen, dem anderen wurde es ganz schwer ums Herz. Doch ich führte Max' Gedanken fort und war überrascht, wie viele Personen ich tatsächlich noch kannte, von denen ich Hilfe erwarten konnte.

»Mai und auch Miss Spring, Leos Mentorin, würden mir sicher helfen! Und William vielleicht auch …«

»Und hey, vielleicht streicht dich dieser Areus ja auch von seiner Opferliste, wenn du für ihn Alec ausgeschaltet hast. Vielleicht will er dich dann sogar mit im Team haben.« Mein Freund lachte, und ich konnte nicht anders, als über diesen Gedanken zu grinsen. Dann beugte ich mich vor und schlang meine Arme um ihn. »Danke«, hauchte ich. Aus seinem Mund klang zwar alles leicht, doch er hatte es tatsächlich geschafft, mir etwas Mut und Trost zu spenden. Ich war gar nicht so allein, wie ich in den letzten Tagen geglaubt hatte.

»Egal für was du dich entscheidest, ich stehe hinter dir«, meinte er und klopfte mir mit der flachen Hand auf den Rücken.

Nicita.

Ich zuckte erschrocken zusammen. Es klang, als stünde er direkt hinter mir, doch ich wusste, dass diese Stimme nur in meinem Kopf war. Und es erschreckte mich, wie oft er in meinen Geist eindrang. Beim Kampf hatte es mich nicht gestört, aber wenn ich jetzt darüber nachdachte, wurde mir bewusst, dass er somit, wann immer er wollte, meine Gedanken lesen konnte! Dieses Arschloch.

»Was hast du?«, fragte Max, dem mein veränderter Gesichtsausdruck aufgefallen sein musste.

»Alec«, knurrte ich. *Was ist?*, fragte ich in Gedanken.

Wir müssen gehen.

»Ich muss gehen«, wiederholte ich für Max.

»Pass auf dich auf«, flüsterte er und nickte tapfer.

Ich wollte mich gerade verabschieden und verschwinden – als mir auffiel, dass ich nicht einfach so verschwinden konnte. Teleportation stand in Phoenicia nicht auf dem Stundenplan, und wenn ich durch das ganze Haus schleichen musste, konnte ich auch direkt an die Schlafzimmertür seiner Eltern klopfen.

Äh, Alec, ich kann hier nicht allein verschwinden. Holst du mich ab?, fragte ich widerwillig.

Ein kurzes Lachen in meinem Kopf – man fühlte sich ein bisschen schizophren –, und einen Herzschlag später stand er neben mir in Max' Zimmer. Dieser wich vor Schreck so hastig zurück, dass er mit dem Kopf gegen die Wand hinter sich stieß.

»Alles klar?«, fragte Alec mit einem Nicken, doch Max presste nur wütend die Lippen zusammen und weigerte sich, mit Blondie zu reden. Der fragte sich jetzt bestimmt auch, was ich meinem Freund alles erzählt hatte.

»Okay, du wirst bald von mir hören«, meinte ich an Max gewandt und legte dann wenig begeistert meine Hand in die von Alec. Ein mittlerweile bekannter Stromschlag durchfuhr mich, doch ich ignorierte das Brennen auf meiner Haut, während die Dunkelheit um uns herum zunahm und wir schließlich von ihr verschluckt wurden.

Als ich wieder Boden unter den Füßen hatte, öffnete ich die Augen und entriss Alec meine Hand.

Wir standen direkt vor dem großen Tisch in Alecs Quartier, an dem bereits Lane, Jeff, Arianna und Catya saßen. Arianna hatte einen Stapel Ordner vor sich und mehrere Zettel, auf denen sie etwas notierte.

»Wir halten all unsere Missionen und die Informationen, die wir über Areus' Armee bekommen, schriftlich fest«, antwortete

Alec auf die Frage, die sich soeben in meinem Kopf gebildet hatte, die ich jedoch nicht ausgesprochen hätte. Dann setzte er sich auf einen der freien Stühle und wies mit einem Kopfnicken auf den daneben. Alles andere als begeistert nahm ich zwischen ihm und Catya Platz, und meine Gedanken schweiften zu jenem Plan ab, der mir vor wenigen Minuten in den Sinn gekommen war.

»Es waren offensichtlich Areus' Männer, und sie waren offenbar hinter Nicita her. Wie haben sie wohl herausgefunden, wo sie wohnt?«

»Das ist nicht schwer. In vielen Zeitungen der Menschen war vor ein paar Wochen ihr Foto abgebildet. Es war nur wahrscheinlich, dass ein Alcedo sie dort sehen und als das Mädchen identifizieren würde, das der Königin entwischt ist«, antwortete Alec, doch ich hörte nur mit halbem Ohr zu.

»Das war eine gute Idee, Nicita, das mit deinen Haaren«, sagte Arianna plötzlich in die Stille hinein und riss mich aus meinen Gedanken.

Ich schaute sie überrascht und missbilligend zugleich an. Ihr Gesichtsausdruck war trotz allem, was ich ihr vor unserer Mission an den Kopf geworfen hatte, freundlich. Ich schüttelte nur schnaubend meinen Kopf und entfernte mich gedanklich wieder auf weitaus interessantere Gebiete. Ich musste hier fort. Und meinen Frieden finden.

Eine halbe Stunde später war der Plan fertig und mein Entschluss gefasst. Verdammt, ich würde es wirklich tun! Ein Krieg zwischen Alcedos war schließlich nicht meine Sache.

Langsam schaute ich mich um und stellte fest, dass alle anderen immer noch über Areus sprachen und nun augenscheinlich sogar einen Angriff planten.

»Alec«, unterbrach ich plötzlich. Er drehte sich fragend zu mir um. »Ich bin nicht so nachtaktiv wie ihr. Ich würde gern zu Bett gehen – nach einem schönen, heißen Bad vielleicht?«

Er starrte mich überrascht an. »Willst du denn nicht mitplanen? Wenn ich mich recht erinnere, warst du doch vor einigen Stunden noch ganz erpicht darauf, dass wir Areus aufsuchen.«

Klar, vor einigen Stunden war ein Krieg mit Areus ja auch der einzige Lichtpunkt an einem schwarzen Himmel gewesen. Das einzige Fünkchen Hoffnung oder Sinn. Jetzt hingegen hatte sich alles geändert, die Schwärze hatte sich verzogen, und nun war der Himmel voller Sterne. Ich musste nur danach greifen.

»Du kannst mir ja morgen früh von eurem Plan erzählen«, meinte ich. Er nickte. *Ha, wer's glaubt, wird selig,* dachte ich bitter.

»Ich gebe Judy und Julie Bescheid, dass sie dir ein Bad einlassen.«

»Und ich hätte gern noch alles andere, was eine Frau für ihre Pflege so braucht: von der Bodylotion bis zur Nagelschere.«

Alec zog eine Augenbraue in die Höhe. »Du hast vielleicht Wünsche.«

»Ich bin halt anspruchsvoll, was dagegen?«

Ich spürte schlagartig alle Blicke auf mir. Mich mit dem Meister dieser Alcedos anzulegen, war vielleicht nicht das Schlauste, was ich machen konnte. Doch er selbst störte sich nicht an meiner Wortwahl – sondern grinste nur.

Dann durfte ich beobachten, wie er sich in seinem Stuhl zurücklehnte und die Augen schloss. Seine Muskeln waren vor Konzentration angespannt, und doch sah er irgendwie … friedlich aus. Es dauerte ein bisschen, bis ich verstand, was er da überhaupt tat. Und dann war er auch schon fertig und schlug seine Augen wieder auf. »Du kannst ja schon einmal hochgehen, wenn du magst.«

Das ließ ich mir nicht zweimal sagen. Ich schob meinen Stuhl zurück und stand auf, drehte mich ohne ein Wort um und verließ die Runde der Vampire. Ich hoffte schwer, dass ich sie soeben zum allerletzten Mal in meinem Leben gesehen hatte.

Es waren mehrere Stunden vergangen, als ich endlich mit frischen Klamotten aus dem Badezimmer kam. Ich fühlte mich sauber, erholt, rein und voller Energie. Ich hatte schließlich nicht unrasiert und stinkend wieder in Phoenicia auftauchen wollen. Darüber hinaus hatte ich meine Haare vor einem Spiegel etwas ordentlicher schneiden müssen, damit sie nicht aussahen, als hätte ein Kleinkind sie mir geschnitten.

Als ich barfuß und auf Zehnspitzen über den Flur schlich, hörte ich von unten immer noch Stimmen. Einige Augenblicke blieb ich stehen und lauschte.

»Unter zehn Mann müssen wir bei Areus noch nicht einmal auftauchen«, hörte ich Jeff sagen.

»Und wir brauchen unbedingt Ilias«, warf Arianna ein.

»Ist dieser immer noch in der Menschenwelt?«, fragte Jeff.

Langsam ging ich weiter und schloss die Tür hinter mir, als ich in meinem Zimmer angelangt war. Ich war froh, dass ich nicht mitgehen würde, denn es war falsch, auf der Seite dieser Alcedos zu kämpfen und für sie mein Leben zu riskieren, in einem Krieg, der mich überhaupt nichts anging. Ich persönlich hegte keinen Groll gegen Areus, und solange er meine Freunde und Phoenicia verschonte, würde ich keine Waffe gegen ihn zu heben brauchen.

Eine leise Stimme in mir erinnerte mich daran, dass es nicht der einzige Grund war, warum ich Areus ebenfalls suchen wollte. Jean, das Schicksal ... Ich hatte herausfinden wollen, wer er war, und vermutet, der mächtige Anführer aller Vampire hätte eine Ahnung oder einen Anhaltspunkt für mich gehabt. Doch mittlerweile schien auch das in eine andere Welt zu gehören. Ich hatte überreagiert, als ich Jeans Namen aus dem Mund dieses blonden Jungen gehört hatte, aber ich war ja auch in einer schlechten Verfassung gewesen. Ich war aufgewühlt gewesen, und – bei Gott! – ich hatte Sekunden vorher versucht, mich umzubringen. Kein Wunder, dass mir dieser blonde Knabe den Rest gegeben hatte, doch nun, bei klarer Betrachtung der Tatsachen, musste ich einsehen, dass mich auch dieser Junge nichts anging. Er war schließlich bei Alec eingebrochen, nicht bei mir. Und für seinen Namen konnte er ja auch nichts.

Erschöpft ließ ich mich vollständig mit T-Shirt und Jeans bekleidet auf das große Bett fallen.

Ich hätte auf der Stelle einschlafen können, doch vorher musste ich mich mit einem Blick auf den elektronischen Wecker, der auf dem Nachttisch neben dem Bett stand, überzeugen, dass ich noch genug Zeit dafür hatte. Es stellte sich heraus, dass es bereits fast fünf Uhr morgens war, doch ich hatte somit immerhin noch ein, zwei Stunden Zeit, bevor sich die Vampire schlafen legen würden. Also stellte ich den Wecker auf acht Uhr und sank dann mit meinem Gesicht voran in den kühlen roten Satin, der das Kissen umschmeichelte, und wäre augenblicklich in einen tiefen Schlaf gefallen, wenn nicht plötzlich ein Klopfen an der Tür ertönt wäre.

Überrascht hob ich den Kopf und sah gerade noch, wie Alec ins Zimmer schlüpfte.

Mein Herz machte einen so heftigen Sprung, dass ich dachte, es würde mir aus dem Hals purzeln. Wusste er von meinem Plan? War er gekommen, um mich zu töten?

Ohne ein Wort schritt er auf mein Bett zu. Er sah müde aus, und seine blauen Augen wirkten dunkel und trüb. Ich war auf alles gefasst.

»Du hast Angst vor mir. Und du vertraust mir nicht«, stellte er fest und blickte auf mich herab.

Ich setzte mich auf, damit ich größer wirkte, doch dafür hätte ich mich schon aufs Bett stellen müssen.

»Nur weil wir jetzt zusammen unter deinem Dach leben und gerade eine Mission ausgeführt haben, heißt es noch lange nicht, dass ich dir in irgendeiner Weise auch nur im Geringsten vertraue«, antwortete ich langsam und versuchte, in seinen Augen zu ergründen, worauf er hinauswollte. »Ich bin schließlich deine Gefangene«, erinnerte ich ihn. Er konnte doch nicht im Ernst von mir erwartet haben, dass ich ihm jetzt vertraute und ihn verehrte wie die anderen hier? Wie es mit meiner Loyalität ihm gegenüber stand, würde er morgen früh schon herausfinden.

»Wovor hast du Angst? Dass ich mich so wie du von hinten mit einem Messer an dich heranschleiche? Oder dass ich mich an dir vergreifen werde?«

Ich zuckte möglichst desinteressiert die Schultern. »Du bist ein Vampir und Alcedo, dazu noch ein Mann und ich deine Gefangene …«

»Wenn ich gewollt hätte, hätte ich dir deine Schenkel schon vor Tagen mit Gewalt auseinandergedrückt und dir gezeigt, was eine Mischung aus Vampir, Alcedo und Mann kann. Aber das habe ich nicht, oder?«, fuhr er mich an.

Ich schluckte mein Entsetzen über seine Wortwahl hinunter. Die Richtung, die dieses Gespräch nahm, gefiel mir nicht – und noch weniger die Vorstellung von dem, was er gerade in Worte gefasst hatte. Er sprach doch sonst nicht so mit mir.

»Du solltest mal darüber nachdenken«, sagte er ruhig, als ich meine Lippen weiterhin fest aufeinandergepresst hielt. Dann drehte er sich um und ging aus dem Zimmer.

Mehrere Sekunden lang starrte ich noch auf die geschlossene Tür, bevor ich meinen Kopf wieder in das Kissen legte und mit einem mulmigen Gefühl und erhitzten Wangen die Augen schloss.

Ich rannte auf die verschneite Lichtung. Jean stand dort, wunderschön, und drehte sich gerade zu mir um, rief meinen Namen und sackte im nächsten Moment auf die Knie. Von einem tödlichen Zauber getroffen.

»NEIN!« Ich rannte auf ihn zu, kniete mich zu ihm in den Schnee und bettete seinen Kopf in meinen Schoß. Strich ihm über das dunkelbraune Haar. Als er mich anblickte, stand Verwirrung in seinem Gesicht.

»Hast du mich schon vergessen?«, fragte er und sah mich anklagend an.

Schreiend fuhr ich aus dem Schlaf und realisierte, dass auch mein Wecker schrillte. Panisch hämmerte ich auf ihn ein, bis er Ruhe gab, und wünschte, dass damit auch in meinem Inneren Ruhe einkehrte. Doch das tat sie nicht. Immer noch aufgewühlt von dem Traum setzte ich mich auf. Nein, ich hatte meinen Mentor nicht vergessen. Und auch nicht, was mein einziger Grund gewesen war, weiterzumachen: Ich musste ihn rächen.

Entschlossen schwang ich mich aus dem Bett, Adrenalin pumpte durch meinen Körper. Es war so weit, und Alecs Worte von gestern Abend waren vergessen. Angespannt lauschte ich in die plötzliche Stille und horchte, ob sich etwas regte. Nichts.

Ich zwang mein Herz, langsamer zu schlagen, und lauschte erneut. Das Haus schien wie verlassen. Doch ich wusste, dass mindestens Alec und Catya hier sein mussten. Mit Wahrscheinlichkeit auch ein oder zwei Dienstmädchen oder Wachen.

Ich schritt durch das Zimmer und schaute aus dem Fenster. Die Sonne war bereits aufgegangen, doch es machte kaum einen Unterschied, denn Wolken und Nebel trübten den frischen Morgen, und es sah so aus, als würde bald ein Gewitter über das Land fegen.

Ich erinnerte mich daran, keine Zeit verschwenden zu wollen. Meine Glieder waren taub und schwer, doch ein nervöses Kribbeln in meinem Bauch vertrieb auch den letzten Schlaf. Ich sah mich in dem Zimmer ein weiteres Mal um. Es war ein komisches Gefühl, zu wissen, dass ich nie wieder herkommen würde. Hoffentlich. Das Einzige, was ich hier heraus mitnehmen würde, wäre Jeans Dolch, den ich mir auch sofort schnappte. Er war auch das Einzige, was mir helfen würde, dem Ganzen ein Ende zu bereiten und Alec nie die Gelegenheit zu geben, mir meine Schenkel auseinanderzudrücken.

Entschlossener als zuvor und mit einem Anflug von Aufregung schlich ich zur Tür. Mit jedem Schritt wuchs meine Anspannung. Ich öffnete die Tür und spähte ins Dunkel.

Immer noch war alles still. Im Haus schienen alle Rollläden heruntergelassen worden zu sein, denn von nirgendwo außer meinem Zimmer drang Licht in den Flur. Langsam tastete ich mich vor. Wie gut, dass auf meine Augen trotzdem Verlass war, doch meine übermenschliche Sehstärke brachte mich nicht viel weiter, da ich mich nicht genau erinnerte, wo sich Alecs Schlafgemach befand. Zumindest lief ich so jedoch nicht gegen Wände oder andere Gegenstände.

Ich versuchte, logisch an die Sache heranzugehen, da ich jetzt keine Zeit verlieren durfte. Unruhig rieb ich mit meinem Daumen immer wieder über die eingravierten Ornamente auf der Klinge des Dolches.

Ich wusste noch, dass sein Zimmer sich im unteren Geschoss befand, oben waren nur die Gästezimmer. Also schlich ich zu der Treppe und ging mit angehaltenem Atem Stufe für Stufe hinab. Immer wieder schaute ich mich in der Dunkelheit um, da ich jeden Moment erwartete, gefunden zu werden. Dass Alec oder Catya plötzlich hinter mir standen und mich fragen würden, was ich denn hier tat.

Doch es kam niemand.

In der Eingangshalle angekommen, wandte ich mich diesmal nicht nach rechts zum Esszimmer, sondern nach links. Ich kam in einen schmalen Durchgang, von dem nur zwei Türen ausgingen. Vor der ersten blieb ich stehen, legte meinen Kopf an das kühle Holz und lauschte. Wenn mich meine Erinnerung nicht täuschte, war dies das Zimmer, in dem er sich vor mir umgezogen hatte, nachdem er mich aus der Badewanne gezerrt hatte. Ich befahl meinem Herzen, nicht so laut zu schlagen, und hörte hinter der Tür das ruhige, regelmäßige Atmen eines Menschen. Es musste einfach Alec sein.

Entschlossen drückte ich die Türklinke herunter und schob die Tür auf, in der Hoffnung, dass sie nicht quietschen oder knarzen würde.

Vollkommen geräuschlos schwang sie auf, und ich huschte in das Zimmer, das nicht wie erwartet vollkommen dunkel war. Durch ein Fenster schien Licht in das Schlafgemach und beleuchtete einen Schreibtisch, der unordentlicher war, als es meiner in San José gewesen war.

Mein Blick jedoch blieb sofort an dem riesigen Doppelbett in der Mitte des Zimmers hängen, auf dem ich bereits gesessen hatte. Jetzt befand sich darauf der schlafende Körper von Alec unter einer azurblauen Seidenbettdecke.

Als ich ihn da so liegen sah, gefror mir all das Blut in den Adern, nur ein winziger Teil von mir freute sich auf die bevorstehende Rache. Wollte ihm wehtun für das, was er mir angetan hatte, und sich daran ergötzen. Ich hoffte, dass Rache wirklich so süß war, wie man immer sagte, und trat näher.

»Alec«, sagte ich in die Stille hinein. Ich würde es nicht übers Herz bringen, ihn zu töten, solange er schlief. Er sollte mir ins Gesicht sehen und wissen, dass seine Zeit gekommen war. Ich brauchte meinen Frieden.

Als er sich langsam rührte und schließlich seine Augen aufflatterten, hielt ich die Luft an. Ich wagte es nicht, zu atmen. *Was würde er tun?*

Als er mich sah, runzelte er die Stirn und setzte sich auf. Dann fiel sein Blick auf den Dolch, den ich in der Hand hielt.

»Was …?«, fragte er und sah mir in die Augen. Ich musste mir Jeans blaue Augen ins Gedächtnis rufen, um den Plan nicht abzubrechen. Ich stellte mir vor, wie ich damals zum ersten Mal die blauen Augen meines Mentors gesehen hatte. Wie ich Schritt für Schritt seinem Geheimnis, ein Alcedo zu sein, nähergekommen war, wie ich ihn Schritt für Schritt ins Herz geschlossen hatte. Nur wegen Alec würde ich nie wieder Jeans Augen sehen.

»Ich bin gekommen, um Rache zu nehmen. Für Jean«, sagte ich und trat mit der Waffe an sein Bett. Diesmal würde ich nicht weglaufen. Diesmal musste ich es durchziehen. Damit ich endlich frei war.

Alec schüttelte den Kopf. »Du kannst es nicht«, sagte er und verzog seinen Mund zu einem Lächeln. »Du kannst es nicht.«

Und wie ich konnte. Sein Lächeln gab mir den Rest. Ich nahm all meinen Mut zusammen und stieß zu.

Meine Erlösung.

Ich spürte, wie sich das Messer durch sein Fleisch bohrte, und ich verstärkte meinen Druck, während mein Puls ohrenbetäubend dröhnte.

Ich glaubte, in Ohnmacht zu fallen, als ich das warme Blut an meinen Händen spürte. Ich schaute auf in Alecs Gesicht, sein Blick war ungläubig nach unten auf die Klinge zwischen uns gerichtet und auf meine Hände, die von seinem Blut getränkt wurden. Ich sah nur schwarz. Blind stolperte ich rückwärts, und erst dann sah ich wieder etwas.

Alec starrte mich an. Geschockt, die Augen weit aufgerissen, tastete er nach dem Messer in seiner Brust. Als er die Hand wieder hob, war sie ebenfalls rot. Wie meine. Überall rot. Er stieß einen erstickten Schrei aus und beugte sich vornüber. Er griff nach dem Telefon, das auf seinem Nachttisch stand, doch was er sagte, hörte ich nicht. Ich hörte gar nichts.

Kraftlos ließ er den Hörer fallen und sackte auf dem Bett zusammen. Das Blut floss seine nackte Brust hinunter und tränkte das Laken. Alec rührte sich nicht mehr.

Ich hatte es getan.

Langsam sickerte es durch mein Bewusstsein. Ich bemerkte, dass ich wie erstarrt war. Dass sich mein Körper weigerte, auf etwas zu reagieren.

Mein erster Gedanke war: Ich würde Jeans Dolch doch nicht mitnehmen können.

Und dann rannte ich.

So langsam schaltete sich mein Gehirn wieder ein und sagte mir, dass ich nur diese eine Chance hatte. Ich musste jetzt schnell handeln. Ich musste rennen. Ich durfte nicht an den halbnackten, blutenden, verletzten, kalten Körper hinter mir denken, der mittlerweile *tot* war. Ich musste hier raus.

Als ich aus seinem Zimmer stürmte, stieß ich am Treppenabsatz auf Catya, die die Stufen hinuntergeeilt kam.

»Was ist passiert?«, schrie sie mit ihrer kindlichen Stimme. Ohne Erbarmen stieß ich sie so heftig zur Seite, dass sie mehrere Meter weit flog, doch ich verschwendete keinen Blick mehr an sie. Ich rannte zum Ausgang, und dann stieß ich schon wieder mit jemandem zusammen. Diesmal war es ein Mann, doch ich war so sehr mit anderen Dingen beschäftigt, dass ich ihn noch nicht einmal erkannte. Teilweise auch, weil mir zwischenzeitlich immer noch schwarz vor Augen wurde.

»Was ist hier los?«, brummte er und packte mich grob am Arm. Ich konnte ihn nicht wegstoßen. Doch ich durfte mich nicht wieder hineinzerren lassen! Ich musste hier weg!

Voller Verzweiflung bündelte ich eine Menge an Energie in meiner Hand und schickte Flammen meinen Arm hinauf. Sofort ließ mich der Mann los und schrie etwas, doch ich verstand ihn nicht mehr. Ein Hoch auf die Kräfte der Magie!

Ich war schneller draußen, als ich es registrierte. Erst als ich bereits am Waldrand war, bemerkte ich die dunklen Gewitterwolken am Himmel.

Ich traute mich nicht, stehen zu bleiben. Keine winzige Sekunde lang, aus Angst, hier zusammenzubrechen. Ich war so verwirrt, dass man dieses Gefühl nicht in Worte fassen und nicht auf Papier verewigen konnte.

Der Wald huschte an mir vorbei, doch ich nahm ihn kaum wahr. Erst als sich die Bäume wieder lichteten und ich feststellte, dass ich mich nicht verirrt hatte, wurde ich langsamer. Donner grollte, und erste Regentropfen fielen auf mich herab. Doch sie würden das Blut nicht von meinen Händen waschen können.

Ich sank am Rand des Schneehangs auf die Knie und blickte auf das Dorf hinab. Ich keuchte schwer, und all meine Gliedmaßen zitterten erbärmlich. Mein T-Shirt klebte nass an mir wie eine zweite Haut. Etwas schnürte mir die Kehle zu, und ich konnte mich nicht entscheiden, ob ich mich gleich übergeben oder in Tränen ausbrechen würde. Vielleicht hätte ich beides getan, wenn ich in diesem Moment nicht in ein Paar blaue Augen geblickt hätte. Unten zwischen den Häusern stand eine Gestalt, die ich überall und in jedem Zustand wiedererkannt hätte. Doch so plötzlich sie dort aufgetaucht war, war sie auch wieder verschwunden. Ich blinzelte, doch ich konnte keine Menschenseele mehr erkennen. Stattdessen hellte nun ein Blitz die dunklen Wolken auf und ließ mich zusammenfahren.

Fing ich schon wieder an, Gespenster zu sehen, oder … mir kam ein schrecklicher Gedanke. Es musste nicht Jeans Gestalt gewesen sein. Es war Eduardo.

Ehe ich mich versah, sprang ich wieder auf meine Beine und änderte den Plan. Ich würde nicht durch das Dorf laufen, um auf die andere Seite des Waldes zu kommen, dorthin, wo sich der See befand. Nein, ich würde außen herumgehen müssen, denn ich würde nicht riskieren, dem Prinzen über den Weg zu laufen. Vielleicht hatte mir mein Verstand nur einen bösen Streich gespielt, aber ich durfte im Moment kein Risiko eingehen. Ich war so weit gekommen, und ich war fest davon überzeugt, es nun auch nach Phoenicia zu schaffen. Dort würde ich Mai aufsuchen, ehe ich jemand anderen traf, und sie würde mir helfen, zurück in die Menschenwelt zu kommen. Ich würde dem ganzen Horror entkommen und ein normales Leben führen.

Das war der theoretische Teil.

Als ich mich auf den Weg zum See machte und einen Bogen um das Dorf schlug, bekam ich eine weitere Lektion erteilt: Theorie und Praxis waren zwei vollkommen unterschiedliche Dinge.

Es regnete mittlerweile in Strömen, und es war so kalt, dass ich fürchtete, das Wasser würde auf meiner Haut gefrieren. Ich rannte nicht mehr so besessen wie zuvor, da ich darauf achtgab, mich nicht zu verlaufen. Wenn man bereits mitten in einem Wald gewesen war, dann wusste man, wie gleich alles aussehen konnte. Baum für Baum ragte vor einem in die Höhe – eine Umdrehung zu viel, und man wusste nicht einmal mehr, aus welcher Richtung man gekommen war.

Ich dachte gerade, ich müsste den See bald erreicht haben, als ich plötzlich Schritte hinter mir hörte. Sie näherten sich rasch, und es waren viele. Als ich mich umdrehte, war es bereits zu spät. Eine Gruppe von Leuten – ich hatte nicht einmal mehr die Zeit, sie zu zählen – erschien zwischen den meterhohen Stämmen und dem Regenschleier. Eine Frau mit schwarzen, klitschnassen Haaren stürmte auf mich zu.

»*Du verlogene, miese Heuchlerin! Du Schlampe hast ihn umgebracht!*« Ich hatte nur noch Zeit, zu erkennen, dass es Arianna war, bevor sie ausholte und ihre geballte Faust in mein Gesicht krachte. Ich hatte nicht erwartet, dass sie so fest zuschlagen konnte.

Das war mein letzter Gedanke, bevor ich zu Boden sank.

12
Vielleicht

Das Erste, was ich spürte, war der Schmerz. Überall und doch nicht da. Ich kam mir vor, als würde ich auf Wolken gehen und doch bei jedem Schritt mit dem Kopf gegen eine Wand laufen. Erinnerungen kamen hoch, doch ich hatte keine Zeit, mich mit ihnen zu beschäftigen. Mir kam alles vor wie in einem Traum. Ich bemerkte zunehmend die Kälte und Nässe. Es fühlte sich an, als habe man meine Kleidung in Eiswasser getränkt, bevor man mir sie angezogen hatte.

Verwirrt kniff ich meine Augen fester zusammen, nur um sie dann zu öffnen. Zuerst sah ich lediglich eine weiße Zimmerdecke über mir, ich ließ meinen Blick seitlich schweifen und erschrak über das, was ich sah – oder wen.

Arianna, Jeff, Lane, Catya, sie waren alle da. Und alle sahen sie nicht erfreut aus. *Verdammt, es wäre besser, wenn ich die Augen wieder schließen würde.*

»Wir haben dir *vertraut.* Wir haben dich hier *aufgenommen.* Wir haben dir mehrmals den Arsch gerettet. Und das alles, obwohl du unser *Feind* bist.« Ariannas Worte verscheuchten den Gedanken, dass alles nur ein Traum sein könnte. Ein Kloß bildete sich in meinem Hals, und mein Herz zog sich unter der Wahrheit und Ariannas verletzenden Worten zusammen. Ich schaute sie an. Ich hatte sie noch nie so zornig gesehen. Und irgendwie verletzte es mich, wie wütend sie war, dass ich Alec umgebracht hatte, aber wie gleichgültig es ihr war, dass er doch unseren Jean getötet hatte. Sie hätte ihn schon längst dafür umbringen sollen, hatte es jedoch anscheinend nicht gekonnt. Sie hätte froh sein sollen, dass ich es für uns getan hatte.

»Es gibt wirklich keinen Grund mehr, dich noch am Leben zu lassen«, sagte sie und schüttelte den Kopf. In den Augen der anderen sah ich ihre Zustimmung. Was hatte ich auch erwartet? Ich hatte mich selbst an den Galgen gebracht, indem ich ihren Meister umgebracht hatte. Als ich an ihn dachte, tauchte sein Gesicht vor meinem inneren Auge auf, doch mir wurde keine Zeit gegeben, das Wissen zu verarbeiten, dass ich dieses Gesicht nie wieder sehen würde. Hätte ich mehr Zeit gehabt, dann hätte ich vielleicht gemerkt, dass mich dieses Wissen nicht mit Freude und Erleichterung füllte.

Doch es gab nicht genügend Zeit, um zu begreifen, denn ich hörte eine vertraute Stimme: »Natürlich gibt es noch einen Grund, sie am Leben zu lassen. Und der bin ich. Ich verbiete euch, sie umzubringen.«

Ich schrie auf, als ich sein Gesicht nicht nur in meinen Gedanken sah, sondern nur wenige Meter vor mir. Wahrhaftig stand er da an den Türrahmen gelehnt und schaute mich an. Ich setzte mich in dem Bett auf und rutschte zurück, bis sich mein Rücken gegen das Kopfende des Bettes presste.

Alecs Augen waren dunkel, genauso wie die Schatten in seinem bleichen Gesicht. Seine Schultern hingen herab, und er machte den Eindruck, als würde er jeden Moment zusammenbrechen. Um seine nackte Brust war ein Verband geschlungen. Er hielt seine rechte Hand in die Nähe seines Herzens … an die Stelle, an der ihn mein Dolch getroffen hatte.

In diesem Moment des blanken Schocks konnte ich mich beim besten Willen nicht entscheiden, was ich fühlen sollte. Tausende von Emotionen strömten durch mich hindurch, und viele davon wiedersprachen sich. Mir wurde schlecht von dem Chaos in meinem Kopf und in meinem Herzen.

»Überrascht?«, fragte er.

Ein erstickter Laut entwich meinen Lippen, ähnlich einem Wimmern.

»Meister, Sie sollten noch nicht aufstehen. Sie brauchen –«

»Ich treffe hier die Entscheidungen, Jeff!«, fuhr Alec ihn so zornig an, dass sich dieser sofort klein machte.

Auch ich wollte mich klein machen. »Ich dachte, du wärst tot«, hauchte ich, immer noch fassungslos. Obwohl in meinem Inneren ein Sturm von Gedanken und Gefühlen tobte, so stach ein Gedanke doch deutlich heraus: Er würde mir nie verzeihen, dass ich versucht hatte, ihn wirklich zu töten. Und es mir beinahe gelungen wäre.

»Nichts, was man nicht mit Blut und ein bisschen Magie wieder hinbiegen könnte«, antwortete Alec. »Ein Zentimeter weiter rechts und ich wäre auf der Stelle tot gewesen, doch so hatten die anderen noch genug Zeit, um mir zu Hilfe zu eilen und mich zu versorgen. In ein paar Tagen werde ich wieder ganz der Alte sein.« Sein Blick erkundete überaus gründlich jede Regung in meinem Gesicht. Ich war mir bewusst, dass ich ihn immer noch anstarrte, als hätte ich ein Gespenst gesehen. Am liebsten hätte ich meine Hand ausgestreckt, um seine Haut zu berühren, um mir hundertprozentig sicher zu sein, dass er – *er!* – tatsächlich hier vor mir stand.

Ich hatte den ganzen Zorn der Anti-Vampir-Gruppe auf mich gezogen und es dabei noch nicht einmal geschafft, deren Anführer umzulegen. Was war ich nur für eine Versagerin?

»Meister, was soll nun mit ihr geschehen? Sie hat es wirklich nicht verdient, hier weiter unter uns zu leben«, wagte es Arianna, sich wieder zu Wort zu melden. Als sie ihn anblickte, sah sie wirklich besorgt um ihn aus. Da kam mir ein anderer, schockierender Gedanke, so unvermittelt, dass ich die Luft anhalten musste: *Verdammte Scheiße, Arianna hat doch nichts mit Alec … oder etwa doch?*

Es waren drei Tage vergangen. Und ich lebte immer noch.

Alec hatte darauf bestanden, dass mir kein Haar gekrümmt wurde, stattdessen schloss er mich als seine Gefangene in meinem Gästezimmer ein. In dem Zimmer, das ich geglaubt hatte, nie wieder betreten zu müssen.

Ich wusste nicht, was mir lieber gewesen wäre: dass er mich umgebracht hätte oder mich hier bis in alle Ewigkeit gefangen hielt.

Ich hatte ihn seit jenem Tag, an dem er wie ein Gespenst von den Totgeglaubten auferstanden war, nicht mehr gesehen. Seine letzten Worte zu mir waren gewesen: »Glaube nicht, dass ich dich am Leben lasse, weil du mir irgendetwas bedeutest. Du bedeutest mir weniger als nichts, und dein Leben hast du nur meinem Egoismus zu verdanken.«

Ich hätte viel Zeit gehabt, über ihn oder seine Worte nachzudenken, doch ich war stets darum bemüht, es nicht zu tun. Ich mied es, an ihn zu denken und an die widersprüchlichen Gefühle über das Wissen, dass ich sein Blut nun doch nicht an meinen Händen kleben hatte. Natürlich hatte ich in meiner objektiven Betrachtung bemerkt, dass es aus Max' Mund viel zu leicht geklungen hatte, von hier zu verschwinden und meinen Frieden zu finden. Es war dumm und leichtsinnig von mir gewesen, es versuchen zu wollen. Ich würde nie wieder zu einem glücklichen und unbeschwerten Leben zurückkehren können.

Ich seufzte und stierte weiter durch das Fenster. Das Glas war von meinem Atem beschlagen, und ich konnte kaum etwas hinter der Scheibe erkennen, die von der anderen Seite mit Eiskristallen überzogen war. Doch der Nachmittagshimmel interessierte mich wenig, und auch die Schneelandschaft hätte genauso gut ein tiefer Ozean sein können.

Mein Blick war ins Leere gerichtet, doch in meinen Gedanken sah ich wieder das Gesicht meines ehemaligen Mentors. Ich hatte seine Stimme in den letzten drei Tagen nicht mehr gehört, und auch der Traum hatte sich von mir verabschiedet. Nicht dass ich dem nachtrauerte, aber es hinterließ dennoch eine Leere in mir, die ich füllen wollte.

Ich fragte mich, wieso ich so oft an ihn denken musste. Wie lange hatte ich ihn gekannt? Es konnten nicht mehr als drei Wochen gewesen sein, die ich in Phoenicia verbracht hatte. Und dennoch fühlte ich mich verpflichtet, ihn zu rächen. Wobei meine Schuldgefühle über seinen Tod nicht ganz unbeteiligt waren. *Verdammt.* Ich lehnte den Kopf an die kalte Scheibe und schloss meine Augen. Ich sollte aufhören, so oft an ihn zu denken. Aufhören, zu versuchen, mich an all die Momente gleichzeitig zu erinnern.

Und aufhören, mich zu fragen, was es war, das uns so verbunden hatte, dass ich am liebsten die Welt anhalten wollte.

Denn ohne ihn sollte sie sich nicht drehen.

Ein Klopfen riss mich aus meinen Gedanken. Erstaunt schaute ich auf die Uhr. Zweimal am Tag wurde mir von Julie oder Judy – ich konnte die beiden beim besten Willen immer noch nicht auseinanderhalten – das Essen gebracht. Damit ich nicht abhaute, stand meistens Jeff mit verschränkten Armen vor meiner Tür. Ich hatte nie versucht, an ihm vorbeizukommen.

»Ja?«, fragte ich unsicher, da ich mir ziemlich sicher war, dass dies nicht mein Nahrungslieferant war. Dafür war es noch viel zu früh.

Langsam bewegte sich die Türklinke herunter, und ich beobachtete vom Fenster aus, wie sich die Tür ebenso langsam öffnete. Und dann schlüpfte kein anderer als Alec in mein Zimmer.

Erschrocken riss ich die Augen auf und war eine Sekunde mit meinem rasenden Herzschlag überfordert.

Er schloss die Tür hinter sich und schaute mich an. Er sah um einiges besser aus als bei unserer letzten Begegnung – nur sein ernster Blick zeigte mir, dass er noch nicht ganz der Alte war. Er hatte mich noch nie so angeschaut, als ob er zu einer Beerdigung ginge.

Beerdigung. Mein Herz sackte mir in die Hose. *Meine* Beerdigung. Er hatte endlich eingesehen, dass es keinen Sinn mehr hatte, mich hierzubehalten. Und nun würde er das tun, was er schon vor Tagen mit mir hätte tun sollen.

Entschlossen straffte ich die Schultern und tastete mit der Hand zu der Kommode. Ich hatte mich darauf vorbereitet. Es war nur eine Frage der Zeit gewesen, bis er es mir mit barer Münze heimzahlen wollte.

»Ich werde nicht kampflos aufgeben!«, warnte ich ihn, ehe er auch nur ein Wort hatte sagen können, und griff nach der Schere. Einer der vielen Gegenstände, die ich mir als Waffe bereitgelegt hatte.

Alec schaffte es trotz des ernsten Gesichtsausdrucks, eine Augenbraue zu heben, als sei er immer wieder verwundert über meine trotzigen, voreiligen Reaktionen.

»Willst du wieder versuchen, mich zu erstechen?«, fragte er ungläubig und trat näher.

Meine Brust hob und senkte sich rascher mit jedem Schritt, den er tat. Trotzdem war ich mir bewusst, dass ich nicht zögern würde, ihn erneut zu attackieren.

»Einen Schritt näher, und ich werfe«, warnte ich. Der blonde Alcedo ignorierte es – und ich warf. Die Schere traf sogar seine Brust, prallte aber ab, ohne ihn verletzt zu haben, und fiel klirrend zu Boden. Ich griff nach dem Blumentopf, den ich bereitgestellt hatte, und warf ihn direkt hinterher. Alec blieb stehen und hob einen Arm, um seinen Kopf zu schützen. Das Gefäß prallte gegen Alecs Ellbogen, fiel zu Boden und zerbrach.

»Sag mal, hast du sie noch alle?«, schrie er, und nun war sein Gesicht rot vor Wut. Er schleuderte einen Zauber in meine Richtung, doch ich wehrte ihn gekonnt ab. Das erinnerte mich daran, dass auch ich noch zaubern konnte. Grinsend ließ ich

Flammen in seine Richtung schießen, doch allesamt prallten sie an seinem unsichtbaren Schild ab.

»Ich bin nicht gekommen, um dich umzubringen!«, rief er und fluchte, als er in Deckung vor den brennenden Büchern ging, die er mit dem Schutzschild nicht aufhalten konnte.

»Ja klar, erzähl das jemand anderem!« Ich machte einen Hechtsprung nach vorn und schnappte mir den Holzstuhl, um ihn ihm über den Kopf zu donnern. Das hatte ich schon immer mal tun wollen. Doch mit einer Handbewegung riss mir Alec den Stuhl aus den Händen, und wie von Geisterhand wurde er ans andere Ende des Zimmers geschleudert.

Ehe ich mich versah, vollführte Alec eine andere Handbewegung, und der Schreibtisch bewegte sich mit einem Ruck auf mich zu. Im nächsten Moment quetschte er mich schon an die Wand, sodass ich kaum noch Luft bekam.

Ich saß in der Falle.

Keuchend starrte ich über den Tisch hinweg zu Alec hinüber, der ziemlich fertig aussah, jetzt jedoch erleichtert die Arme vor der Brust verschränkte.

»Mit dir ist auch nichts einfach, oder?«, fragte er.

Ich presste meine Lippen wütend aufeinander und versuchte, mich gegen den Tisch zu stemmen, dessen Rand sich schmerzhaft in meinen Unterleib bohrte. »Ich werde mich von dir nicht umbringen lassen«, zischte ich nach mehreren Sekunden des Schweigens.

»Wie gut, dass ich nicht gekommen bin, um das zu tun. Obwohl alle meine Freunde es mir raten. Doch das, was ich mit dir vorhabe, wird dir bestimmt nicht besser gefallen.«

Mir ging die Luft aus. Ich wartete schweigend auf sein Urteil.

Er starrte mich aus seinen blauen Augen an und ließ die Zeit verstreichen, als würde er auf etwas warten. »Wir werden morgen aufbrechen. Zu Areus«, erklärte er dann. »Und du wirst mitkommen.«

Beinahe hätte ich gelacht. Alec wollte mich trotz allem mitnehmen, um gegen Areus zu kämpfen? Das war geradezu armselig.

»Areus ist offenbar auf der Suche nach dir, und wir werden dich ihm ausliefern. Als Friedensangebot oder als Tausch für ein paar Antworten – mal sehen.«

Der Wunsch nach Lachen erstickte im Keim, stattdessen wurde mir schlecht. Alec wollte mich ausliefern. Nun, das war alles andere als armselig.

»Ich habe nur noch eine Frage an dich, Nicita«, sagte er dann, und seine Stimme klang nun sanfter. »Wieso? Wieso du mich töten wolltest, weiß ich ja. Doch wieso hast du dich umbringen wollen?« Er öffnete noch einmal den Mund, als wolle er etwas hinzufügen, doch dann überlegte er es sich anders und beließ es dabei.

»Schieb den Tisch zurück«, presste ich statt einer Antwort hervor, da ich langsam wirklich befürchtete, er würde mich noch zweiteilen.

Er schüttelte den Kopf. »Antworte. Was bringt ein Mädchen wie dich dazu, ihr leichtes Leben aufzugeben?«

Leichtes Leben? Ich dachte, ich hörte nicht richtig. Aufgebracht funkelte ich ihn an. »Du weißt nichts von mir und meinem Leben!«, zischte ich.

»Du scheinst behütet aufgewachsen zu sein. Und ein paar Tage in Gefangenschaft lassen dich schon einknicken?« Er sah mich provozierend an. »Und der Prinz, den du rächen willst, nicht zu vergessen«, fügte er hinzu und zog es damit ins Lächerliche.

Seine Worte trafen mich. Machten mich wütend. Schnürten mir die Kehle zu, die sowieso schon zu wenig Luft bekam. »Du hast ja keine Ahnung!«, schrie ich. Wollte ihm am liebsten noch viel mehr entgegenbrüllen. »Ich und ein leichtes Leben? Sehe ich wirklich so aus? Dann kennst du mich kein bisschen!«

Er trat näher an den Tisch heran, der uns trennte. Legte seine Hände darauf und schaute mir in die Augen. »Was kann ein Mädchen wie du schon erlebt haben?«

Ich spürte, wie Tränen in meine Augen stiegen, und ich versuchte verzweifelt, sie fortzublinzeln. Ich wollte vor ihm nicht weinen.

»Ich wurde aus meiner Welt entführt, habe Abschied genommen von Personen, die ich liebe. Habe Magier bis zum Tode miteinander kämpfen sehen. Habe verunstaltete Leichen gesehen, bin verdammt noch mal selbst zum Tode verurteilt worden! Wurde so oft geschlagen und gefoltert, dass ich es nicht mehr zählen kann. Und das alles innerhalb eines verdammten Monats!«, presste ich heraus und wich seinem Blick keine Sekunde aus.

»Und das war der Grund für die Badewanne?«, hakte er nach, seine Gesichtszüge sichtlich verwirrt von den neuen Erkenntnissen aus meinem Lebenslauf.

Ich schüttelte den Kopf und presste meine Lippen zusammen. Im nächsten Moment spürte ich eine kühle Brise um mich herum. Ich erschauerte. Was war das?

»Wieso wolltest du dich umbringen?« Seine Stimme klang wie ein weit entferntes Echo.

Unwillkürlich dachte ich an jenen Tag zurück, als aus Alecs Mund der Name des Mörders gekommen und ich weggerannt war, anstatt ihn damals schon zu töten. Ich erinnerte mich auch wieder an Jeans Worte, die mich schließlich dazu gebracht hatten, kampflos in die Badewanne zu steigen. Es waren fast dieselben Worte, die mich vor drei Tagen dazu angestachelt hatten, meinen Plan in die Tat umzusetzen und mich meiner Rache endlich zu stellen.

Genauso plötzlich, wie all die Erinnerungen gekommen waren, verschwanden sie auch wieder. Die kalte Brise war ebenfalls fort, stattdessen keuchte ich laut, und Schweiß stand mir auf der Stirn.

»*Wegen dieses Volltrottels?*«, fragte Alec mit einer ungläubigen, schrillen Stimme, die mir in den Ohren wehtat. »Wegen der

Stimme eines toten Prinzen?« Plötzlich war Blondie sehr aufgebracht, ich hing schwer atmend über dem Tisch und beobachtete ihn. Ich konnte gerade noch begreifen, dass Alec in meine Gedanken eingedrungen war, aber zu mehr war ich nicht fähig.

Auf einmal verschwand der Druck gegen meinen Unterleib, und ich schnappte nach Luft. Ich fiel auf die Knie, als der Tisch von mir abrückte. »Wieso…«, ich schnappte nach Luft, »… hast du das getan?«

Doch als ich aufblickte, sah ich, dass er bereits hinausstürmte.

Als ich mich einigermaßen beruhigt hatte, blieb die Wut auf Alec zurück. Er hielt mich hier gefangen, tat mir weh, wollte mich als Geisel ausliefern und drang auch noch ohne Erlaubnis in meinen Kopf ein und las meine intimsten Gedanken und Gefühle.

Und nun war er weggerannt, und ich konnte ihn dafür noch nicht einmal bezahlen lassen. Ich fragte mich, wohin er wollte und wieso er mich so plötzlich unbeaufsichtigt ließ. Hatte er keine Angst, dass ich von hier abhauen würde?

Nun, dann war er sehr naiv, denn ich hatte nichts anderes mehr im Sinn, als ich aufstand und die geöffnete Tür vor mir sah. Ohne einen weiteren Moment zu zögern, rannte ich hinaus.

Doch ich kam nicht weit. Welch ein Wunder. Nach wenigen Metern bereits tauchte eine Gestalt wie aus dem Nichts vor mir auf, und ich lief in sie hinein. Gesicht traf Brust. Genauso gut hätte mein Gesicht auch auf Stahl treffen können.

Ich kniff schmerzerfüllt meine Augen zusammen und blickte hoch, um zu sehen, wer mir beinahe meine Nase gebrochen hatte. Ich war erstaunt, den Mann zu erblicken, der mir hier bis jetzt nur einmal begegnet war, dessen Anblick ich jedoch nicht vergessen hatte. Wenn ich mich recht erinnerte, war sein Name Damian …

»Na na na, wohin denn so eilig?«, höhnte er mit einer bitterkalten Stimme. Ich spürte, wie allein bei dem Klang das Blut in meinen Adern gefror. Seine Hand schloss sich um meinen nackten Arm, und ich wimmerte vor Schmerzen auf. Ohne Rücksicht zu nehmen, zog er mich zurück in das Zimmer, aus dem ich gekommen war, und setzte mich auf dem Bett ab.

»Alec will nur kurz etwas erledigen und wäre bestimmt traurig, wenn sein kleines verzogenes Feuermädchen in seiner Abwesenheit verschwindet.« Seine Hand wanderte meinen Arm hinunter, bis seine Finger die meinen umspielten. Mein Herz zog sich krampfhaft bei seinen Berührungen zusammen. Langsam hob er meine Hand zu seinem Mund, bis seine kühlen Lippen meine Haut streiften. In dem Moment begegneten sich unsere Blicke, und ich hielt die Luft an. In dieser Sekunde sah ich bei Damian das, was ich nie zuvor bei Alec gesehen hatte. Den eiskalten Blick eines Mörders, gepaart mit vollkommener Gleichgültigkeit.

Ich entriss ihm meine Hand und starrte ihn an. Unter seinen schwarzen Locken diese dunkelblauen Augen … ich erinnerte mich nur zu gut an den Abend, als wir uns zum ersten Mal begegnet waren. Es hatte sich absolut nichts an seiner gelangweilten Abneigung mir gegenüber geändert. »Damian … ich werde nicht hier sitzen bleiben und darauf warten …«, fing ich vorsichtig an, das Wort an ihn zu richten. Er schnaubte.

»*Damian?* Das ist doch nicht dein Ernst, spielen wir diese bescheuerten Spielchen immer noch?«

»Bitte?«, krächzte ich schwach und zuckte zurück. In seiner Gegenwart fühlte ich mich klein … und verletzlich … und irgendwie auch dumm.

»Mein Name ist nicht Damian.« Er verdrehte die Augen und lehnte sich zurück. Ich blickte verwirrt zu ihm hinauf, immer noch auf dem Bett sitzend, genau so, wie er mich abgelegt hatte.

»Ich heiße *Ilias.*«

Ich wollte widersprechen. Alec hatte sich als Ilias vorgestellt. Es wäre mir aufgefallen, wenn Damians Name auch Ilias gewesen wäre. Er … er hatte sich … nur falsch vorgestellt.

Damian sah, wie ich verstand, doch im Gegensatz zu Alec, der immer grinste, wenn mir zu spät ein Licht aufging, schüttelte Damian – Ilias – nur den Kopf.

13
Aufbruch

Ein lauter werdendes Stimmengewirr beanspruchte meine Aufmerksamkeit. Der Gedanke daran, dass ich Max versprochen hatte, bald zurückzukehren, ich jetzt aber nie wieder zurückkehren würde, glitt in den Hintergrund.

War Alec zurück?

Ich stand vom Bett auf und schlich zur Tür. Ilias hatte mir die silbernen Handschellen angelegt und die Zimmertür abgeschlossen, sodass ich schon glaubte, ich müsse hier bis zum nächsten Tag warten, an dem wir meinen Todesmarsch antreten würden.

Nachdem ich mein Ohr an die Tür gelegt hatte, konnte ich hören, was da unten vor sich ging. Alec war offensichtlich zurückgekehrt … verletzt. Ich runzelte die Stirn und versuchte, herauszuhören, warum was passiert war, doch ich wurde aus dem Gerede nicht schlau. Schon bald verloren sich die Stimmen, und es wurde ruhig im Haus. Die Minuten verstrichen. Ich vermutete, Alec hatte alle Anwesenden fortgeschickt, so still, wie es auf einmal war.

Toll, und was soll ich jetzt den ganzen Abend machen? Darauf warten, dass die Nacht hereinbrach, der Morgen graute und wir uns irgendwann auf den Weg zu Areus machen würden? Ob Areus mich töten würde, wenn sie mich ihm auslieferten?

Frustriert kehrte ich zu meinem Bett zurück und warf mich rücklings in die Kissen. Starrte nachdenklich an die Zimmerdecke. Ich musste hier irgendwie herauskommen. Unmöglich konnte ich tatenlos bis morgen warten. Meine Rache hatte zwar nicht funktioniert, doch seit ich Max wiedergesehen hatte, waren alle Lebensgeister in mir erwacht und bereit zu kämpfen. Für meine Freiheit zu kämpfen.

Da ich die Handschellen trug, konnte ich nicht zaubern. Aber vielleicht würde es mir ja auch anders gelingen, die Tür zu öffnen oder das Fenster einzuschlagen. Das war mir schließlich schon einmal geglückt. Ich setzte mich entschlossen auf und sah mich um.

Ich bezweifelte, dass ich etwas von den schweren Gegenständen wie dem Schreibtisch hochheben könnte, um damit gegen das Fenster zu rennen. Was würde überhaupt eher nachgeben? Glas oder die Tür? Mein Blick wanderte über die Kommode, auf der einige Sachen lagen, die ich von den Zofen bekommen hatte. Haarbürste, Deo und so ein Zeug. Unter anderem auch Zopfgummis und Haarnadeln, die ich jetzt für meine kürzeren Haare nicht mehr brauchte. Ich musste grinsen, sprang auf und trat an die Kommode. Vielleicht könnte ich versuchen, das Schloss mit einer Haarnadel zu öffnen. Ich hatte so etwas zwar noch nie gemacht, doch gehört hatte ich davon.

Entschlossen machte ich mich ans Werk, musste jedoch nach einer Weile einsehen, dass mein Herumfummeln mit der Haarnadel in dem Schloss nichts brachte. Mein Fluchtplan taugte nichts. Wütend hämmerte ich gegen die Tür, bis meine Hände schmerzten.

Auf einmal hörte ich Schritte auf der anderen Seite der Tür. Ich hielt die Luft an. Die Schritte näherten sich. Dann hörte ich, wie sich der Schlüssel im Schloss drehte.

Rasch wich ich von der Tür zurück. Sie schwang auf, und ich starrte Alec wortlos an.

»Wenn du so laut bist, kann ich nicht entspannen«, meinte er. Er lallte ein wenig, und Augenblicke später sah ich das Glas in seiner Hand, gefüllt mit einer braunen Flüssigkeit.

»Du trinkst?«, fragte ich unnötigerweise.

»Ich *be*trinke mich«, korrigierte er und prostete mir zu. Irritiert runzelte ich die Stirn. *Okay, mir egal.* Sollte ich jetzt versuchen, ihn zu überrumpeln und zu fliehen? Plötzlich fielen mir weitere Dinge an ihm auf. Schnittwunden auf seinen Armen, eine geplatzte Lippe und ein blaues Auge.

Schockiert öffnete ich den Mund. *Was zur Hölle ist geschehen?*

»Warum trinkst du?«, fragte ich vorsichtig und schluckte. Da ich wirklich wissen wollte, was passiert war, musste ich mich vorsichtig herantasten und meine Wut auf diesen Mann für einige Augenblicke zügeln.

»Du bist immer so neugierig – das gefällt mir.«

Okaay. »Warum trinkst du?«, wiederholte ich meine Frage.

»Hm«, er schürzte die Lippen. »Ich wurde vor ein paar Tagen beinahe umgebracht. Morgen breche ich auf zu dem gefürchtetsten Vampir und Magier der Welt und hm, ich hatte heute einen blöden Tag.« Er nahm noch einen Schluck, und seine Augen funkelten mich spielerisch an.

So, er war also in Spiellaune. »Gib mir auch einen Schluck«, forderte ich.

Er presste das Glas an seine Brust, als würde er es vor mir beschützen wollen. »Meiner Einschätzung nach bist du noch zu jung dafür«, sagte er und legte den Kopf schief. Die Art, wie er mich intensiv musterte, gefiel mir nicht, und ich errötete. Seine Einschätzung war richtig, doch es erschien mir unnötig, irgendwelche Altersfreigaben aus meiner menschlichen Zeit hierhin nach Alcedia zu übertragen. Welcher Teenager wurde schließlich gefoltert und gefangen gehalten?

»Ich hatte zwei blöde Wochen«, sagte ich und verspürte mittlerweile wirklich den Wunsch, etwas zu trinken und mich damit vielleicht von allem abzulenken. Es schien eine gängige Methode zur Bewältigung von negativen Erlebnissen zu sein.

»Hm«, machte Alec wieder und quetschte sich dann plötzlich an mir vorbei in das Zimmer. Ging hinüber zu dem Bett und setzte sich. »Hast du denn schon mal getrunken?«, fragte er.

Ich war zu beschäftigt damit, abzuwägen, ob ich jetzt durch die offene Tür rennen sollte oder nicht. Obwohl Alec offensichtlich angetrunken war, wusste ich nicht, wie schnell er mich einholen könnte.

»Ähm, nur ein wenig Sekt und Bier«, antwortete ich und blieb unschlüssig an der Tür stehen. Ich blickte zu Blondie hinüber. Er saß unschuldig auf meinem Bett, war körperlich verletzt und geistig nicht mehr voll zurechnungsfähig, schaute mich mit großen blauen Augen an. Wenn ich ihn jemals bekämpfen konnte, dann in diesem Moment. Doch dies wäre nicht fair gewesen. *Na ja, ihn morgens aus dem Schlaf zu reißen und mit einem Dolch zu begrüßen, war auch nicht besser.* Seufzend ging ich zu ihm hinüber. Ich wusste einfach, dass es nichts bringen würde, jetzt zu fliehen.

Er lächelte mich an, und das irritierte mich sehr. Vielleicht war es gefährlicher, hier bei ihm im Zimmer zu bleiben, als zu fliehen.

»Du hast recht«, sagte er plötzlich. Ich stand immer noch vor dem Bett mitten im Zimmer. Es widerstrebte mir, mich neben ihm aufs Bett zu setzen. Und der Stuhl, der als einzige andere Sitzmöglichkeit infrage gekommen wäre, war heute früh bei unserem letzten Kampf an der Wand in tausend Stücke zersplittert. Na gut, eigentlich nur in fünf, doch draufsetzen konnte ich mich trotzdem nicht mehr.

»Wenn es jemand verdient hat, sich zu betrinken, dann du«, sagte er überraschenderweise.

»Danke«, erwiderte ich irritiert und nahm ihm das Glas ab, das er mir hinhielt. Zögerlich nahm ich einen Schluck. Bitter und brennend rann die Flüssigkeit meine Kehle hinab. Widerlich. Mein Verstand versuchte mir gerade zu erklären, dass es mir in meiner Situation nicht helfen würde, jetzt zu trinken, und dass das alles ziemlich übel enden könnte, doch ich hatte in dem Moment keine Lust, auf meine Vernunft zu hören, und nahm noch einen großen Schluck.

Mehrere Stunden später ging es mir schon viel besser. Ich wusste nicht, wie viel Zeit vergangen war, doch aus meinem Fenster stach uns tiefste Nacht entgegen. Der Sternenhimmel beobachtete uns – einen betrunkenen Alcedo und ein betrunkenes Feuermädchen. Irgendwie fand ich das lustig und musste lachen. Mittlerweile saß ich doch mit Alec auf dem Bett – natürlich am anderen Ende. Er hatte noch mehr Alkohol hochgeholt, und wir versuchten beide, zu vergessen, in was für einer Situation wir uns befanden.

»Warum lachst du?«, fragte er.

»Gibst du all deinen Gefangenen Alkohol?«

»Ich nehme nicht oft Gefangene.«

»Aber Ilias bestimmt.« Ich musste wieder lachen. »Hat er seinen Schatz eigentlich gefunden?« Ich hatte schon fast vergessen, dass ich ihm zwei Teile einer *Schatz*karte gegeben hatte. Würde er den Fund wohl mit mir teilen? Ich bezweifelte es. Trotzdem war ich neugierig darauf, was dieser Schatz sein konnte, dass er ihn unbedingt haben wollte. An Geld schien es den Vampiren hier nun wirklich nicht zu mangeln.

»Nein, hat er nicht.«

Schade. »Wie viele Kartenstücke hat er denn schon?«

»Nur deine beiden.«

»Waaas?«, fragte ich verwundert und verzog mein Gesicht. »Wenn er vorher noch keine hatte, woher wusste er überhaupt von einem Schatz?«

»Es kursieren schon seit über zehn Jahren Gerüchte über diesen Schatz. Denen ist er bisher gefolgt, bis uns Arianna mitteilte, dass sie denkt, du habest ein Kartenstück.«

Ich verzog skeptisch meinen Mund. Das ergab keinen Sinn. Und warum mischte sich Arianna überhaupt überall ein? Woher wusste sie das immer alles?

»Und woher hattest du die beiden Kartenteile?«, fragte er und streckte sich bäuchlings auf dem Bett aus. Stützte seinen Kopf in seine Hand, während sein Blick auf mir ruhte.

Ich wich automatisch weiter ans Kopfende zurück. Seine Nähe und sein Blick machten mich nervös.

»Ähm, ich habe einen Teil in Phoenicia gefunden und den anderen im Schloss von Alcedia«, antwortete ich zögerlich. Ich wusste selbst nicht, woher der Schnipsel im Kerker von Alcedia gekommen war. Meine Vermutung war gewesen, dass eine gewisse Arianna damit zu tun haben musste. Aber warum steckte sie mir die Karte zu, nur um danach Alec zu erzählen, ich hätte sie? Diese Frau brachte mich noch um den Verstand. Ich wollte nicht an sie denken.

»Und was ist das für ein Schatz?«, fragte ich.

»Das weiß keiner. Aber unter Magiern erzählt man sich, dass der Finder nicht nur mit Reichtum, sondern auch mit einer ungeheuren Macht überschüttet werden würde.«

»Hm«, machte ich wenig überzeugt. Einem Schatz nachzujagen, der nichts weiter als ein Mythos war und von dem keiner wusste, wo er versteckt war, erschien mir als ziemlich unsinnige Beschäftigung.

Alec seufzte und drehte sich auf den Rücken. Er schaute hoch an die Zimmerdecke, und ich studierte sein bleiches, zartes Gesicht. Er war hübsch, das konnte man nicht abstreiten.

»Wird Areus mich umbringen?«, frage ich ihn unvermittelt.

Er presste seine Lippen aufeinander und blinzelte noch eine Weile stumm die Decke an, bevor er mir antwortete. »Ich weiß es nicht.«

»Hm«, machte ich wieder und lehnte meinen Kopf gegen die Wand hinter mir. Das waren ja nicht so tolle Aussichten.

Ich nahm noch einen Schluck, da ich wieder lachen wollte, anstatt Trübsal zu blasen.

Minuten später erfreute ich mich an der Wirkung wie ein kleines Kind. Am liebsten wollte ich aufspringen, tanzen oder nach draußen in die sternenklare Nacht rennen. Vielleicht einen Schneemann bauen? Ich hatte das bisher nur in Filmen gesehen.

Entschlossen sprang ich vom Bett auf, und alles drehte sich.

Ich brauchte ein wenig, um wieder klar sehen zu können, und mein Blick fiel auf Blondie, der mich seltsam musterte. Hatte ich meine Gedanken etwa laut ausgesprochen? Das mit dem Schneemann? Nein, das hätte ich gewusst. Blondie sah mich also aus einem anderen Grund so seltsam an und zog eine Augenbraue hoch.

»Mach was mit mir«, sagte ich.

Seine Augenbrauen wanderten noch höher.

»Mach was Lustiges mit mir«, ergänzte ich, damit es sich nicht so zweideutig anhörte. Wir konnten am nächsten Tag schließlich schon in unseren Tod reiten!

Plötzlich setzte sich Alec auf. Er sah ganz und gar nicht so aus, als würde er etwas Lustiges mit mir machen wollen, und ich zog einen Schmollmund.

»Du wolltest mich wirklich töten, oder?«, fragte er.

Ich schluckte. Diese Frage brachte mich vollkommen aus dem Konzept. Ich wollte sie nicht beantworten. Er verstand nicht, wie viel mir Jean bedeutet hatte und dass ich durch meine Rache meinen Frieden wiederhaben wollte. Wenn ich schon nicht die Zeit zurückdrehen konnte.

»Wenn du mir sagst, wo du heute warst und wer dich verletzt hat, dann sag ich es dir.« Trotzig verschränkte ich meine Arme vor der Brust. Das war nur fair, und ich wusste bereits, dass er mir darauf nicht antworten würde. Ich hatte das in den letzten paar Stunden schon mehr als einmal gefragt, und immer wieder war er der Frage ausgewichen. Ich vermutete, er habe sich mit einem Vampir von Areus' Armee angelegt, doch hatte Alec ihm aufgelauert, oder hatte man ihn attackiert? Sah der andere Alcedo genauso zugerichtet aus, oder war er gar tot?

Meine Neugierde wurde nicht befriedigt. Stattdessen stand Alec auf. Er nahm unsere Gläser und den restlichen Alkohol mit und ging zur Tür. Ich wollte nicht, dass er ging. Ich wollte meine womöglich letzte Nacht, in der ich lebte, nicht allein verbringen. Doch ich hielt ihn nicht auf. Das hätte seltsam gewirkt.

Er drehte sich noch einmal zu mir um, bevor er ging. »Ich hoffe, Areus tötet dich nicht.«

Am nächsten Morgen erwachte ich mit höllischen Kopfschmerzen. Ich wälzte mich stöhnend in dem Bett und öffnete vorsichtig die Augen. Obwohl die Sonne hier in Alcedia nie besonders kräftig schien, war es bereits zu hell für meine Augen. Ich schloss sie wieder und griff nach einem Kissen, unter dem ich meinen Kopf vergrub. Mir war übel. Toll. Warum hatte ich mich gestern Nacht noch mal von diesem Alcedo abfüllen lassen?

Verdammt, ich hatte doch gewusst, dass das eine dumme Idee gewesen war. Ich hatte mich mit ihm unterhalten, als wären wir Freunde und nicht welche, die sich bereits gegenseitig versucht hatten, umzubringen.

Ich war wütend auf mich selbst. Ich hatte hier in diesem Bett mit dem Mann gesessen, der Jean umgebracht hatte!

Ich stieß einen Schrei aus und schleuderte das Kissen von mir, warf auch die Decke weg, um meiner Verzweiflung Luft zu machen. Ich wollte auf irgendetwas einschlagen. Am liebsten auf Alec.

Knurrend und brummend stand ich vom Bett auf und ging hinüber zum Fenster. Der Sonnenstand verriet mir das, was ich wissen wollte: Ich hatte länger geschlafen als gedacht, und es war bereits später Nachmittag. Anhand meines Hungergefühls hätte ich diese Erkenntnis ebenfalls treffen können.

Ich rieb mir erschöpft die Schläfen und hoffte, die beiden Mädchen würden kommen, um mir einen Gang ins Bad zu ermöglichen. Und mir Essen zu bringen.

Ich zog gerade frische Klamotten an und bürstete meine Haare, als mein Wunsch erfüllt wurde.

Judy und Julie kamen zögerlich herein. Und sie hatten ein Tablett mit Essen dabei! Mein Magen knurrte als Zeichen seiner Dankbarkeit.

»Miss, Sie haben nicht mehr viel Zeit. Ich kann Sie ins Bad begleiten. Der Meister sagt, dass wir in einer Stunde aufbrechen.«

Sofort verschwand meine eben noch verspürte Freude über das Essen. Mein Herz sackte mehrere Meter tief, und ich brauchte etwas Zeit, bis ich mich wieder gefangen hatte. In einer Stunde würden wir aufbrechen. Ich war nicht fähig, irgendetwas zu empfinden. Ich fühlte mich hohl.

Ich hatte mich frisch gemacht, meinen Hunger gestillt und meine Übelkeit besiegt. Regungslos saß ich auf der Bettkante in meinem Zimmer und wartete auf die anderen. Ich hörte, wie sie sich im Haus fertigmachten, erkannte mehrere bekannte Stimmen, auf die ich mich gar nicht freute, und bekam mit, wie alle ihre Sachen packten.

Wir würden jetzt aufbrechen.

Bald darauf hörte ich Schritte die Treppe hochkommen. Bestimmt Alec, der mich abholen wollte.

Plötzlich unterbrach ihn eine kühle Stimme. Ilias hatte in jeder Situation denselben Tonfall, frei von allen möglichen Gefühlen. »Alec, komm mal her.«

Alecs Schritte änderten die Richtung. »Was gibt's«?«, fragte er in einem Flüstern.

»Du verwöhnst sie. Du sollst damit aufhören. Sie ist eine nichtsnutzige Gefangene, mehr nicht.«

Ich hielt gespannt die Luft an. Das Blut rauschte mir in den Ohren. *Wenn Ilias wüsste, dass Alec gestern Nacht mit mir getrunken hat …*

Alecs Antwort erfolgte nach mehreren Sekunden. »Natürlich, das weiß ich.«

»Findest du sie hübsch?«

»*Was?*«

»Gut. Ich habe mir nur Sorgen gemacht.«

»Ilias …« Alec klang wütend. »Du kannst damit aufhören. Sie wird bereits morgen tot sein. Und das ist auch gut so. Ich finde sie weder nett noch hübsch.« *Autsch.*

»Auch nicht ihren Körper?«

Ich hielt die Luft an. Mit jeder Sekunde, die verstrich, klopfte mein Herz schneller.

»Ariannas Körper ist ansprechend, nicht der des Feuermädchens. Wenn das alles jedoch darauf hinausläuft, dass du … sie einmal borgen möchtest … dann nur zu.«

Ich schluckte und merkte, wie verkrampft ich war. Ich hätte nicht zuhören sollen. Er würde mich Ilias doch nicht wirklich ausliefern, oder?

»Oh nein, danke. Dafür müsstest du ihr wenigstens die Haare blond oder schwarz färben.«

Alec lachte. »Ja, da hast du recht. Rote Haare …« Ich konnte mir vorstellen, wie er belustigt seinen Kopf schüttelte, während ich meine Hände zu Fäusten ballte.

Ich war nie eingebildet gewesen, doch trotzdem hatte ich mich daran gewöhnt, als hübsch empfunden zu werden. Nie hatte ich daran gedacht, dass rote Haare als Makel empfunden werden konnten. Doch das war unter Alcedos nur verständlich.

Ich drehte mich von der Tür weg und ging ein paar Schritte, um mich zu beruhigen. Wieso war ich so aufgewühlt? Ich war doch nur gerade von zwei attraktiven Männern aufs Äußerste kritisiert und als hässlich abgestempelt worden. Von zwei

Männern, die über meinen Tod redeten wie über ihre nächste Mahlzeit.

Schnaubend setzte ich mich wieder auf das Bett und stierte wütend zur Tür, durch die gleich *Mr. Blond und Perfekt* hereinkommen würde.

Augenblicke später geschah eben dies, und ich strafte ihn mit verächtlichen Blicken. Sein Bluterguss im Gesicht hatte sich verdunkelt, und er sah immer noch ziemlich übel zugerichtet aus.

»Wir brechen auf«, sagte er und konnte mich kaum ansehen. Er wich meinen Blicken aus. Ich schnaubte erneut und verließ widerwillig mit ihm den Raum.

Wir ritten nun schon seit mehreren Stunden. Die Sonne war bereits beinahe untergegangen. Ich hatte es immer gehasst, zu reiten, und ich war auch nie ein Pferdefan gewesen. Dieses ständige Auf und Ab gefiel mir nicht, ebenso wenig wie die Schnelligkeit und die Höhe, in der wir saßen. Noch weniger allerdings gefiel mir, dass Alec und ich uns ein Pferd teilten, ich also vor ihm saß und seinem Körper stundenlang äußerst nah war. So fürchtete ich, jeden Moment zu erfrieren – besonders, da ich dank der Handschellen nicht mehr in der Lage war, mich magisch vor der Kälte zu schützen, wie ich es sonst immer getan hatte.

Die meiste Zeit ritten wir in Schweigen, und auch ich hatte seit dem ›Gespräch‹ mit Alec vergangene Nacht kein Wort mehr gesagt. Oh, natürlich hatte ich schon mehrmals den Mund öffnen wollen. Ich hatte schließlich Tausende von Fragen, angefangen dabei, wohin wir ritten und wie lange wir brauchen würden. Außerdem wollte ich Alec zur Rede zu stellen, was er an Ariannas Körper schöner fand als meinen. Und ob er mir nun wirklich den Tod wünschte, weil gestern Nacht hatte er noch etwas anderes gesagt!

Ich hatte selten in meinem Leben länger als eine Stunde schweigen können, deswegen fragte ich, als wir abstiegen, um eine Pause einzulegen: »Wieso können wir uns nicht einfach teleportieren?«

Fünfzehn Augenpaare richteten sich auf mich. Mehr als die Hälfte wandte sich jedoch fast sofort wieder ab, und die Alcedos bauten weiter ihre Zelte auf oder halfen beim Lagerfeuer.

Um ehrlich zu sein, hatte ich auch nicht mit einer Antwort gerechnet. Und wenn, dann am ehesten von Alec. Doch überraschenderweise antwortete mir diesmal nicht er, sondern Arianna. Sie hatte anscheinend ihre Wut darüber verloren, dass ich Alec fast umgebracht hatte, und hatte sich entschieden, wieder ihre freundliche Art mit mir durchzuziehen.

»Das ganze Gegend um sein Quartier herum ist gesichert, außerdem würde er uns spüren, wenn wir auch nur in die Nähe seines Gebietes teleportieren würden.«

»Ach so«, murmelte ich und setzte mich auf einen Baumstamm neben dem Feuer. Die anderen saßen nur am Feuer, um Brot und Würstchen zu rösten, doch ich lechzte nach ein wenig Wärme. Ich beobachtete, wie Alec Arianna einen bösen Blick zuwarf. Gefiel ihm nicht, dass sie mir antwortete, oder gab es etwa Streit im Paradies? Ariannas Gesichtszüge verhärteten sich ebenfalls, als sie beobachtete, wie Alec es sich am Feuer bequem machte. Erstaunt sah ich ihn an und runzelte die Stirn über seine zusammengekniffenen Lippen. Es war nicht zu übersehen, dass zwischen ihm und Arianna etwas vorging. Auch während unseres Rittes hatten die beiden kein Wort miteinander gesprochen.

Ich hielt meine Arme in die Flammen und beobachtete die anderen Alcedos um mich herum. Viele davon hatte ich noch nie gesehen. Alec hatte sie nur für diese Mission aus der Menschenwelt geholt. Wir waren nun zehn Vampire, drei normale Alcedos, Catya als menschlicher Vampir, Alec natürlich – und ich, das Feuermädchen. Eine große und starke Gruppe, doch irgendwie bezweifelte ich, dass wir es mit Areus aufnehmen konnten. Unter der Vampirarmee, die er angeblich aufbaute, stellte ich mir um die hundert blutdurstige Vampire vor. Und dann natürlich Areus selbst, von dem alle mit Schrecken sprachen.

»Wieso ist Areus eigentlich so gefürchtet? Was macht ihn so besonders, dass er der König der Unterwelt wurde? Ist er königlichen Blutes?«, fragte ich.

Zu meiner Überraschung fing Jeff an zu lachen. Er war der Letzte, von dem ich mir eine Reaktion auf meine Worte erwartet hatte. »Du hast es ihr noch nicht erzählt, Alec?«

»Nein«, seufzte dieser und ließ sich neben mir nieder. Ich rutschte instinktiv zur Seite, stellte dann erschrocken fest, dass auf der anderen Seite Ilias saß, und rutschte blitzschnell wieder zu Alec.

»Er ist die mächtigste Person, von der ich je gehört habe … Und nein, dabei ist er noch nicht einmal königlich. Keiner weiß, wie er es geschafft hat, aber er hat zwei Talente, von denen andere Alcedos nur zu träumen wagen. Unsterblichkeit und die Kraft der Zeit.«

Er machte eine dramatische Pause, und obwohl alle übrigen Anwesenden die Geschichten über Areus nur allzu gut kannten, lauschte jeder gebannt seinen Worten.

»Du weißt vielleicht, dass königliche Alcedos und auch Phoenixe nur sehr langsam altern. Viele werden bis zu zweihundert Jahre alt.«

Ich runzelte die Stirn. Meinem Wissensstand nach wurden Könige nur hundertfünfzig, doch ich ließ Alec weitererzählen.

»Wenn ein König etwa hundert Jahre alt ist, sieht er vielleicht aus wie fünfzig. Der Grund dafür ist, dass Macht uns jung hält. Je mächtiger wir sind, desto langsamer altern wir. Die Könige sollten demnach am mächtigsten sein … Nur Areus ist da eine Ausnahme. Er ist bestimmt schon weit über hundert Jahre alt, doch er sieht immer noch aus wie Ende zwanzig.«

Alec gab mir Zeit, die Information zu verdauen und mich an Areus' Gesicht zu erinnern. Er war nicht so jung wie Alec, doch hätte mir jemand gesagt, dass er bereits über hundert war …

»Es gibt Aufzeichnungen, die über tausend Jahre alt sind, und laut denen gab es schon einige Alcedos, die versucht hatten, in Macht zu baden. Ganze Länder wurden von den Vampiren ausgerottet, doch letztendlich starben sie selbst, weil die Macht sie von innen zerfraß. Es gab keinen der normalen Alcedos, der je so viel Macht wie die Könige erreichen konnte – geschweige denn mehr –, ohne daran zugrunde zu gehen.

Dasselbe gilt für die Kraft der Zeit. Uralte Bücher sprechen von dieser Art der Magie, doch niemand hatte in den letzten Jahrhunderten den Schlüssel dazu gefunden. Viele glaubten, er liege ebenfalls in der Menge der Macht … sie alle sind gestorben.

Vielleicht ist es den Alcedos einfach nicht zugeschrieben, diese Macht zu besitzen, genauso wie die Magie der Verwandlung. Wir sind erbärmliche Gestaltenwandler im Gegensatz zu Phönixen. Dafür sind wir jedoch Experten in Teleportation und Unsichtbarkeit. Diese Talente haben die Phönixe vollkommen verlernt, oder ihre Anwendung ist in Vergessenheit geraten. Viele Alcedos sind heute der Meinung, dass auch die Magie der Zeit einfach irgendwie verschollen ist … Es gibt nur die Gerüchte über Areus, die das Gegenteil behaupten. Ich selbst habe ihn jedoch noch nie mit dieser Macht kämpfen sehen.«

Als Alec fertig war, war ich bestürzt. Ich hatte Areus allein im Wald gegenübergestanden, und ich hatte mehr als Glück gehabt, einem derart mächtigen Mann unbeschadet entkommen zu sein! Und nun würde ich ihm morgen noch einmal gegenüberstehen, und diesmal würde mir keiner helfen. Nein, alle würden mich ihm absichtlich vorwerfen, wie einen Köder. Einem Mann, der mächtiger war als alle Könige der magischen Welt.

Nun konnte ich zumindest verstehen, wieso sich die Anti-Vampir-Organisation bis jetzt nie getraut hatte, ihm die Stirn zu bieten.

Ich sinnierte mehrere Minuten darüber, was man mit Magie der Zeit wohl alles anstellen könnte, während die anderen Alcedos langsam aufstanden und sich in Grüppchen teilten. Die ersten holten ihre Schlafsachen heraus und legten sich zur Ruhe.

Als Alec das nächste Mal das Wort an mich richtete, saß keiner mehr am Lagerfeuer, die meisten befanden sich in ihren Zelten oder schliefen in Schlafsäcken auf dem Meer aus Schnee. Es war bereits tiefste Nacht, und das Feuer war schon längst heruntergebrannt.

»Du musst unglaublich frieren«, stellte er leise fest, um niemanden zu wecken.

Es gehörte keine große Beobachtungsgabe dazu, das festzustellen. Ich hätte mir noch nicht einmal Lippenstift nachziehen können, so stark zitterte ich, und ganz blau musste ich mittlerweile auch schon angelaufen sein. Es war ein Wunder, dass ich noch nicht angefangen hatte zu quengeln, wie ich es sonst immer so schnell tat.

Er stand auf, und wenige Sekunden später kam er mit einem dicken Pelz zurück, den er mir über die Schultern legte. Er war kuschelig und groß – doch besonders helfen tat er mir auch nicht.

»Mach die Handschellen auf, und ich kann mich selbst wärmen«, erwiderte ich trocken, anstatt mich zu bedanken.

»Du weißt, dass ich das nicht kann.« Stattdessen stand er auf und holte ein paar neue Scheite, die er auf die Feuerstelle warf. Für mich wäre es ein Leichtes, sie anzuzünden, Alec hingegen brauchte mehrere Streichhölzer und Anzündwürfel. Knisternd und zischend loderte das Feuer schließlich auf. Funken sprühten uns entgegen, vor denen Alec hastig zurückwich.

Wir schwiegen wieder, und ich starrte in die Flammen. Der Rauch vernebelte meine Sicht.

»Ich will darüber hinwegsehen, dass du mich umbringen wolltest, aber wieso kannst du nicht darüber hinwegsehen, dass ich Jean umgebracht habe?«

»Ich hatte einen guten Grund, dich umbringen zu wollen«, zischte ich. »Ich habe dir nie gesagt, dass du darüber hinwegsehen musst. Von mir aus kannst du mich dafür hassen, aber verlange nicht, dass ich meinen Hass für dich aufgebe, nur weil du immer wieder mal nett zu mir bist!«

Alec schaute sich besorgt um, und auch ich tat es ihm mit einem leicht schlechten Gewissen gleich. Es musste nicht jeder hier gleich aufwachen, nur weil ich Alec mal wieder sagen wollte, wie sehr ich ihn hasste.

»Ich versuche nur, dir die Wahrheit zu sagen. Ich finde, man sollte immer die Wahrheit kennen, egal wie sehr sie einen verletzen kann.«

»Steck dir deine weisen Sprüche sonst wohin«, murmelte ich.

»Wenn du mich ansiehst, siehst du dann ein Monster in mir? Etwas, das willkürlich und ohne Grund tötet?«

Ich schaute wütend zu ihm herüber. »Dein Grund, ihn umzubringen, ist aus deiner Sicht vielleicht gerechtfertigt, aber *ich* bin nicht auf eurer, sondern auf der Seite der Guten!«

Er rückte ein Stück weiter an mich heran. »Wieso bist du der festen Überzeugung, dass du zu den Guten gehörst? Wer hat entschieden, dass die Alcedos die Bösen sind? Wir haben unschuldige Kinder und Frauen und Leute, die gegen die Vampire kämpfen. Was macht uns böse, Nicita?« Seine Stimme war eindringlich und doch sanft. Er beugte sich zu mir herab, und ich starrte ihn sprachlos an. Auf solche Fragen konnte man einfach keine Antworten geben. Das war unfair.

»Und wieso bist du der Meinung, dass Jean der Gute war? Er war doch auch nur ein Alcedo. Und er war sogar noch ein Vampir. Er hat dich mehrmals angelogen. Wäre er ach so gut und unschuldig, wieso hat er dir dann das Leben so schwer gemacht? Wieso hat er dir nicht das erzählt, was du wissen wolltest? Wozu du ein Recht hast, es zu erfahren? Wieso hat er dir nicht von Arianna erzählt oder von Serena – deiner *Schwester?* Er wusste die ganze Zeit, wer und was du bist.«

»Was … was meinst du damit?«, hauchte ich. »Serena ist nicht meine Schwester. Es gibt keinen Beweis. Es …« Meine Stimme verlor sich in der Schwere der Nacht. Wer hatte überhaupt damit angefangen, dass sie meine Schwester sein könnte? Das alles ergab doch plötzlich keinen Sinn mehr.

»Wieso hat er deine Eltern einer Gehirnwäsche unterzogen, ohne dass du etwas davon wusstest?«

»Bitte?« Nun war ich verwirrt. Entsetzt. Unfähig zu verstehen.

»Ja, genau. Als wir in jener Nacht deinen Eltern die Erinnerungen an den Kampf bei euch zu Hause auslöschen mussten, ist uns aufgefallen, dass jemand schon einmal etwas in ihren Erinnerungen verändert hat. Es ist nichts Dramatisches, Jean hat nur nachgeholfen, dass sie eure Lüge glaubten, dich durch die USA ziehen ließen und sich keine Sorgen machten, während du in Phoenicia lebtest. Aber er hat dir nichts davon gesagt, stimmt's?«

Ich war wie erstarrt. Ungläubig schaute ich Alec in die Augen, doch ich konnte keine Lüge darin finden. Hatte mir Jean wirklich so oft etwas vorgemacht? Das Bild, das ich von ihm hatte, begann sich allmählich aufzulösen. Stück für Stück.

»Okay«, krächzte ich und schnappte nach Luft. »Du willst mir erzählen, dass Jean zu den Bösen gehört, oder? Du willst mir doch so lange schon den Grund dafür verraten, warum du ihn unbedingt umbringen wolltest und es nicht bereust. Dann mach. Ich werde dir zuhören.«

Alecs blaue Augen funkelten spielerisch im Schein des Feuers.

»Ob ich dir glaube, ist dann aber eine ganz andere Sache«, warnte ich ihn schnell.

Er lächelte.

14
Schneeflocken

Meine Hände krallten sich in das warme Fell und schmiegten es enger um meine Schultern, an meinen Körper, sodass die Kälte keinen Platz mehr finden konnte.

Mein Blick ruhte auf seinem Gesicht, folgte seinen Lippen bei jedem ausgesprochenen Wort und hing an seinen Augen, in denen ich beinahe alles zu lesen vermochte, was es dahinter zu finden gab. Alec hatte nie die kalte Maske der vollkommenen Gleichgültigkeit tragen können, wie ich es bei Jean und auch Areus und Ilias gesehen hatte. Alec war so anders als diese Männer, die ich abseits der realen Welt kennengelernt hatte, und tief in meinem Inneren hatte ich es schon lange gesehen. Und mich gefragt, wie er zu dem werden konnte, was er war. Ein Anführer einer Armee von Vampiren, die zwar für das Gute zu kämpfen glaubten, aber selbst in gewisser Hinsicht die Bösen waren.

Wobei er selten wie ein Anführer wirkte. Klar, er konnte gut Befehle erteilen und schien zu wissen, was er wollte. Er hatte einen ungeheuerlich starken Willen. Aber er war nicht der tapferste Mann, nicht der klügste, nicht der stärkste und auch nicht der gerissenste. Man konnte ihn leicht durchschauen, und schon so einige hatten darauf angespielt, dass er in gefährlichen Situationen seiner Angst nachgab. Er ließ sich generell zu sehr von Emotionen leiten.

An das alles musste ich denken, als ich mich darauf einließ, mir seine Version der Geschichte anzuhören. Ich hatte Menschen schon immer gut einschätzen können. Nun gut, außer meinen ehemaligen Mentor. Er war von Beginn an ein düsteres, finsteres, wortkarges geschlossenes Buch für mich gewesen, dessen Geheimnisse ich hatte ergründen wollen.

Mit der Bereitschaft, Alec nun anzuhören, ließ ich auch ein Stück der Mauer sinken, die ich aufgebaut hatte, um ihn von mir fernzuhalten.

»Eigentlich bin ich nicht der Anführer des Ganzen hier. Ilias war es, der eine Armee gegen Vampire aufbauen wollte. Er ist es auch, der die richtigen Entscheidungen treffen kann, ohne Rücksicht auf Verluste. Er ist der stärkste und mutigste Mann, den ich kenne, der dabei noch eine gute Seele hat. Sein bloßes Auftreten mag ganze Massen zum Schweigen bringen, und ein Wort würde genügen, um sie in einen Krieg zu führen – aus dem er als Sieger hervorgehen würde. Ich hingegen wollte nie irgendetwas in den Krieg führen. Ich bin kein Kämpfer.« Er lächelte traurig. »Ich bin der jüngste Sohn eines Fischers. Unsere Familie lebte in streng christlichem Glauben. Ich war ein aufgeweckter, leichtsinniger und naiver Bursche, der seine Eltern oft um den Verstand brachte, im Grunde genommen jedoch sehr vertrauenswürdig und fleißig war. Wir lebten abseits des Dorfes an dem See hier in Alcedia. Ich hatte einen älteren Bruder und eine Schwester.« Alec schaute über das knisternde Feuer hinweg in die Ferne der Nacht und schluckte. Er sah ins Nichts, und dennoch flammten die Bilder seiner Familie quälend eindringlich vor seinem inneren Auge auf und drohten, alles in Flammen zu ersticken, was noch in ihm übrig war. Nie hatte ich so viel Leid in seinen Augen gesehen. Seine Gefühle kamen und gingen, und in dem Moment las er sich wie ein offenes Buch. Das machte ihn mir sympathisch, da ich genug von kalten, gefühllosen Menschen hatte, die alle nur ihr eigenes Spiel spielten.

»Eines Tages durchquerte ich den Wald, um jemanden im Dorf zu besuchen. Ich weiß nicht einmal mehr wen. Irgendwann … stieß ich auf zwei Männer. Der eine hockte vor dem anderen und sah aus, als würde er leiden. Er war blass, und seine Adern pulsierten in einer unnatürlichen Farbe. Als die beiden mich bemerkten und der eine mich ansah … erblickte ich Blut an seinem Mund. Meine geschärften Sinne erspähten auch schnell den blutenden Arm des anderen. Ich besaß damals kein Wissen über die Magie der Finsternis und verstand nicht, was dort abgelaufen war. Was ich jedoch erkennen konnte, war, dass einer der Männer unser Prinz war. Ob Erstgeborener oder nicht, ich wollte mich verbeugen und danach einen anderen Weg durch den Wald einschlagen, als der andere Mann auf einmal neben mir stand. Er hatte sich schneller bewegt, als dass ich es sehen konnte. Er packte mich, und der Prinz stürzte sich auf mich.

›Los, Jean, sonst kommst du nie hier weg‹, sagte der Alcedo, der mich festhielt. Ich spürte seine Macht an jede Zelle meines schwachen Körpers donnern, ich dachte, ich würde ersticken. Und dann kam Jean, der Prinz … er zögerte nicht lange, bevor er seine Fangzähne in meinem Hals versenkte.«

Vor Unglauben klappte mir der Mund auf. Diese Bilder, ich hatte sie deutlich vor Augen. Mein Jean, so schön und gleichzeitig kalt und grausam, so mächtig und furchteinflößend, wie ich wusste, dass er sein konnte. Die Vorstellung, wie er wie eine Bestie Alec angegriffen haben sollte … Mir wurde übel.

»Das ist nicht wahr. Wieso sollte er so etwas tun? Und wer war überhaupt der andere Mann?«, fragte ich mit schriller Stimme.

»Die Geschichte ist noch nicht zu Ende. Wenn er mich nur gebissen hätte und dann hätte alles seinen gewohnten Gang genommen … das hätte ich ihm verziehen. Mir wäre es sogar lieber gewesen, zu sterben, als zu einem Monster gemacht zu werden. Der andere … das war Areus. Jean und Areus, gute

Freunde, die fast immer unter einer Decke steckten. Ich werde ihnen beiden nie verzeihen.«

Areus und Jean. Mein Magen drehte sich um, und ich keuchte auf. *Oh bitte, habe ich mich in Alec getäuscht, und er ist doch jemand, der ausgesprochen oft lügt … und ausgesprochen gut?*

Er nahm keine Rücksicht auf mich und erzählte weiter: »Ich bin mir sicher, dass dein Jean einen guten Grund dafür hatte, von mir zu trinken. Und wahrscheinlich war Areus' Einfluss nicht unwesentlich gewesen, aber das alles gab den beiden kein Recht, mich zu einem Monster zu machen. Sie spielen mit uns wie Götter – und ergötzen sich an unserem Leid. Weißt du, was dein Jean tat, als er bemerkte, dass er mich fast umgebracht hatte? Er gab mir einen Schluck von seinem Blut und bat Areus, dasselbe zu tun. Areus erklärte ihm lachend, dass mich das unweigerlich zu einem Vampir machen würde, da mich zwei Schlucke von gleich so mächtigem Blut in eine verdammte Sucht fallen lassen würden. Obwohl ich kaum noch bei Bewusstsein war, erinnere ich mich an Areus' Worte, als sei es erst gestern gewesen: ›Obwohl, du hast recht, mein Freund, wir können ihn doch nicht sterben lassen, den kleinen, armen Jungen. Wer weiß, vielleicht wird aus ihm noch was, wenn er uns in dem unerbittlichen Spiel der Macht nacheifern wird.‹

Jeans Gesicht ist das Letzte, an das ich mich erinnere, bevor ich das Bewusstsein verlor.« Seine Gesichtszüge waren angespannt, und ich konnte sehen, wie er versuchte, den jahrelangen Hass zu kontrollieren. Doch *ich* konnte Jean nicht verurteilen, und mein Ich sehnte sich danach, seine Version dazu zu hören. Jean zu fragen, wieso er von einem Unschuldigen getrunken hatte und wann. Er hatte mir erzählt, dass er bis zu dem Tag, an dem er Arianna und Tony aus dem Gefängnis befreien musste, nie zuvor diese Art von Magie angewandt hatte. War das ebenfalls eine Lüge gewesen? Oder war er nach jenem Tag, an dem er nach Phoenicia geflohen war, doch noch einmal in sein Land zurückgekehrt?

Ich stellte betrübt fest, dass ich diese Fragen nie mit Gewissheit würde beantwortet bekommen. Vorher jedoch war ich nicht in der Lage dazu, Jean zu verurteilen oder Alecs Hass nachzuempfinden.

»Du hasst ihn also dafür, dass er dich zu einem Vampir gemacht hat, anstatt dich sterben zu lassen? Jetzt reg dich doch deswegen nicht so auf. Hast du es so schlecht als Vampir?«

Augenblicklich verhärteten sich seine Gesichtszüge, und er wirkte blasser als sonst.

»Du ... hast ... keine ... Ahnung«, presste er mühsam heraus, und mir lief ein Schauer über den Rücken. Er entspannte sich wieder und schaute mich an. Ich hatte das Gefühl, als würde er mich gleich wieder angrinsen, und eine Sekunde später tat er es tatsächlich.

»Die Vampir-Sache ist Grund eins. Grund zwei ist natürlich, dass er sein Land an unsere Feinde verraten hat.« Er nickte eifrig und kickte mit seinem Fuß einen Haufen Schnee in die Luft. Ich beobachtete eine Weile die fliegenden Flocken, wie sie wild durcheinandertanzten und dann doch wieder langsam zu Boden glitten und letztendlich nicht mehr zu finden sein würden, weil sie im Schnee alle gleich aussahen.

Ich hatte jetzt die Möglichkeit, noch einmal bei der Vampir-Sache nachzuhaken, oder das Thema einfach zu vergessen und Alec als einen Alcedo wie jeden anderen hier anzusehen.

»Erklär es mir doch. Die Vampir-Sache meine ich«, flüsterte ich schließlich, denn lauter wagte ich diese Entscheidung nicht kundzutun. Obwohl ich immer noch in den Schnee vor mir starrte, spürte ich seinen überraschten Blick.

»Ich will dir hier jetzt nichts vorquengeln und dich mit meinen Kindheitstraumen belästigen«, sagte er. Als ich ihn daraufhin anschaute, stellte ich wütend fest, dass er dabei grinste.

»Du hast doch damit angefangen, also kannst du jetzt auch zu Ende erzählen!«, fauchte ich ihn an.

»Ich wollte es dir nicht erzählen, um Mitleid von dir zu bekommen oder gar dein Verständnis. Ich will auch nicht, dass du anfängst, mich zu mögen oder so. Behüte mich Gott!« Sein Grinsen wurde breiter. »Es sollte dir nur eine Lektion in Gut und Böse sein. Jeder muss sie einmal haben. Ich spiele gern Lehrer.«

Ich schloss kurz resigniert die Augen und fragte Gott, womit ich das verdient hatte.

»Nein … bleiben wir ernst.« Seine Stimme nahm tatsächlich wieder einen ernsten, sanften Klang an. Sein Grinsen war weg, und er sah mich aus Augen an, die mir auf den Grund der Seele zu schauen vermochten. Schnell wich ich seinem Blick mit klopfendem Herzen aus.

»Du sollst nicht auf ewig ein Trugbild lieben und auf Rache für etwas sinnen, das du nicht verstehst.«

Ich öffnete empört den Mund. Er hatte nicht das Recht, so über meine Gefühle zu sprechen, denn sie waren etwas, das *er* nicht verstand. Doch dann schluckte ich die trotzige Antwort herunter und antwortete stattdessen leise: »Es ist keine Liebe.«

Alec schaute mich wieder einmal überrascht an, und ich sah in seinen Augen einen aufkommenden Widerspruch, doch auch er schluckte ihn herunter. Stattdessen sah ich nun die ehrliche Bereitschaft, mir zuhören zu wollen. Von dieser merkwürdigen Nähe errötend, erklärte ich: »Ich glaube nicht, dass Jean und mich wahre Liebe verbindet. Erstens gehören dazu zwei …« Ich wollte nicht den Gedanken akzeptieren, jemanden zu lieben, dem ich egal war. »Und zweitens hatten wir nie die Zeit dafür. Wir kannten uns kaum.« Es war nicht genug Zeit vergangen, dass aus meiner aufkeimenden Verliebtheit echte Liebe hätte gedeihen können. Zu gern hätte ich mehr Zeit mit diesem Mann verbracht, der als erster Mann eine Anziehungskraft auf mich ausgeübt hatte, die ich vorher nie gekannt hatte. Doch dann erinnerte ich mich wieder daran, wie sehr er sich gefreut hatte, nach Alcedia zurückzukehren und Arianna wiederzusehen. Ich musste mir eingestehen, dass, selbst wenn er und ich mehr Zeit gehabt hätten, meine Verliebtheit immer nur einseitig geblieben wäre. »Deshalb sag so etwas bitte nicht immer wieder. Du weißt nicht, was zwischen uns war, und nur weil ich bereit war, seinen Mörder … du weißt schon. Das heißt nicht, dass ich ihn liebe. Ich meine, er bedeutet mir viel, aber … aber …« Langsam geriet ich ins Stottern, da ich noch nie mit jemandem über etwas so Privates gesprochen hatte. Doch irgendwie war an diesem Moment etwas Besonderes. Es stimmte alles, die Atmosphäre und das Drum und Dran, sodass ich mich anders verhielt, als ich es je für möglich gehalten hatte.

Ich fühlte mich geborgen, so absurd es doch war. Absurder ging es nicht mehr. »Er war die einzige Bezugsperson, die ich hatte, nachdem ich aus meiner Familie in der Menschenwelt gerissen und nach Phoenicia verschleppt wurde. Ich musste mein damaliges Leben aufgeben, und Jean war es, der die ganze Zeit irgendwie da war … nicht immer im positiven Sinne, aber auch durch seine negativen …« Ich suchte nach einem Wort, das Jeans mysteriöse und feindselige Aura beschreiben konnte, fand aber nichts, was sich nicht lächerlich angehört hätte. »Na ja, auf jeden Fall …« Auf jeden Fall gab es keine Worte, mit denen meine Gefühle beschrieben werden konnten, stellte ich fest.

»Ich verstehe«, erklärte Alec, doch ich schüttelte den Kopf.

»Nein, tust du nicht. Jean war einzigartig, es wird nie wieder jemanden wie ihn geben. Er war zwar nicht für mich bestimmt, aber es tut weh, zu wissen, dass ich – allein ich – schuld an seinem Tod bin. Nur deswegen wollte ich dich umbringen, um jemand anderem die Schuld zu geben und die meine doch zu begleichen …« Ich nickte verbittert und in Gedanken versunken. Alec blieb still. »Außerdem, was hätte ich sonst tun sollen? Ich hatte nichts mehr, wofür es sich zu leben lohnte …«

»Deswegen warst du immer so furchtlos, stimmt's?«

»Wovor muss man schon Angst haben, wenn man nichts zu verlieren hat?«

Als Alec wiederum schwieg, nahm ich an, dass er über meine Frage nachdachte. Auch ich war wieder ganz in Gedanken versunken, als er plötzlich sagte: »Wir sind uns ähnlicher, als du denkst. Auch ich habe einst meine Schuld auf jemand anderen übertragen. Ich weiß vielleicht, dass Jean nicht die alleinige Verantwortung an meinem Leid an jenem Tag trug, aber manchmal fällt es uns leichter, jemand anderem die ganze Schuld aufzubürden, als sie uns selbst einzugestehen. Ich habe lange mit der Schuld gelebt, meine eigene Schwester umgebracht zu haben.«

Ich starrte ihn entsetzt an, doch er gab mir nicht die Zeit, zu antworten oder zu verstehen, was er da gerade andeutete.

»Wenn jemand einen neuen Vampir erschafft, sollte er wenigstens den Anstand besitzen, ihm alles zu erklären und ihn in die Magie der Nacht einzuführen. Doch ich wurde nur nach Hause geschickt, fast leergetrunken, mit dem plötzlichen Durst nach Blut. Und mit dem instinktiven Wissen, dass Blut mich mächtiger machte. Dein Jean hat mich in der denkbar schlechtesten Verfassung zu Hause abgeladen, und es war ihm scheißegal, was mit mir geschah. Und er wusste genau, was geschehen würde! Ich stürzte mich auf die erstbeste Person, die ich sah …«

Ich wusste nicht, was ich sagen sollte, und schaute schnell wieder in das prasselnde Feuer. Ich hatte Angst davor, Trauer in seinem Blick zu sehen und ihn dann zu verstehen. Ich wusste nicht, wie es war, wenn man an der Schwelle zum Tod Blut gekostet hatte, jedoch nicht genug, um wieder zu Kräften zu kommen. Ich wusste aber, dass man mehr davon wollte.

»Ist sie wirklich … tot?«, hauchte ich vorsichtig, während ich versuchte, mir das Szenario vorzustellen, das er soeben beschrieben hatte.

»Ich weiß es nicht. Ich vermute es aber. Es hat einfach zu lange gedauert, zu verstehen, was ich da tat, und dann noch die Kraft aufzubringen, mich davon zu lösen. Als ich es geschafft hatte, fiel sie schlaff zu Boden. Ohne ihren Puls zu fühlen, bin ich hinausgestürzt. Ich bin an den Rand von Alcedia gerannt, habe gemerkt, dass ich weiterrennen wollte, und war schließlich ein paar Tage in der Menschenwelt. Ich bin nie wieder nach Hause zurückgekehrt und habe seit jenem Tag niemanden aus meiner Familie je wiedergesehen. Ich will sie nicht sehen.«

»Du … du bist nicht schuldig«, sagte ich stockend, was mich viel Überwindung kostete.

»Ich weiß«, sagte er leichthin. Doch ich glaubte ihm nicht ganz.

»Vielleicht lebt sie«, murmelte ich.

»Ich will es nicht wissen«, war alles, was er antwortete.

Ich biss mir auf die Unterlippe und dachte darüber nach. Über all seine Worte an diesem Abend. Als ich ihn dann anschaute, fühlte ich mich ihm näher als je zuvor. Heute Abend waren all die Gesetze von Feuer und Eis, von Feind und Freund aufgehoben. Auch meine Rache war vergessen, und ich war sogar erleichtert, diesem Alcedo nicht das Leben genommen zu haben. Als ich ihn in dieser Nacht anschaute, hatte ich das Gefühl, ihm alles erzählen zu können, und umgekehrt würde ich ihm bei allem zuhören wollen.

»Wieso?«, wisperte ich und dachte nicht länger darüber nach, wie dieses plötzliche Gefühl entstanden war. Ich wollte nicht darüber nachdenken und länger Gründe dafür suchen, warum ich diesen jungen Mann hassen musste.

»Weil die Ungewissheit angenehmer ist als der Schmerz, zu erfahren, dass ich sie getötet habe.«

»Möchtest du dich nicht langsam in deinem Schlafsack verkriechen und schlafen?«, fragte er mich munter. Das Feuer war heruntergebrannt, und ich hielt mich an dem Pelz fest, um der Kälte nicht völlig ausgeliefert zu sein. Alec hatte mir soeben erzählt, wie es dazu gekommen war, dass er der Anführer seines Clans wurde. Ilias hatte ihn damals in der Menschenwelt gefunden und bei sich aufgenommen, ihm erklärt, was es mit dem plötzlichen Durst nach Blut auf sich hatte. Da Ilias schon lange gegen Areus vorging, hatte Alec die blendende Idee gehabt, eine Armee gegen ihn aufzustellen. Und tatsächlich war Alec nicht der einzige verzweifelte Vampir, der gegen seinen Willen zu dem gemacht worden war, was er war.

Ilias besaß jedoch nicht den jugendlichen und naiven Ansporn wie Alec, und so ließ er ihn meistens allein handeln – steuerte nur hier und da etwas Geld oder Fachwissen in die Runde. Ilias war ein Einzelgänger, wie ich erfahren hatte, der die meiste Zeit in der Menschenwelt verbrachte, niemand jedoch genau wusste, was er dort tat.

»Nein, noch nicht«, antwortete ich Alec auf seine Frage hin. Mittlerweile waren meine Gliedmaßen ohnehin so taub, dass ich die Kälte kaum noch spürte. Ich legte meinen Kopf in den Nacken und starrte mehrere Minuten in den Sternenhimmel. Es war eine klare und wolkenlose Nacht.

Es gab noch eine Sache, die mich störte, und da ich nicht gerade auf den Mund gefallen war, brachte ich sie auch zur Sprache: »Ich finde es nicht richtig, wenn du gegen den Willen anderer in ihre Gedanken eindringst. Das ist zum Beispiel etwas, das dich ebenfalls böse macht.«

»Nun … äh. Eigentlich tun wir so was auch nicht. Ich werde mich nicht dafür entschuldigen, dass ich es getan habe, aber ich kann dir versprechen, dass ich es nicht noch einmal tun werde. Es widerspricht unseren moralischen Vorstellungen ebenso wie deinen.« Ich zog überrascht eine Augenbraue hoch. Mit so einer Antwort hatte ich nicht gerechnet.

»Ich traue deinen Versprechen nicht. Ich werde es wahrscheinlich noch nicht einmal merken, wenn du es wieder probierst.«

Plötzlich schob er sich in mein Blickfeld und verdeckte den Sternenhimmel. In seiner offenen Hand hielt er mir etwas entgegen. Misstrauisch und doch neugierig stand ich auf und schaute auf ein silbernes, feines Kreuz in seiner blassen Handfläche. Seine Finger der anderen Hand fassten das dünne Silberkettchen, und ich erkannte, dass es eine Kette war, die er mir entgegenhielt. »Dreh dich um«, sagte er, und aus einem unerklärlichen Grund gehorchte ich. Aus Gewohnheit wollte ich meine Haare zur Seite streichen, doch bei meiner neuen Frisur war dies gar nicht mehr nötig. Einige Sekunden lang strichen seine kühlen Finger über meinen Nacken, dann hing das ebenso kühle Kreuz auf meinem Dekolleté. Nahm den Platz ein, den zuvor Max' Anhänger für sich beansprucht hatte, der in dem Moment jedoch eine Welt von mir entfernt in Jeans Haus lag.

Als wir beide wieder saßen, erklärte er: »Diese Kette wird es keinem mehr möglich machen, in deinen Kopf einzudringen. Niemand wird mehr deine Gedanken lesen können, es sei denn auf die legale Weise, wenn ihr euch in die Augen seht und du ihm die Gedanken schicken willst. Das Silber in Verbindung mit dem Mohnblumenöl sorgt für diesen Zauber. Solche Ketten sind sehr selten, und noch seltener sind die Leute, die sie tragen können.«

Ich runzelte verwirrt die Stirn über seine letzte Aussage, doch er winkte nur ab und sagte, er erkläre es mir ein andermal. Auch wenn ich wusste, dass es nie ein andermal geben würde. Es war nett, mir diese Kette zu schenken, doch bereits morgen würde ich an Areus ausgeliefert werden, und ich fürchtete, dass dies gleichzeitig das Ende meines Lebens bedeutete.

Nachdenklich hielt ich das silberne Kreuz zwischen meinen Fingern, fragte mich, ob seine angebliche Wirkung wirklich der Wahrheit entsprach, und entdeckte in der Mitte eine kleine Halbkugel, die mit einer Flüssigkeit gefüllt zu sein schien. Ich hielt den Anhänger näher an meine Augen, doch es war einfach zu dunkel, um es genau zu erkennen. *Wahrscheinlich ist das das Mohnöl, von dem Alec gesprochen hat*, dachte ich und musterte den blonden Alcedo neben mir von der Seite. Da es tiefe Nacht war, lag sein Gesicht größtenteils im Schatten, doch ich erkannte trotzdem die blauen Flecken und Schnittwunden, die ihm vor zwei Tagen zugefügt worden waren. Sie verheilten langsam, waren jedoch immer noch sichtbar. Einen Moment lang wollte ich ihn erneut fragen, was passiert war, doch stattdessen kamen aus meinem Mund ganz andere Wörter: »Findest du mich hübsch?«

Über diese Frage war ich hundertprozentig entsetzter, als er es sein konnte, und hätte mir am liebsten sofort die Hand vor den Mund geschlagen. Als er mich jedoch anschaute, versuchte ich stattdessen, stolz und gelassen zu wirken. Ich hoffte sehr, dass Alec wegen der Dunkelheit nicht sehen konnte, wie ich errötete. *Verdammt.*

Und dann schwieg er auch noch so lange und starrte mich so ernst an. Ich wusste, dass die Worte, die jetzt aus seinem Mund kommen würden, keine Lüge sein konnten.

Und dann kam schließlich sein aalglattes »Nein«.

Ich richtete mich auf und drehte mich abrupt um, um davonzustolzieren. Ich würde mir den Schlafsack holen und mich weit, weit weg von ihm hinlegen, ihn in meinem Kopf beschimpfen und vor Scham vielleicht sterben.

Stattdessen ergriff Alec plötzlich meine Hand, zärtlich.

Eigentlich wollte ich mich losreißen, ehrlich, doch letztendlich ließ ich mich anscheinend doch von ihm herumdrehen, denn ich prallte gegen seine harte Brust. Sie war im Vergleich zu Jeans sehr schmächtig, doch mir schoss trotzdem alles Blut in den Kopf.

»Nein, ich finde dich nicht *hübsch*«, wiederholte er leise und senkte kaum merklich den Kopf. Unter seinem Blick begann mein Herz zu pochen, schnell und laut, sodass ich nicht mehr denken konnte. »Ich finde dich *wunderschön.*«

Ich hätte ungläubig meinen Mund aufgerissen, wenn Alec nicht im selben Moment seinen Kopf noch weiter herabgesenkt und seine kühle Hand in meinen Nacken gelegt hätte. So jedoch schickte seine Berührung tausend Stromschläge durch meinen Körper, und ich war gezwungen, mich diesem Schmerz seufzend hinzugeben. Nur noch meine Arme, die wegen der Handschellen in einer ungelegenen Position bleiben mussten, befanden sich zwischen unseren Körpern. Seiner eiskalt und meiner immer noch warm, obwohl die meiste Wärme bereits aus ihm gewichen war.

Seine Lippen streiften meinen Hals, und auch der letzte Funken Verstand verabschiedete sich fröhlich winkend von mir.

Ich schloss die Augen, wartete darauf, dass sein Mund höher wandern würde.

Plötzlich ließ er mich los, und die bereits vertraute Kälte schwand dahin. Einige Sekunden lang blieb ich reglos stehen, die Augen geschlossen, die Hitze durch meine Glieder pulsierend.

Als ich weiterhin nichts von Alec vernahm, flogen meine Augenlider zitternd auf.

Er stand lächelnd vor mir, die Arme vor der Brust verschränkt. Ich spürte, wie mir mein ganzes Blut erneut in den Kopf schoss.

»Und das hast du mir abgekauft?«, höhnte er. »Ich habe immer gedacht, du würdest es einem schwer machen, und trotzdem hättest du dich von *mir* küssen lassen.«

Wütend und gedemütigt öffnete ich den Mund, um zu protestieren, doch er hob eine Hand. »Ah, sag nichts. Mir kannst du nichts vormachen. Du warst kurz davor, es zuzulassen, dass der Mörder Jeans seine Lippen auf deine legt.«

Zorn quetschte mein Herz zusammen.

»Nun guck doch nicht so«, fuhr Alec unbeirrt fort. »Du musst mir dankbar sein. Sonst hättest du mir morgen noch vorgeworfen, ich sei unmoralisch. Sieh mich als dein Gewissen an.«

Dieses verdammte Arschloch …

»Ich kenne dich doch. Obwohl du heute Abend deine meiste Scheu mir gegenüber fallen gelassen hast, würdest du dich trotzdem hassen und …«, plapperte er munter weiter, doch mein

Geduldsfaden war soeben gerissen. Ich hob meine Hände, um ihm ins Gesicht zu schlagen.

Alec hatte gute Reflexe. Mit einem eisernen Griff hielt er meine Rechte fest. Sein Grinsen war verschwunden. »Wage es nicht noch einmal.«

Ich schluckte aufkommende Tränen herunter. Er tat mir weh. Als er das bemerkte, lockerte Alec seinen Griff.

Verzweifelt, verängstigt und verwirrt riss ich mich endlich von ihm los und rannte davon.

Ich hasste ihn.

Ich hasste ihn, weil er recht hatte.

Ich hasste ihn, weil wir heute den ganzen Abend lang so vertraulich geredet hatten.

Ich hasste ihn, weil er mich wunderschön genannt hatte.

Ich hasste ihn, weil er mich beinahe *geküsst* hätte.

Und am meisten hasste ich ihn dafür, dass er es nicht getan hatte.

15

Der Pakt mit dem Teufel

Meine Beine hatten mich nicht weit getragen, bevor mein Verstand wieder komplett anwesend war und ich bemerkte, dass Weglaufen wenig Sinn hatte.

Wir waren hier mitten im Nichts und wahrscheinlich schon fast am Ende der Welt. Alcedia war um einiges größer als Phoenicia, aber auch umso unübersichtlicher. Selbst wenn mich Alec nicht wieder einfangen wollen würde, hätte ich mich sofort in den Wäldern verlaufen und wäre bestimmt auf eigenen Füßen in Areus' Arme gelaufen.

Also schluckte ich meinen Stolz herunter und schlich beschämt zum Lager zurück. Ich redete mir ein, dass ich nichts falsch gemacht hatte und dass Alec der war, der sich schämen musste, weil er ein Feuermädchen hatte küssen wollen. Ich überging absichtlich die Möglichkeit, dass er es nicht gewollt hatte, sondern mich nur grausam hatte vorführen wollen.

Sobald ich wieder bei den Pferden war, schnappte ich mir einen der restlichen Schlafsäcke, die im Schnee lagen, und verkrümelte mich außerhalb von Alecs Sichtweite. Dieser saß zwar immer noch mit dem Rücken zu mir an der Feuerstelle, aber außerhalb seiner Sichtweite musste auch ich ihn nicht sehen.

So gut ich konnte, kuschelte ich mich im Schlafsack ein und bereute es, dass ich das warme Fell nicht mitgenommen hatte.

Einige Sekunden lang lauschte ich angestrengt in die Nacht, um zu erfahren, was Alec so tat. Hatte er gemerkt, dass ich wiedergekommen war? Was würde er zu heute sagen, wenn wir uns morgen wiedersahen? Würde er mich auslachen?

Als ich wütend feststellte, dass ich wirklich zu viel über ihn nachdachte, begann ich mit dem Schäfchenzählen, um endlich einschlafen zu können. Normalerweise half es mir nicht im Geringsten, doch heute war ich so konzentriert bei der Aufgabe, dass ich noch vor hundert aus Langeweile einschlief.

Ich wurde aus meinem traumlosen Schlaf gerissen, sobald mich eine kalte Hand an der Schulter berührte. Ich ließ mir Zeit mit dem Öffnen der Augen, da ich meine Verwirrung abschütteln wollte. Innerhalb von Millisekunden versuchte ich, mich zu orientieren und meine Erinnerung wiederzugewinnen. Als mir einfiel, was gestern Nacht vorgefallen war, errötete ich und wollte noch weniger die Augen öffnen, aus Angst, Alec ins Gesicht zu blicken.

Doch da ich auch nicht wollte, dass er mich noch länger schütteln musste, gab ich endlich auf.

Ich zuckte zusammen, als ich nicht Alec, sondern Arianna über mir knien sah.

»Guten Morgen, Nicita. Wir brechen jetzt auf«, erklärte sie mir mit sanfter Stimme und stand auf. Ich war froh, dass sie nicht darauf wartete, dass ich auch ihr einen guten Morgen wünschte.

Als ich endlich aufstand, musste ich feststellen, dass die meisten bereits auf ihren Pferden saßen, die Zelte und Schlafsäcke abgebaut waren und alle nur auf mich warteten. *Na super, sie hätten mich auch früher wecken können.*

Als ich Ilias' Blick begegnete, der auf dem einzigen weißen Pferd saß, wusste ich, dass er genau dasselbe dachte. Ich wandte meinen Blick schnell ab.

»Auf, auf, Todgeweihte«, rief mir Ilias hinterher, als ich missmutig zu Alec schlurfte. Ich ignorierte den Ruf, da ich zu beschäftigt mit anderen Gedanken war. Zum Beispiel damit, dass ich Alecs Blick nicht begegnen und noch weniger vor ihm auf einem Pferd sitzen wollte. Da ich Letzteres nicht vermeiden konnte, hielt ich zumindest meinen Blick die ganze Zeit auf meinen Füßen, bis ich vor dem Pferd stehen blieb. Da ich allein unmöglich aufsteigen konnte, musste ich dann jedoch warten, bis Alec mir half. Seine stützenden Hände brannten auf meiner Haut wie Feuer.

Als ich endlich oben saß und er sich hinter mich geschwungen hatte, hatte ich ihm immer noch kein einziges Mal ins Gesicht geblickt. Und als wir losritten, hatten immer noch weder er noch ich ein Wort gesagt.

Da ich in der letzten Nacht angestrengt versucht hatte, *nicht* darüber nachzudenken, tat ich es jetzt. Bevor ich starb, wollte ich mich so einigen Fragen gestellt haben. Merkwürdigerweise fielen mir beim Nachdenken viele positive Dinge auf, mit denen ich gar nicht gerechnet hatte. Beinahe der ganze gestrige Abend war friedlich, ja beinahe schön gewesen, und ich fühlte mich freier, da ich nicht mehr von meinem Rachewunsch verrückt gemacht wurde.

Während wir ritten und sich die Bäume um uns lichteten, während ich von einem Dutzend Alcedos umzingelt war und der Körper von Jeans Mörder meinem so verdammt nah war, erkannte ich, dass ich ihn nicht mehr umbringen wollte. Ich konnte sogar den Gedanken zulassen, dass der Kampf von Alec und Jean allein ihre Sache war, in die ich mich nicht einzumischen brauchte.

Beinahe hätte ich vor Erleichterung geseufzt. Ich hatte endlich das Gefühl überwunden, immer im Kreis zu laufen, und es fühlte sich *richtig* an.

Was für eine Ironie, dass gerade jetzt, wo ich Alec nicht mehr umbringen wollte, *er* mich zum Tode verurteilte. Es konnte nicht mehr lange dauern, bis wir Areus erreichten. Eine Stunde vielleicht oder eine halbe?

Plötzlich zog Alec an den Zügeln, und das Pferd blieb wiehernd stehen. »Hinter diesem Hügel liegt sein Quartier«, sprach er, sodass es jeder seiner Männer hören konnte. Seine laute, klare Stimme war direkt über meinem Kopf, ich spürte seinen kalten Atem meine Haare streifen.

Wie versteinert starrte ich in die Ferne vor mir. Doch es gab nicht viel Ferne. Wir waren bereits auf dem Hügel und hatten fast seine Spitze erreicht. Der Schnee glitzerte in der Sonne und blendete mich. Ich wandte frustriert meinen Kopf ab. Keine Stunde mehr. Höchstens fünf Minuten, bis wir über dem Hügel waren und Areus treffen würden. Ich versuchte, mir nicht auszumalen, was dann geschehen würde, da es, egal wie, meine Fantasie übersteigen würde.

»Es tut mir leid«, flüsterte mir plötzlich eine leise Stimme ins Ohr, sodass nur ich es hören konnte. Ein kalter Schauer lief meinen Rücken hinab, und ich hatte Angst davor, mich zu ihm umzudrehen. Seine Worte trieben mir lächerlicherweise die Tränen in die Augen. Entschuldigte er sich für gestern oder für das, was er gleich tun würde?

Ich drehte mich zu ihm um, um in seinem Gesicht die Antwort dafür zu finden. Mein Herz zog sich zusammen, als ich ihn endlich, endlich wieder anschaute.

Sein Ausdruck war ernst, beinahe traurig.

Wir sahen uns lange an, und als mein Blick sein Gesicht verließ und seinen Körper musterte, der kaum Zentimeter entfernt war, regte sich etwas Neues in mir.

Es waren nur Minuten bis zu meinem Tod, und mein Körper sehnte sich danach, den seinen zu berühren! Ich fragte mich, seit wann ich einen Gehirnschaden hatte. Es war unmöglich, dass ich mich derart zu ihm hingezogen fühlte – dass ich mich überhaupt von ihm angezogen fühlte. Ich musste unter dem Stockholm-Syndrom leiden. Definitiv.

Seine Hand glitt wie beiläufig mit den Zügeln über meine Taille. Und dann ließ er die Zügel los und hob seine Hand an mein Gesicht. Strich eine widerspenstige Haarsträhne hinter mein Ohr. Alle an meiner Intelligenz und Gesundheit zweifelnden Gedanken verschwanden schlagartig.

Mir blieb die Luft zum Atmen weg. Seit wann hatte er eine solche Anziehungskraft auf mich?

Es war mir egal. Es zählte nur noch eins: Wenn er mich nicht jetzt – in diesem Augenblick – küsste, dann würde ich sterben.

Er tat es nicht. Und ich starb nicht.

»Wir warten auf ein ›*Auf in den Kampf!*‹, Alec«, bemerkte Ilias, als er an uns vorbeiritt und ein paar Kreise zog. Alec versteifte sich sofort, und ich drehte mich augenblicklich wieder nach vorn um. Doch etwas fehlte. Etwas in mir, das diesen Kuss nicht bekommen hatte. Ich hätte vielleicht ›mein Herz‹ gesagt, doch ich hatte eigentlich gedacht, dass es mittlerweile bis aufs Unkenntliche zerstört worden war. Doch nun stand fest, dass sich Alec alles, was noch davon übrig war, geschnappt hatte. Es bestand keine Aussicht, dass ich auch nur irgendetwas davon vor meinem Tod zurückbekommen würde. *Verdammt.*

»Okay«, Alec räusperte sich, nahm die Zügel wieder fest in die Hand und trieb sein Pferd an, einen halben Kreis um Ilias zu traben.

Ich hörte, wie er einmal tief durchatmete. »Niemand kann euch sagen, was wir hinter diesem Hügel zu erwarten haben, da nie jemand lebendig zurückgekehrt ist.«

Ein allgemeines Murmeln ging durch seine Gruppe. Ich beobachtete die verschiedenen bleichen Gesichter, einige mehr, andere weniger bekannt. Alec hatte anscheinend kein Talent, um Leute aufzumuntern.

»Wir werden darauf hoffen, einem Kampf entkommen zu können«, fuhr er fort, und ich konnte seinen Blick auf meinen Hinterkopf beinahe physisch spüren. Sie würden *mich* dafür einsetzen, um dem Kampf zu entkommen. Wir wussten, dass Areus mich aus einem bestimmten Grund suchte oder verfolgte. Ich hatte schon seit längerer Zeit die aussichtslose Frage nach dem Warum aufgegeben.

»Wir müssen so einiges klären, und wir haben das Treffen mit Areus schon zu lange hinausgeschoben. Es wird Zeit, sich ihm zu stellen. Wir müssen auf alles vorbereitet sein. Obwohl wir alle Vorsicht haben walten lassen, sodass er nichts von unserer Ankunft erfährt, ist es wahrscheinlich, dass es trotzdem keine Überraschung für ihn sein wird. Ihr kennt alle den Plan. Uns durchschlagen, bis wir Areus finden und ihm unser Angebot unterbreiten können. Also legt euer Gepäck nieder und zückt eure Waffen!«, rief Alec inbrünstig.

Voller Staunen beobachtete ich nun, wie Alcedo für Alcedo seinen Rucksack in den Schnee warf. Die zusammengepackten Zelte, Schlafsäcke und anderen Ausrüstungen würden hierbleiben. Stattdessen zog nun einer nach dem anderen eine Waffe, Dolche blitzten im schwachen Sonnenlicht auf, die Klingen von Kurzschwertern oder Säbeln. Arianna und eine weitere Frau, Rose, hatten Pfeil und Bogen in den Händen. Die kleine Catya schwang die größte Waffe durch die Luft, ein monströses Langschwert, das ich bestimmt nicht einmal mit zwei Händen hätte tragen können. Doch als mein Blick weiter schweifte, entdeckte ich noch jemanden mit der gleichen Waffe: Ilias. Schwach erinnerte ich mich daran, dass mir Alec einmal erzählt hatte, dass Catya bei ihm Unterricht in den Kampfkünsten erhielt, doch die Erinnerung daran war verschwommen und verzerrt, als wäre sie aus einem anderen Leben.

All meine Erinnerungen waren nur noch ein rauschender Nebel, nur langsam fing ich an, zu begreifen, was gleich passieren würde. Wir würden in eine Schlacht reiten, und keiner konnte uns garantieren, dass sie nicht blutig enden würde. Alec hatte seine besten Krieger zusammengestellt, die sich jahrelang darauf vorbereitet hatten, und obwohl sie hofften, ohne großen Kampf herauszukommen, so wollten doch zumindest die meisten ihre Rache. Offiziell hofften sie vielleicht auf eine friedliche Verhandlung, vielleicht einen Waffenstillstand oder eine Abmachung, aber in ihrem Inneren würden sie Areus nur allzu gern herausfordern und ihn büßen lassen. Denn das war von Anfang an ihr Grund gewesen, sich Alec und Ilias anzuschließen. Ich musste schlucken, als ich das begriff und das eine oder andere kampflustige Antlitz in der Menge erblickte. *Wo würde ich in dieser blutigen Schlacht stehen?*

Da niemand von uns auch nur geahnt hatte, was uns erwarten würde, hatten wohl alle ihre eigenen Vorstellungen gehabt. Wir waren auf so gut wie alles vorbereitet, als wir die Spitze des Hügels erklommen, doch *ich* hatte nicht damit gerechnet, was wir dann tatsächlich sahen.

Ein Heer von geschätzten fünfzig Vampiren wartete auf der anderen Seite auf uns.

In Reih und Glied standen sie unbewegt in Schwarz unter uns. Mehrere Reihen berittener, ausgerüsteter Krieger, die nur darauf warteten, unsere kleine Gruppe niederzurennen. Um sie herum flimmerte ihre Macht, wie ein Schutzschild, das sogar mit bloßem Auge zu sehen war.

Was um Himmels willen hatte sich Alec dabei gedacht, mit einer so winzigen Gruppe diese *Streitmacht* anzugreifen? Hatte er geahnt, wie viele Männer Areus hatte?

Ein kalter Schauer durchfuhr mich, als mich das leise Gefühl beschlich, dass die Männer dort unten vielleicht noch nicht einmal einen Bruchteil von Areus' Vampiren darstellten.

Mir blieb nichts weiter übrig, als zu beten, dass wir die Gelegenheit bekamen, mit Areus zu sprechen, bevor die schwarzen Reiter von uns nichts weiter als eine Staubwolke übrig lassen würden. Da würde ich mich ihm sogar lieber selbst überreichen! *Oh bitte, bitte, hoffentlich ist keiner der Alcedos hinter mir so dumm, seine persönliche Rache ausleben zu wollen.*

Plötzlich riss Alec seinen Arm hoch und schrie: »Auf in den Kampf!« Und all seine vierzehn Alcedos stürmten auf ihren Pferden an uns vorbei. Die Waffen erhoben, die Haare im Wind wehend, näherten sie sich mit rasender Geschwindigkeit Areus' Armee und feuerten ohne Unterlass verschiedene Zauber in die schwarze Menge. Ihren Schild zu zerstören, galt als einer der ersten Punkte im Plan.

Es dauerte mehrere Sekunden, bis ich begriff, dass Alec selbst keine Anstalten machte, das Schlachtfeld zu stürmen. Entsetzt drehte ich meinen Kopf zu ihm um, dann wieder zurück zum Ort des Geschehens. Die unbewegliche schwarze Mauer der Vampire löste sich gerade auf, und sie stürmten mit einer ebensolchen Geschwindigkeit los wie die unseren.

Die unseren. Zählte ich mich in Gedanken schon zu Alec gehörig?

»Du kannst sie doch nicht allein kämpfen lassen!«, schrie ich Alec an und wagte gar nicht mehr, aufs Schlachtfeld zu schauen. Die Kampfes- und Schmerzensschreie, die zu mir herüberdrangen, waren schon mehr als genug.

»Wir müssen Areus finden und ihm sagen, dass wir nicht hier sind, um zu kämpfen!«, schrie ich weiter, doch Alec blickte noch immer stur an mir vorbei. Als würde er mich absichtlich ignorieren oder sich konzentrieren müssen …

Trotz meines Unwillens riskierte ich noch einen Blick den Schneehang hinunter und erkannte dann, was Alec tat. Er stand außerhalb des Gefechtes, attackierte jedoch mit seiner Zauberkraft den Schild des Gegners. Wenn wir es schaffen würden, ihn zu durchbrechen, hätten wir vielleicht tatsächlich eine Chance.

»Wir können Areus nicht finden. Er wird sich zeigen, wenn er will, wenn nicht, dann nicht«, antwortete mir Alec zwischen zusammengebissenen Zähnen. Nervös wandte ich meinen Kopf hin und her, traute mich nie länger als eine Sekunde, den Kampf zu beobachten, aus Angst, dass Arianna oder Catya in dem Moment, in dem ich hinsah, zum Beispiel der Kopf abgeschlagen werden würde. Das hätte ich nicht ertragen, obwohl ich Arianna alles andere als mochte.

»Nimm mir die Handschellen ab«, brachte ich schließlich hervor. Als Alec nicht reagierte, wiederholte ich es.

Wütend schaute er zu mir hinunter. »Ich nehme sie dir ganz bestimmt nicht ab, damit du –«

Ich ließ ihn nicht ausreden. »Ich werde euch helfen! Du wirst es allein nicht schaffen, den Schild zu zerstören, und du weißt, dass die dort unten alle sterben werden! Sie werden alle sterben und dann kommen die Vampire hoch, um uns zu holen. Unsere einzige Chance ist es, etwas Überraschendes zu tun. Mit mir rechnen sie nicht. Ihre Schilde und Kampfart sind darauf spezialisiert, gegen Alcedos zu kämpfen und Eiszauber aufzuhalten – aber nicht Feuerkräfte! Ich bin nicht schwach, Alec. Vertrau mir.«

»Vertrauen?«, fragte er. »Damit du mir im schwachen Moment ein Messer in den Rücken rammen kannst?«

Seine Worte schnürten mir den Hals zu. Ich schüttelte den Kopf, konnte aber keinen Ton mehr herausbringen. Ich hatte irgendwie gedacht, dass er es mir nicht mehr übel nahm, wie sehr ich ihm in den Rücken gefallen war. Dass er mich verstanden hätte. Aber Alec war auch nur ein Mensch. Und man vergaß nicht, wenn jemand einen wirklich einmal hatte töten wollen. Es mochte Gründe geben, dieses Verhalten zu entschuldigen, aber niemals zu vergessen.

Alec gab mir keine Zeit, mich zu entschuldigen, sondern seufzte resigniert und berührte mit seinen Händen die Handschellen. Im nächsten Moment lösten sie sich in Luft auf, und meine Hände waren frei. *Frei.*

Doch ich hatte keine Zeit, meine Freiheit zu genießen.

Voller Tatendrang drehte ich mich um und konzentrierte mich auf die schwarze Formation unter uns, die sich kaum zerstreute, um ihren Schild nicht zu lockern. Sie wehrten nur jeden ab, der ihnen zu nahe kam, wichen einander aber kaum von der Seite.

Mit geschlossenen Augen ging ich für einen Moment in mich und stellte genüsslich fest, wie viel Macht ich in mir hatte. Dank der Handschellen hatte ich in den letzten vierundzwanzig Stunden kein Fünkchen verbraucht, und ich hatte zusätzlich zu meiner wieder vollständigen Kraftquelle immer noch etwas von Catyas Kraft übrig …

Der erste Feuerschlag traf den schwarz flimmernden Schild wie ein Blitz und erschütterte ihn. Mein Körper bebte vor Erregung und ich beobachtete, wie sich einige Gesichter überrascht umwandten und nach einer Erklärung suchten. Sie fanden sie nicht, ehe ich den Schild von Neuem mit kurz aufeinanderfolgenden Angriffen bombardierte. Bald schon glühte er nicht mehr schwarz, sondern feuerrot. Alec und ich wussten, dass der Schild nicht mehr lange halten würde, doch Areus' Vampire wussten dies auch. Sie stoben plötzlich auseinander, verließen ihre Formation und ritten auf unsere Kämpfer zu. Der starke gemeinsame Schild war aufgegeben, jeder hatte nun seinen eigenen kleinen – der nicht zu fassen war.

Ich spürte, wie Alec hinter mir erstarrte, als einer der feindlichen Vampire mit gezogenem Schwert auf einen unserer Männer zuritt und ohne zu zögern in ihn hineinstach, als sei er eine Puppe und kein Mensch. Alecs Krieger, ich kannte seinen Namen nicht, glitt augenblicklich von seinem Pferd. Ich wusste nicht, ob es unser erster Verlust war, da ich zuvor viel zu beschäftigt gewesen war. Nun jedoch starrte ich genauso entsetzt aufs Schlachtfeld wie Alec. Und ich wusste das, was auch er wusste: Wir würden Areus nicht zu Gesicht bekommen, bevor dort unten nicht alle tot waren …

»Nici, steig ab«, befahl Alec mit gepresster Stimme. Ich verstand nicht sofort, auch nicht, als er seinen Befehl wiederholte.

In seiner rechten Hand tauchte auf einmal ein Schwert auf, es materialisierte sich wie aus dem Nichts. Doch mir blieb keine Zeit, darüber zu staunen. Ich hatte begriffen.

»Nein!«, schrie ich panisch, bevor er mich vom Pferd stoßen konnte. »Nein! Das wäre Selbstmord!«

»Steig ab.«

»Dann komme ich mit!«

»Hör auf mit dem Unsinn. Ich kann nicht kämpfen, wenn du vor mir sitzt, außerdem hast du keine Waffe.« Er trieb sein nervöses Pferd ungeduldig einige Schritte weiter, wartete aber immer noch darauf, dass ich absteigen würde. Doch da kannte er mich schlecht.

Ich wusste, dass uns die Zeit wie Sand zwischen den Fingern davonrann, deswegen hatte ich keine Lust, mich lange mit ihm zu streiten. »Ich werde dir helfen oder bei dem Versuch umkommen, stören wird es euch in keinem der Fälle!« Hinter mir zuckte Alec bei meinen Worten kaum merklich zusammen. »Ich habe eine Idee, also warte nicht lange, wenn du nicht gleich als einziger deines Clans übrig bleiben möchtest!«

Vielleicht hatten ihn meine Worte überzeugt, vielleicht war er auch einfach nur genervt von mir und wollte tatsächlich lieber, dass ich dort unten umkommen würde. Auf jeden Fall galoppierte er los. Ich hielt mich mit beiden Händen am Hals des Pferdes fest, während wir den Hang mit atemberaubender Geschwindigkeit hinuntersausten. Der Schnee wehte unter uns auf, und die Geräusche des Kampfes kamen immer näher. Die Idee in meinem Kopf wurde immer klarer und entwickelte sich zu einem Plan.

Viel zu schnell waren wir mittendrin, Alec hielt mit einer Hand die Zügel, presste mich gleichzeitig enger an sich und schwang mit der anderen Hand sein Schwert. Ich duckte mich ängstlich und machte mich so klein wie möglich, um ihn nicht zu stören und gleichzeitig nicht sehen zu müssen, wie –

Genau das. Alec schlitzte jemandem den halben Oberkörper im Vorbeireiten auf, Blut spritzte durch die Luft. Als Alec eine halbe Drehung machte, sah ich, dass er Jeff geholfen hatte, der sich mit zwei Reitern gleichzeitig abmühte. Alec bekam nicht die Chance, ihm weiter zu helfen, denn jemand stürmte mit einem Schrei auf uns zu. Ich hatte noch nicht einmal die Zeit, zu erkennen, wer es war, da musste Alec schon eine niedersausende Axt parieren. Meine Augen weiteten sich vor Entsetzen über die massive Waffe, die nur wenige Zentimeter von mir entfernt von Alecs Klinge aufgehalten wurde. Ich wollte schreien, doch ich hatte nicht genügend Luft dazu.

Wir werden sterben, sterben, sterben!

Nein. Mein Plan. Ich versuchte, mich zu konzentrieren. Alec stieß den Gegner fort, bewegte unser Pferd mit unglaublicher Geschwindigkeit, alles verschwamm vor meinen Augen. Nur noch Schwarz und das Rot des Blutes, das Weiß ihrer Gesichter …

»Alec!«, schrie ich gegen den Lärm und meine Angst an. Mein Plan. Ich musste ihm von meinem Plan berichten.

»Du musst deine Leute alle um dich herum versammeln!«, rief ich, obwohl ich noch nicht einmal wusste, ob er mich hören konnte. »Bleib stehen und versammle sie um dich!« Ich japste erschrocken nach Luft, als ein Zauber nur Millimeter vor meinen Augen vorbeischoss. Es erinnerte mich, dass ich meinen eigenen Schild nicht vernachlässigen sollte. Ein Grund mehr, uns zu beeilen, da ich meine Kräfte brauchen würde.

»Willst du uns alle gleichzeitig umbringen?«, rief Alec. Anscheinend hatte er mich doch gehört.

»Vertrau mir!«, schrie ich wieder einmal. Und diesmal sagte Alec nichts dazu.

Er ritt zwischen zwei von Areus' Männern hindurch, zog seinen Kopf ein, um einem Hieb auszuweichen, und galoppierte auf den nächsten seiner Männer zu: Lane. In der Nähe kämpfte auch Catya und hielt gleich drei Vampire in Schach. Noch während ich zusah, blitzte ihre rote Klinge auf, zischte durch die Luft, und im nächsten Moment hatte einer der Vampire keinen Kopf mehr. Ich schrie hysterisch auf und schlug mir beide Hände über den Mund.

»Alle hierher!« Alec schwenkte sein Schwert über seinem Kopf. Lane, der gerade frei war, schaute ihn fragend an, als ob er wissen wollte, ob mit ›alle‹ ihre Gruppe oder die Feinde gemeint waren.

»Lane, Catya!«, rief Alec und dann immer weitere Namen. Nach und nach versammelten sich die Unseren um Alec und mich. Die am äußeren Rand Stehenden verteidigten unseren Kreis, sodass sich kein Feind dazwischendrängen könnte. Als Letztes kamen Arianna und Rose, die mit ihren Pfeilen aus der Ferne geschossen hatten. Nun drängten sie sich zu uns in die Mitte und verkündeten, dass wir vollständig seien. Die Fehlenden würden auch nach weiteren Minuten nicht mehr kommen. Den Satz brauchten sie nicht auszusprechen.

Nun warteten natürlich alle darauf, was Alec vorhatte. Wir würden uns nicht lange in diesem Kreis schlagen können, wir waren bereits von allen Seiten umzingelt.

Alec schaute fragend auf mich herab, und ich berührte vorsichtig seine kalte Hand, um ihm das Bild zu zeigen, was ich im Kopf hatte. Mit meiner Erlaubnis konnte er noch immer meine Gedanken lesen, die ich ihm zuschickte – und das tat ich jetzt.

Er runzelte zweifelnd die Stirn, als sich mein Plan in seinem Kopf abzeichnete, doch er nickte schließlich und rief: »Steckt alle Energie, die ihr habt, in den Schild! Spart nichts an Kräften!«

Sofort ertönte Widerspruch von allen Seiten. »Alec, was …?«, fragte Arianna zweifelnd.

»*Tut es!*«, brüllte Alec, und seine Stimme donnerte über das Schlachtfeld. Augenblicklich spürte ich die erhöhte Energiemenge um uns herum. Jetzt musste es schnell gehen, denn wenn sie alle Kraft nur in den Schild steckten, konnten sie keine körperlichen Angriffe mehr abwehren.

Ich schloss meine Augen und atmete tief ein. Ich erinnerte mich an einen Tag, der Monate oder gar Jahre zurückzuliegen schien. Ein Leben in Phoenicia und mit Jean als Mentor. Mit rasendem Herzen erinnerte ich mich an seine Worte. Er hatte gemeint, es sei einfacher, mit Gesten zu arbeiten, um die Wirkung zu verstärken. Ich lächelte, als ich meine Arme anwinkelte und dann hinunterschmetterte. Meine ganze Energie ließ ich in dieser einen Bewegung heraus. Ich spürte, wie sie aus mir herausflutete, nahm jetzt aber bewusst den Kreis um mich herum wahr, der auch bei geschlossenen Augen noch für mich zu sehen war. Ich konzentrierte mich auf die Umrisse dieses magischen Kreises und ließ alles außerhalb wortwörtlich in Flammen aufgehen.

»Nicita.« Eine Stimme rief von weit, weit her meinen Namen. Ich musste meine Augen öffnen, da die Stimme flehentlich klang. Meine Lider flatterten auf, und ich blickte in Alecs blaue Augen.

»Hallo«, flüsterte ich und lächelte schwach.

Er hielt mich in den Armen und stöhnte erleichtert auf. »Gott sei Dank, nicht du auch noch«, verstand ich aus seinem Gemurmel, das eher an ihn selbst als an mich gerichtet war.

Seine Worte verwirrten mich, und ich bemerkte plötzlich, dass es dunkler geworden war. Aber es war doch gerade noch Tag gewesen, oder?

Bilder von der Schlacht tauchten vor meinem inneren Auge auf, Ilias, der sein Schwert schwang und gleich mehrere Köpfe abtrennte, überall Blut, einer von Alecs Männern, wie er leblos zu Boden ging, und dann plötzlich überall Feuer. Ich hatte alles in Brand stecken wollen.

Erschrocken setzte ich mich auf und starrte um mich herum. Hatte ich auch uns in Flammen gehüllt? Waren die Unseren meinetwegen gestorben?

Als ich mich umblickte, dachte ich erst, wir wären nicht mehr in Alcedia.

Ich sah keinen Schnee mehr. Alles war schwarz, Himmel wie Erde. Körper lagen auf dem Boden, verkohlt und bis aufs Unkenntliche zerstört. Nur noch bleiche Knochen ragten an einigen Stellen aus dem schwarzen Ruß. Ich suchte meine nähere Umgebung ab und stellte fest, dass in einem Umkreis von wenigen Metern immer noch Schnee auf dem Boden lag. Und hier standen sie alle, Jeff und Lane, Arianna und Catya, Rose und Ilias, Shane, Lucan, Elya, Milan und Eric. Ich wusste nicht, wie viele genau fehlten, aber die meisten waren hier. Unversehrt. Man sah sogar immer noch eine leicht funkelnde Halbkugel um unsere Gruppe schimmern: der Schild, den ich gekonnt übergangen hatte. Ich hatte es tatsächlich geschafft. Fast alle außerhalb des Schildes waren verkohlt, tot oder zumindest verletzt, nur einige wenige saßen noch aufrecht auf ihren Pferden. Ein paar mehr, die weiter hinten standen. Doch plötzlich fiel mir etwas auf: Niemand regte sich. Keiner der Vampire von Areus, die überlebt hatten … und keiner von uns.

Mit geöffnetem Mund streckte ich meine Hand nach Catya aus, die uns am nächsten saß. Sie hielt ihr großes Schwert mit beiden Händen vor ihren Körper, ihr Blick war geradeaus zu den Feinden gerichtet. Sie rührte sich keinen Millimeter, als meine Hand ihre Schulter streifte.

»Was ist geschehen?«, fragte ich, doch meine Stimme versagte. Ich blickte zu Alec hinauf, der mit mir im Arm auf seinem Pferd saß.

»Du bist vor Erschöpfung ohnmächtig geworden, doch als sich das Feuer gelegt hatte und der Rauch vorbeigezogen war, habe ich alles so vorgefunden, wie du es jetzt siehst. Nichts bewegt sich mehr, alles ist erstarrt. Hast du das getan?«, fragte er mich.

Ich schüttelte entsetzt den Kopf und befreite mich so weit aus seinen Armen, dass ich wie vorher selbstständig vor ihm auf dem Pferd saß.

»Geht es dir gut?«, fragte er.

Ich nickte und drehte mich, sodass wir uns anschauen konnten. »Nur ein wenig schwindelig, aber das geht gleich vorbei.«

Ein plötzliches Donnern unterbrach uns. Erschrocken blickten wir zum Himmel, und im selben Moment zuckte ein greller Blitz durch die pechschwarzen Wolken. In der nächsten Sekunde war es wieder finster wie in der Abenddämmerung.

»*Willkommen*«, dröhnte eine körperlose Stimme wie aus dem Nichts. Sie hallte von allen Seiten wider, war das Donnern um uns herum und der Wind, der an unseren Kleidern zerrte.

Wieder einmal starrte ich Alec entsetzt an. »Was war das?«

Alec knurrte nur und fletschte die Zähne. Wütend schaute er in den dunklen Himmel über uns. »Das ist Areus!«, rief er.

Areus?

»*Vielleicht. Vielleicht habt ihr aber auch nur Wahnvorstellungen.*« Die Stimme verwandelte sich in ein donnerndes Lachen. Blitze zuckten wieder über den Himmel, ließen ihn in lila und roten Farben flimmern. Instinktiv schmiegte ich mich näher an Alec. Mein Herz raste vor Angst.

»Zeig dich!«, fauchte Alec und lenkte unser Pferd unruhig hin und her.

Areus überging ihn einfach. »*Wie ich sehe, habt ihr euch gut geschlagen. Um ehrlich zu sein, besser, als ich erwartet hatte.*«

»Was willst du?«, fragte Alec.

Wieder lachte der Gewitterhimmel uns aus. Der Wind verstärkte sich und wirbelte Ruß und Schnee auf. Weiße und schwarze Flocken flogen um die Wette. »*Das ist doch meine Frage an euch, oder nicht? Schließlich seid ihr doch gekommen, um mich anzugreifen. Und ich muss sagen, es ist brillant, jemanden wie dich, Nicita, in seinem Team zu haben.*«

Ich errötete unwillkürlich und wusste nicht, wohin mit mir. Eine donnernde, laute Stimme aus dem Nichts zu hören, war gruselig genug, doch wenn sie dir auch noch Komplimente machte …

»Wir sind nicht gekommen, um gegen dich zu kämpfen, Areus«, rief Alec.

»Na, das will ich auch für euch hoffen«, lachte Areus' Stimme.

»Wir sind nur hier, um einige Antworten zu bekommen …«

»Was ihr erbittet, wird euch gegeben werden. Doch was kriege ich dafür?«, fragte er.

Alec und ich starrten uns schweigend an. Er würde mich jetzt nicht ausliefern, oder? Das würde er nicht tun. Das konnte er nicht. Das …

»Sagt nichts! Ich habe eine Idee.« Die Stimme klang zufrieden mit sich selbst und verursachte eine Gänsehaut auf meinen Armen. Areus' Idee *konnte* nicht gut für uns ausgehen. In Alecs Augen sah ich denselben Gedanken.

»Wie viele Fragen habt ihr?« Areus schien an der Unterhaltung Spaß gefunden zu haben.

Ich sah, wie Alec nachdachte. Auch ich riss mich zusammen und versuchte, mich an den Grund zu erinnern, wieso wir überhaupt hier waren. Jean fiel mir ein. Der blonde Junge, der gesagt hatte, er sei das Schicksal namens Jean. Meine Finger suchten nach Alecs Hand, um Körper- und Augenkontakt herzustellen, damit ich mit ihm in Gedanken kommunizieren konnte. Er schaute mich erst stirnrunzelnd an, doch als ich ihm meine Erinnerung schickte, nickte er. Dann sprachen wir unsere Fragen ab. Alec wollte unbedingt wissen, wieso Areus eine noch größere Armee aufbauen wollte und ob eine Möglichkeit bestünde, Frieden unter alle Vampire zu bringen. Und dann gab es noch die Frage, wieso Areus auf mich Jagd gemacht hatte und seine Männer in das Haus meiner Familie hatte einbrechen lassen.

Über uns donnerte es wieder, und Areus sprach: *»Genug. Ich werde euch drei Fragen beantworten. Unter einer Bedingung.«*

Ohne auch nur einmal Luft zu holen, warteten wir schweigend auf sein Urteil.

»Ihr spielt mein Lieblingsspiel mit mir.«

Und danach wird er uns umbringen, und die Antworten werden uns nichts mehr nützen, sagte ich stumm zu Alec. Es war eine Falle, auf die wir unter keinen Umständen eingehen durften.

»Ich spiele immer fair, also hört euch meine Regeln an. Alec, du wirst dir drei Personen aussuchen, die mit dir in mein Quartier kommen werden. Ich werde euch vor dem Spiel die Antworten geben, die ihr verlangt. Dann spielen du und deine Leute gegen mich und die meinen. Und danach seid ihr frei.«

Erst war ich erschrocken darüber, dass er auf meine Gedanken geantwortet hatte, doch dann fiel mir ein, dass er wahrscheinlich in Alecs Kopf eingedrungen war und dort auch meine Worte gehört haben musste.

Ich schnaubte ungläubig. Als ob wir danach frei sein würden. Ich wollte Alec gerade sagen, er solle auf keinen Fall einwilligen, als dieser es bereits tat.

Mit offenem Mund musste ich miterleben, wie er nickte. »Löse die Starre meiner Männer, und ich werde mir drei Mitspieler aussuchen.«

15.5

Schmerz

Sie atmete ein, als hätte sie es eine ganze Zeit lang nicht getan. Dann blinzelte sie ein paarmal, als würde sie aus einem tiefen Schlaf erwachen. Es brauchte ein paar Sekunden, bevor sich Catya wieder orientiert hatte, doch sie begriff trotzdem nicht. Hatte nicht gerade eben noch alles in Flammen gestanden? Es war, als hätte sie etwas übersprungen, ein paar Minuten verpasst, obwohl sie die ganze Zeit hier und bei Bewusstsein gewesen war. Das war sie doch gewesen, oder? Ihr Blick schweifte über die Alcedos neben ihr, auch sie schienen ungewöhnlich verwirrt. Allein Alec und Nicita, das Feuermädchen, hoben sich von der Masse ab. Ganz ruhig saßen sie auf dem schwarzen Ross in der Mitte des Kreises, ihre Augen klar und still auf einen Punkt gerichtet, nicht herumirrend wie die der anderen. Doch ihre Gesichter waren starr vor Angst. *Das Antlitz des Phönix ist so bleich wie die unseren,* dachte Catya und schluckte schwer.

»Was ist passiert, Alec?«, fragte sie. Er schaute sie an, als sähe er sie zum ersten Mal im Leben. Dann blickte er sich zum Rest ihrer Truppe um. Nun kamen die Fragen von allen Seiten. Alec schloss die Augen, dann sagte er: »Die Geschichten über Areus sind wahr. Er besitzt die Macht der Zeit. Er hat … er hat alles angehalten, während er mit mir sprach.«

Das Gemurmel um Catya herum schwoll an. Sie verstand nicht, was die Einzelnen sagten, da in ihrem Kopf ein Chaos ausbrach. Was diese einfachen Worte bedeuteten! Die willkürliche Macht über die Zeit!

»Er hat einen Handel vorgeschlagen. Wir bekommen unsere Antworten und können unversehrt gehen – wenn wir ein Spiel mit ihm spielen.«

So lächerlich die letzten Worte auch klangen, sie hatten eine große Wirkung. Die Stille drückte sich zwischen jeden ihrer Körper und breitete sich aus, bis man das Atmen jedes Einzelnen hörte. Catya war klar, dass dies alles bereits ein Spiel für Areus war. Areus tat nichts anderes, als mit seinen Mitmenschen zu spielen.

»Wie lauten die Bedingungen?«, fragte Jeff.

»Wir wurden noch nicht in die genauen Regeln eingewiesen. Wir wissen nicht, welches Spiel er meint. Ich soll mir nur drei Mitspieler aussuchen, die mit in sein Quartier kommen dürfen. Dort werden wir die Antworten auf drei Fragen bekommen, danach wird gespielt – und dann sind wir seinen Worten nach frei«, erklärte Alec und schaute jeden einzelnen von ihnen genau an. Dann glitt plötzlich Schmerz über sein Gesicht. Catyas Herz machte einen holprigen Satz. Was war los? »Fernando und Mike also … Geht es sonst allen gut?«

Fernando und Mike. Es dauerte etwas, bis sich das Begreifen in ihr breitmachte. Erneut stolperte ihr Herz in seinem Rhythmus, als sie sich umsah und traurig feststellte, dass Alec recht hatte.

»Hier, Elya ist verletzt«, rief Rose plötzlich. Catya drehte sich um, um nach der blonden jungen Frau zu suchen.

»Ist schon okay, ich werde wohl nicht mit in sein Quartier kommen, um sein Spiel zu spielen, aber sonst ist es nichts.« Ein erschrockenes Luftschnappen brachte Catya dazu, sich erneut umzudrehen. Sie blickte zu Nicita auf, die vor ihrem Meister saß und ein Gesicht machte, als würde sie sich gleich übergeben. Wahrscheinlich hatte auch sie gerade Elya angesehen. Catya verzog traurig ihren Mund. Elyas Wunde sah wirklich grässlich aus, es war so viel Blut da, dass man gar nicht sehen konnte, wo genau sie nun verletzt war.

»Möchte jemand freiwillig mitkommen? Ich will nur ungern jemanden dazu zwingen …«

Catya öffnete sofort ihren Mund, doch jemand anderes war schneller als sie. Ausgerechnet das Feuermädchen krächzte: »Ich komme mit.«

»Ich will auch«, beeilte sich Catya zu sagen, bevor ihr noch jemand zuvorkam. Sie *musste* mit. Ihr Drang, jemanden zu töten, war größer als je zuvor. Sie wollte diesen Areus in kleine Stücke zerhacken und …

Jemand sprach den Gedanken aus, den sie für sich behalten hatte: »Du weißt, dass ich gern mitkommen würde, Alec, aber ich weiß nicht, ob ich bereit für lächerliche Spiele bin. Wir sind alle aus dem Grund hier, uns zu rächen. Noch ein Spiel von Areus will ich mir nicht antun, ich will mitkommen, um dem Ganzen ein Ende zu bereiten.« Jeffs Worte mussten vielen von Alecs Clan aus dem Herzen sprechen, doch Alec schüttelte nur den Kopf. »Wir können nicht gewinnen, wenn wir kämpfen.«

»Sieh dich um, Alec!«, schrie Jeff, und seine ausgestreckten Hände deuteten aufs Schlachtfeld. Auf die verkohlten Leichen. Die überlebenden schwarzen Reiter waren immer noch wie aus Stein gemeißelt und bewegten sich keinen Zentimeter, waren eingefroren in Zeit und Raum. »Wir haben gekämpft – und *nicht* verloren! Fast alle von Areus' Vampiren sind *tot!* Wir sind unserem Ziel so nahe!«

»Nein, Jeff!« Alecs Stimme schnitt wütend durch die Luft. »Wir haben nicht verloren, sagst du? Und was ist mit Fernando und Mike? Wo sind sie, wenn nicht verloren?« Seine Augenbrauen zogen sich gequält zusammen. »Und Areus ist stärker als all diese Vampire zusammen. Ich will nicht noch mehr Freunde verlieren, weil ihr von dem Gedanken an Rache geblendet seid! Rache nehmen, das ist Unsinn. Es verursacht nur noch mehr Leid und Schmerz auf beiden Seiten. Es ist nie ein Gewinn, nur ein Verlust. Egal aus welcher Sicht man die Dinge betrachtet.« Alec schaute auf das Feuermädchen herunter. Die Bedeutung seiner Worte musste jeden von ihnen auf eine ganz persönliche Weise treffen. Jede Weise auf ihre Art rein und doch schmerzhaft, weil sie nichts beschönigte.

»Will jemand mitkommen, der dem Spiel gewachsen ist?«, fragte Alec noch einmal mit erhobenem Haupt. Catya schämte sich plötzlich, da sie genauso gedacht hatte wie Jeff. Sie hatte nicht mitkommen wollen, um ihren ganzen Clan lebend aus der Sache herauszuholen, wie Alec es tat. Nein, sie wollte aus vollkommen egoistischen und kranken Gründen mitkommen, dem verrückten, ihrem Körper antrainierten Drang nach Gewalt nachgeben. Sie war erst ein Jahr bei Alec, ein Jahr, in dem sie sich hatte stark zurückhalten müssen, um die Blutgier zu unterdrücken, die in ihr tobte. Es war noch nicht einmal ihre persönliche Rache, nicht Areus hatte sie zu dem gemacht, was sie war, doch da sie ihren damaligen Meister wahrscheinlich nie finden würde, gab dieser Areus einen guten Ersatz ab.

»Ich werde mitkommen«, sagte Milan schließlich.

»Nein!« Rose starrte ihren Sohn besorgt an, dann Alec. »Bitte, dann gehe lieber ich mit.«

Ein Seufzer verließ die Lippen ihres Meisters, seine Augen wirkten plötzlich müde und hoffnungslos.

»Alec, ich bin zutiefst enttäuscht, dass du mich noch nicht gefragt hast.« Arianna schüttelte lächelnd ihren Kopf, und ihre schwarzen Haare wirbelten durch die Luft.

»Du willst mitkommen?«, fragte Alec skeptisch, und sie nickte. Dann legte sie Catya eine Hand auf die Schulter und drückte sanft. »Drei junge Frauen und unser Meister. Wir werden ein interessantes Bild für Areus abgeben.«

Sobald sie sich entschieden hatten, tauchte ein junger Mann auf und führte sie fort von dem Schlachtfeld, von den zurückgelassenen Verbündeten zu einer kleinen Höhle. Catya lief voran, direkt hinter dem jungen Burschen, der sie zu Areus bringen würde. Sie hielt ihr Schwert die ganze Zeit umklammert, und während die Höhle sie in einen unterirdischen Gang führte, blickte sie immer wieder zweifelnd zurück, um in Ariannas Gesicht Hoffnung zu finden. Von Ariannas Lächeln glitt ihr Blick dann schon tapferer zu Alec weiter, der Nicita an der Hand hielt und sie keinen Moment losließ. Wie jedes Mal, wenn Catya zurückschaute, wunderte sie sich, während sie das Feuermädchen beobachtete. Nicita fühlte sich sichtlich unwohl dabei, Alecs Hand zu halten, und dennoch riss sie sich nicht los. Sie starrte nur vor sich auf den Boden und verbarg ihr Gesicht vor den anderen, so kam es Catya zumindest vor. Doch wieso hielt Alec überhaupt ihre Hand?

Sie kamen an eine Treppe, und Catya schaute wieder nach vorn. Die aus Stein gehauenen Stufen führten in einen Gang. Der schwarze Boden aus Marmor erstreckte sich wie ein dunkles Meer und flutete den schmalen Gang. *Wir müssen nun in irgendeinem Haus sein,* dachte Catya, denn auch die Wände waren nicht mehr roher Stein.

Ihre Schritte hallten laut in dem dunklen Gang wider, in dem kein Wort gesprochen wurde. Vergoldete Wandlampen links und rechts erhellten die Dunkelheit und gaben hier und da etwas preis. Nachdem die kleine Gruppe um ein paar Ecken gelaufen war, immer weiter hinein in die Höhle des Teufels, fingen Bilder an, die Wände zu schmücken. Gerahmte Vanitas-Stillleben, Barockgemälde, die allerlei Sünden zeigten. Ein Bild war furchteinflößender als das andere und Catya so fremd, dass sie sich keins dieser Bilder in einem öffentlichen Museum vorstellen konnte. Je weiter sie liefen, desto seltsamer wurden die Bilder, und etwas veränderte sich. Der Stil war immer noch grotesk und beängstigend, doch sie zeigten nun andere Dinge, Portraits mischten sich darunter, das Gesicht einer Frau, das in Flammen aufging, und dann Bilder von Händen. Ineinander verschränkte Hände, Hände, die sich nach etwas ausstreckten, gespreizte oder gekrümmte Finger. Catya konnte irgendwann nicht mehr hinsehen. Wie viele Bilder hier wohl hingen und wer sie gemalt hatte?

Sie gingen um eine weitere Ecke, und plötzlich gab es auch Türen, die von ihrem Gang abführten. Die gerahmten Bilder wurden seltener, die Türen häufiger. *Was für ein merkwürdig gebautes Haus,* dachte Catya. Dann entdeckte sie plötzlich ein Bild, das mit einem weißen Tuch verhängt war. Es war das letzte Bild. Sie starrte ihm nach, selbst als sie schon Meter weiter waren und der unendlich lange Gang in eine Halle mündete.

Erst eine Stimme, mit der sie nie in ihrem Leben gerechnet hatte, brachte ihre volle Aufmerksamkeit wieder zurück.

»Da seid ihr ja, meine lieben Gäste.« Bittersüß hallte sie in dem Raum wider, der zwar nicht riesig war und ein gemütliches Wohnzimmer abgegeben hätte – wenn er nicht vollkommen leer gewesen wäre. Wirklich vollkommen. Nur drei Männer standen in diesem Raum, der Boden in den Farben eines Schachbrettes.

Catya starrte den großen Mann in der Mitte an, während ihr Gehirn auf Hochtouren arbeitete, versuchte sich seine Stimme noch einmal in Erinnerung zu rufen, um sicher zu sein, dass …

»Wie schön, dich wiederzusehen, kleine Catya«, sagte der Mann, und sie hatte das Gefühl, ihr Herz würde von der einen Sekunde auf die andere platzen. *Bumm*, einfach so.

Sie umklammerte ihr Schwert umso fester und hielt es mit beiden Händen vor ihren Körper, die lange Klinge vor ihrem Gesicht. Sie ging auf den Mann zu, einen Mann mit schwarzen Haaren und einer langen Narbe im Gesicht. Sie erinnerte sich nicht daran, dieses Gesicht schon einmal gesehen zu haben, doch diese Stimme hatte sie in ihren Träumen verfolgt. Die ganzen verdammten dreihundertvierundachtzig Nächte, in denen sie von ihrem Meister getrennt gewesen war.

»Catya, was tust du da?«, rief jemand hinter ihr, doch sie hörte nicht mehr zu. Sie konnte sich gegen ihren Körper nicht wehren, der nichts weiter tat, als auf diesen fremden Mann zuzugehen. Den Mann, von dem sie wusste, dass er Areus war. Der König der Unterwelt.

Er hob seinen rechten Mundwinkel und ließ seine spitzen Zähne aufblitzen. Sein schiefes Grinsen entfachte ein Feuer in ihr, und sie wollte sich plötzlich auf ihn stürzen, sie wollte ihm Leid zufügen, schrecklichen, schrecklichen Schmerz!

Sie starrte auf die Klinge vor ihren Augen und sah ihr eigenes Spiegelbild, ihr furchtbar blasses Gesicht und die stechend violetten Augen.

Wieder rief jemand nach ihr, doch es war bereits zu spät. Wäre er einfach nur Areus gewesen, hätte sie ihre Mordlust unterdrücken können. Sie hätte sein Spiel gespielt und wäre dann brav gegangen. Doch dieser Mann vor ihr … er war nicht einfach nur Areus.

»Was willst du, kleine Catya?«, fragte er, als hätte er ihre Gedanken gelesen. Und oh, natürlich hatte er das.

»Die Wahrheit«, brachte sie erstickt heraus, obwohl sie am liebsten geschrien hätte. Obwohl sie am liebsten *»deinen Tod«* geantwortet hätte.

Areus hörte ihre zweite Antwort, die den anderen verborgen blieb. »Tu es nicht, Menschenmädchen«, sagte er und schüttelte lächelnd seinen Kopf. »Schau mir in die Augen. Schau mir einfach in die Augen, und du findest die Antwort auf all deine Fragen.«

Catya konnte nicht anders, als in diese dunkelgrünen Augen zu blicken, die sie von oben herab durchbohrten. Sie ließ ihr Schwert sinken, in dem Moment, in dem ihr eine Träne der Unschuld über die Wange rollte. Ihr Gesicht blieb eine starre Maske aus weißem Porzellan, während die winzige, reine, salzige Träne für ein paar Sekunden an ihrem Kinn verharrte. Und dann, getrieben von einem tiefen Schmerz der Vergangenheit, stürzte sie hinab.

Ihr Fall war bodenlos.

16

Russisches Roulette

Mein Herz zog sich zusammen, als ich sah, wie sich Catyas Augen mit Tränen füllten. Ich wollte nach vorn stürmen und sie beschützen, vor was auch immer, doch Alec hielt mich zurück. Er hatte seine Arme um meine Taille geschlungen, sodass ich nicht entkommen konnte. Später brannte die Erinnerung an diese Nähe viel heftiger als die Berührung selbst. In diesem Moment konnte nämlich selbst Alec meine Gedanken nicht für sich beanspruchen. Es war mir egal, dass er mich so festhielt. Aber diese Spielchen von Areus waren mir nicht egal!

»Was tust du mit ihr?«, schrie ich und stampfte mit meinem Fuß auf, versuchte, mich aus Alecs Griff zu befreien. Catyas Schwert fiel in dieser Sekunde zu Boden, es entglitt ihren grazilen Händen, als hätten sie plötzlich nicht mehr die Kraft, es zu halten. Und da wusste ich, dass mir dieser kleine Halbvampir nicht egal war. Ich sah sie nicht länger als Feindin an, nein, vielmehr als eine Freundin. Noch ein, zwei Wochen vielleicht, und ich würde sie in mein Herz geschlossen haben. Dieses sonderbare Mädchen, das bei den Alcedos aufwuchs. Das Mädchen, aus dessen violetten Augen nun Tränen sickerten.

Areus hob in einer Geste des Unwissens die Hände. »Ich? Ich tue ihr nichts.«

»Areus, gehört das zu deinem Spiel? Wenn nicht, dann lass das Mädchen in Ruhe.« Das war Arianna, die sich einmischte.

Als ich zu ihr hinüberschaute, bemerkte ich, dass Catyas Leid ihr noch mehr Schmerzen zufügte als mir.

Areus lachte plötzlich. »Ihr seid Sklaven eurer selbst und merkt es noch nicht einmal.«

»Hör auf, dumme Sprüche von dir zu geben, wir haben nicht ewig Zeit«, brummte Alec.

»Oh doch, ich habe ewig Zeit. Und es ist so überaus interessant, die Dummheit eurer Spezies zu begutachten.«

»Ich weiß nicht, wovon du sprichst«, knurrten Arianna und Alec beinahe zeitgleich.

Areus grinste triumphierend. »Oh ihr Armen. Wie armselig, wenn sich mehrere Menschen ein Gehirn teilen müssen. Ich finde es immer besser, wenn jeder sein eigenes hat. Aber na ja, man kann halt nicht alles haben.«

»Es reicht, Areus. Gib uns die Antworten, die du uns versprochen hast!«

»Nicht so forsch, mein junger Alec, ich halte meine Versprechen.« Er schnipste mit den Fingern, und im Raum tauchten plötzlich mehrere Stühle und ein runder Tisch auf. »Setzt euch, meine Gäste«, forderte Areus uns auf und untermalte dies mit einer höflichen Geste seiner Hände.

Alec ließ mich endlich los, und widerwillig setzten wir uns in Bewegung. Jeder Schritt, den ich tat, kostete mich eine ungeheure Überwindung. Zwei von Areus' Männern saßen als erste, und ich war froh, dass Arianna und Alec die Plätze neben den Feinden einnahmen, sodass für mich und Catya zwischen den beiden jeweils noch ein Stuhl übrig blieb. Ich bewegte meine zitternden Beine zu dem Stuhl neben Alec und setzte mich. Es fühlte sich wie eine Ewigkeit an, bis Catya ihren Platz zwischen mir und Arianna eingenommen hatte. In Wahrheit hatte sie jedoch nicht viel länger gebraucht als ich, um ihre Gliedmaßen unter Kontrolle zu bekommen. Als sie sich setzte, schaute ich sie von der Seite aus an, doch sie hatte bereits alle Tränen aus ihrem Gesicht gewischt, als seien sie nie da gewesen.

Areus setzte sich als Letzter auf den freien Platz zwischen seinen Männern.

»Die Spielregeln«, fing er an, und für eine lange Sekunde war sein blasses Gesicht mir zugewandt. »Drei Fragen, drei ehrliche Antworten. Und dann spielen wir ein Spiel. Ein Spiel, und ihr dürft gehen … nun, zumindest die Gewinner unter euch.«

Alecs Hände ballten sich auf seinem Schoß zu Fäusten. »Du hattest gesagt, dass wir alle frei wären nach dem Spiel«, knurrte er und versuchte, seine Wut im Zaun zu halten. Kurz ergriff mich der wahnsinnige Impuls, meine Hände zur Beruhigung auf seine zu legen, doch stattdessen ballte ich meine ebenfalls zu Fäusten.

»Du wirst sehen, wovon ich spreche, wenn du weißt, welches Spiel ich spiele. Und jetzt hört genau zu. Wenn das Spiel vorbei ist, werde ich euch genau fünf Minuten geben, um mein Quartier zu verlassen. Nach fünf Minuten werde ich alle Ausgänge schließen, und ihr werdet für immer hierbleiben – als meine Gefangenen.«

Eine Gänsehaut breitete sich nach Areus' Worten auf meinem Körper aus, und ich biss mir auf die Unterlippe, um ihr Beben zu unterbrechen. Gott, nur fünf Minuten. Wir hatten für den Weg hierher durch den langen Flur bestimmt eine Viertelstunde gebraucht.

»Und jetzt eure Fragen.« Areus' dünne Lippen kräuselten sich zu einem höhnischen Grinsen, von dem ich wusste, dass es mich noch lange in meinen Träumen verfolgen würde.

Die Sekunden verstrichen und keiner sagte mehr etwas. Ich wusste, dass sich Alec sammeln musste, bevor seine Stimme so ruhig und beherrscht klingen würde, wie er es gern wollte.

»Wir sind aus dem Grund hierhergekommen, deinem Treiben ein Ende zu bereiten«, fing er schließlich an und schaute dabei nach unten auf seine Hände. Einen *Feigling* hatte Areus ihn mal genannt. »Du weißt, dass wir dich und deine Vampire in Ruhe gelassen hätten, wenn ihr für uns alle und die Menschenwelt nicht plötzlich eine große Bedrohung dargestellt hättet. Also lautet die Frage: Wieso auf einmal die ganzen Neugeborenen? Du hast früher hin und wieder jemanden verwandelt, dafür sind wir wohl der beste Beweis. Aber unsere Männer haben mitbekommen, wie es seit ein paar Wochen nun Dutzende von Opfern gibt. Du willst eine Armee zusammenstellen, habe ich recht?«

Areus' Gesicht war vollkommen ungerührt, als er sagte: »Nein. Du hast mit keinem deiner Worte recht. Nun gut, außer mit dem Satz, der euch betrifft. Deine kleine Gruppe von Areus-Rächern.«

Er wartete, bis wir ihn alle anstarrten, erst dann sprach er weiter. »Ich streite nicht ab, dass jemand eine Armee zusammenstellt. Auch ich habe es bemerkt, meine Herren – oder sollte ich lieber *Damen* sagen? Aber nun, ihr habt den Falschen.«

Mein Blick glitt nach rechts und suchte den von Alec. Glaubte er ihm? Ich wusste nicht, ob ich es tat, denn ich kannte diesen Mann am wenigsten von all den Anwesenden.

»Wirst du uns verraten, wer dieser Jemand ist, der eine Armee von Vampiren aufstellt? Er bringt das Gleichgewicht zwischen der Menschen- und der magischen Welt durcheinander«, erklärte Alec und schluckte.

»Ich werde euch sagen, was ich weiß, wenn das eure zweite Frage sein soll.« *Was er weiß.* Vielleicht wusste er auch gar nichts. Oder er würde das zumindest behaupten.

»Nun gut, dann nicht«, knurrte Alec, und ich wusste, dass ihm derselbe Gedanke durch den Kopf geschossen war wie mir: Er würde uns nie einen richtigen Namen nennen. »Unsere zweite Frage lautet, wie du es geschafft hast, einen deiner Männer in mein Quartier einzuschleusen. Nein, die Frage ist, *wieso* war er da, Areus. Ein kleiner, launischer Bursche, der mit uns seine Scherze treibt? Das sieht deinen Männern nicht ähnlich.«

Ich verkrampfte mich bei der Erinnerung an den blonden Jean. Wie das Schicksal einfach so aufgetaucht und genauso plötzlich wieder verschwunden war. Ich konnte mich auch noch genau an meine Hysterie erinnern und an das Gefühl, dass dieser Junge alles über mich und Jean wusste. Und über Alec. Und überhaupt alles.

»Ich weiß nicht, wen du meinst, Alec. Dein Quartier ist genauso versteckt wie meins. Keiner meiner Leute war je da. Zu meinem Bedauern natürlich.«

Alec runzelte die Stirn und schaute kurz zu mir herüber. Als wolle er sichergehen, dass das Schicksal namens Jean nicht bloß seiner Fantasie entsprungen war. »Aber es war einer da. Er hat sich uns als Schicksal vorgestellt … das den Namen *Jean* trägt.«

Areus lachte kurz auf und schaute zu seinen Männern, als wolle er, dass auch sie über einen Witz lachten. »Ich kenne nur einen Jean. Wir alle kennen nur einen Jean. Und soweit ich weiß, kann mein Freund in seinem Zustand nicht einfach in dein Quartier einbrechen.«

Sein Freund. Sein Zustand. Diese beiden Worte brachten mein Blut zum Kochen. Es stimmte also, dass Jean mit Areus befreundet gewesen war.

»Wenn du mit seinem Zustand seinen Tod meinst, dann kann man das wohl so sagen«, warf Arianna ein.

»Ja … so kann man das auch nennen, wenn man will«, Areus musterte Arianna zum ersten Mal, seit wir hier waren, eingehend. »Liebste Arianna, immer noch empfindlich, was den Prinzen angeht?« Er berührte kurz seine Narbe und erinnerte uns daran, dass er Arianna nähergekommen war als wir anderen. Das hoffte ich zumindest und verdrängte den Gedanken daran, dass Alec vielleicht ebenfalls mal etwas mit ihr gehabt hatte.

»Okay, wenn du sagst, dass du keinen anderen Jean kennst, dann glaube ich dir das. Die Gründe, warum wir hier sind, gehen uns allmählich aus. Merkwürdig, wie unschuldig du bist in Hinblick auf unsere Anklagen«, sagte Alec, um das Thema wieder auf den eigentlichen Punkt zu bringen. Doch Areus hatte es geschafft, dass ich nicht mehr ganz bei der Sache war. Diese Frage hätte sich mir eigentlich schon viel früher aufdrängen sollen. Ich hatte Arianna mal gefragt, wie sie bei Alec leben konnte, wenn sie doch wusste, dass er Jean umgebracht hatte. Doch wie war es umgekehrt? Was hielt Alec davon, dass Arianna den Mann liebte, den er am meisten verabscheute? Wusste Alec überhaupt davon?

»Die letzte Frage: Was willst du von Nicita? Wieso sind deine Männer bei ihr eingebrochen? In ihr altes Haus in der *Menschenwelt,* Areus?«

Mit der Erwähnung meines Namens hatte mich Alec wieder in die Gegenwart gebracht. Wie würde Areus das abstreiten können? Wir hatten seine Vampire in Schwarz angetroffen und mit ihnen gekämpft.

»Es waren nicht meine Männer. Ich will von deiner kleinen Freundin gar nichts. Nun, ich berichtige mich: Ich wollte nichts von ihr, bis ich gerade Zeuge ihres großen Potenzials geworden bin.« Er zwinkerte mir zu, und ich zuckte zusammen.

Alec schlug plötzlich auf den Tisch und sprang auf. Erneut zuckte ich zusammen. »Du hast all unsere Anklagen von dir gewiesen! Was hat uns das gebracht? Das war nicht der Sinn der Sache! Du kannst nicht einfach sagen, dass du für all das nicht verantwortlich bist! Überall lauern Vampire, in meinem Quartier, bei Nicita zu Hause! Und du willst uns weismachen, dass der Herrscher der Vampire *nichts* damit zu tun hat? *NICHTS?*«

Areus lehnte sich zurück und musterte Alec von oben bis unten so eindringlich, dass er sich wieder setzte. Dann hob er eine Hand an den Mund und imitierte ein Gähnen. »Langweilt mich nicht. Ihr wolltet die Wahrheit haben, und da habt ihr sie. Ihr Sterblichen könnt euch auch nie entscheiden, was?«

»Wir sind in einer äußerst heiklen Situation. Wenn du wirklich nichts mit der Sache zu tun hast, kannst du uns doch helfen. Eine neue Armee von Vampiren wird alles durcheinanderbringen. Auch dein Reich«, versuchte Arianna, Areus zu überzeugen. Doch sobald sie die Worte ausgesprochen hatte, wusste ich, dass es die falschen gewesen waren.

»Mein Reich wird nichts durcheinanderbringen. Und die euren sind mir egal.«

»Und was ist mit den unschuldigen, wehrlosen Menschen auf der Erde, die der Reihe nach sterben?«

Areus beugte sich nach vorn über den Tisch, der plötzlich nicht mehr groß genug war. Sein Gesicht war uns so nah, dass ich nur meine Hand nach ihm hätte ausstrecken müssen, um ihn zu berühren.

»Ich dachte, du würdest mich besser kennen, Arianna. So etwas wie Mitgefühl besitze ich nicht. Also lasst uns endlich anfangen, bevor ich vor Vorfreude sterbe.«

»Russisches Roulette«, sagte Areus, nachdem er einen Revolver in die Mitte des Tisches gelegt hatte. »Ihr kennt alle den Spielablauf. Die Trommel dieses Revolvers hat sieben Kammern. Wir sind genau sieben Spieler. Das heißt, wir haben nur eine Runde. Sobald der Schuss fällt, ist das Spiel vorbei. Und egal wer verloren hat, ihr werdet fünf Minuten haben, um von hier zu verschwinden. Noch Fragen?«

Ich war wie erstarrt. Ich schaute zu Alec und dann zu Catya, doch ihre Gesichter waren leichenblass. *Sagt mir bitte jemand, dass das nur ein Scherz ist …*

»Zeig uns die Trommel«, presste Alec schließlich heraus. Areus verdrehte die Augen, nahm den Revolver in die Hand und ließ ihn aufschnappen. In die Runde zeigte er nun, dass sich in der Trommel genau eine Patrone befand. Er schloss den Revolver wieder und drehte die Trommel mehrmals. Dann hielt er uns die Waffe in seiner ausgestreckten, flachen Hand entgegen.

»Will jemand anfangen?«, fragte er fröhlich. Und ich konnte immer noch nicht glauben, dass ich tatsächlich hier saß. Dass ich in wenigen Minuten oder gar Sekunden diese

Waffe in den Händen halten würde und unweigerlich abdrücken musste.

»Nun gut, dann fange ich an. Und dann im Uhrzeigersinn.« Er hielt sich den Revolver ganz lässig an die Schläfe und blickte uns der Reihe nach an. Wir wussten natürlich alle, dass der Schuss nicht fallen würde, doch als Areus den Abzug betätigte und kein Knall darauf folgte, sackte mir das Herz in die Hose. Natürlich wusste Areus bereits vor dem Spiel, wer an diesem Tag sterben würde. Wir wussten nicht, welche Grenzen seine Macht hatte, doch es war klar, dass bei diesem Spiel derjenige sterben würde, von dem Areus wollte, dass er starb.

Ich war so eingenommen von meiner Angst, dass ich verpasste, wie das zweite Mal der Abzug betätigt wurde. Erst als der Vampir Alec die Waffe überreichte, schaute ich wieder hin.

Mit weit aufgerissenen Augen beobachtete ich wie in Zeitlupe, wie Alecs zitternde Hand das tödliche Gerät an seiner Schläfe platzierte.

Es war, als könnte ich plötzlich viel mehr mit meinen Augen wahrnehmen. Ich sah jedes Blinzeln und jede einzelne Falte in seinem Gesicht, jeden zuckenden und angespannten Muskel. Ich sah, wie er schluckte und sein Adamsapfel hüpfte. Sah, wie er mit dem Kiefer mahlte und die Augen zusammenkniff.

Das war der Moment, in dem ich »Nein!« schreien wollte. Der Moment, in dem ich ihn aufhalten wollte. Nicht aufhalten, dieses Spiel weiterzuspielen, das konnte ich nicht. Das würde Areus nie erlauben. Aber ich wollte seinen Schuss verzögern. Meine Angst wollte verhindern, dass er jetzt in diesem Augenblick sterben musste. Später, aber bitte nicht jetzt. Ich hatte auf einmal noch so viel zu sagen. Er durfte nicht sterben, ehe er mich nicht angehört hatte. *Ich will nicht, dass du aus meinem Leben gehst*, dachte ich, doch ich verbot meinen Lippen, diese Worte zu formen. Schließlich hatte ich gelernt, nachzudenken, bevor ich sprach. Und es wäre das Dümmste, was ich in diesem Moment machen könnte. Ich hörte Alecs Antwort in meinem Kopf und wusste nicht, ob ich sie mir einbildete oder nicht. *Menschen kommen in unser Leben und gehen wieder. Das ist der Lauf aller Dinge.*

Und dann war es vorbei. Ich hörte das leise Klicken, als sich die Trommel weiterdrehte und kein Schuss abgefeuert wurde. Mein Herz sprang mir fast aus dem Hals. Alec hielt seine Augen noch einige Sekunden lang geschlossen, und als er sie wieder öffnete, schien er beinahe erstaunt. Er hatte offenbar gedacht, dass Areus ihn am ehesten von uns töten wollte.

Er reichte mir den Revolver, und meine Hand schloss sich zögerlich darum. Erneut wie in Zeitlupe entfernte sich seine blasse Hand, und unsere Blicke trafen sich. So viele Worte schwirrten zwischen uns umher, doch keines wurde Wirklichkeit.

Ich wandte meinen Blick ab und schaute nach vorn, direkt in Areus' Grinsen, während ich den kalten Lauf der Waffe an meiner Schläfe platzierte. Hielt ich den Revolver richtig? Es fühlte sich so ungelenk und unpassend an.

Ich hatte keine Zeit zum Denken, nun war ich an der Reihe.

»Schließ deine Augen und zähl bis drei«, flüsterte Alec neben mir, und ich schloss meine Augen. Seine Stimme war so sanft und zerbrechlich. So ängstlich, wie ich mich fühlte. Schweiß rann meine Stirn hinab, und mein Herz schlug so schnell, dass es alle in diesem Raum hören mussten.

Wollte Areus, dass ich starb?

Ich drückte den Abzug und schnappte gleichzeitig nach Luft. Doch mein Japsen war das einzige Geräusch im Raum. Ich blinzelte verwirrt und nahm den Revolver herunter, reichte ihn automatisch nach links weiter. Meine Brust hob und senkte sich so rasch, dass ich nicht mehr atmen konnte. Mit zitternden, schweißnassen Händen fuhr ich mir über die Stirn, strich meine Haare zurück und drehte mich zu Alec um. *Ich lebe,* wollte ich ihm zurufen. Wollte ihn umarmen und hätte jeden Millimeter seines Gesichtes abknutschen können.

Doch diese Erleichterung zerplatzte in der nächsten Sekunde schneller als eine Seifenblase, als der Schuss ertönte, auf den wir alle gewartet hatten. So laut und so dröhnend, dass er mein Mark erschütterte und ich aufschrie. Mein Kopf fuhr herum, und ich schrie weiter, als mir bewusst wurde, dass es Catya war.

»NEEEIIIN! NEEEIIIN!« Meine Kehle zerbarst, und ich konnte dennoch nicht aufhören, mir die Seele aus dem Leib zu kreischen.

Die Bilder brannten sich für alle Ewigkeit in mein Gehirn. Der Schuss riss sie seitlich vom Stuhl, Blut und Gehirnmasse landeten nicht nur auf dem Boden und auf der Tischplatte, auch Ariannas Gesicht war rot gesprenkelt. So viel Blut … Rote und schwarze Punkte tanzten vor meinen Augen, und ich wusste, dass ich gleich in Ohnmacht fallen würde. Ich hatte noch nie so sehr mein Bewusstsein verlieren wollen. Stimmen und Bewegungen verschmolzen in meinem Kopf zu reinstem Chaos. Hinter dem Rufen von Catyas Namen hörte ich auch meinen Namen heraus. Schwach, ganz leise …

Jemand schüttelte mich, doch vielleicht war es immer noch mein eigenes Beben. Etwas packte mich und riss mich zurück. Zurück von dem Blut, das plötzlich näher war als vorhin. *Catya,* dachte ich und streckte meine Arme aus. Areus konnte sie nicht töten wollen. Sie war nicht tot.

Starke Arme rissen mich von dem Tisch fort, und ich gab es auf, mich zu wehren.

Etwas machte »tick tack, tick tack«, und mir wurde bewusst, dass es Areus war. Er grinste mich an. »Vier Minuten.«

Und dann verlor ich den Boden unter meinen Füßen, und Millisekunden später sah ich ihn von einem komischen Blickwinkel aus. Auf und ab, auf und ab. Mein Körper wurde durchgeschüttelt, und ich dachte, jetzt würde ich mich jeden Moment übergeben.

Wieso hatte ich noch nicht mein Bewusstsein verloren?

Es wurde dunkel, dann wieder hell. Was war los?

Ich drehte meinen Kopf und sah Gemälde an uns vorbeizischen. *Hey, die Bilder hab ich schon einmal gesehen …* Die Rufe um mich herum verebbten zu einem Gemurmel, bis sie letztendlich Ruhe gaben.

Ruhe. Es war so schön.

Jeff schritt mürrisch vor dem Höhleneingang auf und ab. Er hätte mitgehen sollen. Areus würde mit Alec und den drei Mädchen ein zu leichtes Spiel haben. Er würde alles mit ihnen anstellen, was er wollte. Jeff knirschte mit den Zähnen und schaute auf die verbleibende Truppe. Einige saßen im Schnee, andere liefen wie er ziellos umher. Einfach zu warten, war eine schlimme Strafe.

Plötzlich hörte er Rufe und näherkommende Schritte. Er schaute in die Höhle und sah, wie Arianna vornweg nach draußen gestürmt kam, als wäre der Tod persönlich hinter ihr her. Rote Blutspuren zierten ihre blassen Wangen.

Jeff hechtete zur Seite, um Platz zu machen. Nach mehreren Metern folgte Alec, der Nicita über seine Schulter geworfen hatte. Er sprang aus der Höhle und warf sich mit ihr zusammen in den Schnee, in dem Moment, als eine Wand den Eingang verschloss. Sie fuhr so schnell herunter, dass Jeff seinen Augen nicht traute. Er starrte erst die eiserne Wand an, dann die drei Geflüchteten, die in der letzten Sekunde in die Freiheit gesprungen waren. Er runzelte die Stirn, und ein ungutes Gefühl überkam ihn, als er noch einmal nachzählte. Sie waren nur zu dritt.

Von Catya keine Spur.

17
Nicht mehr viel

Ich rollte mich hin und her. Ein Albtraum griff noch nach mir, so verwirrend und beängstigend, dass ich mich nicht mehr an ihn erinnerte, sobald ich die Augen aufschlug. Nur noch die Angst blieb zurück, die meinen Herzschlag beschleunigte und mich nach Luft ringen ließ. Ich krallte mich in eine warme Wolldecke und wollte sie mir am liebsten über den Kopf ziehen, um mich zu verstecken.

Plötzlich fiel mir auf, dass ich mich anstatt eines Bettes in einem Schlafsack befand. Wo war ich? Ich schaute mich um und erkannte, dass es bereits Nacht war. Meine Orientierungslosigkeit lichtete sich wie ein schwindender Nebel. Schnee und Bäume bildeten ein bereits vertrautes, doch trostloses Umfeld. Ich konnte mich kaum noch daran erinnern, wie eine Wiese im Sommer aussah. Wie Blumen rochen und wie sich Wärme anfühlte.

Mit steifen, halberfrorenen Gliedmaßen schälte ich mich zur Hälfte aus dem Schlafsack und setzte mich auf. Um mich herum schliefen die anderen, oder zumindest lagen sie reglos in ihren eigenen Schlafsäcken. Vielleicht konnte der eine oder andere ebenfalls keinen Schlaf finden.

Ich presste meine Hand auf meine Brust, als mir die letzten Bilder, an die ich mich erinnerte, durch den Kopf schossen. Brutal und schnell wie Kanonenschüsse. Meine Augen brannten vor Tränen, die sich keinen Weg über mein erfrorenes Gesicht bahnen konnten. Unser Zusammentreffen mit Areus war so kurz gewesen und doch so einschlagend und … unwiderruflich. Womit hatte die kleine Catya diesen grausamen Tod verdient? Es war alles umsonst gewesen, alles umsonst. Wir hätten uns nie auf den Weg zu Areus machen dürfen. Ich hätte Alec nie dazu anstacheln sollen.

»Hey …« Ein Arm legte sich um meine Schultern und zog mich an einen kühlen Körper. Ich schaute zu Alec hoch.

»Sie ist tot«, sagte ich, und ein leises Wimmern durchbrach meine Mauern.

»Ich weiß«, flüsterte er zurück, und seine Hand strich mir tröstend über den Rücken. »Ab dem Zeitpunkt, in dem sich Areus entschlossen hatte, ihr das Leben zu nehmen, hätten wir nichts mehr für sie tun können.«

Ich lehnte mich an seine Brust und lauschte seinem Herzschlag. Es war ein so merkwürdiges Gefühl, mich an ihn zu lehnen, doch in dem Moment brauchte ich jemanden, der mir Trost spendete. Ich brauchte es so sehr.

»Wir hätten nie zu Areus gehen sollen«, wisperte ich.

»Du hast recht. Es war alles umsonst.« Die Bitterkeit in seiner Stimme brachte mich dazu, zu wünschen, dass es nicht so war. Ich wollte ihm sagen, dass es nicht ganz umsonst gewesen war. Ich wollte es wirklich. Doch mir fiel kein einziger Grund ein. Wir hatten Areus weder besiegt, noch hatten wir Antworten bekommen, mit denen wir etwas anfangen konnten. Stattdessen hatten wir drei Menschen verloren.

»Gott, es kann doch nicht so sinnlos gewesen sein!« Ich schluchzte. Das Leben konnte es nicht so schlecht mit uns meinen, oder?

»Es tut mir leid«, murmelte Alec strich mir sanft über den Kopf.

»Wieso entschuldigst du dich?«, fuhr ich ihn an und entwand mich seiner Nähe. Ich rutschte ein Stück zurück und schüttelte meinen Kopf.

Plötzlich meinte Alec: »Was ist das?« Er runzelte die Stirn und hob einen weißen Zettel auf, der neben meinem halb geöffneten Schlafsack lag. Als erstes fielen mir dazu wieder die Teile der Schatzkarte ein, die Alec und Ilias sammelten, doch dieser Papierschnipsel war viel weißer und sah nicht so alt aus.

Wortlos reichte mir Alec den Zettel, nachdem er einige Zeit draufgestarrt hatte. Neugierig nahm ich ihn entgegen und kniff meine Augenbrauen zusammen, als ich die zwei kleinen Worte las: *Die Königin.*

»Was soll das?«, fragte ich und drehte den Zettel hin und her, um mich zu vergewissern, dass auch auf der Rückseite nicht mehr stand.

Er zuckte die Achseln. »Ich habe echt keine Ahnung. Es scheint, als sei er aus deinem Schlafsack gefallen.«

Ich schaute noch einmal auf den Zettel und dann in den Schlafsack. Vielleicht war noch einer drin? Ich stand auf und durchsuchte auch die Taschen meiner Jeans. »Glaubst du … Areus hat ihn mir zugesteckt?«, fragte ich vorsichtig.

Alec hob wieder nur die Schultern. »Wie froh ich bin, dass es jetzt erst einmal nach Hause geht.«

Unsere Trauerzeit erstreckte sich genau über drei Tage. Man hatte mich wieder in ›mein‹ Zimmer gesperrt, und obwohl ich nicht in Handschellen steckte, war ich wieder nicht mehr als eine Gefangene. Nur zum Essen oder wenn ich ins Bad wollte, wurde ich herausgelassen. Es machte mir nicht einmal etwas aus. Es tat sogar gut, einige Tage lang einfach mit mir allein zu sein und mich zu erholen. Mit meinen Albträumen, die mich immer noch heimsuchten, fiel es mir zwar schwer, mich auszuschlafen, doch in einem friedlichen Zimmer zu sitzen, war eine erfreuliche Abwechslung nach der Schlacht bei Areus. Die Todesangst und das Grauen hatten mir nun jegliche Abenteuerlust für die nächsten Wochen oder gar Monate verdorben. So schnell würde mich niemand mehr zu einem Vampirkrieg überreden.

In der Zwischenzeit hatte ich einmal dank eines Tischkalenders nachgezählt, wie lange ich mich nun in Alcedia befand – fast drei Wochen nach meinen unzuverlässigen Berechnungen – und herausgefunden, dass ich Catya vielleicht zwei Wochen davon gekannt haben musste. Das hatte mir geholfen, zu verstehen, dass ich schon Schlimmeres als ihren Verlust erlitten hatte und bestimmt in meiner Zukunft auch noch Schlimmeres erleben würde. Ich nahm mir vor, mir von nun an nicht mehr alles so zu Herzen zu nehmen. Schon längst hätte ich bemerkt haben müssen, dass mein Leben fortan immer von Grausamkeit und Qualen gezeichnet sein würde – daran musste man sich gewöhnen oder sich freiwillig ins Grab legen.

Als ich eines Nachmittags – es war bereits Ende Juni – ins Bad musste, fasste ich den rebellischen Entschluss, mich nicht sofort wieder in das Zimmer sperren zu lassen. Judy wartete zwar mit einem Schlüssel in meinem Schlafgemach auf mich, doch sie würde mir bestimmt nicht den Kopf abreißen, nur weil ich ein paar Minuten später kam. Der Grund, weshalb ich jedoch wirklich die Treppe hinunterschlich, war, dass ich Alec sehen wollte. Seit drei Tagen hatte ich ihn nicht mehr zu Gesicht bekommen. Seit drei Tagen hatte ich kein Wort mehr mit ihm gesprochen.

Als ich unten angekommen links zu seinem Schlafzimmer abbog, überfielen mich die Bilder meiner Erinnerungen, die mir zeigten, wie ich vor unzähligen Tagen ebenfalls hier heimlich herumgeschlichen war. Um ihn töten zu wollen. Es schien mir eine Ewigkeit her zu sein, doch in Wahrheit waren nicht einmal zwei Wochen vergangen, dass ich mit Jeans Dolch Alecs Brustkorb durchstochen und sein Herz nur knapp verfehlt hatte. Mittlerweile wollte ich nie mehr eine Waffe gegen ihn erheben, egal wie lange er mich noch als Gefangene halten würde.

Ich ging an einer offenen Tür vorbei und schaute nur zufällig hinein, als ich Alec dort stehen sah. Zumindest einen Teil von ihm.

Mit gerunzelter Stirn ging ich auf die offene Tür zu. Dies war nicht sein Schlafzimmer, da war ich mir sicher.

»Hallo?«, fragte ich und drückte die Tür ganz auf, trat zögernd in das kleine Zimmer.

Alec bückte sich gerade und hob einen Stapel Bücher vom Boden auf, den er dann auf einem Schreibtisch abstellte. Als er mich sah, versuchte er sich an einem Lächeln, doch es war nur ein schwaches, verzerrtes Abbild seines sonstigen Grinsens.

»Wieso bist du nicht in deinem Zimmer?«

»Du scheinst kein strenger Gefängniswärter zu sein, da wollte ich meine Freiheiten ausschöpfen«, sagte ich und ging auf ihn zu, während ich mich in dem Raum umsah. Es war ein schlichtes, kleines Büro oder Arbeitszimmer. Außer einem überfüllten Schreibtisch, einem Computer, Drucker, Fax, Telefon und haufenweise Bücherregalen fand sich hier nicht viel.

»Was tust du hier?«, fragte ich und setzte mich auf den drehbaren Schreibtischstuhl, dessen Potenzial ich auch gleich ausnutzte. Alec schaute mich an, als wäre mir ein dritter Arm gewachsen oder dergleichen.

»Gut drauf heute?«

»Nein, nur heute noch niemanden sterben sehen. Vielleicht sollten wir diesen Tag feiern.«

Er verdrehte die Augen und stapelte weiter seine Bücher. »Ich habe mir gedacht, ich räume ein bisschen um. Damit ich etwas zu tun habe.«

Anscheinend freute es ihn nicht, dass heute noch niemand gestorben war. Ich verstand ihn. Er hatte Catya und die anderen beiden, deren Namen ich schon wieder vergessen hatte, schließlich länger als eine Woche gekannt. Und sie waren auch nicht seine biologischen Feinde gewesen, gegen die man normalerweise eine natürliche Abneigung hegen musste. Ein Teil von mir fragte sich, warum die natürliche Abneigung gegen Alec nicht sonderlich zu wirken schien, seit wir uns am Lagerfeuer nähergekommen waren.

»Und was hast du die letzten drei Tage gemacht?«, fragte ich ihn und stoppte den Stuhl, da mir langsam schwindelig wurde. Doch ich hatte ein Faible für Drehstühle.

»Hast du mich etwa vermisst?« Seine Augenbrauen wanderten in die Höhe, und ich musste die Frage in meinem Inneren mit einem gestöhnten ›Ja‹ beantworten. Gott, ich war eindeutig zu lange eingesperrt gewesen. Der Entzug von anderen Leuten hatte mich offenbar geschädigt, wie ich langsam merkte.

»Ich habe versucht, mich abzulenken«, antwortete er endlich und blieb in seinem Hin- und Hergelaufe stehen. »Aber da du ja anscheinend Langeweile hast … und jetzt sowieso schon da bist … könnte ich mich auch anders ablenken.«

Seine Augen ruhten in einer Weise auf mir, dass ich seine Worte nicht anders interpretieren konnte als auf die Art, auf die ich es tat. Aber vielleicht lag es auch nur an meinem Kontaktentzug, dass ich plötzlich nur in schiefen, leicht anzüglichen Bahnen denken konnte.

»Was?«, japste ich also und konnte nicht verhindern, dass ich rot wurde. Ich drehte mich auf seinem Stuhl protestierend von ihm weg. Sein Blick hatte mich daran erinnert, dass er mich einmal beinahe geküsst hatte. Sofort griff meine Hand nach der Kette mit dem Kreuz, um sicherzugehen, dass es noch da war und meine Gedanken beschützte. Oh wehe, wenn Alec in Bezug auf das Amulett gelogen hatte!

»Ich habe da so eine Theorie«, murmelte Alec, der plötzlich hinter mir stand. Er stützte sich mit seinen Armen an der Lehne ab und beugte sich zu mir herunter. Sein Atem strich über meinen Nacken, und ich bekam eine Gänsehaut. Hallo, anzügliche Gedanken. Ich brauchte dringend einen Ratgeber zum Thema Stockholm-Syndrom.

»Was für eine Theorie?« Meine Stimme war nicht mehr als ein Hauchen.

»Brennt diese Berührung?«, fragte er, und ich spürte seine Hand meinen Nacken seitlich hinabfahren, meine nackte Schulter entlang. Einen Moment spielte sie mit dem Träger meines weißen Tops, dann glitt sie meinen Oberarm hinunter. War er ebenfalls wahnsinnig geworden?

Ich drehte mich zu ihm um und schüttelte somit seine Hand ab. Meine Haut prickelte noch immer an den Stellen seiner Berührung. Wieso hatte er das getan?

»Es brennt nicht … es ist aber arschkalt«, gab ich tapfer zum Besten, erhob mich vom Stuhl und trat einen Schritt zur Seite.

»Es tut nicht mehr so weh wie vor ein paar Tagen, oder?« Seine blauen Augen funkelten mich interessiert an.

Ich wusste nicht, worauf er hinauswollte. »Ich habe mich eben daran gewöhnt.«

Er schüttelte den Kopf. »Ich denke nicht, dass sich ein Phönix daran gewöhnt hätte. Im Gegenteil: Die Kälte hätte ihm jeden Tag mehr und mehr zugesetzt, bis er daran gestorben wäre.«

Alec war nähergekommen, denn plötzlich hätte zwischen unsere beiden Körper nicht mehr als ein Blatt Papier gepasst. Ich schaute mit einem komischen, flatternden Gefühl im Magen zu ihm hoch.

»Was willst du damit sagen?«, fragte ich, da ich den Sinn seiner Worte nicht verstand. Was vielleicht an seinem himmlischen Geruch lag. Oder an der Art, wie er mich anschaute. Musste er nicht eigentlich noch in Trauerstimmung sein? Und ich sollte eigentlich aus unzähligen Gründen noch wütend auf ihn sein.

In dem Moment schaute er mir tief in die Augen und hob mein Kinn sachte an. Da wusste ich, dass er mich küssen würde. Nicht nur verarschen, wie das letzte Mal, sondern wirklich küssen.

Ich handelte so plötzlich und impulsiv, dass ich selbst davon überrascht war, als ich ihn mit all meiner Kraft wegstieß, bevor mich seine Lippen auch nur berühren konnten.

Er hielt sich am Rand des Schreibtisches fest, um nicht darüberzukippen, und schaute mich ebenfalls überrascht an, dann meine noch immer ausgestreckten Hände, die ich schnell zu Fäusten ballte.

Der rosa Nebel um meinen Verstand herum lichtete sich. »Wenn du noch einmal diesen Versuch wagst«, ich dachte daran, dass es schon der zweite gewesen war, und mein Herz machte einen schwindelerregenden Satz, »dann breche ich dir die Nase und beide Arme! Hast du verstanden?«

Sein überraschter Ausdruck fiel in sich zusammen, als er zu glucksen anfing, und ich war froh, dass ich ihn weggestoßen hatte. Die Erinnerung an die Nacht am Lagerfeuer, in der er mich und meine verwirrten Gefühle bloßgestellt hatte, mit seinem ›wunderschön‹ und dem Beinahe-Kuss, war mir noch zu gut im Gedächtnis. Wütend fuhr ich herum und marschierte Richtung Tür. Noch einmal würde ich mich von ihm nicht demütigen lassen.

»Hey!«, rief er mir nach. »Und was ist mit meiner Theorie?«

»Steck dir deine Theorie in *deinen Arsch!*« Ich schlug die Tür hinter mir zu.

»Das heißt *Allerwertester,* junge Lady.« Ich hörte sein Lachen bis auf den Flur.

Oben in meinem Zimmer, nachdem Judy stumm, aber mit einem unzufriedenen Gesichtsausdruck hinter mir abgeschlossen hatte, kniete ich mich neben mein Bett. Ich faltete meine Hände. Schloss meine Augen.

»Lieber Gott. Wenn ich je anfangen sollte, mich in irgendeiner Weise in ihn zu verlieben, dann mach, dass ich mich mit Händen und Füßen dagegen wehren kann. Amen.« Ich bekreuzigte mein stilles Vorhaben und warf mich dann aufs Bett, in der Hoffnung, die Gedanken an Alec konnten die Träume zurückhalten, in denen ich blutende Halbtote und verstümmelte Leichen sah. Dabei war es unnötig, mir etwas vorzumachen. Die häufigste Lüge der Welt war die des Verstandes gegenüber unserem Herzen.

»Miss, stehen Sie bitte auf.«

Hm?

»Miss.«

Ich wälzte mich eingewickelt in wundervolle Decken zur Seite und öffnete ein Auge.

»Der Meister ruft Sie zum Abendessen«, sagte die kleine Judy eindringlich.

Ich setzte mich sofort auf und strich mir meine Haare aus dem Gesicht. »Tut mir leid, Judy. Wie spät ist es?«

»Gleich zwanzig Uhr.«

Oh, dann hatte ich vielleicht vier Stunden geschlafen. »Sag Alec, dass ich keinen Hunger habe.« Mir war nicht danach, mit ihm und vielleicht ein paar anderen Alcedos zu Abend zu essen. Besonders heute nicht.

»Er hatte schon angedeutet, dass Sie so reagieren würden. Der Meister sagt, in dem Falle solle ich Ihnen sagen, dass wir Sie wieder der Königin übergeben, wenn Sie sich nicht kooperativ verhalten.« Judy wirkte verängstigt, so als würde sie das wirklich glauben.

»Ach, sagt er das?«, fragte ich und zog eine Augenbraue hoch.

»Bitte, beeilen Sie sich«, flüsterte sie, machte einen Knicks und eilte aus meinem Zimmer. Sie würde sich wohl nie in meiner Gegenwart wohlfühlen können. Und ich konnte es dem armen Mädchen auch nicht verübeln.

Während ich noch versuchte, mich an meinen Traum zu erinnern, da mein Gehirn mir sagte, dass er irgendwie schön war, öffnete ich den Kleiderschrank und suchte zwischen den ganzen Klamotten, die mir Alec gebracht hatte, etwas Vernünftiges heraus. Ich wollte mir gerade eine einfache Jeans und ein T-Shirt herausholen, als mir ein kurzes Kleid ins Auge stach. Ich nahm den Bügel, an dem es hing, heraus und betrachtete es nachdenklich. Es hatte Ähnlichkeiten mit dem schwarzen Cocktailkleid, das mir Alec am Anfang unserer Bekanntschaft gegeben hatte und das ich leider vollkommen ruiniert hatte. Dieses Kleid hier war etwas schlichter und enger und hatte keine Träger. Irrsinnigerweise war ich entzückt und gleichzeitig aufgeregt bei dem Gedanken daran, es für ein Essen mit Alec anzuziehen. Nicht, dass ich ihn beeindrucken wollte, aber ihn ein wenig zu reizen, hätte er verdient. Mit einem Grinsen quetschte ich mich also in das Etuikleid und zog den goldenen Reißverschluss vorn zu, der sich über die gesamte Länge erstreckte. Ich suchte noch eine Weile nach Schmuck, fand in diesem Zimmer aber keinen. Doch als ich in den Spiegel über dem Schminktisch schaute, war ich mehr als zufrieden. Jetzt fehlten nur noch meine langen Locken. Stattdessen strich ich mir meine kinnlangen, kupferglänzenden Haare hinter die Ohren und griff nach dem roten Lippenstift.

Als ich an der Treppe stand, hatte ich es mir beinahe wieder anders überlegt. Ich hatte übertrieben. Ich sollte bei meinen Jeans bleiben und den knalligen Lippenstift wegwischen, bevor mich jemand sah.

Plötzlich hörte ich Ariannas Stimme von unten, doch sofort wurde sie von Ilias unterbrochen: »Nein, jetzt ist Schluss damit. Wir sind kein Obdachlosenheim, wir kennen alle die Alternativen. Entweder wir liefern sie an den König aus, wie es die Regeln verlangen, oder wir töten sie.«

Ich erstarrte oben an dem Treppenabsatz zu Stein. Eiskaltem, kaltem Stein.

»Ilias, das ist herzlos, sie-« Das war Alec, doch er wurde unterbrochen, als ein leises Klirren von Besteck ertönte und ein Stuhl zurückgerückt wurde.

»Solange du hier den Feind beherbergst, werde ich nicht mehr als Freund in diesem Haus weilen.«

»Ilias, geh nicht, du bist erst ein paar Tage hier. Wir kriegen das schon hin«, ertönte Jeffs Stimme.

Ich konnte ihnen nicht mehr zuhören. Nie hätte ich mit dem Schmerz gerechnet, der in meiner Brust stach, wegen irgendwelcher dummer, halb toter oder halb erfrorener Alcedos, die mich nicht akzeptierten.

In dem Moment ging Judy an mir vorbei, und ich packte sie am Arm. Erschrocken zuckte sie zusammen. »Sorry, aber …«, sagte ich mit erstickter Stimme. »Kannst du unten Bescheid geben, dass mir der Appetit vergangen ist?«

Das Mädchen wollte gerade verneinen, als ich meinen *Sag-jetzt-nichts*-Blick aufsetzte und dann so entschlossen in mein Zimmer stolzierte, dass sie es nicht anders wagen würde, als meiner Bitte nachzugehen.

Eine halbe Stunde lang tat ich rein gar nichts. In diesem Zimmer gab es auch nicht viel, womit ich mich hätte beschäftigen können. Am liebsten hätte ich jetzt meine Notenblätter herausgekramt und Gitarre gespielt oder mich an meinem Klavier versucht, ich hätte auch gern gesungen, was ich früher sehr oft getan hatte, oder selbst ein Lied geschrieben. Und obwohl es mir früher immer geholfen hatte, das Chaos in meinem Herzen zu ordnen, konnte ich mich jetzt nicht dazu durchringen, mir Stift und Papier zu schnappen. Vielleicht sollte ich Alec bei Gelegenheit einmal fragen, ob er irgendein Musikinstrument für mich hatte oder ähnliches. Ein I-Pod würde es für den Anfang auch tun.

Ich lag auf dem Boden und summte gerade eine traurige Melodie vor mich hin, versuchte, an nichts zu denken, als es plötzlich an der Tür klopfte.

Ich wusste, dass es Alec war. »Bleib weg«, fauchte ich und wollte mit meinem Kopf gegen den Boden schlagen.

Er kam natürlich trotzdem rein. »Wieso bist du nicht runtergekommen?«

»Ich habe euch gehört. Da ist mir leider der Appetit vergangen.« Ich erhob mich langsam und blieb auf meinen Knien sitzen.

»Hübsches Kleid.«

»Ja, ich hatte es eigentlich ausziehen wollen, aber dann hatte ich keine Lust, mich zu bewegen.«

»Du kannst es auch jetzt noch ausziehen.«

Ich funkelte Alec wütend an. »Hör auf damit. Das ist nicht lustig. Ihr wollt mich schließlich umbringen.«

»Nicht wir«, sagte Alec und setzte sich auf die Bettkante. »Arianna und ich sind dagegen.«

»Toll!« Mein Sarkasmus nervte selbst mich. Ebenso sehr nervte es mich, dass Alec meinen Blick magisch anzog, ich konnte ihn einfach nicht *nicht* ansehen.

»Ilias und die anderen sind gegangen. Ich möchte dir etwas zeigen.«

»Hast du irgendwas Musikalisches hier?«, fragte ich und überging absichtlich sein Angebot, das mich verwirrte.

Meine Frage schien ihn ebenfalls zu verwirren, und das belustigte mich, obwohl ich seine Anwesenheit kaum ertragen konnte. »Ähm, ich habe ein Klavier unten«, antwortete er.

»Kannst du gut spielen?«

Er runzelte die Stirn. »Ja, aber ich wollte dir eigentlich etwas anderes zeigen. Ich glaube, es würde dir gefallen.«

Ich verkniff mir ein Grinsen. »Ich möchte dich aber erst spielen hören. Wenn es mir gefällt, wie du spielst, dann komm ich mit.«

Er lachte. »Du bist echt unglaublich!«

Alec hatte mich nach unten geführt. In der Eingangshalle, versteckt hinter dem Treppenaufgang, stand das edle Prachtexemplar aus dunklem Holz, still und verlassen vor der gläsernen Wand, hinter der sich im Halbdunkel der Schnee spiegelte.

»Ich wollte schon immer Klavier spielen können und habe vor einem halben Jahr damit angefangen, es zu lernen«, erzählte ich und dachte wehmütig an die Zeit in Kalifornien zurück. Ich hatte ein perfektes Leben gehabt – in jeder Hinsicht. Was war nur daraus geworden? Ich beobachtete, wie sich Alec an das Klavier setzte und seine Finger über die Tasten strichen. Erst willkürlich, dann begannen sie, eine träge Melodie zu spielen. Ich bewunderte seine Bewegungen und hätte seine geschickten, schlanken Finger stundenlang beobachten können, doch die Musik war so unendlich traurig, dass ich ihn nach wenigen Minuten bat, aufzuhören.

»Was wolltest du mir zeigen?«, fragte ich, und der letzte Ton der herzzerreißenden Melodie verklang im Raum. Jetzt, wo die Musik verstummt war, wünschte ich mir fast wieder, dass er erneut zu spielen begann, doch ich riss mich zusammen.

Er schaute mich an, schnipste mit den Fingern, und in seiner Hand erschien ein warmer, dunkler Mantel.

»Wir gehen nach draußen«, sagte er und reichte ihn mir.

Mit hochgezogenen Augenbrauen nahm ich den Mantel und schlüpfte hinein. Grinsend hielt er mir seinen Arm entgegen, und ich hakte mich zögerlich bei ihm unter. So führte er mich wieder zurück durch die Eingangshalle und öffnete die großen Türen, der Wind blies uns eiskalt ins Gesicht, doch zumindest schneite es nicht.

»Ich hoffe, wir müssen nicht lange laufen«, sagte ich und bereute, dass ich das Kleid nicht gegen eine Jeans ausgetauscht hatte.

18

Mohnblumenfeld

Wir liefen tiefer in den Wald, als ich es bis jetzt je getan hatte. Ich wollte eigentlich fragen, wieso wir uns nicht einfach teleportierten, aber dann ersparte ich mir diese Frage und genoss es stattdessen. Wieso musste man für jede kleine Tat gleich Magie anwenden? Früher war ich auch längere Wege spazieren gegangen, wieso sie einfach fortwünschen? Na gut, es war kalt, doch dagegen meine Magie anzuwenden, war viel sinnvoller. Und mit Alec an meiner Seite wurde es auch nicht langweilig. Ich hatte zwar nicht vergessen, doch ich verdrängte den Gedanken, dass ich vor Kurzem noch sauer auf ihn gewesen war und deprimiert über meine Situation als Gefangene. Wäre ich er gewesen, hätte ich mich über meine Stimmungsschwankungen wahrscheinlich gewundert.

»Okay, nun bin ich bereit für deine Theorie«, platzte es irgendwann aus mir heraus. Im Endeffekt siegte bei mir stets die Neugierde über jede Sturheit.

Alec grinste verwegen und schüttelte den Kopf. »Nein, jetzt kriegst du sie nicht mehr zu hören.«

Ich öffnete gerade empört meinen Mund, als er mich unterbrach: »Und ja, das meine ich ernst. Jetzt ist nicht der Zeitpunkt für meine Theorie. Die kommt später.«

»Aber Alec!« Ich schaute ihn anklagend von der Seite aus an. Ich wollte die Theorie *sofort* hören! »Wieso ist jetzt kein Zeitpunkt dafür?«

»Weil ich dir erst etwas anderes erzählen möchte. Weißt du, welche die Blume der Alcedos ist?«

»Ja«, sagte ich, stolz darauf, mir diese Information angelesen zu haben. »Der Mohn. Die Blume des Schlafes und des Todes. Ziemlich düster, wenn du mich fragst.«

Sein Lachen klang so schön in dieser winterlichen Einsamkeit. Er war der einzige Mensch hier, bei dem ich mich wohlfühlen konnte, der nicht direkt meinen Tod wünschte, und das stimmte mich in diesem Moment traurig und glücklich zugleich.

»Und kennst du die Geschichte, die dahintersteckt?«, fragte er und blieb plötzlich stehen.

»Nein.« Ich schaute ihn fragend an. »Wieso laufen wir nicht weiter?«

»Weil wir gleich da sind. Aber ich möchte dir vorher die Sage um die Mohnblume erzählen.«

Skeptisch zog ich meine Augenbrauen zusammen. Alec als Märchenerzähler? Ich verschränkte abwartend meine Arme vor der Brust.

Sein Mundwinkel hob sich zu einem schiefen Grinsen, das ich ziemlich an ihm mochte. »Es geht um eine Frau, die hier vor langer Zeit gelebt hat. Sie gehörte zu den ersten Alcedos, die sich statt in der Menschenwelt hier niedergelassen hatten. Sie hatte, wie viele andere damals, den Traum, eine neue, bessere Welt zu erschaffen. Doch ihre Ideale stimmten kaum mit denen der restlichen Alcedos überein. Sie wollte retten statt zerstören, heilen statt töten. Ihre Macht benutzte sie dafür, bestimmte Zaubertränke herzustellen, einige, so sagt man, konnten sogar die Toten wieder lebendig machen, andere vermochten dich durch Zeit und Raum zu katapultieren. Eine Art der Magie, die weder damals noch heute bei uns vertreten wird und deretwegen sie den Ruf als Hexe erntete.

Eines Tages entdeckte man sie, wie sie mit unseren Feinden in Kontakt trat. Das war der Punkt, an dem man sie nicht mehr dulden wollte. Die Alcedier beschuldigten sie der teuflischen Hexerei und des Verrats. Doch man traute sich nicht, sie öffentlich zu verurteilen, und so setzte man jemanden auf sie an, der ihre Schwachstellen herausfinden sollte. Ziemlich schnell fand der auserwählte Alcedo dann, was er finden wollte: Die Hexe liebte einen jungen Mann aus dem Dorf. Eine unerwiderte, einsame Liebe, denn der Mann sah in ihr ebenfalls nur die Verräterin.

Die Hexe ahnte das Misstrauen der anderen Bürger und sonderte sich immer weiter von ihnen ab, sie lebte in einer kleinen Hütte hier in diesem Wald. Keinen ließ sie mehr an sich herankommen. Doch die Alcedier wollten sie nicht in Ruhe leben lassen. Was sie hier alles hätte aushecken können! Deshalb schickte man jemanden, der sie aus dem Weg schaffen sollte. Und zwar keinen anderen als den Mann, den die Hexe liebte. Denn man wusste, dass sie ihm gewähren würde, nahe genug an sie heranzukommen.

So erschien der Magier eines Tages vor ihrer Haustür, und sie öffnete ihm. Blind war sie durch ihre Schwärmerei, sie hielt ihn für etwas Besseres, als er war. Sie bemerkte keines der Anzeichen, bis er ihr schließlich einen königlichen Dolch ins Herz rammte. Man hatte kein Risiko eingehen wollen, niemand hatte gewusst, wie mächtig sie tatsächlich war. Deswegen diese magische, starke Waffe.

Doch die Hexe starb trotzdem nicht sofort. Vor ihrem Tod verfluchte sie ganz Alcedia. Ihre letzten Worte sollen gewesen sein: *Ihr seid ein Volk des Todes. Nichts weiter als ihn könnt ihr bringen, und deshalb soll euch hier nichts weiter als dieser finden! Ich habe dich für etwas Besseres gehalten, ich dachte, dein Herz wäre rein. Aber ein Land wie eures sollte man einfach nur vergessen. Vergessen wie einen Albtraum werde ich euch. Und alle, die sich hierhin wagen, werden mir in meinen Schlaf folgen.*

Der Mann, der sie umgebracht hatte, floh auf diese Worte hin und verbreitete sie unter seinen Mitbürgern. Gemeinsam stempelten sie ihre Sätze als wirre Todesfantasien ab, behaupteten, dass sie nicht mehr ganz bei sich gewesen war. Doch als man am kommenden Tag zu ihrer Hütte gehen wollte …« Alecs Stimme hing gespannt in der Luft wie ein Faden, der jeden Moment zerreißen würde. »… fand man ein Mohnblumenfeld vor.«

Ich blinzelte überrascht. »Ein Mohnblumenfeld?«

»Ja. Ihre Energie, die nach ihrem Tod aus dem Körper geflossen ist, hat sich für Ewigkeiten in den Boden um ihre damalige Hütte genistet. Sie hat somit ein magisches Feld erzeugt, das der Kälte zu trotzen vermochte. Es hat die Eigenschaften ihrer drei Verwünschungen: Vergessen, Schlaf und Tod. Und es funktionierte. Wer sich in diesem Feld lange genug aufhielt, der fiel in einen Schlaf, aus dem er im schlimmsten Fall nie wieder erwachte. Die magischen Blumen, die inmitten des Schnees blühen, leben von den bösen Kräften der Alcedos. Auf diese drei Zauber sind wir schließlich spezialisiert. Besonders Magie der Nacht beruht auf diesen drei Eigenschaften. Und die Mohnblumen scheinen eine unreine Seele zu erkennen und ihr dann ihre Macht und ihr Leben zu entziehen.«

Ich schaute ihn skeptisch an, dann suchte ich mit meinen Blicken die Umgebung ab. Würde ich hier gleich irgendwo ein blühendes, verfluchtes Mohnblumenfeld sehen? Hier war es arschkalt und es *schneite* immer! »Die Blumen bestrafen also die bösen Zauberer?«, fragte ich.

Alec grinste. »Ja, man sagt, sie können zwischen den Menschen mit reinen und unreinen Herzen unterscheiden. So wie es der Hexe wichtig war, deren Name in den Geschichten leider nicht überliefert ist.«

Meine Finger wanderten zu meinem Dekolleté. »Und sind es auch diese Mohnblumen, die dieser Kette ihre Macht verleihen?«, fragte ich und streckte ihm das Amulett entgegen, das er mir geschenkt hatte.

»Ja, ich habe dir doch gesagt, dass es nur wenige Alcedos tragen können. Das Öl des Mohnes sorgt dafür, dass das Amulett nur die richtigen Leute beschützt.«

»Und wo ist dieses Feld?« Irgendwie zweifelte ich immer noch an dessen Existenz.

Alec ging weiter, und ehe er zwischen den nächsten Bäumen verschwand, folgte ich ihm. Nach wenigen Metern sah ich zwischen einigen Baumstämmen etwas Rotes aufblitzen. Meine Schritte beschleunigten sich.

»Wow.« Ich blieb stehen und starrte auf das rote Meer vor mir. Der Schnee lief einfach aus, endete in einer grünen Wiese, auf der Tausende von Mohnblumen wuchsen. Ich wollte mich auf der Stelle hineinstürzen und mich in ihnen wälzen, doch ich blieb stehen.

»Aber das ist Klatschmohn und kein Schlafmohn, oder?«, bemerkte ich.

»Ändert nichts an der verwunschenen Wirkung dieses Feldes. Vielleicht fand die Hexe die rote Signalfarbe passender für ein sonst so tristes Reich wie das unsere.«

»Hm … darf ich da hinein, oder sterbe ich dann?«, fragte ich zögernd. Hatte er mich deswegen hierhergebracht? Damit ich in einen ewigen Schlaf fiel?

Alec lachte. »Ich habe dich hierhergebracht, damit du dich endlich von deinen Schuldgefühlen reinwaschen kannst. Das hier wird der Beweis sein, dass du ein reines Herz hast. Ich weiß doch, dass du dir des Öfteren für einiges die Schuld gegeben hast.« Er zwinkerte mir zu, und ich errötete. Es stimmte. Ich hatte mir für vieles die Schuld zugesprochen. Ich war schon lange nicht mehr rein und unschuldig. Wollte er mir das Gegenteil beweisen?

»Hörst du eigentlich noch die Stimme?«, fragte er plötzlich.

Ich kniff meine Augenbrauen zusammen. »Welche Stimme?«

»Na du weißt schon … die des Prinzen.«

Meine Wangen glühten. Stimmt, er wusste es ja. Toll. »Nee, äh … sie ist weg.«

Er lächelte mich an. »Schön.«

Etwas aus dem Konzept gebracht, versuchte ich, mich wieder daran zu erinnern, bei welchem Thema wir vorhin noch gewesen waren. Ich hatte ihn doch noch irgendetwas fragen wollen. *Ach ja.* »Was ist, wenn du dich irrst und die Hexe der Meinung ist, dass ich ein schuldiges Herz habe?« Es ging hier schließlich um Leben und Tod. Und das Gespräch, das ich heute Abend belauscht hatte, hatte mir nur zu deutlich wieder in Erinnerung gerufen, dass wir beide Feinde waren – und ich ihm nicht trauen sollte.

Alec schüttelte den Kopf und ging einen Schritt vor. »Du kannst nicht schuldiger sein als ich.« Damit rannte er in das Feld hinein. Einfach so.

Ich starrte ihm ungläubig nach, doch er drehte sich nicht zu mir um, sondern lief immer weiter. Mein Mund war zu einem besorgten »Oh« geöffnet, doch kein Laut kam mir über die Lippen. Seine schlanke Gestalt kämpfte sich durch die verfluchten Blumen, bis er die Mitte des Feldes erreichte.

Und dann, plötzlich, fiel er wankend um. Versank in den roten Blüten.

»Alec!« Ich rannte los. *Nein!* Meine aufgerissenen Augen hefteten sich auf die Stelle, an der sein Körper verschwunden war. Die Mohnblumen reichte mir bis zu den Kniekehlen, und ich trampelte die meisten davon rücksichtslos nieder. Einige wehrten sich und hinterließen rote Striemen an meinen nackten Beinen.

Atemlos kam ich an Alecs liegendem Körper zum Stehen. Ich kniete mich hin. Starrte ihn entsetzt an. Seine Augen waren geschlossen. Er sah aus, als würde er schlafen. Ich rief wieder seinen Namen und schüttelte zögerlich seine Schulter. Er würde doch wieder aufwachen, oder?

Und dann grinste er. Er öffnete seine blauen Augen. Ein Stein fiel mir vom Herzen.

»Dachtest du wirklich, mein Herz sei *so* unrein, dass mich die Hexe umbringen wollen würde?«, fragte er.

Ich boxte ihn gegen den Arm. »Du hast mir eine verdammte Angst eingejagt, du Idiot! Mach das nie wieder!«

»Wow, du dachtest wirklich, mein Herz sei unrein«, er lachte und setzte sich auf.

Ich schaute mich um. Nur Grün und Rot. Kein Weiß. Eine herrliche Aussicht. Und die Mohnblumen hatten einen so angenehmen Duft. Ich hoffte nur, dass ich davon nicht schläfrig werden würde.

»Siehst du, wir sind beide ganz akzeptable Menschen«, meinte Alec nach einiger Zeit.

Ich nickte. »Danke.«

»Wann immer ich mich schlecht fühle, komme ich hierher, und dann geht es mir meistens besser. Es ist, als würde einem eine Last von den Schultern genommen werden. Als ich das erste Mal hierherkam, vor mehreren Jahren schon, da war ich eigentlich hier, um mich umzubringen. Ich dachte wirklich, mir würde die Hexe nicht vergeben, niemand würde mir vergeben können. Es war, nachdem ich meine Schwester umgebracht hatte, nachdem ich mir sicher war, dass ich nichts weiter als ein Monster bin. Doch anscheinend wurde mir vergeben.«

Ich schaute ihn an und hatte das plötzliche Bedürfnis, sein Gesicht zu streicheln oder seine Hand zu nehmen.

»Du hast es verdient, dass man dir vergibt«, sagte ich anstatt meiner wahren Gedanken. Dass dieses Feld nämlich gar nicht funktionierte. Dass es nur Schauergeschichten waren, die man seinen Kindern vor dem Schlafengehen erzählte. Dieses Feld konnte bestimmt gar keinen umbringen. Doch das sagte ich ihm nicht. »Du solltest deine Familie aufsuchen und schauen, ob deine Schwester vielleicht doch lebt.«

»Und was ist, wenn nicht?«

»Dann holst du dir die einzige Vergebung, die du wirklich brauchst. Die deiner Familie.«

Ich hoffte, Alec würde irgendwann meinen Ratschlag befolgen.

»Okay. Willst du nun meine Theorie hören?«, fragte er unvermittelt und schaute mich erwartungsvoll an.

Sein plötzlicher Themenwechsel überraschte mich, doch ich nickte und setzte mich im Schneidersitz in eine gemütlichere Position.

Alec kniete direkt vor mir. »Na gut. Aber nicht sauer sein«, warnte er.

Mit meinem Nicken ermutigte ich ihn zum Weiterreden. Es ging mir zu gut, um auf irgendjemanden sauer zu sein.

»Ich glaube«, sagte er langsam, »dass du Serenas Schwester bist.«

Ich runzelte die Stirn. »So eine ähnliche Theorie hatten wir schon einmal, aber da wir keine Beweise haben, sollten wir das vielleicht lieber lassen.«

»Nein, hör zu. Es passt alles zusammen. Serena ist die Tochter des Königs. Das hat dir Eduardo doch erzählt, richtig? Sie ist seine Halbschwester. Der König hat sie irgendwann einmal mitgebracht. Das heißt, dass sie nicht die Tochter von Viola ist. Arthur hat also jemand anderen geschwängert. Ich glaube, es war ein Phönix. Und aus dieser Liebschaft entstanden du und Serena.«

Sofort erinnerte ich mich an die Worte, die mir vor langer Zeit Mai einmal gesagt hatte. Sie war einst die Zofe der Königin, und ihre Worte an mich waren gewesen: *»Die Königin liebte einen Alcedo.«*

»Glaubst du, es war ein einfacher Phönix … oder vielleicht unsere Königin?«, fragte ich.

»Die Königin wahrscheinlich. Weil … nun ja, meine Theorie beinhaltet, dass du königlichen Blutes bist. Sonst hättest du hier unmöglich so lange überlebt. Und wäre Serena nicht königlicher Abstammung, dann hätte man sie bestimmt nicht im Schloss leben lassen. Also seid ihr beide Prinzessinnen.«

Ich riss meine Augen auf. Ich? Königlichen Blutes? »Ei… eine Prinzessin?«, stammelte ich wie vor den Kopf gestoßen. Auch wenn der Gedanke, dass ich Serenas Schwester sein könnte, schon länger in meinem Kopf herumspukte, so hatte ich nie in Erwägung gezogen, reinen Blutes zu sein. Damals, als wir gedacht hatten, Leo könnte die verloren geglaubte Prinzessin sein, da hatte ich mich bei der Vorstellung ertappt, wie es wäre, wenn nicht sie, sondern ich königlich wäre. Doch wahrhaftig in Erwägung gezogen hatte ich es bisher nie.

Alec grinste und machte eine kleine Verbeugung. »Genau, Eure Hoheit.«

Ich schüttelte energisch meinen Kopf. »Das kann niemand beweisen!«

Er legte mir seine Hände auf die Schultern. Zu nah war er mir.

»Doch«, flüsterte er. »Du selbst kannst es beweisen. Wenn du es schaffst, die Magie des Eises zu erlernen, dann haben wir unseren Beweis.«

Magier reinen Blutes konnten mit genügend Übung über beide elementaren Kräfte verfügen. Das war auch der Grund, weshalb sich die Alcedos vor mehreren Jahrhunderten überhaupt aus denselben Magiern entwickeln konnten. Ich versuchte mich an einem Nicken, starrte Alec aber immer noch vollkommen ungläubig und fasziniert an. Ich konnte in seinen Pupillen mein winziges Spiegelbild sehen.

»Hilfst du mir dabei?«, fragte ich, mit einer Stimme nicht mehr als ein Hauchen. Diesen neuen Weg zu beschreiten, erfüllte mich mit Angst und Aufregung zugleich. Ich wollte diesen Weg ins Unbekannte nicht allein gehen.

Statt einer Antwort senkte er seinen Kopf und küsste mich.

Diesmal ließ ich es geschehen. Seine Lippen trafen zum ersten Mal auf meine. Kühl und sanft. Wie erstarrt saß ich da. Mich hatte noch nie jemand geküsst.

Als ich mich auch weiterhin nicht zu bewegen traute, entfernten sich seine Lippen wieder. Ich vermisste die Nähe augenblicklich. Mein Herz zog sich schmerzhaft zusammen.

Er lehnte sich zurück und schaute mich mit einem merkwürdigen Gesichtsausdruck an.

Ich spürte, wie Tränen in meine Augen stiegen.

»Wirst du mir jetzt die Arme brechen?«, fragte er und erinnerte mich damit an das Versprechen, das ich ihm an diesem Morgen erst gegeben hatte. Ich schüttelte den Kopf, und die Tränen liefen mein Gesicht herab.

Er schaute mich bestürzt an. »Tut mir leid«, sagte er dann. »Ich … hätte das nicht tun sollen.«

Ich konnte nichts sagen, hatte viel zu viel Angst, dass die Worte herauskommen würden, die ich ihm nicht sagen wollte: *Küss mich noch einmal. Bitte.*

Alec strich mir mit seiner Hand die Tränen fort, seine Miene war angespannt. Ich hatte ihm die Stimmung verdorben. Aber dieses Gefühl hatte mich zu plötzlich überrollt, als dass mein Herz hätte anders als mit Tränen reagieren können. Dieses Gefühl in meiner Brust, das mich zu ihm hinzog, das gewachsen war, als er mich geküsst hatte. So sehr gewachsen, dass ich dachte, ich würde platzen. Das Gefühl, das nun laut in meinem Inneren pochte und nach ihm verlangte. Von jetzt an für immer nach ihm verlangen würde. Ein Gefühl, dem so viele Menschen fünf Buchstaben aufgedrückt hatten. Aber in Wahrheit würde es trotzdem immer ein Gefühl bleiben, das keinen Namen hatte. Weil es nicht genug Buchstaben auf dieser Welt gab, um es zu beschreiben.

Ich stand auf. Meine Beine fühlten sich an wie Wackelpudding. In meinem Kopf wiederholten sich immer wieder die gleichen Worte.

Küss mich. Küss mich. Küss mich noch einmal. Ein einziges Mal. Und dann lass mich nie mehr los.

Er schaute verwundert zu mir hoch. »Tut mir leid, Nici«, versuchte er es noch einmal.

Ich wischte meine Tränen mit einer ungeschickten Bewegung fort. »Bring mich zurück. Teleportier mich zu deinem Haus.«

Schmerz zuckte über sein Gesicht, doch er stand auf. Versuchte, seine Gefühle hinter einer Maske zu verbergen. Doch er war noch nie gut darin gewesen. Das mit der Gleichgültigkeit hatte er nicht drauf.

Als wir vor seinem Haus standen, breitete sich ein grauer Schleier der anbrechenden Nacht über uns.

»Lass uns darüber reden. Was denkst du?«, fragte er mich. Es hatte angefangen zu schneien, und vereinzelte weiße Flocken rieselten friedlich auf uns herab.

Es gab nicht viel, was ich dachte. Wie wäre es mit: Liebe ist ein Versprechen, das ich keinem mehr geben kann?

Ich sagte es nicht, sondern schüttelte nur den Kopf und drehte mich um. Ließ ihn stehen und eilte in sein Anwesen.

»Warum?«, murmelte er, nachdem sie gegangen war.

Er fragte sich, was das Schicksal mit ihnen beiden vorhatte. Sie, die wie Feuer und Eis waren.

So unterschiedlich wie Tag und Nacht.

Und sich trotzdem nacheinander sehnten.

So unglücklich und verbittert sehnten.

18.5

Ruhe in Frieden, Königstochter

Es war nun schon mehrere Tage her, seit sie geflohen war. Sie hatte es hinter den Mauern des Schlosses nicht mehr ausgehalten, nachdem sie die Wahrheit erfahren hatte. Sie hatte die Briefe gefunden, die der König geschrieben hatte. Die Briefe an seinen Sohn – ihren Bruder. Wo er war, das wusste sie nun. Phoenicia hieß das Reich, doch wie gelangte man dorthin? Jegliche Teleportationsversuche waren gescheitert, und nun lief sie schon seit Tagen und Nächten durch die Wälder von Alcedia auf der Suche nach dem Ausgang, einem Weg in das andere Reich. Sie wusste selbst nicht, was sie dort wollte, aber nach Alcedia gehörte sie nicht mehr. Zu tief reichten die Konsequenzen der Wahrheit, die sich wie Wurzeln in den Erdboden schlugen und nicht mehr herauszureißen waren.

Sie hatte schon lange gespürt, dass sie im Schloss unwillkommen war, von ihrer Stiefmutter gehasst, von ihrem Halbbruder verhöhnt. Doch nun kannte sie die Wahrheit. *Sie* war der Grund, weshalb Eduardo noch nicht König war, weshalb der König sie stets am Leben halten wollte und sich um sie kümmerte. *Sie* war die gebürtige Thronfolgerin.

Serena blieb stehen und schaute auf ihre Handfläche. Dort waren die drei winzigen Punkte, die sich von ihrer Haut abzeichneten, während die morgendliche Sonne helle warme Punkte auf ihrem Körper tanzen ließ, durchbrochen von den kühlen Schatten der Bäume. Diese drei Punkte waren der Grund, weshalb Königin Viola sie verabscheute und wahrscheinlich am liebsten umbringen wollte. Sie musste hier fort, ehe man sie fand.

Der König hatte die Briefe, die sie gefunden hatte, noch nicht abgeschickt, und ein mulmiges Gefühl sagte ihr, dass er es vielleicht nie tun würde. Vielleicht würde die Wahrheit nie nach Phoenicia gelangen. Und obwohl sie dem Land nichts schuldig war, machte sie sich wieder auf den Weg. Sie konnte sowieso nicht mehr umkehren, so ausgehungert und erschöpft ihr Körper auch war – lieber würde sie sterben, als zurück in das Schloss zu gehen.

Der Briefaustausch schien schon länger zu bestehen, denn Serena hatte auch ein paar Nachrichten ihres Bruders aus Phoenicia lesen können. Und eine dieser Nachrichten hatte sie besonders aufgewühlt.

»Vater, du hast uns nie die Geschichte erzählt, wie Serena geboren wurde. Du hast sie zu uns gebracht wie ein in Selbstverständlichkeit gehülltes Geheimnis. Ich habe sie immer als Schwester akzeptiert, doch nun ist mein Glaube an all deine Geschichten erschüttert. Ich habe sie heute gesehen. In der Menschenwelt. Ein Mädchen mit Serenas Antlitz. Ihre Haarfarbe stimmte nicht, doch ich dachte, dass sie sie vielleicht gefärbt hat und sich nun in der Menschenwelt versteckt. Schließlich ist Mutter nie mit ihr zurechtgekommen. Ich bitte dich um eine Antwort. Wo ist Serena? Und wenn sie noch immer bei euch lebt – wer war dann das Mädchen, das ihr gleicht wie ein Spiegelbild?«

Dieser Brief war nun schon fast zwei Monate alt. Als sie ihn vor einer Woche gefunden hatte, hatte er sie dazu gebracht, so lange nachzuforschen, bis sie der Wahrheit auf die Spur gekommen war.

Endlich lichtete sich der Wald vor ihren Augen. Ein Seufzen der Erleichterung schlüpfte über ihre Lippen. Sie hatte die Briefe nicht mitnehmen können, da sie ihren Vater nicht bestehlen wollte, doch sie hatte vereinzelte Informationen für Jean auf einen Zettel geschrieben und in einem Briefumschlag in ihrer Hosentasche mitgenommen. Sie wusste nicht, was in Phoenicia auf sie wartete, doch sie würde dafür sorgen, dass Jean zumindest die Antworten auf seine Fragen bekam. Ob sie ihm danach die ganze Wahrheit anvertrauen konnte, das wusste sie noch nicht. Dafür musste sie Jean persönlich sehen und einschätzen können, in welche Richtung er sich entwickelt hatte.

Neugierig musterte sie den See, der vor ihr lag. Sie war schlau genug, um zu wissen, dass er nicht zum Baden erschaffen worden war. Sie hatte den Ausgang gefunden.

Serena war gerade dabei, mit ihren Füßen die Wasseroberfläche des Sees zu durchbrechen, als sie eine Stimme hörte.

»Bleib stehen!«, donnerte die Männerstimme, und Serena fuhr erschrocken herum. *Nein, sie haben mich gefunden!*

»Die Königin erlaubt dir nicht, ihr Reich zu verlassen«, waren die Worte des Vampirs, bevor er mit tödlicher Zielgenauigkeit den Dolch warf. Präzise und mit einer unvorstellbaren Geschwindigkeit flog er auf sie zu. Serena hatte nicht einmal die Chance, diesem Wurf auszuweichen. Die Klinge traf sie mitten in die Brust.

Ich habe versagt, war ihr Gedanke, bevor sich ihre Augen schlossen. Alle Geräusche um sie herum verblassten. Sie fiel in den See, durchbrach die Wasseroberfläche. Kälte schloss sich um sie wie ein Sarg. Doch sie weigerte sich, zu sterben, weigerte sich, aufzugeben. Mit letzter Kraft schleifte sie ihren Körper weiter. Zog sich durch den eisigen Matsch, der sich unter ihr rot färbte, bis das Wasser über ihr zusammenschwappte und sie vollkommen bedeckte.

Ruhe in Frieden, Königstochter.

Ob dies je auf ihrem Grabstein stehen würde?

19

Blutsbande

Hallo, Nicita.«

»Wer ist da?«

»Siehst du mich nicht?«

Ich schaue mich um. Sehe jedoch nichts weiter als weißen, dichten Nebel um mich herum.

Es ist ein merkwürdiger Traum. Vor allem, weil ich mir mit jeder Zelle meines Körpers bewusst bin, dass es nur ein Traum ist. Dass ich jeden Moment aufwachen könnte, wenn ich zum Beispiel meine Augen nur fest zusammenkneifen würde.

Plötzlich taucht vor mir ein grauer Schatten auf, der immer größer und dunkler wird.

Etwas nähert sich mir im Nebel. Doch es bleibt stehen, bevor es mehr als ein Schatten werden kann.

»Hast du meine Botschaft erhalten?«, fragt mich die Stimme. Ich kenne diese Stimme. Ich habe Angst vor dieser Stimme.

»Wieso träume ich von dir?« Ich mache einen Schritt auf den Schatten zu. Ich will ihn sehen.

Doch mit jedem Schritt, den ich tue, entfernt er sich von mir.

»Weil ich Lust dazu habe.«

Oh.

»Du hast meine Frage nicht beantwortet«, bemerkt er.

Botschaft. *Er hat von einer Botschaft gesprochen. Was meint er?* *»Den Zettel?«*

»Hast du euer Rätsel gelöst?«

Ich bin verwirrt. Von welchem Rätsel spricht er?

»Denn nun habe ich ein neues für dich.«

Als er nichts weiter sagt, frage ich: »Was denn für eins?«

»Dein Bruder ist eines.«

»Halbbruder?« Ich frage mich, ob er Jean meint.

»Ich meine nicht Jean.«

Okay, dann meint er wohl Eduardo. »Was ist mit ihm?«

»Er träumt zur selben Zeit von mir. Er bekommt auch ein Rätsel.«

Ich bin es plötzlich müde, mit einem bloßen Schatten zu sprechen und nur sein Echo zu hören. Es ist hier so neblig. So eintönig. Ich will mehr sehen. Der Traum gefällt mir nicht.

»Ich bin müde«, sage ich. Ich will ihm nicht mehr zuhören.

»Schon gut, kleine Nicita. Schlaf dich aus. Gönn dir die paar Stunden Frieden, die du noch hast.«

Ich erwachte mit üblen Kopfschmerzen und erkannte zunächst nicht, wo ich war. Ich sah mich um und versuchte, mich an den vergangenen Abend zu erinnern.

Erschöpft setzte ich mich auf. Die Träume in dieser Nacht hatten mich ausgezehrt. Einer schlimmer als der andere.

Die Uhr auf dem Nachttisch zeigte halb sieben. Das war ziemlich früh für meine Verhältnisse.

Mein Mund fühlte sich trocken an, und meine Kehle verlangte nach Wasser, doch ich hatte noch keine Lust, hinunterzugehen.

Als ich meinen Blick durch das mir vertraute Zimmer schweifen ließ, blieb er an einem Buch hängen, das auf dem Schreibtisch lag. Ich war mir sicher, dass es gestern noch nicht dort gelegen hatte. So dick und groß … und mitten auf der Schreibtischfläche.

Ich hievte mich vom Bett und tappte mit nackten Füßen über den Holzboden.

»Oh«, entfuhr es mir, als ich sah, dass es ein Buch über die Magie des Eises war. Bestimmt ein Schulbuch für alcedische Schüler.

Diese Geste von Alec rührte mich unerwarteterweise, und Hitze stieg mir in die Wangen. Allein der Gedanke daran, wie der Vortag verlaufen war! Erst hatte ich nicht gewollt, dass er mich küsst, dann hatte ich nicht gewollt, dass er damit aufhört. Trotzdem hatte ich losgeflennt wie eine Verrückte. Weil ich erkannt hatte, dass ich bereits in ihn verliebt war? Nein, das konnte nicht sein.

Ich war noch nie so verwirrt von meinen Gefühlen und Gedanken gewesen, kein Wunder, dass sich mein Kopf anfühlte, als würde er sich gleich spalten. Und auch Alec tat mir leid, da er noch verwirrter von mir sein musste als ich selbst. Ich würde auf jeden Fall mit ihm sprechen und mich für meine Tränen entschuldigen müssen. Er hatte das Recht, zu erfahren, dass es nicht seine Schuld war. Dass sein Kuss das Beste war, was ich je erlebt hatte, ich aber noch nicht bereit dafür war, die Folgen und die Bedeutung dessen zu tragen. Es lag einfach daran, dass ich mir sicher war, dass es zwischen uns nicht funktionieren konnte. Wir waren Feinde. Zu viel hatten wir uns gegenseitig angetan … Wenn er aber wollte, dass es funktionierte – und ich auch?

Ein Lächeln schlich sich auf mein Gesicht, und ich hatte Schmetterlinge im Bauch, als ich gedankenverloren das Buch aufschlug. Sollte ich es mir jetzt näher anschauen oder erst nach Alec sehen? Es war noch früh, vielleicht war er noch nicht wach?

Meine plötzliche Sehnsucht nach ihm ließ mich das Buch wieder zuschlagen und aus meinem Zimmer schleichen.

Es war still im Haus, und ich ging ohne Umschweife die Treppe hinunter und bog ins Esszimmer ein. Bevor ich mit ihm reden konnte, musste ich etwas trinken. Und vielleicht etwas Zeit schinden, denn ich hatte keine Ahnung, wie ich das Gespräch beginnen sollte. *Guten Morgen, Alec, es tut mir leid, dass ich gestern angefangen habe zu heulen, als du mich küsstest?*

Deprimiert stand ich am Spülbecken und ließ das klare Wasser in ein Glas laufen.

Mein Daumen strich unaufhörlich über das kalte Glas, das in meinen Händen beschlug, während ich den Flur zurück zu Alecs Schlafzimmer lief.

Leise Stimmen rissen mich aus meinen Gedanken.

Kurz bevor ich sein Zimmer erreichte, hob ich das Glas noch einmal an meine Lippen. Die Stimmen verklangen. Das Wasser lief mir kühl die Kehle hinunter. Ich schaute durch die geöffnete Tür. Ich sah Alec. Er war nicht allein.

Meine Finger konnten das Glas nicht mehr halten. Es rutschte hinaus, landete auf dem Boden. Zersprang.

Schockiert starrte ich Arianna an, deren Mund gerade eben noch geküsst worden war. Ich schrie nicht.

Obwohl Arianna mit dem Rücken zu mir stand, schien es, als spüre sie meine Anwesenheit, denn sie fuhr herum. Wahrscheinlich hatte sie nur das Zerspringen des Glases gehört. Ihre Wangen waren gerötet, ihre Augen aufgerissen, doch in ihnen lag nicht nur Erstaunen, sondern vor allem Mitleid. Sie verzog ihren Mund zu einem aufmunternden Lächeln, einem falschen Lächeln, das zu ihren Worten passte: »Es ist nicht so, wie es aussieht.«

Natürlich. Ich sagte nichts.

Ich schaute Alec an.

Wie konnte er nur? Und dann ausgerechnet Arianna.

In seinem Blick lag keine Entschuldigung, keine Scham. Er schien zu sagen: *Das kommt davon. Das kommt davon, wenn du mich die ganze Zeit hinhältst. Wenn du so ein Theater wie gestern veranstaltest. Wundert es dich wirklich?*

Nein, es wunderte mich kaum. Hatte ich nicht schon länger den Verdacht gehabt, dass zwischen ihnen etwas lief? Trotzdem war mein Herz bis aufs Tiefste erschüttert. Es tat so weh … Dass es ausgerechnet *sie* war. All meine Träume und Sehnsüchte zerplatzten wie eine rosarote Seifenblase, und ich fühlte mich furchtbar dumm. Dumm, auch nur eine Sekunde daran geglaubt zu haben.

»Schon okay.« Ich drehte mich langsam um und schritt davon. So schnell konnte es gehen, eine Person zu verlieren. Eine Person, von der ich immer gewusst hatte, dass ich sie verlieren würde. Dass es nie zwischen uns klappen könnte.

Während ich einen Fuß vor den anderen setzte, hörte ich noch, wie sich Ariannas Stimme anscheinend wütend gegen Alec erhob, doch ich wollte nicht zuhören. Ich wollte nur alles hinter mir lassen und nicht noch einmal den Fehler begehen, den ich damals mit Jean begangen hatte: ihm durch meine Reaktion zu zeigen, wie sehr mich sein Verhalten traf und wie viel er mir bedeutete. Als Jean damals Arianna geküsst hatte, war ich vollkommen ausgeflippt, und meine Tränen hatten mich verraten. Nun küsste Alec Arianna. Und ich … ich … ging nach oben in mein Zimmer, während sich Wut in meiner Brust aufstaute. So viel Wut, dass ich am ganzen Körper bebte. Doch niemand würde meine seinetwegen vergossenen Tränen sehen.

Und das war mir ein Trost.

Ich blätterte wild durch das Buch und probierte einen Zauber nach dem anderen aus.

Nach einer gefühlten Ewigkeit hatte ich meine Wut einfach auf irgendetwas konzentrieren müssen, sie herauslassen wollen. Zaubern war das Beste, was mir dazu eingefallen war, doch diese scheiß Eiszauberformeln funktionierten einfach nicht!

Ich warf das Buch bereits ein drittes Mal gegen die Wand, und vor Verzweiflung schossen mir wieder die Tränen in die Augen. Ich wollte fluchen, schreien und um mich schlagen!

Ich sprang auf und zerrte an der Tür, von der ich jedoch bereits wusste, dass sie abgesperrt war. Wer hatte mich eingeschlossen?

»Verdammt!«, schrie ich aus Leibeskräften, und meine Faust donnerte gegen das Holz.

Plötzlich wurde die Tür geöffnet, und ich sprang vor Überraschung einen Schritt zurück.

Vor mir stand Ilias.

»Huch«, entfuhr es mir, und meine Brust hob und senkte sich noch immer rasch. Ich wischte mir schnell über meine tränenverschmierten Wangen.

»Du hörst sofort auf mit der Scheiße, oder ich werde mein Versprechen nicht halten können und dir irgendetwas antun«, sagte er.

Ich war kurz davor, dieses Angebot anzunehmen und ihn herauszufordern. Sollte er doch machen. Dann könnte ich wenigstens ein wenig kämpfen. Mich mit Ilias zu prügeln oder ein Zauberduell zu veranstalten, schien mir eine äußerst interessante Beschäftigungsmöglichkeit. Ich wusste jedoch, dass ich das nur so empfand, weil meine Verzweiflung meinen Verstand vernebelte. Also hielt ich mich zurück und fragte stattdessen: »Wo ist Alec?«

»Er ist jemanden besuchen gegangen. Wenn du noch eine Frage hast, dann ruf die Auskunft an.« Mit diesen Worten schloss er die Tür wieder, und ich hörte seine sich entfernenden Schritte.

Ich konnte es nicht lassen, gegen die Tür zu treten. Dann hob ich das Buch vom Boden auf und setzte mich wieder aufs Bett.

Mein Wunsch, diese Magie zu beherrschen, war so groß, dass er meine anderen Gefühle mehr oder weniger überdeckte. Ich war geradezu besessen davon, es mir und allen anderen endlich zu beweisen. Wenn ich das jetzt hinbekäme, dann wäre ich *königlich*. Ich wäre stark. Ich wäre die verloren geglaubte Prinzessin. Ich würde endlich irgendwohin gehören.

Ich wollte es so sehr.

Und so ballte ich meine Hand bestimmt ein zwanzigstes Mal zur Faust, schloss meine Augen und legte meinen ganzen Willen in diesen einen Moment. Ich stellte mir vor, wie es kalt zwischen meinen Fingern wurde, wie ich sie wieder öffnete, und dann …

Ich riss meine Augen auf und schaute auf die Nässe in meiner Handinnenfläche. Eine kleine Pfütze von kaltem Wasser, die auf meiner warmen Haut langsam wieder verdampfte.

Mein Herz schlug schneller.

Ich schloss meine Augen erneut und versuchte es gleich noch einmal. Ich wusste, dass ich es schaffen würde.

Und dann – tatsächlich. Als ich meine Hand wieder öffnete, schneite es auf sie herab. Kleine Flocken aus Eis wirbelten über meiner Haut wie ein Miniaturschneesturm.

Ich lachte triumphierend auf. »Ha!« Dann schnipste ich mit den Fingern, und der Schnee war fort, stattdessen hüpfte ich nun aus dem Bett und sprang jubelnd umher. Ich konnte es kaum fassen.

Sollten Arianna und Alec doch glücklich werden! Arianna war die größte verlogene Schlampe, die ich kannte … und er … er hat mich zu sehr verletzt, als dass er mich noch verdienen würde. Es war nun einmal unverzeihlich, an einem Abend ein Mädchen zu küssen und am nächsten Morgen mit einer anderen rumzumachen. Um den Schmerz, der dieser Einsicht folgte, würde ich mir später Gedanken machen. Königinnen hatten doch stark zu sein.

Im nächsten Moment verpuffte meine Freude. Was brachte es mir hier, Prinzessin von Phoenicia zu sein? Es gab keinen, der sich mit mir freuen und keinen, der mich retten würde. Ich stellte mir vor, wie es wäre, wenn ich es Alec erzählen würde. Wie er reagieren würde. Würde er sich mit mir freuen? Er war es schließlich, der mich dazu ermutigt hatte. Aber wieso eigentlich, fragte ich mich nun.

Ich stellte mir auch vor, wie es wäre, wenn ich Ilias davon erzählen würde. Es war nicht unrealistisch, dass er gleich schon wieder hier hereinschneien würde, bei dem Lärm, den ich soeben veranstaltet hatte. Wenn ich es ihm sagen würde, würde er mich wahrscheinlich ohne auch nur eine Sekunde zu zögern umbringen.

Deprimiert setzte ich mich auf den Boden, zog das Buch zu mir herunter und blätterte nun lustlos darin herum. Ich wollte es so gern Leo sagen. Am meisten jedoch Jean. Doch der hatte es gewusst, oder? Hatte er gewusst, dass ich die Schwester von Serena war? Dann hätte er auch gewusst, dass ich königlich war. War ich mit ihm verwandt? Seine letzten Worte an mich echoten in meinem Kopf. *Du bist mein – Du bist meine Schwester.* Hatte er das sagen wollen?

Meine Laune sank noch tiefer in den Keller. Wieso hatte mir Jean das nicht schon früher gesagt? Zu meiner Wut auf bereits so viele Menschen kam Jean noch ein weiteres Mal dazu. *Verdammt!*

Im selben Moment, als mein Blick plötzlich an einer Tabelle in dem Schulbuch hängen blieb, fielen mir Jeans Worte ein. Als wir auf unserer Flucht nach Alcedia gewesen waren, hatte er gesagt, ich solle zu Leo durch die Magie der Nacht Kontakt aufnehmen. In Gedanken mit ihr kommunizieren. In Phoenicia wäre das verboten gewesen, da man nur mit Erlaubnis und Blickkontakt in den Kopf eines anderen eindringen durfte … doch hier …

Die Tabelle führte die magischen Fähigkeiten von Phönixen und Alcedos im Vergleich auf:

Alcedos	Phönixe
Eis	-
-	*Feuer*
Sachmagie	*Sachmagie*
Alchemie	*Alchemie*
Heilkunst eingeschränkt	*Heilkunst*
Teleportation	-
Künste der Unsichtbarkeit	-
(Verwandlung sehr eingeschränkt)	*Verwandlung*
Kampfkünste	*Kampfkünste eingeschränkt*
Nacht (+ Gedankenkontrolle u. verbotene Formeln)	*Magie der Nacht verboten, jedoch machbar*

Die Magie der Nacht war nur handschriftlich hinzugefügt worden – wahrscheinlich von Alec.

Ich schüttelte ungläubig den Kopf. Wieso war ich nicht früher darauf gekommen?

Zumindest den Versuch hätte ich wagen müssen, in Leos Kopf einzudringen. Übel nehmen würde sie es mir bestimmt nicht. Wenn ich ihr sagte, dass ich die Tochter der Königin war, wenn sie es den anderen glaubhaft überbringen konnte, dann würden sie mich wiederhaben wollen, oder nicht? Die Todesstrafe gegen mich würde bestimmt aufgehoben werden, wenn ich ihre rechtmäßige *Königin* war, oder?

Kurz wurde mir schwindelig vor so viel Aufregung. Ich durfte jetzt bloß nichts falsch machen.

War ich mir sicher, dass ich die Prinzessin war? Ja. Beide Zauberkünste konnten nur königliche Magier erlernen. Außerdem sollte ich dieser Serena wie aus dem Gesicht geschnitten sein … und sie war dementsprechend auch königlich. Wenn sie die Tochter von Arthur war …

Okay, gut. Ich holte tief Luft. Wie käme ich jetzt mit Leo in Kontakt? Ich versuchte, mir all meine Erinnerungen zur Gedankenkommunikation ins Gedächtnis zu rufen.

Vertrauen war ein wichtiger Punkt gewesen.

Konzentration.

Vorstellungskraft.

Sinne ausdehnen.

Mit dem Geist den anderen suchen.

Ich setzte mich in den Schneidersitz und faltete meine Hände wie zur Meditation. Mit geschlossenen Augen ging ich erst einmal in mich, wurde mir meiner eigenen Kraft bewusst – die mir plötzlich größer als sonst vorkam – und suchte dann nach meiner besten Freundin. Ich versuchte es mit der Vorstellung, dass mein Geist durch Alcedia flog, über den Wald und das Dorf hinweg, bis zum See. Dann stellte ich mir die Teleportation meines Geistes nach Phoenicia vor. Da dies etwas hakte, übersprang ich das einfach und stellte mir vor, ich sei bereits in Phoenicia und suchte den Weg zu Miss Springs Haus.

Ich malte mir alles so genau aus, wie ich es konnte, und ich meinte sogar, die verschiedenen Auren spüren zu können, wenn ich auf meinem Weg Menschen streifte.

Da mich keine an Leo erinnerte, hielt ich an ihnen nicht fest, sondern suchte weiter. Bei Miss Spring zu Hause fand ich sie nicht, also ging ich den Weg zur Akademie entlang. Es war schließlich Vormittag, und vielleicht kam sie gerade vom Unterricht. Obwohl – waren dort nicht noch Ferien? Ich hatte keine Ahnung, wie lange die Sommerferien in Phoenicia dauerten.

Plötzlich hielt ich inne, als mein Geist eine vertraute Regung vernahm. Ich bildete mir ein, Leo gefunden zu haben. Ich versuchte, mich mehr auf dieses Gefühl zu konzentrieren. *Stell sie dir vor,* sagte ich mir. *Wie sie da entlanggeht, wie sie guckt, wie sie sich bewegt. An was sie wohl gerade denkt? Denkt sie vielleicht auch an mich?*

Dieser Gedanke war es dann, der mich plötzlich in ihr Bewusstsein riss.

Ich bemerkte es an der schlagartigen Depression und den vielen Gedanken, die auf mich einstürzten. Sie waren undeutlich, chaotisch, und so konnte ich keine genauen Worte hören, doch ich sah Bilder vor ihrem inneren Auge, eine bekannte Straße und Häuser. Als würden wir sie gemeinsam entlanggehen.

Leo?, fragte ich. *Bitte hör mich, bitte hör mich.*

Ich spürte, wie sie stutzte. Sie hörte mich! *Leo!*

Sie blieb stehen. *Leo, ich bin's, Nicita.*

»*Nici?*« Ihre Stimme in meinem Kopf klang zögerlich, zweifelnd. Als würde sie glauben, sie bilde sich meine Stimme nur ein.

Ja!

»*Bist du es wirklich? Wie kannst du mit mir reden?*«

Tut mir leid. Ich bin verbotenerweise in deinen Geist eingedrungen.

Ich spürte tausend Emotionen auf ihr Gemüt einschlagen. Unter anderem fühlte ich ihre Erleichterung darüber, dass ich noch am Leben war.

»*Wo bist du?*«, fragte sie.

In Alcedia. Würdest du jetzt bitte weiterlaufen, um keinen Verdacht zu erregen?

Sie setzte sich sofort wieder in Bewegung. Ihre Schritte wurden nun von Aufregung und Freude untermalt, auch wenn die Sorge noch immer nicht verschwunden war.

»*Aber dir geht es gut, oder?*«, fragte sie.

Ja, log ich. Doch durch das Band, das ich geknüpft hatte, konnte sie spüren, dass es nicht der Wahrheit entsprach. Zumindest wusste sie, dass ich körperlich unverletzt war, und deswegen reichte es ihr für den Moment.

»*Ich bin so froh, dass du mit mir reden kannst*«, rief sie, und ich lachte innerlich.

Ja, das spüre ich. Ich wusste, dass auch sie nun lächelte. *Okay, hör mir zu, ich schildere dir jetzt nur das Wichtigste, okay? Dann musst du mir erzählen, was bei euch gerade los ist,* sagte ich und klärte sie so kurz ich konnte über Jeans und meine Flucht nach Alcedia auf, über seinen Tod und wie ich bei seinem Mörder aufgewacht war, der mich jetzt immer noch gefangen hielt.

»Oha, ich weiß gar nicht, was ich dazu sagen soll«, formulierte sie schließlich ihre aufbrausenden Gedanken, die ich nicht zu lesen vermochte, weil sie so ungeordnet waren und so schnell vorbeiflogen.

Sag nichts dazu. Erzähl mir lieber, was in Phoenicia passiert ist, seit wir weg sind, forderte ich sie auf.

»Es ist die Hölle hier. Von meiner Sorge um dich muss ich wohl nicht reden, als ich gehört hatte, dass du und Jean zum Tode verurteilt wurdet! Miss Spring hatte mir verboten, zur Gerichtsverhandlung zu gehen, und dann hörte man nur noch, dass ihr aus den Kerkern geflohen seid! Man hat überall nach euch gesucht, auch in der Menschenwelt. Nur in Alcedia natürlich nicht. Wir wissen ja immer noch nicht, wie man da hinkommt … Und anstelle von euch fand man vor ein paar Tagen ein anderes Mädchen, das dir wie aus dem Gesicht geschnitten ist! Ich habe sie mit eigenen Augen gesehen …«

Oh mein Gott. *Serena!*, unterbrach ich sie mit meinem Schrei und konnte es kaum glauben. War Serena in Phoenicia?

Leos Gedanken wurden plötzlich dunkel und betrübt. *»Das Mädchen ist tot. Ich weiß nicht, wer sie war. Sie hatte einen Brief dabei, aber den haben nur William und Tyr gelesen. Tyr wurde nämlich mit eurem Fall beauftragt, er hat die halbe B-Garde der Wächter nach Phoenicia geschleppt, und die laufen hier jetzt tagein tagaus herum. Besonders seit dem Vorfall mit dem toten Mädchen belagern die jetzt unser ganzes Dorf. Ist sie wirklich ein Alcedo?«*

Ich war schockiert von den Neuigkeiten. *Nun, äh, ich weiß nicht, ob es dasselbe Mädchen ist wie das, von dem ich gesprochen habe. Aber wenn ja, dann … nun, war sie wohl so was wie die alcedi-*

sche Prinzessin. Und … äh … ich wäre dann ihre Zwillingsschwester. Gewesen, fügte ich stumm hinzu. Ich hatte meine Schwester also verloren, ehe ich sie kennenlernen durfte? Wieso häuften sich an diesem Tag so viele schreckliche Erkenntnisse?

Leos Überraschung über mein letztes an sie gesandtes Wort ließ sie stolpern. »*Deine Schwester? Woher weißt du das? Soweit ich gesehen habe, sah sie dir zwar ähnlich, aber … du bist doch ein Phönix!*«

Ich bin mir nicht ganz sicher, antwortete ich, *aber ich glaube, es spricht nichts dagegen, dass ich auch königlich bin. Serena, das …* ich konnte ›tote‹ nicht über die Lippen bringen … *Mädchen, das mir ähnlich sieht, wäre somit die Tochter des alcedischen Königs Arthur und der phoenicischen Königin Evulet. Genauso wie ich.* Ich verkniff es mir, ein weiteres ›vielleicht‹ oder ›wahrscheinlich‹ anzuhängen.

»*Okay, ich bin gerade etwas überrascht*«, gab Leo zu und trat in Miss Springs Haus ein. Ich bekam mit, wie sie kontrollierte, ob noch jemand außer ihr zu Hause war.

Was ist mit Charlotte?, fragte ich sie.

»*Oh, sie liegt immer noch auf der Krankenstation. Ihr Zustand ist nicht mehr kritisch, sie wird auf jeden Fall überleben, doch sie hat noch nicht ihr Bewusstsein wiedererlangt. Bitte sag mir, dass es weder du noch Jean waren, die sie angegriffen haben*!«

Ich bestätigte ihr unsere Unschuld in diesem Punkt, und sie war wirklich erleichtert. »*Hab ich's doch gewusst*«, flüsterte sie.

Langsam fing ich an zu spüren, wie ich immer schwächer wurde. Meine Kraft würde nicht mehr lange reichen, um unsere Verbindung aufrechtzuerhalten. Als ich Leo das sagte, schien sie sich vor Verzweiflung und Tatendrang zu überschlagen. »*Wir müssen dich da rausholen*!«, rief sie. »*Wenn du tatsächlich unsere verlorene Prinzessin bist, dann werden dich hier alle mit offenen Armen empfangen, da bin ich mir ganz sicher! Wir werden das alles klären können. Wir müssen dich nur aus den Fängen dieses Mörders befreien …*«

Ich lauschte nur noch halbherzig ihren Befreiungsplänen. Nach meinen zwei Sätzen über Alec, die ich in meiner Schilderung verloren hatte, war er nur ›der Mörder‹, und obwohl ich ihn im Moment hasste, wollte ein Teil von mir ihn verteidigen, Leo das erklären, was er mir erklärt hatte. Doch dazu blieb jetzt keine Zeit.

»*Kannst du mir deinen genauen Aufenthaltsort beschreiben? Wie man da hinkommt und alles?*«, fragte sie, und ich sah bereits in ihrem Kopf, wie sie Tyr und ein paar seiner Wächter überreden wollte, mich hier herauszuholen. Ich würde ihr verraten müssen, wo der Durchgang nach Alcedia war.

Ich tat es. Dann versuchte ich, ihr den Weg zu zeigen, den ich bereits vorhin mit meinem Geist entlanggeflogen war. Ein Anflug von schlechtem Gewissen durchzuckte mich, sobald die Worte und Bilder abgeschickt waren. Schließlich war Alecs Quartier geheim und … oh Gott, ich malte mir gerade aus, wie der Hauptmann der Wächter mit seinen Kriegern dieses Haus stürmen würde. Sofort wurde mir schwindelig. Doch ich hatte keine Zeit, mir die Frage zu stellen, ob ich schon wieder etwas Dummes getan hatte, ohne vorher die Konsequenzen abgewogen zu haben.

Ein lautes Krachen ertönte.

Die Verbindung zu Leo brach schlagartig ab.

Ich fuhr erschrocken herum.

Er stand im Türrahmen, hatte die Tür einfach eingerannt. Alec, der mich entsetzt und, ja, auch enttäuscht, musterte. »Ich fasse es nicht«, brachte er heraus und schüttelte den Kopf.

In meiner Brust schnürte sich bei seinem Anblick alles zusammen. Er sah so gut aus, er hatte mich geküsst, ich hatte gedacht, er mochte mich. Er hatte Arianna geküsst, und er schaute nun wütend – sehr wütend. Enttäuscht. Entsetzt. Ungläubig.

Ich hatte ihn verraten.

Wieder einmal.

Doch er hatte es auch getan! In dem Moment, als er Arianna geküsst hatte, hatte er mich verraten und meine Wut auf sich gezogen. Es war seine Schuld! Alles seine Schuld! Und trotzdem fühlte ich mich nun schlecht. Gott, wie sehr ich mich entschuldigen wollte.

»Einfach so, Nicita? So endet das jetzt? Du verrätst mich und meine ganze Organisation an die Phönixe, die heute oder morgen das alles hier stürmen werden? Um dich zu befreien?«

Seine Stimme klang so kalt …

Nicht weinen, Nici. »Wieso hast du meine Gedanken belauscht?«, fragte ich ihn und wunderte mich zugleich, wie er das überhaupt hatte tun können, obwohl ich doch nach wie vor seine Kette trug.

»Du hast deine Gedanken quasi hinausgeschrien. Jeder, der in der Umgebung wäre und bereits mit deinem Kopf und dir vertraut ist, hätte sich ohne Umstände in eure Unterhaltung einklinken können. Ich hab's erst getan, als ich das Bild meines Quartiers und eine Wegbeschreibung gesehen hatte!« Die letzten Worte rief er mir zornig entgegen. Er hatte versucht, seine Gefühle zu kontrollieren, doch es war ihm nicht gelungen. Nun sah ich jedes einzelne Fünkchen Schmerz in seinen Augen, und es tat so weh zu wissen, dass ich daran Schuld hatte.

Aber es war nicht falsch. Ich gehöre nicht hierher. Ich muss zurück nach Phoenicia. Leo und die anderen wollen mich retten. Ich bin die Prinzessin, redete ich mir ein.

»Wenn du so unbedingt gehen wolltest, hättest du mich fragen können«, fuhr er mich an. Seine Hände zitterten vor Zorn. Genauso wie meine vor einigen Stunden.

»Wann?« Ich sprang endlich vom Boden auf. »Als du mit Arianna rumgeknutscht hast? Du hattest nie vor, mich gehen zu lassen, sonst hättest du Ilias nicht befohlen, mich einzusperren und auf mich aufzupassen! Du hättest mich nicht gehen lassen, gib es zu!«, schrie ich. »Ich war deine Gefangene!«

Er presste seine Lippen wütend zusammen und sagte nichts dazu. Am liebsten wollte ich auch nichts mehr sagen, doch ich konnte nicht. »Ich weiß jetzt, dass ich die Prinzessin bin!«, schrie ich und wünschte mir so sehr, wir hätten anders darüber gesprochen. So wie auf dem Mohnblumenfeld gestern. Doch das alles war nun vorbei. Es war so viel geschehen in nur so wenigen Stunden. »Ich werde mich nicht weiter als deine Gefangene zufriedengeben. Denn das war ich doch hier die ganze Zeit. Gib es zu.«

Er schaute mich noch immer gequält an, so als würde er nicht fassen können, was ich getan hatte. Was hatte ich auch erwartet? Dass wir uns nach dem heutigen Tag noch vertragen könnten? Dass er herkommen, mich an sich drücken und mich küssen würde? Mit solchen Fantasien musste ich dringend aufhören. Es brachte nichts. Er war ein Alcedo und ich ein Phönix. Königlich hin oder her. Arianna hin oder her. Ich würde aus Alcedia verschwinden. Und er würde niemals mitkommen.

»Wenn du nur mich verraten hättest, hätte ich damit leben können«, sagte er, »aber nicht alle anderen hier. Arianna hat sich immer für dich eingesetzt –«

Ich öffnete meinen Mund und starrte ihn entsetzt an. Er wagte es noch immer, ihren Namen mir gegenüber zu erwähnen?

»Gott, wie ich dich hasse«, rief ich und schüttelte ungläubig den Kopf. Ich wollte am liebsten zu ihm hinübermarschieren und ihn ohrfeigen, doch ich war wie erstarrt von dem ganzen Zorn.

»Du kannst mich nur so sehr hassen, weil ich dir gefalle«, sagte er frei heraus.

Meine Wut brodelte beinahe über. Doch bevor ich etwas sagen konnte, fragte er: »Weißt du, wo ich vorhin war?« Und dann fing er tatsächlich an zu grinsen. Ein überhebliches Ich-scheiß-auf-dich-Grinsen. »Bei meiner Familie. Ich wollte dir eine gute Nachricht überbringen, ich dachte, du würdest dich für mich freuen!« Er lachte auf.

»Gleichfalls«, zischte ich, weil ich vor einigen Minuten noch dasselbe gedacht hatte. Ich hatte gedacht, er würde sich als einzige Person hier mit mir freuen können, dass ich etwas über mich herausgefunden hatte, dass sich seine Theorie bestätigt hatte … »Du hättest einfach nur nicht Arianna küssen sollen«, sagte ich nüchtern.

»Du verstehst es nicht! Es geht dich nichts an, wen ich küsse und wen nicht. *Schwester.*«

Was? Ich taumelte einen Schritt zurück. Dieses letzte Wort, das er so verächtlich betont hatte … ich hatte es nicht richtig verstanden. Er konnte es nicht zu mir gesagt haben.

Jetzt grinste er wieder, als würde er sich daran erfreuen. »Du hast richtig gehört. Ich habe drei Schwestern. Und alle leben. Das ist die gute Nachricht. Die andere gute ist, dass mir meine Familie verzeiht. Die schlechte ist, dass der Mann, mit dem ich aufgewachsen bin, der Mann meiner Mutter … dass er nicht mein leiblicher Vater ist. Mein Vater ist König Arthur.«

Ein Keuchen schlüpfte aus meinem geöffneten Mund.

»Und jetzt verschwinde aus meinem Haus, Schwester. Ich will dich hier nie wieder sehen. Denn ich verzeihe dir nicht noch einmal.« Seine Stimme klang vollkommen bestimmt und herrisch. Kühl und verächtlich.

Und dieser Tonfall galt *mir.* Alec sagte das zu *mir.*

»Alec.« Ich hatte keine Ahnung, wieso ich seinen Namen hauchte, da ich ihn nach wie vor hasste, da ich nach wie vor wütend auf ihn war, da ich nach wie vor von hier verschwinden wollte. Und doch hauchte ich seinen Namen, vollkommen hilflos. Seine Worte hallten so laut in meinem Kopf wider, dass ich ihren Sinn nicht mehr verstehen konnte. Ich konnte nicht mehr atmen. Nichts mehr sehen. Nichts mehr hören. Die Welt schien aufgehört zu haben, sich zu drehen. Für diesen einen Moment, in dem mich diese zwei Tatsachen innerlich aufschnitten. Eine Tatsache schlimmer als die andere.

Ich – seine Schwester. Und meine Verbannung. Ausgesprochen in dem abweisendsten Tonfall, den ich mir vorstellen konnte. Panik überrollte mich. *Bitte verstoß mich nicht. Lass mich nicht allein.*

»Geh, Nicita. Wieso stehst du noch hier? Jetzt mal ehrlich, du willst doch so gern gehen. Und nun gebe ich dir diese Möglichkeit. Geh fort von hier, raus aus diesem Land. Geh von mir aus hin, wo du willst, werde Königin oder was auch immer, aber tauche hier nie wieder auf. Verstehst du mich?«, sagte er. Ich konnte nicht antworten. »Wir haben uns gegenseitig verraten, uns verbindet nichts weiter als dasselbe Blut, das in unseren Adern fließt. Und ich hoffe für dich, dass es nicht stark genug ist, dass du nach mir suchen wirst. Wenn ich noch einmal dich oder einen deiner Feuerfreunde hier in Alcedia sehe, werde ich nicht mehr gnädig sein. Und merk dir eins: Deine Freunde brauchen hier nicht anzutanzen, denn ich werde hier keine Sekunde länger bleiben. Dank dir können wir uns jetzt ein neues Versteck suchen. Und bete zu Gott, dass du dieses Versteck nie finden wirst.«

Dann streckte er seinen Arm aus und zeigte zur Tür. »Verschwinde einfach«, murmelte er und schaute zur Seite.

Und ich ging.

Unsere Blicke begegneten sich nicht noch einmal.

Meine Sicht war verschwommen, als ich aus dem Zimmer torkelte, da Tränen in meine Augen stiegen. So sah ich die Person auf der Treppe erst, als ich gegen sie stieß.

Merkwürdigerweise war es Rose, die Mutter von Milan. Ich hatte sie noch nie hier in Alecs Anwesen gesehen.

»Was ist passiert?«, fragte sie mich. Sie war immer relativ nett zu mir gewesen, doch ich wollte nicht mit ihr sprechen, nicht eine Sekunde länger hierbleiben. Ich konnte immer noch nicht denken. Und kaum atmen.

»Es tut mir leid«, schluchzte ich hastig und löste ihren Arm von meinem. »Sag es auch allen anderen. Ich wollte euch nicht verraten. Ich muss gehen.«

»Nein! Warte«, rief sie und streckte noch einmal ihre Arme nach mir aus, hielt mich fest. Doch meine Kleidung entglitt ihren Händen, als ich weiter blindlings die Treppe herunterstürmte.

Hinter mir hörte ich, wie Rose mir nachrief. Sie schrie sogar etwas davon, dass ich nicht gehen sollte … und etwas von einer Prophezeiung. Ich dürfe nicht gehen.

Doch ich musste.

Rose schaute Alec verständnislos und anklagend zugleich an. »Du hättest das Mädchen nicht gehen lassen sollen!«

Er verschränkte die Arme vor seiner Brust und drehte sich mit dem Rücken zu ihr.

»Ihr wolltet doch alle, dass sie geht.«

»Aber da habe ich auch noch nichts von der Prophezeiung gewusst. Von *deiner* Prophezeiung, Alec.«

Rose sah, wie er sich verkrampfte. »Woher weißt du davon? Ich hatte es nur Arianna anvertraut.«

Rose zögerte mit ihrer Antwort, dann gab sie leise zu: »Sie hat es mir verraten. Es ist nicht ihre Schuld, ich habe sie gefragt. Aber das tut jetzt nichts zur Sache. Du durftest sie nicht gehen lassen! Wer weiß, wem sie jetzt in die Arme läuft!«

Alec schüttelte den Kopf. »Sie läuft nach Phoenicia. Dort kann sie glücklich bis an ihr Lebensende leben. Es ist mir egal. Uns verbindet nichts weiter als unser Blut. Und unser gegenseitiger Verrat. Und nun geh, Rose. Lass mir ein paar Minuten für mich, du kannst die anderen informieren. Erzähl ihnen, was passiert ist, und dann wird es Zeit, uns ein neues Quartier zu suchen … und das hier zu zerstören.«

Rose starrte mitleidig seinen Rücken an. »Glaubst du wirklich, Nicita würde zulassen, dass die Wächter dein Anwesen stürmen? Dass sie uns alle umbringen?«

»Die Wächter hätten es getan, um ihre Königin aus meinen Fängen zu befreien. Das ist jetzt nicht mehr nötig. Doch wir können trotzdem nicht sicher sein. Ich weiß nicht, wie viele

Krieger Phoenicia hat und ob sie für einen Krieg gerüstet sind, doch ich werde kein Risiko eingehen und euch in Gefahr bringen. Jetzt, da auch die Phönixe wissen, wo der Durchgang ist, wird es nicht mehr lange dauern, bis der Krieg endlich ausbricht.«

»Das war nicht meine Frage«, sagte Rose. »Wenn dieses Mädchen tatsächlich die Königin ist, dann wird sie die Wächter bestimmt nicht hierherschicken. Nicht zu *dir.*«

»Ich weiß nicht, was sie tun wird. Jetzt, wo sie mich hasst.«

»Warum sollte sie dich hassen?«

»Weil es nicht immer endet wie in einem Märchen.«

Rose senkte den Kopf und ließ den Meister allein. Vorhin erst hatte Arianna ihr die Prophezeiung gegeben und sie in die Misere eingeweiht. Hoffentlich würde Nicita das Schriftstück lesen, das sie ihr zugesteckt hatte. Hoffentlich gab es noch ein Happy End für diese beiden verlorenen Seelen und für die komplette magische Welt.

Epilog

Es war wie ein Déjà-vu. Ich rannte durch den Wald, meine Vans versanken im Schnee, und um mich herum schossen die Bäume als formlose Silhouetten vorbei. Und wieder einmal war ich getrieben von Verzweiflung, angefüllt mit Trauer, Tränen in meinen Augen. Wie oft war ich bereits durch diesen Wald gerannt? An diesen verschneiten Tannen vorbei?

Zum ersten Mal, als ich vor Jean weggelaufen war, als ich ihn nie wiedersehen wollte … kurz nachdem er Arianna geküsst hatte.

Und diesmal wollte ich Alec aus demselben Grund nicht mehr sehen. Doch jetzt lief ich nicht aus freien Stücken. Diesmal wurde ich fortgejagt, von schmerzhaften Worten begleitet. Denn *er* wollte mich ebenfalls nicht mehr sehen. Und obwohl es auf Gegenseitigkeit beruhte, machte es mir etwas aus. Ja, es machte mir etwas aus, dass er wütend auf mich war.

Freiwillig von irgendwo fortzugehen, war schließlich etwas ganz anderes, als verjagt zu werden.

Zumindest habe ich ein Ziel, versuchte ich, mich aufzumuntern. Damals war ich fortgelaufen und wusste nicht wohin. Heute würde ich nach Phoenicia zurückkehren und meine beste Freundin wiedersehen. Ich sollte mich freuen. Das sollte ich wirklich.

Ich schlug den längeren Weg ein, da ich das Dorf meiden wollte. Ich wollte nicht das Risiko eingehen, von irgendjemandem entdeckt zu werden.

Es war beinahe ein Wunder, als ich plötzlich vor dem See zum Stehen kam. Der Weg war mir zu kurz vorgekommen. Als könnte das Schicksal es gar nicht erwarten, mich zurück nach Phoenicia zu bringen.

Mein Blick ruhte auf der dunklen, ruhigen Wasseroberfläche. Das Wasser würde eiskalt sein.

Ich zögerte. Ich wollte da nicht hineingehen.

Trotzdem setzten sich meine Beine in Bewegung. Das Wasser tränkte meine Jeans.

Ich wollte mich noch einmal umdrehen. Das alles in mich aufnehmen und mich verabschieden.

Aber ich tat es nicht. Ein Lebewohl hatte dieses Land nicht verdient. Ich mochte es nicht. Nicht die Kälte und nicht diese Dunkelheit. Und auch nicht die Bewohner.

Der einzige Alcedo, dem ich ein Lebewohl hätte geben wollen, wollte es nicht.

Und so drehte ich mich nicht um, sondern watete in das Wasser, bis es mir bis zur Brust reichte und ich das Gefühl hatte, meine Innereien würden gefrieren. Dann stieß ich mich mit meinen Füßen ab und schwamm zur Mitte des Sees. Als meine Bewegungen nachließen, ich mich treiben und schließlich von der Kälte begraben ließ, hörte ich ein letztes Mal Jeans Stimme in meinem Kopf widerhallen: *Geh nach Hause, Nicita. Das hast du dir verdient.*

Phoenicisches Königreich, Mai 1993

Erschrocken schrie Evulet de Warenne auf und blickte vom Boden hoch zu dem Alcedo, der sie gefunden hatte. Erleichterung brach über ihr zusammen.

»Gott sei Dank! Du bist es!«, rief sie und wäre ihm am liebsten um den Hals gefallen. Sie konnte ihr Glück kaum fassen. Unpraktisch nur, dass sie immer noch am Boden lag und nicht wusste, ob sie genug Anstrengung aufbringen konnte, um aufzustehen.

»Endlich habe ich dich gefunden«, murmelte Arthur und beugte sich zu ihr herunter. Seine Lippen fanden die ihren, und trotz der Schmerzen in ihrem Körper hüpfte ihr Herz schneller bei dieser Berührung.

»Wie geht es dir?«, fragte er und musterte sie sorgenvoll.

»Solltest du nicht irgendetwas dagegen tun, dass Viola mein Königreich auseinandernehmen will?«, erwiderte sie, gefolgt von einem Schrei. Schweiß stand ihr auf der Stirn, und sie zitterte am ganzen Körper.

»Die Babys kommen jetzt.«

Ihr Geliebter hielt ihre Hand, als sie anfing zu pressen.

»Hörst du das?« Arthur hob seinen Kopf und blickte zurück ins Schlafgemach. In seinem Gesicht sah Evulet, wie er sich innerlich bereits auf einen Kampf rüstete, doch es war ein zierliches brünettes Mädchen und kein Wächter, welches ins Schlafgemach eilte und vor dem Bad stehen blieb.

»Mai!«, rief Evulet erleichtert, und die Zofe kniete sich neben sie und den Alcedo auf den gefliesten Boden. Mai wusste über ihre Beziehung Bescheid, weshalb sie Arthur nicht einmal einen skeptischen Blick zuwarf.

»Sie sollten gehen«, sagte das Mädchen an ihn gewandt. »Sie müssen den Krieg stoppen.«

Arthur schüttelte den Kopf. »Ich muss erst wissen, ob meine Kinder gesund zur Welt kommen. Sie könnten die wahren Thronfolger sein. *Der wahre Erbe* – und nicht der heranwachsende Eduardo.«

Evulet beobachtete, wie ihre Zofe verwirrt die Stirn runzelte. Vermutlich hatte sie den Durchblick über die ganze Erblinie des königlichen Blutes verloren. Dass Evulet jetzt mit Arthur Kinder gezeugt hatte und nicht mit Dimitri, machte so schon alles kompliziert genug. Würden die falschen Leute in Phoenicia Wind davon bekommen, dann würde sie des Hochverrats beschuldigt werden. Das durfte nicht passieren.

»Geh«, keuchte Evulet. Man durfte ihn hier nicht mit ihr sehen. Doch der Alcedo blieb hartnäckig.

»Ich bleibe, bis meine Kinder auf der Welt sind. Danach werde ich dem Krieg ein Ende bereiten. Versprochen.«

17 Jahre später, Phoenicia

Ich riss den Mund auf und schnappte nach Luft wie ein Fisch auf dem Trockenen. Ich lag auf dem Bauch, rang mit meinem Atem und hustete, als hätte ich literweise Wasser geschluckt. Dieses Teleportieren von Alcedia nach Phoenicia war echt nicht die angenehmste Reisemöglichkeit.

Ich drehte mich auf den Rücken und öffnete meine Augen. War ich wieder in Phoenicia?

Ja. Es gab keinen Zweifel. Ich spürte das frische Gras unter mir, in das ich meine Finger krallte. Sah die Sonne, die mich blendete, über mir durch das Blätterdach scheinen. Fühlte deren Wärme auf meiner Haut. Die Wärme, die sich in Hitze verwandelte und meine Kleider trocknen würde, jeden Millimeter Frost aus meinem erschöpften Körper vertreiben würde. Doch diese Wärme würde nie *durch* meine Haut dringen können, um mein frierendes, zerbrochenes Herz zu erreichen.

Ende Band 2

Band 3 der Phoenicia Chroniken
»Magie des reinen Blutes«
erscheint im Frühjahr 2018.